Nuruddin Farah

Bruder Zwilling

Nuruddin Farah

Bruder Zwilling

Roman

Aus dem Englischen
von Martin Hielscher

MARINO BEI FREDERKING & THALER

Noch einmal für meine Mutter, meine Schwestern und für Koschin, meinen Sohn

Mein Dank und meine Liebe gebühren uneingeschränkt Martine für deren beständige Hilfe und Liebe, Edo und Daniela, Scott und Katie, Renata für ein Darlehen, das man gar nicht zurückzahlen kann, Sandro, Francesco, Laura Diaz und Nadia Spano, Susie und Kryscia meinen herzlichsten Dank.

Betrachte mein Haus als deine Herberge
Herbergen sind keine Wohnungen

Marianne Moore

Sie setzen die Segel, die Sterbenden, sie lichten die Anker, sie segeln auf einem Atemhauch davon, sie sorgen sich nicht mehr.

Mary Webster

PROLOG

Wie ein Baby mit einem fleischlosen Knochen in seinem Mund, einem Knochen, den ihm seine Mutter gegeben hat, damit es daran lutschen kann, während sie in der Küche ist und auf den Kessel achtet, der jetzt zu singen beginnt ...

Es lag etwas sehr Verstörendes in seinen Zügen heute, etwas, das eine gewisse Unordentlichkeit ausstrahlte – etwa wie ein Baumwollkleid, das in Salzwasser gewaschen und getragen worden ist, bis es nach Schweiß stinkt. Es lag etwas sehr Verletzliches in seinem Ausdruck, eine große Unruhe. Er atmete heftig und stossweise aus voller Lunge. Seine rote und geschwollene Zunge flatterte mit den Wellen des Schmerzes. Soyaan hielt die Hand seiner Mutter, hielt sie liebevoll und fest, und er presste sie.

»Trink das hier«, sagte sie. »Es wird dir gut tun.«

Ein Käfer flog herein und durchschnitt die Hitzewellen im Zimmer. Der Käfer flog an die Decke, lieferte sich mit einem anderen dort einen Luftkampf, kam wieder herunter und kreiste eine Weile, nur ein paar Zentimeter entfernt, vor Soyaans Augen. Er öffnete und schloss sie. Seine Augen schmerzten. Und der Käfer war fort.

»Trink das bitte aus.«

Aber er wollte den Heiltrank, den seine Mutter vor seine blicklosen Augen hielt, nicht trinken. Er gab auch keine plausible Erklärung dafür ab, warum er mit Bauchschmerzen nach Hause gekommen war. Was hatte er gegessen? Mit wem war er zusammen gewesen? Was hatte man ihm für vergiftetes Essen vorgesetzt? Er hatte befürchtet, dass die hartnäckigen Fragen seiner Mutter einen Spalt in seine Rüstung schlagen würden, hatte befürchtet, dass der Appell seiner Schwester den einen oder anderen Riss in seinem Mantel des Schweigens hinterlassen könnte. Dafür bestand jetzt keine Gefahr mehr. Denn er war sprachlos geworden mit seinen Schmerzenslauten. Er musste auf ihre Fragen keine Antworten mehr geben. »Soyaan, mein Sohn«, hatte seine Mutter gesagt.

Soyaan: gesund wie das Antimon ihrer geschwärzten Sicht. Sie kannte es gar nicht, dass er krank wurde. Sie kannte es auch nicht, dass ihm allzu lange unwohl war. Anders als sein Zwillingsbruder Loyaan, anders als seine Schwester Ladan, anders als sie beide, war Soyaan ein Katapult der Ordnung; alle drei waren ihrem Vater Keynaan wenig ähnlich, der der Inbegriff der Hypochondrie war. Aber was hatte Soyaan gegessen? Was für grässliche Gifttränke hatte er zu sich genommen? Womit war er in Kontakt gekommen, mit wem? Warum hatte er eine bunte Mischung aus Gemüse, Fleisch und Spaghetti erbrochen? Seine Haut war auf jeden Fall unangenehm blass geworden, beinahe anämisch. Sein Kopf war, verglichen mit dem Rest seines Körpers, übermäßig schwer geworden: Um ihn aus dem Kissen zu erheben, brauchte er Hilfe.

»Mit dem Segen deiner Mutter ...«, sagte sie.

Er schüttelte den Kopf. Nein. Er wollte das nicht trinken.

»Bitte.«

Sie hielt einen Strohfächer in der Hand. Damit verjagte sie die Fliegen. Damit wedelte sie die heiße Luft weg. Als sie fächerte, flohen einige Fliegen, andere regten sich, blieben aber, wo sie gewesen waren, während die, die sie erwischt hatte, auf den Boden fielen. Sie bildeten dort ein Muster, ein hässliches und ungesundes Muster.

Er fragte sich, ob man in dem Zimmer sprühen konnte. All diese Fliegen und Moskitos. Wo es Fliegen gab, gab es auch Gesundheitsrisiken und andere Unannehmlichkeiten.

Er gab ihr zu verstehen, dass sie ihm helfen sollte, den Kopf aus dem Kissen zu heben. Sie legte ihm den Arm unter den Kopf und stützte mit dem anderen seinen Körper – zierlich und doch mit schweren Knochen. Sie litt, als sie sah, welch quälende Anstrengung es ihn kostete, ein Kissen richtig unter seinem Rücken zu platzieren. Sie machte einen Schritt zurück und zeigte, ein entspanntes Lächeln, als sie sah, dass es ihm gelungen war, in gebotener Haltung, solchermaßen aufgesetzt verharren zu können. Dann nickte sie, als er ein Wort des Dankes murmelte.

Sie seufzte, als sie wieder Platz nahm. Sie fühlte Schmerzen im Rücken, einen Schmerz, der sie an die Geburten und andere Komplikationen erinnerte. Aber sie fand Zuflucht in der Menopausen-Sicherheit ihres Alters. Gott sei Dank: drei Geburten und eine beinahe tödliche vierte; und ein schrecklicher Ehemann. Sie dachte daran, dass Soyaan alles erbrochen hatte, was sie ihm eingeflößt hatte. Ein Freund von ihm, ein gewisser Dr. Ahmed-Wellie, war gekommen und hatte eine neue, lange Liste von Medikamenten aufgeschrieben. Qumman griff wieder nach dem Strohfächer. Sie wedelte so heftig damit, dass sie in Wut geriet, sie fächerte und fächerte. Sie hielt abrupt inne, um zu fragen, ob Soyaan wenigstens ein paar Löffel von dem Joghurt essen wollte, nach dem er ursprünglich gefragt hatte.

»Nein, danke.«

»Warum denn auf einmal nicht?« Sie blickte befremdet auf die Schüssel in ihrer Hand. Sie hielt sie sich unter die Nase und roch daran. Vielleicht um zu ermitteln, ob auch er die Prise Kräuter riechen konnte, die der heilkundige Weise dem Joghurt beigemischt hatte.

Ihre Stimme klang nun verzweifelt: »Du hast seit gestern nichts zu dir genommen.«

Das stimmte nicht ganz, und sie wusste das. Er hatte ein wenig gesalzenen Joghurt gegessen. Als er den Geschmack nicht mehr ertragen konnte, hatte er darum gebeten, etwas Zucker hinzuzufügen. Aber dann hatte er doch nichts davon essen wollen.

»Loyaan wird jeden Moment da sein«, sagte sie zu ihm.

Dies riss ihn aus seiner Mattigkeit, auch wenn er nicht sofort auf die Nachricht von der Ankunft seines Zwillingsbruders reagierte. Dann lächelte er zunächst fröhlich. Ein wenig später trugen seine Gesichtszüge den Ausdruck reiner Freude. Sie hatten sich seit einigen Monaten nicht mehr gesehen.

»Er sollte jeden Moment da sein.«

Sein Atem kam pfeifend durch die Nasenlöcher. Seine Mutter nahm sich den Joghurt. Die Regeln des familiären Haushaltes duldeten keinerlei Verschwendung. Das Haus, in dem sie lebten, war gerade erst abbezahlt worden. *Mein lieber Sohn,* sagte sie zu sich selbst, *wir können es uns nicht leisten, dich zu verlieren.*

»Bevor ich jetzt gehe, gibt es irgendetwas, das ich für dich besorgen soll?« fragte sie, während sie ihn berührte und seine erhöhte Temperatur feststellte.

»Nein.«

Ihre Hand presste seinen Bauch, der daraufhin ein Geräusch wie einen Rülpser von sich gab. Er runzelte die Stirn, als werde er von einer erneuten Schmerzattacke heimgesucht. Sie glättete seine Falten mit ihrer Handfläche.

»Du bist erst neunundzwanzig, und dann so was!« erklärte sie.

»Bitte.« Er zeigte auf einen Tisch an der Tür. Seine Stimme war schwach, sein Blick glasig und verschwommen.

Auf dem Tisch, auf den er zeigte, stand ein Ansammlung von Fläschchen in verschiedenen Anordnungen und Größen wie zum Verkauf. Aber seine Mutter schüttelte entschieden den Kopf. Nein, sie würde sie ihm nicht holen. Sie würde ihm diese Fläschchen nicht geben. Nicht, solange er ihr nicht etwas versprach. Was? Er wusste, dass sie wenig Vertrauen in die Wunder moderner Medizin besaß. Er wusste, dass das wenige Vertrauen, das sie überhaupt besaß, schon erschöpft gewesen wäre, noch bevor der milchige Geschmack von Malariatabletten auf der Zunge zerging, die sie angefeuchtet hatte. Qumman machte daraus gar kein Geheimnis. Sie stritt mit nie nachlassender Leidenschaft für die Vorzüge der traditionellen Medizin; für den Fall, dass sie nicht wirkte, heilte Allahs Vorsehung. Ihre Söhne und Töchter fanden es unerklärlich und seltsam, dass sie dennoch Spritzen duldete, wenn es hart auf hart ging.

»Davon brauchst du nichts«, sagte sie.

Sie ging zum Tisch und blieb dort eine Weile stehen. Sie nahm zwei von den Fläschchen, in jede Hand eine, und betrachtete sie eingehend. Sie hielt sie sich vors Gesicht und starrte sie an. Da er wusste, dass sie die Etiketten auf den Fläschchen nicht lesen konnte, fragte sich Soyaan, was sie dazu veranlasste, sie mit diesem merkwürdigen, verhexten Ausdruck zu mustern.

»Wenn du dich nur selbst gehört hättest. Du warst natürlich nicht bei Bewusstsein, und dein Blick war auf den Nebel des Wahns gerichtet. Du hattest extrem hohes Fieber. Das unzusammenhängende Zeug, das du im Schlaf redest – die Obszönitäten, die dein unruhiger Schlaf absondert. Ist es diese Frau, die dir das eingeflößt hat, was dich jetzt so schrecklich krank macht?«

»Welche Frau?«

Qummans Mund öffnete sich, schloss sich aber wieder, nachdem sie nur den ersten Buchstaben des Namens der Frau leise ausgesprochen hatte. Ihre Zunge war über die Vokal-Kombination des Namens gestolpert, aber sie erhob sich mit Würde, bevor sie über den Stolperdraht unausgesprochener Gedanken fiel.

»Anstand, Mutter – und ich möchte hier deine eigenen Worte zitieren«, sagte Soyaan, »verbirgt sich nicht bloß in den Rockfalten einer jungen Dame von wohlriechender Bescheidenheit, die sich unauffällig und natürlich bewegt, einer jungen Dame voller Diskretion. Wenn man an der Schleife zieht, wenn man den Saum öffnet – das Nackte ist zu obszön und zu gewöhnlich, ganz gleich bei welchem Geschlecht. Anstand.«

Sie bewegte sich ein wenig, leise wie Staub. Sie dachte noch einmal an die Entscheidung, die sie getroffen hatte und von der sie nicht abweichen würde. Sie würde sich nicht wie Luft von einer Windböe mal hierhin und mal dorthin wehen lassen. Sie würde fest bleiben.

»Du verlierst immer den Boden unter den Füßen«, sagte sie. »Du bist sehr krank. Überlass dich unserer Hilfe, und wir werden dich im Handumdrehen aus *ihren* Klauen befreien.«

»Komm zur Sache, Mutter.«

»Mein Sohn, du bist verhext.«

»Nein, nein. Ich meinte, was habe ich denn nun in meinem unruhigen, verhexten Schlaf gesagt?«

»Ungereimtes Zeug.«

»Drück dich bitte etwas genauer aus, Mutter.«

»Frag Ladan. Frag deine Schwester.« Sie hielt sich wieder die Fläschchen vor die Nase.

»Bitte«, flehte er und sah auf die Tabletten in den Fläschchen.

»Die haben dir sowieso nicht geholfen.«

»Gib sie mir einfach.« Er sah auf seine Uhr. Es war Zeit, dass er die stündliche Dosis einnahm, die ihm Ahmed-Wellie verschrieben hatte. Er sollte ihr erklären, dass es länger dauert, bis ein Medikament wirkte; aber er traute sich nicht. »Bitte.«

Sie stellte die Fläschchen wieder auf den Tisch. Sie ging zurück zu ihrem Stuhl. Der Fußboden vibrierte unter ihren Füßen. Eine schwache Brise wehte durchs Zimmer, nachdem der Wind das Fenster aufgedrückt hatte.

»Wie wär's damit«, erklärte seine Mutter, »wenn ich sie dir gebe und sie dich nehmen lasse, tust du dann auch etwas für mich?«

»Was soll ich denn tun?«

»Versprichst du mir, dich, wenn der Scheich kommt, nicht über seine Anstrengungen lustig zu machen und auch meine nicht zu verspotten? Der Koran ist das einzige Heilmittel, das wir kennen, das keine Nebenwirkungen hat. Den Joghurt lassen wir dann als Kompromiss«, schlug sie vor.

Soyaan sagte nichts. Eine Staubwolke strich über das Aluminiumdach. Qumman sah zur Decke hoch, während sie auf seine Antwort wartete. Er blickte von seinem Neruda auf. An die Fläschchen gelehnt, das bemerkte er nun, stand der Familienkoran.

»Versprochen«, sagte er.

Sie ging aus dem Zimmer, um dem Scheich Bescheid zu sagen, dass er alles vorbereiten sollte.

Woraufhin Soyaan nach neuen Lösungen zu den Rätseln des Lebens suchte, während er seinen Blick auf einen Gecko richtete, der sich mit vollendeter Anmut an den ungleichmäßigen Rissen in der Wand vor ihm hinauf und hinunter schob. In der Stille verloren seine Gedanken ihre Schwere. Er ließ sich fallen. Er ließ seine Gedanken schweifen. Er setzte das Segel seiner Gedanken an einem sehr angenehmen Ort. Da lag er – leicht wie ein Segel im Wind, flog vor allem davon, außer vor *ihr*, und fühlte sich begehrt. *Komm rein, wenn du möchtest. Ich bin offen wie Wasser für dich. Komm in mich rein, aber langsam, liebevoll ...*

Das Wasser war knietief. Sie befanden sich am seichten Rand des Meeres. Soyaans Freundin war vollständig bekleidet, wie es die Gesetze des Landes den Frauen vorschrieben. Ihr Kleid, das sie erst vor kurzem hatte maßschneidern lassen, war tief ausgeschnitten. Ihre großen Brüste waren immer wieder zu sehen.

Das Wasser schwappte gegen ihre schön geformten Schenkel. Und die Wellen, von der Untiefe gezähmt, sorgten dafür, dass sich ihr Kleid leicht verschob, dass der Rock hinten hochrutschte und an ihrem wundervollen Körper klebte. Die Umrisse ihrer wunderschönen Figur zeichneten die Karte ihrer sexuellen Geographie.

Er kannte sie schon eineinhalb Jahre oder jedenfalls beinahe. Er gestand sich ein, dass er jeden Augenblick davon genossen hatte. Aber es gab in dieser Beziehung auch Schwierigkeiten. Denn da war, obwohl keiner den Namen aussprach, noch ein anderer. Ein Mann, der so einflussreich war, dass er bei jeder öffentlichen Versammlung in Mogadischu sofort erkannt wurde. Wann immer Soyaan sich mit ihr traf, geschah es daher heimlich.

Jetzt hielt sie ihn an den Knöcheln. Soyaans Schwimmzüge waren gleichmäßig. Er schwamm wie ein Profi. Er streckte seine langen Arme so hoch und weit aus, wie er nur konnte, bevor er sie wieder ins Wasser tauchte. Er tauchte und blieb so lange unter Wasser, wie seine Lungen es gestatteten. Im durchsichtigen Wasser zerfloss sein kompakter Körper zu kleinen Fantasiewellen. Sie zog ihn hoch, indem sie ihn an den Haaren packte. Sie umarmten sich. Sanft küsste sie ihn. Als sie ihn wieder losließ, schwamm er davon, mit eleganten Schwimmzügen. Sie wandte sich dahin, wo er jetzt war.

»Ich habe es sehr gern gelesen«, sagte sie.

»Ich habe mich schon gefragt, wie du es wohl findest.« Aber er wartete nicht, um noch etwas zu sagen.

Er tauchte unter, überhastet und ungeschickt. Sie folgte ihm hinein. Sie konnte nicht so lange unter Wasser bleiben wie er. Das Meer spuckte sie aus. Hoch und raus, und sie keuchte. Sie wartete darauf, dass er wieder auftauchte.

Als er erschien, fragte sie: »Hat es noch jemand gesehen?«

»Warum?«

»Gefährliches Material.«

»Glaubst du?«

»Es nimmt doch eindeutig politisch Stellung.«

Er reagierte nicht darauf. Er schwamm davon, diesmal im Schmetterlingsstil. Er kehrte zurück. Er kam zu ihr, an einer Stelle, wo ihnen das Wasser bis an die Brust reichte. Sie schwammen gemeinsam. Er hielt inne. Er spritzte mit Wasser bis zum Himmel. Er schluckte einen Mund voll.

»Kannst du es für mich aufheben?«

»Natürlich.«

Sie kamen aus dem Wasser. Sie glaubten immer noch, sie hätten den Strand ganz für sich allein.

Sie schrieb seinen Namen in den Sand. Das Meer wusch ihre Schrift wieder fort. Schweigend sahen sie zu, wie das Wasser zurückwich. Er wünschte, er könnte ihre Botschaft im zurückweichenden Wasser lesen. Sie wünschte, sie könnte ihm klarmachen, wie gefährlich seine politischen Aussagen waren. Konnte sie das?

»Du hast das doch niemandem sonst gezeigt, oder?«

Er antwortete nicht. Er zupfte an dem Band seiner Badehose, die er an der Taille fest zugebunden hatte. Er war ein behaarter Mann. Groß. Schlank. Und sehr gut aussehend. Sie war nur ein paar Zentimeter kleiner als er. Als sie beide die Arme ausstreckten, Seite an Seite, und ihre Schultern sich beinahe berührten, sah es so aus, als wären sie gleich groß. Er bohrte seinen großen Zeh in den Sand. Und er wollte das Thema wechseln.

»Wie geht es unserem kleinen Engel?« fragte er.

»Ihm wachsen Flügel der Jugend und Selbständigkeit und Zähne.«

Ein paar Wassertropfen spritzten auf Soyaans Stirn. Er sah auf. Nein, um es genau auszudrücken: Er schreckte auf. Er starrte überrascht hoch. Da stand ein kleines Kind, von dem sandiges Wasser tropfte, ein Kind, das kaum zwei Jahre alt war und nun über ihm stand. Das Lächeln des Kindes ließ Soyaans Augen vor Freude aufleuchten, deren Lider sich geöffnet hatten und den Glanz einer erinnerten abgöttischen Liebe zeigten. Dem kleinen Engel waren Flügel der Jugend, der Selbständigkeit und Zähne gewachsen. Aber das gerade aufgetauchte Kind wollte nicht gehen, nicht sprechen und auch nicht erklären, wie es hierher gekommen war. Soyaan blickte zu dem Kind auf. Sein Blick war nun getrübt von ungelösten Rätseln und davon, dass das Kind plötzlich wie aus dem Nichts aufgetaucht war. Das Kind erwiderte Soyaans besorgten Gruß nicht. Es reagierte auch nicht auf die Fragen der Frau, sondern lief umher, ohne zu sprechen. Soyaan und auch sie dachten an den Namen eines Mannes, einen Namen, den beide unwillkürlich sofort wieder an den Rand ihrer geschäftigen Gehirnzentren verbannten. Das Kind verschwand so leise und rätselhaft, wie es gekommen war, ohne etwas zu sagen. Soyaan fragte sich, ob der Strand wirklich so einsam war, wie er geglaubt hatte. Er fragte sich, ob noch andere Menschen, Erwachsene, in der Nähe waren. Keiner von beiden sagte für lange Zeit ein Wort. Erst viel, viel später, nachdem sie sich hinter den Büschen geliebt hatten:

»Die abgezehrten Armen, von denen sich die hungrigen Läuse ernähren. Gute Formulierung«, bemerkte sie.

»Aber du hast es vergessen.«

»Was?«

»Ab und zu treibt die Polizei diese Bettler zusammen, als wären sie die Ernte.«

Sie lagen nebeneinander. Der Wolkenschatten spannte einen kurzlebigen Schirm über die ganze Küste. Weit hinten am Horizont jagte sich verspielt ein Schwalbenpärchen.

»Wenn sie schließlich kommen und den Stolz des Morgengrauens verletzen, werde ich vorbereitet sein. Nein, ich gehöre nicht zur Klasse der Gedemütigten. Ich werde mich bereithalten, wie eine Frau, die ihren Liebhaber erwartet.«

Ein trotziger Blick von ihm. Sie wich seinem Blick aus: Sie wirkte gekränkt. Und für einen Augenblick dachte sie, sie sähe einen Geier, der am entfernten Ende des Küstenstreifens auf der Klippe lauerte. Sie rief sich noch einmal ins Gedächtnis, wie das Kind erschienen und wieder verschwunden war. Ihre Wangen wurden nass von einem Strom von Tränen. Sie war schon auf den Füßen. Sie rannte weg von ihm. Sie ging, um sich mit dem salzigen Meerwasser die heißen Tränen abzuwaschen.

Der Scheich hatte seine knappe Konkordanz konsultiert. Er hatte die Passagen ausgewählt, die gelesen werden sollten, die Suren des Korans, die zum Anlass passten, und er sang sie nun.

Soyaan hielt sein Versprechen und verkniff sich spöttische Bemerkungen. Im Räuchergefäß, das sie auf die Türschwelle gestellt hatte, brannte eine Mischung aus Weihrauch und Myrrhe. Soyaans feiner Geruchssinn machte etwas Absonderliches in dem Duft aus. Sollte er seine Mutter bitten, zu erklären, was sie da ins Gefäß getan hatte? Was für ein gottloser Geruch war das? Brennendes Haar? Glaubte sie wirklich, dass er von dieser Frau verhext worden war?

Sein Vater wurde angekündigt. Der Scheich zog sich zurück, als Keynaan das Zimmer betrat.

In letzter Zeit waren die beiden sehr schlecht miteinander ausgekommen. Soyaan hatte den kleinen Betrag gestrichen, der sonst für den Unterhalt von Keynaan und seiner Zweitfrau Beydan vorgesehen war. Seiner Mutter und seiner Schwester erklärte er, dass er dies getan habe, um für das Haus aufzukommen, das, wie sich dann herausstellte, am Ende ganz der Mutter gehören würde. Es gab aber noch einen anderen, unausgesprochenen Grund. Soyaan hatte erfahren, dass der alte Mann um ein junges Mädchen im Alter von Ladan warb und das Geld für sie ausgab, das er eigentlich für Beydan erhielt, und das, obwohl sie gerade im neunten Monat schwanger war. Natürlich informierte Soyaan Beydan nicht darüber; auch nicht die Mutter, die Schwester oder seinen Zwillingsbruder. Keynaan würde die schlechte Lage zu spüren bekommen, hatte Soyaan zu sich selbst gesagt. Er würde schon etwas sagen. Etwas erklären. Er würde schon sagen, was passiert war. Und das tat er auch. »Mein Sohn hat mich den Wölfen der Scham und der Schande ausgeliefert«, sagte er. »Er ist dem Ratschlag von Frauen gefolgt. Ein Mann, der den Rat von Frauen sucht und ihm folgt, ist ein ruinierter Mann.«

»Ich habe mich um eine Stelle beworben«, erzählte Keynaan Soyaan dann.

Schweigen. Er konnte es nicht ertragen, Soyaan konnte es nicht. Seine angespannten Nerven, seine innere Unruhe zwangen ihn, irgendeine Bewegung zu machen: Er stellte das Radio an. Er drehte es unnötig laut auf. Um verstanden zu werden, sprach Keynaan in voller Lautstärke. Als ihn die Kehle schmerzte, stellte Keynaan leiser. Die beiden lauschten Dulman, der berühmtesten Schauspielerin des Landes, die Lobeshymnen auf den General sang. Soyaan rieb sich noch heftiger die Augen. Der Qualm des Räucherwerks hatte sie gereizt. Hatte es überhaupt einen Sinn, Keynaan zu fragen, wofür er sich beworben hatte? Ein früherer Polizeiinspektor, ein Mann, den man gezwungen hatte, in den Ruhestand zu gehen, weil er dem Regime peinliche Schwierigkeiten bereitet hatte, wofür wäre der noch geeignet? Als Spitzel, als täglicher Beschaffer von Informationen darüber, was auf der Straße so geredet wurde, als »Ohren-Diener« der Staatssicherheit, da er sowieso ein halber Analphabet war?

»Es tut mir Leid, dass ich nicht da war, als du nach Afgoi gekommen bist. Beydan hat mir von deinem Besuch erzählt«, sagte Keynaan.

»Wie geht es ihr?«

»Neun Monate. Das Gewicht ihrer Schwangerschaft wiegt so schwer wie Schuld.«

Beydan hatte Soyaan bei einer ihrer letzten Begegnungen von einem Traum erzählt, den sie gehabt hatte, einem Traum, in dem sie, die Hauptfigur, nicht da war.

»Wie ein Gespenst«, sagte sie, »dessen Schatten der Spiegel nicht reflektiert, sehe ich mich selbst nicht in den Träumen, die ich träume.« Arme Frau. »Auch du tauchst nicht auf, mein Soyaan. Nein. Loyaan ragt zwischen den Sargträgern heraus, groß, traurig, ohne zu lächeln.« Arme Frau! Keynaan, nervös in seinem Sessel, wirkte sichtlich unwohl. Dachte auch er gerade die gleichen Gedanken? Dulmans Lobeshymnen auf den Großen Landesvater gaben ihm einen Vorwand, das Gesprächsthema zu wechseln, ein Stichwort.

»Hör dir diese lächerlichen Elogen auf den General an«, sagte Soyaan. »Der Vater der Nation. Der Born der Weisheit. Der Große Ernährer. Ein Halbgott. Ich finde, er ist der Große Wächter eines Gulags.«

»Ich werde dich nicht bitten, das zurückzunehmen. Aber ich möchte dir doch raten, vorsichtig zu sein. Du scheinst zu viel für selbstverständlich zu halten. Wenn ich du wäre, würde ich das nicht tun. Ich würde vorsichtiger sein, wenn ich du wäre. Gulag oder nicht, dir geht es doch gut. Ich kann nicht einsehen, warum gerade du dich aus dem Fenster hängen willst. Warum du? Wo sind die anderen? Warum musst du das Banner halten? Warum du die Fahne vorantragen?«

»Ich trage niemandes Banner voran. Aber ich fühle mich gedemütigt, ich fühle mich missbraucht, täglich, minütlich. Ein Freund von mir sitzt ein wegen antisowjetischer Aktivitäten. Aber wo sind wir denn? In was für einer Ära leben wir? Ist dies Afrika oder Stalins Russland? Es ekelt mich an. Sobald es mir wieder besser geht, verspreche ich dir ... » Er bekam einen Schluckauf.

»Ich warne dich.«

»Sobald es mir wieder besser geht, werde *hick* ich *hick*...«

»Trink ein Glas kaltes Wasser.«

Schluckauf. »Nein.«

Soyaan stellte das Radio aus. Er würgte die Sängerin mitten in einer Silbe ab, ließ Dulman an den Konsonanten der Speichelleckerei ersticken. Aber bevor beide noch überlegen konnten, was sie als Nächstes sagen wollten, drang die Stimme eines Bettlers herein, der für Almosen sang.

Keynaan ging hinaus. Soyaan wandte sich wieder Nerudas *Machu Picchu* zu.

»Lies es mir bitte vor.«

»Welches Sonett?«

»Nummer X.«

Gesten der Liebe und Zärtlichkeit: Ladan. Ja, aus solch sanften Gesten wurden liebende Schwestern geschaffen, dachte Soyaan, während er den Kadenzen ihrer schönen Stimme lauschte, während sie den Kopf hob und ihn ansah, während sie mit den Augen rollte, voll zärtlicher Tränen. Sie war gerade aus der Schule nach Hause gekommen, wo sie in den letzten vier Monaten oder so unterrichtet hatte, was ein Teil ihres zweijährigen Arbeitsdienstes war. Vor ihr waren schon einige andere gekommen und gegangen, sagte ihr die Mutter. Dr. Ahmed-Wellie war da gewesen und sehr lange bei ihm geblieben. Dann war »Il Siciliano« da gewesen. Keynaan war gekommen. Und noch ein paar andere. Dann kamen Frauen aus der Nachbarschaft, die vorschlugen, dass die Familie den Körper des Kranken mit den Ätzmitteln der gelehrten traditionellen Medizin behandeln sollte. Einmal, als Ladan sich heimlich wie ein Schatten unter sie gemischt hatte, dachte sie, sie hätte ein Gespräch aufgeschnappt, in dem der Name Koschin mehr als zweimal vorgekommen war. War das nicht »Il Siciliano«, der Mann, der äußerst höflich war und sich verbeugte, bevor er ging und ihnen auf Wiedersehen sagte? Sie hatte das Sonett zu Ende gelesen und saß nun schweigend da, mit schweren Füßen – wie die kalte Feuchtigkeit eines Traums, bei dem man ins Schwitzen geriet. Komme, was wolle, sagte sie zu sich selbst, sie würde das Geheimnis bewahren, sie würde nicht vor ihm wiederholen, was er im Schlaf gesprochen hatte. Ja, sie würde die Alchemie ihrer Gefühle unter Kontrolle behalten.

Sie blätterte um. Der Docht ihrer Erinnerung war mit einem frischen Flackern aufgeflammt und hatte eine Seite ihrer Vergangenheit beleuchtet. Sie las sich die Verse der Liebe vor. Ein Kapitel der Dankbarkeit, Soyaan gewidmet; ein weiteres des unwillkürlichen Einverständnisses für ihre Mutter, ein drittes des Vertrauens für Loyaan; ein Sonett der Liebe für Koschin, das sich genau auf diesen Namen reimte. Keynaan wurde nicht erwähnt, kam nicht vor. Für Ladan war Soyaan die Blindenschrift für ihre sonst unberatenen Blicke; für sie war Loyaan der Bruder, der sie in den Stand setzte, an all ihren Tagen und Nächten Sterne zu säen.

Soyaan drehte sich zu ihr und sagte: »Mutter meint, dass ich im Schlaf spreche.«

»Meint sie das?«

Er nahm ihr Nerudas Buch aus der Hand und legte es beiseite. »Sie meint, ich rede ungereimtes Zeug.«

»Du weißt doch, wie Mutter ist.«

»Nein, liebste Ladan. Sag es mir. Stimmt das?«

Sie hielt jetzt seine Hand in ihrer. Sie küsste sie. »Wenn man krank ist und so hohes Fieber hat wie du, wechseln Augenblicke der Klarheit und der Verwirrung. Was spielt das dann für eine Rolle, was du gesagt und was du nicht gesagt hast?«

»Was habe ich denn gesagt?«

»Nichts Wichtiges.«

»Was habe ich denn gesagt?«

Ein zärtliches Lächeln umspielte ihren besorgten Blick. Aber sie blieb sehr lange stumm, wie ein Vorhang, der gefallen ist. Sie sah weg. Sie ließ seine Hand los. Die Luft im Zimmer war schwer wie das Gas aus einem Ofen. Dann: »Du hast von bleichen Gespenstern gesprochen, die dich mit Nadeln durchstoßen haben.«

Er betrachtete sie mit frisch erwachtem Interesse.

»Ja, das hast du gesagt«, bekräftigte sie.

Bleiche Gespenster, die ihn mit Nadeln durchstoßen? Er veränderte die Stellung, in der er gelegen hatte: Diese Spritzen, dachte er bei sich, wie weh sie taten! Er erinnerte sich an eine Szene in einem Krankenhauszimmer, weiß wie der Tod und stumpf wie ein rostiges Messer. Oder träumte er? Sie hatten ihn an einen Stuhl gefesselt, drei Männer waren dort, und sie gaben ihm eine Spritze.

»Was sonst?«

»Du hast obszöne Verwünschungen über den General ausgestoßen. Aber dies waren Augenblicke der Verwirrung, und du hattest hohes Fieber. Ich war da. Mutter auch. ›Der Koran, der heilige Koran‹, rief sie einmal.›Lies einen Abschnitt vor, lass uns Zuflucht suchen beim Wort Gottes.‹«

»Noch etwas?«

»Sie meinte, das sei Beweis genug, dass du verhext worden bist. Sie hat es so ausgelegt: Die bleichen Gespenster, die du gesehen hast, waren nichts anderes als die Hexenmeister der *mingis*-Zeremonie, die Männer, die sich ihre Gesichter mit dem Staub von Limonenholzasche schwarz färben, bevor sie das Ritual vollziehen.«

Wieder eine Pause. Beiseite Geflüstertes. Unhörbares Gemurmel: von Soyaan.

Dann gab es ein Geräusch. Obwohl es ganz schwach war, brachte es Soyaan dazu, sich umzudrehen und seine Augen zu öffnen. Das Geräusch kam von irgendwo hinter Ladan. Sie drehte sich um. Die gewandeten Engel ihrer Träume: Gott im Himmel. *Was sehe ich da?* Es war Loyaan. Loyaan in Person. Bestimmt fünf Minuten lang hätte keiner mehr unterscheiden können, wer was tat, wer was sagte, wer wen küsste oder umarmte.

Ladan überließ die Zwillinge sich selbst, damit sie über alles reden konnten.

Der Gesang eines Bettlers: die singende Stimme eines Jugendlichen, die sich mit der eines alten Mannes abwechselte. Sogar Bettler haben ihre Klassen, dachte Soyaan, während er seinem Bruder gestattete, das Fieber zu messen und Fragen zu stellen, auf die er keine Antworten bekam. Da gab es die in weißen, sauberen Gewändern, die gebildet waren und die generell nur religiöse Formeln sangen; diese wurden normalerweise als Schüler eines bedeutenden Scheichs betrachtet, des Imams einer Moschee, und daher gut behandelt. Dann gab es die anderen, die in Lumpen gingen und deren Manieren so ungehobelt und rau waren wie ihre Stimmen. Sie wurden behandelt, als wären sie streunende Katzen oder herrenlose Hunde.

»Speise die darbenden Zungen der Armen mit den Gaben des Allmächtigen.

Netze die trockenen Münder der Dürre mit den Wassern des Wundermachers.

Gib und Gott wird dir dafür mehr geben und im Überfluss.«

Ladan und Qumman gingen, um die leeren Mägen der Bettler und ihre leeren Schüsseln mit Resten zu füllen. *Betet für die Kranken unter uns, betet für die Seelen der toten Verwandten und Muslime, wo immer sie sein mögen.*

Inzwischen: Loyaan hatte Soyaans Puls gefühlt und das Fieber gemessen. Zunächst kam er mit seinen hartnäckigen Fragen danach, wo sein Bruder gewesen war, mit wem und was er gegessen hatte, nicht weiter. Nach einer Stunde Reden drang aber durch, dass Soyaan bei Beydan gewesen war und dort etwas gegessen hatte. Es wurde auch klar, dass er einen Arzt konsultiert hatte. Die Empfehlungen des Arztes lagen auf dem Tisch, Loyaan konnte die Instruktionen selbst lesen. Aber wer war der Arzt? Soyaan dagegen lenkte das Gespräch auf die Tagespolitik. Er überraschte Loyaan und sich selbst gleichermaßen, als er, gute Laune und Vitalität versprühend, zu einem langen und verschlungenen Monolog über den General ansetzte, der den Massen einen giftigen Cocktail von lauter Widersprüchen vorsetzte. Mit voller Überzeugung sagte er, dass, wenn eine kleine Gruppe mit einer kleinen Anhängerschaft, sagen wir, eine Art Streik oder Sit-in organisierte, wenn diese kleine Gruppe die Massen darüber informierte, was wirklich los war, denn Information war wesentlich in einem Land, in dem alles zensiert wurde ... Schluckauf ...

»Komm schon, komm schon. Halt die Luft an. Atme erst mal tief ein.«

»Ein Klopfen an der Tür *hick* im Morgengrauen. Die Staatssicherheit nimmt den Mann mit *hick* und zurück bleibt eine Frau *hick*, die unter der Schlaflosigkeit ruheloser Nächte leidet *hick*.«

»Komm schon, komm schon. Halt die Luft an. Atme tief ein.«

Aber er hielt die Luft nicht an. Kaltes Wasser war auch nicht da. Sollte Loyaan auf die traditionelle Methode zurückgreifen? Sollte er ihm einen Schock versetzen, ihm die schlimmste aller Nachrichten überbringen? »Deine Geliebte ist tot.« Wer? Wer war Soyaans Geliebte? Hatte er eine? Wie hieß sie? Oder sollte er sich mit einer schlichten Tatsache abfinden: dass er kaum etwas über Soyaans Privatleben wusste und wer seine engsten Freunde waren. Schluckauf.

»Wie geht es Beydan?«

Der Speichel in Soyaans Mund wurde säuerlich vor Wut bei der Erwähnung ihres Namens, Wut vor allem auf sich selbst, mehr als auf irgend jemand sonst. Er sollte etwas für diese Frau tun. Würde Loyaan ihm bitte helfen, ihr etwas Geld zu geben? Würde er bitte dafür Sorge tragen, dass es auch zu ihr gelangte? Nein. Er beschloss, nicht einmal Loyaan von dem jungen Mädchen zu erzählen, das Keynaan heiraten wollte. Das würde alles nur noch schlimmer machen. Soyaan: ein Mann der Intrige, der Rhetorik, der Polemik und Politik. Loyaan: ein Mann melodramatischer Szenen, weltlicher Dinge und von Wutausbrüchen. Loyaan würde zum Beispiel darauf bestehen, alle Anführungszeichen bei Wendungen wie »Revolution in Afrika«, »Sozialismus in Afrika« und »radikale Regierungen« zu streichen, während es Soyaan Spaß machte, sie mit diesen und allen möglichen anderen Zeichen zu schmücken; er öffnete auch gern mal eine Klammer, ohne sie dann zu schließen. Vor Jahren war es sogar Soyaan gewesen, der Loyaan nahe gelegt hatte, die Politik zu meiden wie ein Patient Medikamente, die ihm nicht verschrieben worden sind: »Du bleibst, wo du bist, in der Gegend von Baidoa, machst deine Arbeit gut, und du bist der revolutionärste aller Revolutionäre – Anführungszeichen streichen! Schluckauf. Soyaan lag still unter dem Laken wie ein eingemummeltes Kind. Schluckauf.

»Und wie geht es Vater?«

»Er war *hick* vor einer Weile da.«

»Wie geht es ihm?«

»Ein machtloser *hick* Patriarch, der größte von *hick* allen. Wir kommen überhaupt *hick* nicht mehr miteinander aus.«

»Wegen Beydan?«

»Nicht nur wegen ihr.«

»Weshalb noch?«

»Wegen der Politik der Konfron-*hick*-tation.«

»Das verstehe ich nicht.«

»Die Entmystifi-*hick*-zierung von In-*hick*-formation. Erzähl den *hick* Massen so einfach wie *hick* möglich, was los ist. Entmystifiziere *hick* die Politik. Leere diese Köpfe, die tonnenweise mit Rhetorik vollgestopft sind. Deck auf, was sich hinter *hick* Großbuchstaben wie KGB, CIA oder anderen *hick* aus dem bösen Alphabet der Verschleierung *hick* verbirgt. Verstehst du *hick* mich jetzt *hick*?«

Soyaans Blicke hefteten sich an Loyaan.

»Ich bin mir nicht sicher.«

Ein Lächeln. Schluckauf. Dann:

»Das wirst *hick* du noch rechtzeitig.«

Loyaans Schweigen entlockte Soyaan noch eine Bemerkung. Das Aluminiumdach schepperte, als eine MiG-21 über ihnen hinwegflog.

»Koschin *hick* braucht übrigens dringend *hick* Hilfe.«

»Wo halten sie ihn fest?«

»In dem unterirdischen Gefängnis *hick*, das die Ostdeutschen *hick* gebaut haben. Ein Super-Gefängnis *hick* als Hilfeleistung eines sowjetischen *hick* Satellitenstaates für *hick* ein falsches sozialistisches und in Wirklichkeit *hick* faschistisches Somalia.«

»Wie kann ich ihm denn helfen?«

»Frag Ahmed-Wellie. Er wird es wissen.«

Loyaans Sessel stand im Kreuzfeuer der stechenden Sonnenstrahlen. Soyaans Knie zeichneten sich deutlich ab, als sie an das Laken stießen, das ihn bedeckte. Er veränderte seine Lage und wollte auch das Gesprächsthema wechseln. Aber Loyaan war irgendwo anders. Er war wieder in einer Vergangenheit, die er vergessen hatte und durch deren lange Korridore er jetzt ging ... Die Zwillinge spielten gerade; da war ein Sandstrand; Merca; Sandburgen wurden gebaut. Ja, aus der Tiefe kam ein Ball mit Zeichnungen darauf, ein Globus, eine Weltkarte, die sowohl die geologischen als auch politischen Farben von Kolonien, Bergen und Seen trug. Dies tauchte auf und hing lange Zeit hell erleuchtet vor ihm wie eine Laterne. Auch Keynaan war da, Keynaan, der große Patriarch, Keynaan mit einem Messer in der Hand, den Füßen in Stiefeln, der herzlose, feige Keynaan, und das Messer zerfetzte den Ball. »Eine Welt rund wie ein Ball. Wer hat denn von so was gehört?« Schluckauf.

Soyaan lag still da, alle viere von sich gestreckt. Unter einem seiner Arme lag eine Ausgabe von Machiavellis *Der Fürst*. Loyaan griff nach dem Buch. Er las einen Abschnitt vor, den Soyaan unterstrichen hatte:

»Man muss sich nämlich darüber im Klaren sein, dass es kein schwierigeres Wagnis, keinen zweifelhafteren Erfolg und keinen gefährlicheren Versuch gibt, als sich zum Leiter eines Staats aufzuwerfen und eine neue Ordnung einzuführen; denn jeder Neuerer hat alle die zu Feinden, die von der alten Ordnung Vorteile hatten, und er hat an denen nur laue Verteidiger, die sich von der neuen Ordnung Vorteile erhoffen.«

Als Loyaan aufhörte zu lesen, sah er, dass Soyaan eingeschlafen war.

Eine Stunde später. Soyaan wachte auf und sah, dass er immer noch dasaß. Sie besprachen ernste wie banale Themen des

Familienlebens, der Politik des Generals und Ähnliches. Dann trübten sich plötzlich Soyaans Augen wie das Sonnenlicht im Zimmer. Soyaan wurde von einer Serie von Schluckaufs heimgesucht, unwillkürlichen Anfällen von Atemnot. Er wirkte noch verstörter, als er seine Hand nach Loyaan ausstreckte, der sie ergriff und in seiner Hand hielt. Er wiederholte Loyaans Namen wieder und wieder in diesen Krämpfen der Atemlosigkeit.

Zuerst wich die Wärme aus Soyaans Hand. Dann das Licht aus seinen Augen. Alles nahm, für den Bruchteil einer Sekunde, eine künstliche Ruhe an.

Dann hatte Soyaan seinen letzten Schluckauf.

TEIL EINS

EINS

Wie die beiden Reifen eines Fahrrades, die sich nie berühren, nie zusammenkommen und sich nie von ihrem Wunsch berichten können, den Dienst bei einem undankbaren Herrn zu quittieren, bleibt jedes isoliert in seinem eigenen Raum, einem System, einem Verhaltenskodex, der den Dienst weiter und weiter fortzusetzen hilft; jedes ist, um des einen Zweckes willen, eingesperrt, angebunden, an eine Stange zwischen ihnen geschraubt, die die Bewegung erst ermöglicht, dem Objekt erst seine Existenz verleiht, der metallenen Komposition einen Namen gibt – und natürlich auch ein Etikett.

Die Sonne tauchte wieder auf, gehüllt in den braunen Staub des Mittags; sie wirkte nun gebräunt. Die Sonne hatte den Zenit, von dem aus man die Zeit maß, überschritten und hüllte sich nun in ein himmelblaues Gewand. Als Krone trug sie einen Wolkenkranz, weiß wie ein Totenschädel. Jetzt schob sich die Sonne durch einen Farn aus Dampf und Hitzedunst, schwamm zu einer Lichtung und wurde von einem Sumpf aus tropischem Nebel verschluckt.

Soyaan, Loyaans Zwillingsbruder, hatte seinen letzten Schluckauf.

»Erinnere dich, erinnere dich an den Schwur, den du geleistet hast, erinnere dich an den Wunsch des Toten, denk an die Familie«, sagte Loyaan jetzt zu sich selbst. Im Zimmer war es ganz still, die Luft im Zimmer des Toten machte frösteln wie der Messinghauch des Morgengrauens. Loyaan, still und in Gedanken, saß am Bett, auf dem die Leiche seines Bruders, in Weiß gehüllt, gebettet worden war. Und er entdeckte, dass es riesige und unausfüllbare Lücken gab, die auf seine Unfähigkeit starrten, mit hinreichender Genauigkeit all das zu wiederholen, was gesagt worden war, wer was gesagt hatte und was geschehen war. Wie konnte er die Lücke schließen, womit konnte er das Loch füllen, um es kleiner zu machen? Er erinnerte sich an zwei Bemerkungen, eine von seiner Mutter, die andere vom Vater. »Die Seele gehört Gott, der Körper der Erde«, hatte seine Mutter gesagt, instinktiv auf Loyaans Vorschlag reagierend, dass man Soyaans Leiche einer Obduktion unterziehen sollte. »Nein, nein, segne die Seele des Toten – und die gnädige Erde, die ihn aufnimmt, möge so in Frieden ruhen. Wir brauchen darüber nicht weiter zu diskutieren, mein Sohn. Wir brauchen nicht darüber zu diskutieren, ob wir einem verrückten Chirurgen mit schmutzigen Gedanken gestatten sollten oder nicht, Soyaans Leib zu beflecken, indem er ihn mit dem Messer der Wissenschaft anrührt. Nein. Es wird keine Autopsie geben. Es wird keinerlei staatliche Einmischung geben.« Eine Sekunde nachdem sie diese schneidende Bemerkung gemacht hatte, genauer, bevor die Guillotine der Sekunde überhaupt auf den tickenden Kopf der Minute herabgesaust war ... eine Anschuldigung, ja, Qumman hatte eine schwerwiegende Anschuldigung erhoben gegen »eine bestimmte Frau, deren Namen ich nicht nennen will, eine bestimmte Frau, die das Essen meines Sohnes vergiftet hat«. Würde Keynaan hervortreten und irgendetwas sagen? Er würde sich darauf beschränken zu sagen, dass es niemandem, wenn es um Leben oder Tod ging, gestattet sein sollte, die Autorität des Allmächtigen in Frage zu stellen. Er zog es vor, dafür zu sorgen, dass Soyaan »seinem Schöpfer so unversehrt gegenübertritt wie an dem Tag, als Er ihm den Atem einhauchte, der ihm die Lungen zum Schrei öffnete«. Und die Schwester der Zwillinge, was war mit der Schwester der Zwillinge, Ladan? Ladan hatte sich merkwürdig benommen. Sie hatte geschluchzt und geschluchzt und geschluchzt und wollte lange gar nichts sagen. Dann sprach sie, indem sie lauter rhetorische Fragen stellte: »Spielt es eine Rolle, wie man Leichen verscharrt? Spielt es eine Rolle, ob man die Todesursache herausfindet oder nicht?« Dann folgten hysterische Schreie, ihre Kehle wurde heiser, ihre Wangen waren überzogen von einem Belag getrockneter Tränen. Loyaan beschloss, sie in Ruhe zu lassen.

»Würde eine Obduktion uns etwas mitgeteilt haben, was du uns nicht sagen wolltest?« sagte er zur Leiche. »Was wäre, wenn wir dich aufschneiden ließen und wieder zunähen, was wäre, wenn wir die Wissenschaft ihr Werk tun ließen – würde das ein unschickliches Geheimnis verraten?«

Er starrte auf das Poster an der Wand: die fest geballte Faust eines schwarzen Mannes, der gegen Unterdrückung protestierte, eine Faust, die so hoch gereckt wurde wie der römische Adler der Macht. Dann, durch den Nebel der Zeit, sah er zwei Kinder, die Paläste aus Sand bauten, und hinter ihnen den zerbeulten Rumpf eines liegen gebliebenen Lastwagens. Der Nebel lichtete sich, die Vergangenheit verschmolz mit der Gegenwart, und Loyaan war wieder im Zimmer des Toten und saß still und leise da. Die Totenklage der Frauen, ihre Trauer um den Toten war in dieses Zimmer zu ihm gedrungen; Frauen, die sauber machten, die die Unordnung der Lebenden aufräumten, Frauen, die wuschen, Frauen, die einander zuriefen, während sie weinten, Frauen, die Soyaans Lob sangen, während sie Matten an die Wände lehnten. Ein Schwall von Geräuschen, der auf ihn eindrang, aber mit Pausen und theatralischen Unterbrechungen. Loyaan nutzte solch eine Pause und wandte sich an das Bett des Toten:

»Du hattest eine Verabredung mit jemandem. Wir wollen mal einen Blick in dein Tagebuch werfen – ein kaum gebrauchter Notizblock. Unter das Datum des heutigen Tages hat deine Hand säuberlich etwas gekritzelt, das ich nicht lesen kann. Und das Rätsel: ›M mal 2‹. Was soll das bedeuten? Daneben hast du geschrieben: ›sehr wichtig‹.«

Wieder mehr Lärm, Geräusche, die anschwollen und verebbten; es gab eine Woge von störendem Lärm, die in das Zimmer eindrang. Er begriff, dass er in diesem Zimmer umsonst seine Seelenruhe zu finden suchte. Er fühlte die starke Versuchung, hinauszugehen und diesen Frauen zu sagen, dass sie auf dem Hof doch Schweigen bewahren sollten oder sonst gehen. Aber was sollte er Ladan sagen, deren Solo den Chor der Tränen anführte? Und dann wieder eine kurze Pause.

»›M mal 2. I/M Projektgenosse.‹ Wer ist I/M? Du und deine Geheimnisse! Wer sind diese Leute? Was für eine Rolle haben sie in deinem Leben gespielt? Wo fange ich an? Mit wem soll ich sprechen? Ladan, die dir am nächsten war, kann kaum einen Gedanken äußern; im Übrigen bezweifle ich, ob sie irgendeine Ahnung hatte von deinen geheimnisvollen Manövern, ich bezweifle, ob sie weiß, zu welchen politischen Untergrundbewegungen du gehört haben magst oder welchen politischen Ansichten du gefolgt sein magst. Sehr vage vielleicht. Aber nicht mehr als blasse Allgemeinheiten, nicht mehr als Verallgemeinerungen.«

Überwältigt von Angst und Misstrauen (»Haben *sie* vielleicht ... oh, nein, das nicht!« Er schob den Gedanken sofort wieder weg, der ihm in den Kopf gekommen war), fiel Loyaans Blick, der sich nicht täuschen ließ, auf einen wurmzerfressenen Holzbalken. Irgendjemand hatte inzwischen an die Tür geklopft und sich wieder zurückgezogen. Loyaan hatte nicht die Kraft, sich Gedanken zu machen, wer das wohl gewesen war. Er wusste, dass seine Mutter und seine Schwester immer noch im Innenhof waren. Er konnte Ladans Solo hören. Er konnte die Anweisungen seiner Mutter hören, was hiermit oder damit zu tun sei. Jetzt wollte er sich eine Zigarette anzünden. Er erinnerte sich daran, dass er seit dem vorigen Abend keine mehr geraucht hatte. Aus Respekt vor dem Toten sollte er natürlich nicht rauchen, dachte er. Seine Gedanken schweiften ab. Als sie zurückkehrten, sagte er:

»Eine banale Sache, sagen wir, eine Reise von hundert Kilometern in die eine oder andere Richtung: Auch das hinterlässt seine Spuren im Leben eines Menschen. Ein Insektenbiss, ein Stich – können solche Banalitäten einen nicht aus dem Gleis bringen? Die blinde Netzhaut einer zukünftigen Vision – weißt du noch, wie du das einmal zu mir gesagt hast, als du vom Mangel einer politischen Perspektive beim General und seiner gänzlichen Humorlosigkeit sprachst?«

Sie war sicher reich, die Ausbeute, die Loyaan, der seine Gedanken schweifen ließ, einbrachte! Und doch schwankte er unter der Last der Schuld, sein Geist taumelte unter dem großen Druck. Er konnte es nicht mehr ertragen. Er sagte:

»Wusstest du, dass Vater Mutter gestern Abend geschlagen hat? Kurz bevor du deinen letzten Schluckauf hattest, waren die beiden verschiedener Meinung über ein gewisses Rätsel, dessen

Einzelheiten dich sicher nicht im Geringsten interessieren. Schockiert dich das? Schockiert die Toten überhaupt noch irgendetwas? Was? Was ich getan habe? Nichts, um ihren Streit zu beenden. Deine warme Hand gefror in meiner – das ist alles.«

Und Loyaan erhob sich. Er stand am Fenster und sah zu, wie die Sonne an seinem unverwandten Blick vorüberzog. Er drehte sich um und ging eine Weile auf und ab. Dann hielt er inne. Er sagte zu der Leiche:

»Mutter hatte Verwünschungen ausgestoßen, Mutter hatte geflucht, Mutter hatte Beydan beschuldigt. Vater bekam es mit; sie stritten. Vater verlor die Beherrschung. Er ging auf sie los und schlug sie. Dann schritt ich ein, doch, das hab ich getan, doch, doch.«

Wieder schlenderte er in dem kleinen Raum hin und her. »Das Haus muss dringend renoviert werden, die Wände müssen frisch gestrichen werden, und die Decke, die schon herunterfällt, weil sich keiner darum gekümmert hat, muss sorgfältig repariert werden. Aus den Ritzen kriechen die Spinnen«, schrieb Soyaan in einem Brief an Loyaan noch vor kaum einer Woche, »und sind gut verborgen im sicheren Nest der Nacht und den Falten in den Ledertaschen der Dämmerung. Die Blasen im Anstrich der Wände sagen alles: Sie sprechen von den unbehandelten Wunden, die die Narben der Arbeit nicht heilen können. Wenn wir das Haus erst mal frisch getüncht haben ...« Aber Loyaan hatte sich schon hingesetzt. Er griff nach dem Tuch, in das die Leiche nach der ersten – nichtzeremoniellen – Waschung gehüllt worden war. Loyaan zupfte daran, um zu prüfen, ob irgendein Teil der Leiche inzwischen nicht mehr ganz bedeckt war. Denn der Überlieferung zufolge dürfen die bösen Blicke der Lebenden sich nicht am Anblick einer nackten Stelle einer Leiche versündigen. Er rührte sich nicht, halb vorgebeugt, während die Leiche still unter ihm lag – und auch nicht reagierte.

Dann klopfte es wieder an der Tür, diesmal leise und unaufdringlich: als ob jemand sanft an das Tor zu Loyaans Aufmerksamkeit schlüge. Auf das Klopfen folgte sofort ein leichter Luftzug, eine feine, aber ernüchternde Brise. Der Atem der Tropen drang für einen Augenblick in die Stille des Zimmers. Das weiße

Laken, das bis zu diesem Moment den Körper des Toten vor den sündigen Augen der Lebenden beschirmt hatte, bewegte sich. Loyaan beeilte sich ungeschickt, es glattzustreichen. Und dabei *berührte* er ihn.

Er blickte über seine linke Schulter.

Qumman, seine Mutter, war schon hereingekommen. Er richtete sich auf, um sich ihrem wütenden Blick zu stellen. Gleichzeitig wurde es im Innenhof, der sich zum Himmel öffnete, lebendig: Das allgemeine Wehklagen setzte wieder ein, Ladans heiseres Weinen war zu hören. Er bat seine Mutter, die Tür zu schließen. Das tat sie zwar, aber ihr Blick ruhte dabei auf seinen Händen, die ihn *berührt* hatten. Er sagte nichts zu seiner Verteidigung. Sollte sie sich Zeit lassen; wortlos gestattete er ihr, näher heranzutreten.

»Friede seiner Seele«, sagte sie.

»Amen.«

»Friede den Seelen aller Verwandten und aller Moslems, deren Seelen im Jenseits weilen. Mein geliebter, unser einziger Soyaan. Er hat niemandem geschadet. Das hat er nie getan, das kannst du mir glauben.«

Sie wischte sich das Wasser unter den Augen fort. Sie wirkte gealtert. In ihr Gesicht hatten sich die Spuren eiskalter Selbstkontrolle eingegraben. In all ihren Gesten lag etwas von einem Vorwurf. Sie entsprach ganz gewiss keiner der Beschreibungen, die man sich von einer schönen Frau machte. Es schien, als wären verschiedene Teile ihres Körpers in der Pubertät auseinandergenommen und im Alter eilig wieder zusammengesetzt worden. Außerdem hatte sie heute blaue Flecken. Auf ihrer Stirn hatte sie geblutet, dann war das Blut getrocknet. Auf ihrem Arm hatte sie eine Schramme, die erst eine Nacht alt war.

»Dem Herrn sei Dank, Ihm, der gibt, und Ihm, der nimmt, was Er gegeben hat. Dem Herrn sei Dank, Ihm, der in unser Innerstes schaut. Beten wir um Vergebung und sein Verständnis. Und noch etwas, mein Sohn.« Sie wandte sich nun an Loyaan.

»Ja, Mutter?«

Ein Aufschrei der Despektierlichkeit: Ladans Schrei zerriss die Luft. Schweigend sahen die beiden sich an. Qumman drehte und wendete das Gesprächsthema im Kopf herum. Zunächst eine Pause. Dann:

»Ich habe es ihr gesagt. Niemand kann mir vorwerfen, ich hätte es ihr nicht gesagt. Ich habe Ladan gesagt, dass jede Träne, die sie vergießt, ihm, der gestorben ist (Gott sei ihm gnädig), einen zusätzlichen Hitzehieb aus der Hölle einträgt, in der die Sünder brennen. Jede Träne, die einer vergießt. Das hab ich ihr erzählt.«

»Soll ich rausgehen und mit ihr reden?«

Qumman hob ihre Hand: nein. »Wenn ihr Körper müde wird, wird ihr Kopf wieder zur Vernunft kommen«, fügte sie hinzu.

Sie trug nun einen Schutzschild, den sie sich im Laufe der Jahre zugelegt hatte, sie hatte ihre Maske der Ausdruckslosigkeit angelegt. Sie kniff die Augen zusammen, ihr Gesicht bekam einen leicht unruhigen Ausdruck, und ihre Lippen bewegten sich. Sprach sie geheime Rosenkranzgebete zu Allah? So war es. Leise sprach sie die Perlen, sie flüsterte ihre Fürbitte. Nach einer Minute ließ sie die Maske wieder fallen, legte sie ab. Vor Gott, vor ihrem Schöpfer, konnte sie sich zeigen, wie sie war. »Gott, o Gott, vergib uns all unsere Sünden. Amen.« Plötzlich:

»Was ist das?« schrie sie wütend.

Sie zeigte auf das Poster an der Wand, das Poster mit der erhobenen Faust. Sie musterte es intensiv, gebannt. Im Profil wirkte sie wie eine viel jüngere Frau – aber auch verletzlicher.

»Häng es bitte ab.«

Gegenständliche Kunst, figurative Kunst – und Sonstiges! Eine Faust, die zum Himmel erhoben war, aufsässig wie der Teufel höchstpersönlich! (Eine dunkle Gestalt, die sich im dunkleren Schatten einer Stadion-Flutlichtanlage verbarg?) Loyaan war nicht darauf vorbereitet, jetzt damit anzufangen. Er sagte nichts darauf. Er ging und nahm das Poster ab. Er faltete es zusammen und schob es sich unter den Arm.

»Weißt du, wann wir ihn bestatten können?«

Sie beschwor ein Pantheon frommer Gedanken. Noch einmal dankte sie Gott, bat um Seine Gnade, bat um Seine Vergebung nicht nur für Soyaan, sondern auch für alle verstorbenen Muslime. Sie fuhr fort:

»Es ist nicht sehr heiß. Wir nehmen an, dass es so um drei Uhr nachmittags in Ordnung ist. Das heißt, wenn das Wetter so bleibt.«

»Und wo ist mein Vater?«

Ihre Arme öffneten sich, ihre Arme hoben sich wie von selbst – wie die Flügel eines verletzten Vogels, langsam, schmerzvoll. Sie wandte sich auf eine philanthropische Art gleich ans ganze Universum:

»Sei aufrichtig mit dir selbst, mein Sohn. Das ist das Erste und Wichtigste von allem. Hege keinen Groll gegen deinen eigenen Vater. Er ist dein Vater, vergiss das nicht.« Ihr Stimme zitterte nun vorwurfsvoll.

»Ich habe bloß gefragt, wo er ist.«

Seine Mutter schwieg. Loyaan beschloss, auf den Mut zum Risiko zu setzen und den unvollständigen, aber bedeutungsvollen Satz zu sagen:

»Böse Gedanken ...«

Eine Lawine aus hundert unaussprechlichen Ideen stürzte gleichzeitig auf sie beide herab. Keynaan. Beydan. Ladan. Soyaan. Das Rätsel seines Todes. Macht. Der Streit vom gestrigen Abend. Geld. Was aus der Familie werden sollte. Dennoch waren ihre Kriterien unterschiedlich. Die Quellen, aus denen sie schöpften, waren nicht die gleichen. Aber sie war seine Mutter; er ihr Sohn.

»Wir sollten hier im Zimmer des Toten nicht über ihn sprechen«, schlug sie vor. »Wir sollten ein anderes Mal über ihn sprechen. Wir sollten die Luft in diesem Zimmer auch nicht vergiften, indem wir *ihren* Namen aussprechen.«

Das gestand er ihr zu. Aber: »Wird er am Begräbnisritual teilnehmen, da er der Vater ist?«

Sie nickte. Sie wechselte das Thema. »Ob es wohl regnen wird?«

»Wenn nicht, müssen ihn vielleicht schon vor drei Uhr beerdigen.«

Er verschob das Poster unter seinem Arm.

Als sie sich hinsetzte, sagte sie: »Lass mich eine Weile mit ihm sein. Allein.«

Die Sonne, in der Farbe verkohlter Flammen, die erloschen, aber immer noch heiß waren, promenierte über den Himmel.

»Wenn du willst, dass die Menschen dich rühmen, stirb jung!« Loyaan zitierte, mit sich selbst redend, ein somalisches Sprichwort. Da war etwas dran. Man würde sagen, dass es keinen gäbe, der so war wie du. Die Geschichtenerzähler pflanzten eine ganze Saat von Geschichten, die zu neuem Leben aufgehen würden. Einige Leute hatten schon begonnen, solche Geschichten über Soyaan zu erzählen, Geschichten, die – in hohem Maße – erfunden waren. Aber wer waren seine Freunde? Wer waren seine echten Freunde? Wer war ihm am nächsten unter seinen Kollegen im Präsidentenpalast? Soyaan: der Diskreteste von allen, wenn es darum ging, Einzelheiten seiner öffentlichen Stellung einen persönlichen Touch zu geben; ruhig; zurückhaltend; belesen; und ein sehr gewissenhafter Mann. Viele Jahre lang war er der Wirtschaftsberater beim Präsidenten gewesen, direkt dem General unterstellt und nur ihm verantwortlich. So einen wie ihn gab es nicht noch einmal. Er war der Hellste unter seinesgleichen gewesen. Etwas Besonderes, etwas ganz Besonderes. Jeder Mann, jede Frau, die da waren und heute seinen Namen aussprachen, lobten ihn. Aber wenn er nicht gestorben wäre? Wenn er nicht gestorben wäre, würden all diese Leute trotzdem seinen Namen so verehren und bewundern? War er nicht der Mann, dem einige genau dieser Leute den Spitznamen »Soyaan, der Intrigant« verliehen hatten? Hatten ihn nicht einige wegen seiner politischen Ansichten abgelehnt? Hatten es nicht einige der Frauen hier unerträglich gefunden, dass er sich nichts und niemandem beugen wollte, bloß weil man zum gleichen Stamm gehörte? Menschen mit Prinzipien machen sich in Gesellschaften wie der unsrigen mehr Feinde als Freunde, sagte er immer. Loyaan zum Beispiel dachte hier anders. In jedem Fall ...

Er stand mitten im Innenhof, von dem aus man leicht in alle vier Zimmer gelangte, aus denen das Haus bestand. Vier Zimmer, die unterschiedlich groß waren, obwohl sie sich in Anlage und Form überraschend ähnelten. Unter normalen Umständen hatten in keinem dieser Zimmer, außer in dem, in welches Soyaan, ins weiße Leichentuch gehüllt, gelegt worden war, mehr als fünf Personen bequem Platz. In jedes Zimmer, je nachdem, wie groß es war und welchem Zweck es diente, waren Betten und anderer dazugehöriger Kram gestopft worden. Wo immer noch etwas Platz war, hatte die Mutter ihren Krimskrams verteilt. Eines der Zimmer hatte Soyaan gehört. Darin befanden sich seine Bücher, sein Tonband, sein Plattenspieler und seine Sammlung von Dingen aus dem Meer – Muscheln, Seesterne – und Meeresfotos. Er war erst eineinhalb Monate vor seinem Tod mit seiner Mutter und Schwester in das Haus eingezogen. Das größte Zimmer gehörte Ladan. Es gab auch noch eins, das vorläufig als Abstellkammer benutzt wurde. Im Zimmer der Mutter standen zwei Betten, die in der Mitte schon eingesunken waren. Eine große Holztruhe, voll von tausendundein Dingen, die im Laufe der Jahre zusammengekommen waren, nahm mehr als ein Achtel der Zimmerfläche ein. »Mutter«, sagte Soyaan, »weiß nicht, wie man irgendetwas wegwirft. Mutter ist selbst ein Andenken aus einer anderen Zeit.«

Stille. Ein Schluchzen. Wieder Stille, wie ein Bündel in einer Ecke: Das war Ladan. Er ging zu ihr. Er half ihr aufzustehen. Er hielt sie im Arm, während sie zitterte, zuckte, hustete von all dem Tränenschleim. Er holte ein Taschentuch heraus. Er wischte ihr das Gesicht trocken und sauber.

»Jetzt beruhig dich doch.«

Ihre Augen waren blutunterlaufen. Sie räusperte sich, ihre Kehle schmerzte von den schrillen Totenklagen. Im Innenhof war es nun ehrfurchtsvoll still. Die paar Frauen, die gekommen waren, um der Familie zu helfen, verrichteten stumm ihre Arbeit.

»Jetzt beruhig dich doch.«

Sie zog ihn an sich.

»Es hilft doch nichts«, sagte er.

»Ich weiß.«

Sie war fast so groß wie er. Die Kinder waren nach dem Vater gekommen und nicht nach Qumman. Ladan hatte das hübsche, aufmerksame Gesicht von Keynaan. Sie war sechs Jahre jünger als die Zwillinge. Aber sie waren mehr als Brüder für sie. Soyaan bedeutete ihr jetzt noch mehr, da er tot war. Soyaans Tod hatte sie tief verstört. Sie sah jetzt anders aus. Sie war nicht mehr das unbeschwerte Mädchen, sie war nicht mehr voller jugendlicher Lebensfreude, platzend vor Energie und immer neuen Einfällen.

Er fragte sich: Hatte sie vielleicht den Schlüssel zu diesem Abkürzungsrätsel – M mal 2 oder I/M? Er fragte sich: Wieviel wusste sie von Soyaans Leben?

»Nicht mehr weinen, nicht mehr klagen, bitte.«

»Ich mach's nicht mehr«, schluchzte sie halb.

»Versprochen?«

»Versprochen.«

Sie musste irgendetwas zu tun haben. Sie wollte eines der Zimmer aufräumen. Sie würde Sessel reinstellen. Sie wollte eine der Frauen bitten, ihr beim Ausfegen zu helfen. Wenn die Männer kamen, dann hätten sie ein Zimmer, in das sie sich zurückziehen konnten.

»Ich werde nicht mehr weinen.«

Er küsste sie auf die Stirn. »Gut.«

Sie nahm einen Besen und ging zu dem Zimmer, das sie für die männlichen Gäste und die Scheichs aufräumen wollte. Ewas Beklemmendes lag in der Luft. Loyaans Gedanken, beschäftigt mit zahllosen Schatten vergangener und gegenwärtiger Fehden, zuckten, als wären sie eine Kompassnadel, die in eine Richtung zeigte, das Entscheidende in einem Detail. Er wandte sich Mekka zu – der Kaaba mit den dunklen Steinen.

»Gott gibt; Er nimmt das, was nur Er geben kann«, sagte eine alte Frau, die gekommen war, um mit der Familie zu trauern. »Wir werden alle dorthin gehen, wenn nicht heute, so morgen.«

Loyaan erlaubte ihr, seinen Arm zu drücken.

»Ich kannte Loyaan«, fügte sie hinzu. »Ich war dabei, als ihr beiden geboren wurdet. Ich weiß noch, wie du auf mein Kleid gemacht hast, als ich eines Tages auf dem Weg zu einer Hochzeit bei euch vorbeikam. Loyaan war stiller als du, Soyaan. Deine Mutter wusste, dass du es warst, der weinte, dass du den Wassertopf aus Lehm zerbrochen hattest, dass du wieder nicht gehorcht hattest. Solch ein gehorsamer Mann, dein Zwillingsbruder Loyaan.«

Sie hatte sehr schöne Haut, samtig und glänzend wie Öl. Er konnte sich nicht an ihren Namen erinnern, so sehr er sich auch anstrengte. Vielleicht gehörte sie zum gleichen Stamm. Aber das beeinflusste Loyaans Verhalten ihr gegenüber nicht im Mindesten und würde es auch nie tun.

»Loyaan hatte großen Respekt vor Alten und Jungen. Wie oft bin ich zu ihm gekommen, und er hatte kaum noch einen Pfennig: Er teilte noch das Wenige, das er hatte, mit mir. Er sagte, dass er eines Tages, wenn er mehr verdienen würde, mich für meine Fahrt nach Mekka unterstützen würde. Er sagte, zuerst würde er Qumman, seine Mutter, schicken. Es tut mir so Leid, dass er sterben musste, bevor er das in die Tat umsetzen konnte.«

Eine lange Pause entstand. Loyaan beschloss, sie auszunutzen.

»Ich bin Loyaan.«

War sie schwerhörig? Musste er schreien?

»Ich bin Loyaan.«

Das Sonnenlicht sandte seine Strahlen zum Horizont. Die alte Frau zupfte an seinen Manschetten und strahlte in der Sonne seiner Wärme.

»Ich habe ihn so geliebt. Wie mein eigenes Kind.«

Loyaan nickte und grinste dankbar und zustimmend. Sie sah sich nach allen Seiten um, um zu sehen, ob irgendjemand in der Nähe war und ihr Gespräch mithören könnte.

»Die Säule der Familie. Auf einem solideren Fundament hätte keine Familie bauen können. Natürlich, du warst ja nicht da; natürlich, du hast woanders gewohnt, in einer anderen Stadt. Aber er hat sich immer so um alle gekümmert, war immer so nett zu seinen Eltern und auch zu den Alten. Ein absolut solides Fundament.«

»Ja, ja.«

Sie zog ihn näher zu sich, sie lächelte verschwörerisch, flüsterte ihren Klatsch. Sie wollte etwas wissen: »Bitte missversteh mich nicht, bitte nicht. Hat es vielleicht einen kleinen Familienstreit gegeben, eine kleine Uneinigkeit dahingehend, was mit Soyaans Geld zu tun sei? Ich habe eine sehr irritierende Geschichte gehört. Dein Vater ist gemein gewesen, hab ich gehört. Stimmt das? Er hat deine Mutter geschlagen, hab ich gehört. Hat er das?«

Eine lange Pause. Sie ließ sein Hemd los. Sie wartete geduldig auf seine Antwort. Er ließ sich Zeit. Er ließ seinen Blick schweifen. Er sah Frauen hereinkommen, andere gehen; ein Strom von Leuten kam und ging in den Innenhof und war mit irgendetwas beschäftigt. Plötzlich: Stille. Die Scheichs waren eingetroffen. Und mit ihnen die männlichen Trauergäste. Loyaan sagte zu der alten Frau, als er sich von ihr verabschiedete:

»Entschuldige mich jetzt. Ich muss die Scheichs und die Männer begrüßen.«

Die Frauen zogen sich still zurück.

Jetzt waren es Männer, die im Innenhof herumliefen. Den Scheichs gab man Sitzmatten, in dem Zimmer, das Ladan für sie aufgeräumt hatte. Einige der Frauen begannen, Tee zu kochen, während andere sich in eins der Zimmer begaben, sich zusammenhockten und schwiegen oder leise die Totenklage anstimmten. Ladan weinte nicht mehr, wie sie versprochen hatte.

»Am Ende gehen wir alle dorthin. Einer nach dem anderen«, sagte ein Mann.

Loyaan drehte sich um. Beim Anblick des Sprechers drehte er sich rechtzeitig wieder um. Der Mann kam aus dem Familienclan von Keynaan. Die anderen Stammesangehörigen nickten alle zustimmend. Einer nach dem anderen hielt oder schüttelte Loyaans Hand. Sie kondolierten, wie es sich für Stammesangehörige gehört. Sein Blick flog in alle möglichen Richtungen auf der Suche nach jemandem, der ihn aus dem Strudel aktueller Streitigkeiten, in dem er gefangen zu werden drohte, retten konnte. »Ich gehöre zu keinem Stamm, ebenso wenig wie Soyaan«, sagte er zu sich selbst. Er bahnte sich seinen Weg durch die Menschen und rief einem Freund von Soyaan und ihm einen Gruß zu. Nachdem sie sich umarmt hatten, trat Dr. Ahmed-Wellie einen Schritt zurück und sagte:

»Was soll das alles? Was ist denn passiert? Woran ist er gestorben?«

Zuerst schien Loyaan überrascht. Einen Augenblick später wurde ihm bewusst, dass er gar keine Erklärung dafür hatte. Hatte er sich denn nicht klargemacht, dass irgendjemand einmal diese Frage stellen würde? Woran war Soyaan gestorben? Hatte er nicht deshalb eine Obduktion gewollt? Er beschloss Ahmed-Wellie nichts von seiner Niederlage beim Versuch, seine

Eltern davon zu überzeugen, zu erzählen. Aber woran war Soyaan denn nun gestorben? *Du musst dich dieser Frage stellen. Komm schon*! Eine innere Stimme sprach zu Loyaan. Eine Stimme? *Du musst dich dieser Herausforderung stellen*. Und er erfand auf die Schnelle eine Antwort, unbedenklich, vage:

»Er starb an Komplikationen.«

Ahmed-Wellie gab sich nicht damit zufrieden. »Was für Komplikationen? Ich habe ihn heute morgen noch gesehen. Was soll das alles? Komplikationen? Was für Komplikationen? Als Arzt und Freund kann ich sagen, dass er kein einziges Mal zu mir gekommen ist mit irgendwas Schlimmerem als einem leichten Ausschlag im Genitalbereich. Was sollen das also für Komplikationen sein?«

Der Lärm war ein wenig abgeklungen. Loyaan fühlte sich verspottet von dem unerschrockenen Blick, mit dem Ahmed-Wellie ihn musterte. Sollte er zugeben, dass er genauso nach einer akzeptablen Antwort suchte, einer wissenschaftlich haltbaren? Konnte er es wagen, Ahmed-Wellie danach zu fragen, ob er irgendetwas über die Umstände von Soyaans letzten Tagen wusste? *Du musst dich dieser Frage stellen.*

»Da ist mein Vater. Er ist gerade wieder gekommen. Verzeih bitte.«

Und noch einmal konnte Loyaan sich abwenden, ohne eine Frage zu beantworten.

Wütend, außer sich, begrüßte Keynaan seinen Sohn mit einer Frage: »Wer ist in dem Zimmer mit Soyaan?«

»Mutter.«

»Ihre Anwesenheit schändet das Zimmer. Diese böse Frau. Lass sie herausbringen! Sonst gehe ich selbst rein und schleife sie hinter mir wieder raus. Und das meine ich ernst, Loyaan. Ich werde das tun, wenn du es nicht machst.«

»Nein, das wirst du nicht.«

Die beiden waren gleich groß. Loyaan erstarrte angesichts der bedrohlichen Schwierigkeit, seinem Vater gegenüber fest zu bleiben. Sein Ausdruck entspannte sich auch nicht, als er die Beileidsbezeugungen einiger Gäste entgegennahm, die gerade vorbeigingen. Loyaan wirkte benommen, ein gebrochener Mann, in der zunehmenden Depression um ihn herum. Seine Gedanken flogen im Zickzack durch kleine, mit dem Zeh gebuddelte Quadrate der Kinderspiele damals in seiner Kindheit. Er war wieder ein Kind; der Mond schien sanft, und Soyaan und er hatten sich wegen eines Balls gestritten. Keynaans schiefes Lächeln; wie groß er ist. Die mächtige Faust; die Macht des Patriarchen; Augen hart wie Knöchel. Keynaan hatte den Ball genommen und ihn, ohne viel Getue, ohne einen Anfall von Ärger oder einen Wutausbruch, zerlöchert und zerfetzt. »Eines Tages werde ich ihn töten«, hatte Soyaan gesagt. »Das werde ich wirklich tun. Wenn ich so stark bin wie er. Wenn ich mit einem Messer umgehen kann, wenn ich eine Waffe habe.«

»Dann geh jetzt und löse sie ab«, befahl Keynaan nun.

»Bitte. Frieden.«

Keynaan war sprachlos vor Wut. Er konnte sehen, dass im Schatten eines Baumes draußen Freunde von ihm auf ihn warteten, ja, frühere Kollegen von der Staatssicherheit. Das beruhigte ihn wieder. Daraufhin bemerkte Loyaan, wie ein Stammesgenosse vor ihn trat und eine Verpackung auseinanderwickelte und Loyaan zur Genehmigung das Sargtuch zeigte, das Keynaan bestellt hatte.

»Und ich habe auch die Totengräber bezahlt«, fügte der junge Mann, der so alt wie Loyaan war, hinzu. »In einer halben Stunde sind wir soweit. Aber wir sollten jemand zur Gemeindeverwaltung rüberschicken, damit auch die Lastwagen fertig sind. Kannst du das tun? Du kannst meinen Wagen haben, wenn der von Soyaan nicht da ist.«

»Nein. Kümmere du dich darum. Die Lastwagen sollten, wenn es möglich ist, eher da sein.«

Die drei gingen ihrer unterschiedlichen Wege.

Der Himmel war bedeckt. Eine graue Decke aus Feuchtigkeit und Schweiß. Es waren noch mehr Leute gekommen. Die Nachbarn waren da. Kollegen von Soyaan, Freunde der Zwillinge, Männer und Frauen, deren Gesichter und Namen Loyaan vertraut waren, andere, die ihm nicht vertraut waren. Ladan hatte wieder die

Fassung verloren und musste in ein Zimmer gesperrt werden. Qumman, in düsteres Schweigen gehüllt, tauchte wieder aus dem Zimmer des Toten auf, als die Scheichs sie ablösten. Keynaan folgte ihnen.

»Der Tod ist ein Geheimnis«, sagte Ahmed-Wellie zu Loyaan. »Und dieser ist es mehr als viele Tode, die ich amtlich bescheinigt habe. Du sagtest, er sei an Komplikationen gestorben? An welchen Komplikationen ist er gestorben?«

Loyaan sah woandershin. »Du solltest mir das sagen!«

Ahmed-Wellie verstand nicht recht. »Was ist mit einer Obduktion? Ist eine durchgeführt worden?«

»Komplikationen.«

»Das ist wohl die Parole. Was ist los mit dir?«

»Die Familie.«

»Oh, mein Gott.«

Helfer schlurften vorbei. Alles war eine Spur brauner geworden. Loyaan bemerkte für sich, dass Keynaans Kollegen alle auf einer Seite standen. Dicht daneben, an einen Baum gelehnt, stand ein einarmiger Mann. Loyaan spürte, wie sein Zorn in ein Gefühl der Selbsterniedrigung umgeschlagen war. Würde ihm Ahmed-Wellie, wenn er ihn fragte, dabei helfen, diese Rätsel zu lösen? »M mal zwei.« Wusste er vielleicht, was das bedeutete? Konnte er Loyaan vielleicht sagen, wer Soyaans engste Mitarbeiter bei den Projekten gewesen waren, an denen er gearbeitet hatte?

»Ich kann einfach nicht glauben, dass er tot ist«, sagte Ahmed-Wellie.

»Das konnte ich auch nicht, als es passierte.«

Loyaan runzelte schweigend die Stirn. Die Sonne erklomm die Sprossen der Nachmittagshitze. Das Gefühl der Machtlosigkeit in seinem heißen Blut entfremdete ihn von allen und allem. Loyaan ging schweigend fort von Ahmed-Wellie.

ZWEI

Wie ein trockenes Rohr im Wind, das sich in der Brise wiegt, leicht und dürr; ein trockenes Rohr, das den kräftigen Windstößen zunickt; ein trockenes Rohr, das sich beugt. Ein paar Meter entfernt steht ein einsamer Baum mitten in der Ödnis. Rund um den Fuß des Baums wachsen eine Reihe von Zweigen, von Zeit und Klima gezähmt, Zweige, die den Stamm umzäunen, Zweige, die den Wurzelstock bedrängen. Etwas Überreifes richtet verheerenden Schaden an; das Rohr stürzt, sich überschlagend, auf das Gewächs am Fuß des einsamen Baumes zu und bricht entzwei.

»Clowns. Feiglinge. Und (stammesverwandte) Emporkömmlinge: Mit solchen Leuten arbeite ich zusammen. Die höchsten Beamten in diesem Lande sind so geartet. Männer und Frauen ohne Würde und Integrität; Männer und Frauen, deren Stolz von der Staatssicherheit des Generals gebrochen worden ist; Männer und Frauen, die sich gebeugt haben und sich demütigen lassen. Sind Sie verheiratet? Haben Sie Kinder? Wie viele? Fünf? Eine Frau und eine Geliebte? Dazu die Schmarotzer aus dem eigenen Stamm, die gerade aufgekreuzt sind und die Sie unterstützen? Hören Sie die Schläge an des Nachbarn Tür im Morgengrauen? Horcht: Die Armeestiefel haben den Sand zertreten auf dem Weg, der von Ihrem Haus wegführt. Hören Sie, wie sie sich beeilen? Wann sind Sie dran? Gestern war Ihr Kollege dran. Sie sahen seine Frau, in Tränen aufgelöst, Sie sahen, wie sie die Augen abwandte. Weiß sie, wohin sie ihren Mann gebracht haben? Sie geht von einer Polizeiwache zur nächsten. Die Polizei weiß, wer sie ist und was sie sucht, aber niemand wird ihr irgendetwas sagen. Sie wird nicht nach Hause gehen, ja, sie schafft es nicht mehr: Sie hat vier kleine Kinder, denen sie etwas sagen und die sie versorgen muss. Was hat er gemacht? Was hat ihr Mann, ein kleiner Angestellter, denn bloß getan? Aber was haben all die anderen getan, was haben die Tausende, die in den Gefängnissen schmoren, getan? Die Methoden des Generals sind nicht anders als die des KGB, das kann ich Ihnen sagen. Befehle: Kenne jeden, der dich nicht kennt. Pflanze die Saat des Misstrauens in jeden denkenden Verstand und mach ihn so ›nicht denkend‹. Ich weiß noch, was einer meiner Freunde eines Tages zu einem anderen Freund sagte: ›Du kannst deine Kinder großziehen, aber niemals deine Stimme oder den Kopf erheben. Um zu überleben, musst du dich verstellen. Du musst dich in der trägen Masse verstecken und mitklatschen. Häng dich nicht zum Fenster raus; warum auch? Es muss Millionen wie dich geben, die unter der gleichen schlechten Behandlung leiden. Wenn du in Gesellschaft frisch gekürter Emporkömmlinge bist (den Leuten, die der General mit seinem Gespür für Stammesinteressen mit der uneingeschränkten Vollmacht ausgestattet hat, zu tun, was sie belieben, und zwar, wann und wo es ihnen gefällt), achte darauf, dass du nicht auffällst. Nimm meinen Rat ernst, such nicht nach der Spur von Zynismus in dem, was ich gerade gesagt habe. Clowns. Feiglinge. Und Emporkömmlinge.‹ Ja, ja. Sie trotten auf dem skrupellosen Pfad des Regimes vom General weiter. Ich sage: Lasst uns gemeinsam den General bei Laune halten. Lasst uns die Sternenreihe seiner Titel rezitieren. Die verwelkte Hoffnung eines Traums, blättrig wie der Herbst. Unsere Kehlen sind rau, die letzte Lobrede war zu lang für eine Zugabe. Hören Sie das Schlagen an Ihres Nachbarn Tür im Morgengrauen? Horcht: Die Armeestiefel zertreten den Sand auf dem Bürgersteig unter Ihrem Fenster. Hören Sie, wie sie davoneilen? Hören Sie, wie die Motoren aufheulen? Sie haben einen anderen mitgenommen. Wann sind Sie dran? Die Frau schaltet die elektrische Beleuchtung nicht aus. Das Licht des Morgengrauens wird sie schließlich übertrumpfen. Die Sonne wird es auf seine furchtgebietende Suche geschickt haben. Sie schenkt dem Bruder des Verhafteten den Schrecken des Morgens. Der Bruder war selbst schon einmal neun Monate lang inhaftiert ohne Prozess. Er ist durchs Wasser gezogen worden – und musste andere primitive Foltermethoden erdulden. Der Triumph der Furcht über die Wut beschäftigt seine Gedanken, während die Flammen der Empörung das Mitgefühl seiner Schwägerin bremsen. Hat er vor, die unfaire Inhaftierung seines Bruders zu rächen? ›Geh nach Hause und mach dir keine Sorgen‹, ist alles, was er sagt. ›Ich werde für dich sorgen und das Schulgeld für die Kinder zahlen.‹ Hören Sie, wie sein Herz die Vernünftelei seines Verstandes zurückweist. Sehen Sie, wie sich sein Gesichtsausdruck verhärtet. Horcht: Der Schrei nackten Elends tönt im Wind.«

Der Text trug keine Unterschrift. Qumman hatte ihn in den Falten des Kopfkissens gefunden, das Soyaan benutzt hatte, und da sie ihn nicht lesen konnte, hatte sie ihn Loyaan gegeben.

Eineinhalb Seiten ordentlich getippt mit doppeltem Zeilenabstand. Jetzt starrte er darauf. Er las noch einmal die ersten beiden Sätze und kam zum Schluss, dass die Streichungen von jemand anders stammten, nicht von Soyaan, dass Soyaan aber aller Wahrscheinlichkeit nach die unleserliche Anmerkung an den Rand geschrieben hatte. Achtlos reichte er die Seiten an Ahmed-Wellie weiter, in dessen Auto er saß, an Ahmed-Wellie, der schon den Motor laufen ließ, obwohl man ihm gesagt hatte, dass die Prozession vielleicht erst in einer halben Stunde aufbrechen würde.

Es war nach zwei Uhr nachmittags. Die Sonne hämmerte staubige Strahlen auf die Erde. Der Lärm der Frauen war zu einem höflichen Flüstern geworden, gib-mir-die-Schaufel, gib-mir-den-Eimer. Der mächtigste Scheich und einer seiner Schüler im fortgeschrittenen Alter unterhielten sich mit Keynaan über den Leichenwagen und wollten wissen, was die Verspätung verursacht hatte. Dies ist zweifellos der Gipfel der Unfähigkeit dieses Regimes, dachte Loyaan. Früher musste man nicht so viele Formulare ausfüllen, wenn man einen Wagen mieten wollte. Man ging einfach hin und reservierte ihn. Man musste den Antrag nicht schon gestellt haben, bevor ihn der Beamte in der Gemeindeverwaltung im Hauptbuch eintrug. Außerdem mieteten ohnehin nicht viele Leute solche Wagen. Aber was konnte die Verspätung denn nun verursacht haben? Eine halbe Stunde verspätet. Die Unfähigkeit dieser Oligarchie.

»Mein Beileid, *jaalle* Loyaan.«

Ein Mann stand im Schatten, in dem auch der Wagen parkte. Loyaan konnte sich nicht daran erinnern, wo er die Bekanntschaft dieses Mannes gemacht haben sollte, der ihn nun mit »Genosse« anredete. Aus dem Augenwinkel sah er, dass Ahmed-Wellie die Aufzeichnungen zusammengefaltet hatte, um sie ihm zurückzugeben, bevor er den Motor abstellte.

»Danke«, sagte Loyaan.

Loyaan nahm an, dass der Mann irgendetwas dringend los werden wollte. Er drängte ihn nicht. Stattdessen ermunterte er ihn bloß, indem er zu ihm aufsah und dabei schwieg.

Schließlich: »Der Wagen wird jeden Augenblick hier sein.«

Drückendes Schweigen.

»Danke.«

Loyaan und Ahmed-Wellie tauschten verstohlene Blicke.

»Aber wer sind Sie eigentlich?« fragte Loyaan.

»Ich bin ein Kollege von Ihrem Bruder. Ich arbeite im Amt des Präsidenten.«

Ein heimliches Blinzeln von Ahmed-Wellie, das besagen sollte: »Fall nicht auf ihn rein.«

»Da«, sagte der Mann. »Der grüne Laster ist gerade gekommen.«

Als der Mann wegging, sagte Ahmed-Wellie: »Ein Emporkömmling aus dem regierenden Stamm. Ein Mann der Oligarchie. Aus dem herrschenden Clan. Einer von Soyaans Chefs. Und das Einzige, was der je geleistet hat, war, die Volksschule zu beenden.«

Schweigen. Die Sonne knallte auf alles, was unter ihr lag, mit ihrer unbarmherzigen Hitze herunter. Als der Holzsarg durch die Hoftür getragen wurde, ein Sarg, der mit einem farbenprächtigen Seidentuch bedeckt war, erklang von allen Seiten ein lauter Chor von *Allaahu-akbar* und *Alhamdulillaah*, dazwischen kleine Gebete. Stangen, weitere Eimer und Schaufeln. Loyaan und Ahmed-Wellie halfen den Leichenträgern, und sie hoben den Sarg in den grünen Laster. Auch sie flüsterten ein Wort des Dankes an Den-der-alles-hört, den Allgegenwärtigen. Auch sie hielten die Hände hinterm Rücken gefaltet, als sie für die Seele Soyaans beteten. Gott segne den Toten. Amen.

Und als sich die Fahrzeuge hintereinander in Richtung Friedhof in Bewegung setzten, schloss sich auch Loyaan an und stieg zu Ahmed-Wellie in den Wagen. Der Autokorso fuhr so langsam zur Beerdigung, dass sie haargenau sehen konnten, wo der Laternenpfahl von einem Militärjeep eingebeult worden war.

»Sie kamen vor einer Woche im Morgengrauen«, sagte Ahmed-Wellie zu Loyaan. »Es waren drei. Sie waren maskiert. Sie klopften an meine Tür und drohten damit, sie gewaltsam aufzubrechen, wenn ich nicht auf der Stelle und leise öffnen würde. Sie verbanden mir die Augen, stießen mich in einen Militärjeep und fuhren mit mir davon. Nach kaum einem Kilometer bogen sie nach links ab, dann nach rechts, dann wieder nach links, dann noch mal nach rechts. Sie dachten wohl, das würde meinen Orientierungssinn durcheinander bringen. Sie fuhren im Kreis, über kleine Hügel, sie rasten, und wir wurden von heftigen Sandböen und Windstößen erfasst. Wie weit wir gefahren sind? Ich würde sagen, fünfzig Kilometer. Dann hielt der Jeep an. Wir waren in einem ›Dorf‹. Sie befahlen mir, auszusteigen, und halfen mir dabei. Ich wurde an der Hand in eine Unterkunft mit üblen menschlichen Ausdünstungen geführt. Sie nahmen mir das Tuch ab, mit dem sie mir die Augen verbunden hatten. Ich musste mich vor einen Mann setzen, dessen Identität vor mir verschleiert wurde: Sein gesamter Oberkörper war mit einem Stück Stoff verhüllt, das sich, als ich es berührte, wie aus Hanf anfühlte. Sie machten helleres Licht. Der Unterkörper des Mannes war nackt, und um die Taille trug er eine Bauchbinde. Das Einzige von ihm, das ich mit einiger Genauigkeit beschreiben könnte, sind die Größe, Farbe und Hautbeschaffenheit seiner Genitalien. Aber darüber will ich mich nicht auslassen.«

Ahmed-Wellie schaltete herunter, er fuhr jetzt langsamer. Die Speerschlitze der Sonne waren noch schärfer geworden. Ein linkischer junger Mann in der Uniform der Grünen Garden führte einen Esel, der dem Autokorso den Weg versperrt hatte, zur Seite. Der Strom der Fahrzeuge begann wieder zu fließen, als der Mann der Grünen Garden pfiff.

»Ich befand mich in einem moralischen Dilemma«, fuhr Ahmed-Wellie fort. »Der Mann war ganz offensichtlich eine wichtige politische Persönlichkeit, jemand, der dem Regime des

Generals lebendig und im Gefängnis nützlicher sein würde. Ich konnte nicht herauskriegen, wer er war. Ich dachte, dass er vielleicht der frühere Ministerpräsident oder einer der Vizepräsidenten aus dem ersten Kabinett war. Man legte mir Untersuchungsergebnisse vor, aus denen hervorging, dass seine Nieren nicht mehr funktionierten; dass sein Blutdruck in den letzten fünf Stunden gestiegen war; dass die Eiweißwerte, die man in seinem Urin festgestellt hatte, die merkwürdige Kombination aus hohem Fieber und ständigem Erbrechen erklärte. Ein weiterer Arzt war dort. ›Chronische Nephritis‹, sagte der andere Arzt (sein Gesicht war verhüllt), den sie, so vermutete ich, schon bei anderer Gelegenheit herangezogen hatten. ›Gehirnblutung‹, lautete mein Stichwort. Darauf er: ›Herzversagen.‹ ›Urämie‹, wiederum ich. ›Koma, Anzeichen eines epileptischen Anfalls.‹ Der Schläger von der Staatssicherheit dachte, dass wir einen Geheimcode benutzten. ›Hören Sie auf zu reden‹, befahl der Mann, der sich noch immer vor mir verbarg. Ich hatte herauszufinden versucht, wer der andere Arzt war, und ich war mir ganz sicher, dass er das Gleiche auch bei mir versuchte. ›Machen Sie weiter mit Ihrer Arbeit.‹›Es könnte eine Nephrose sein‹, setzte ich wieder an. ›Deshalb möchte ich sehen, ob der Patient im Gesicht Anzeichen von Ödemen aufweist.‹ ›Jetzt, wo Sie das sagen‹, sagte er, ›fällt mir auf, dass seine Knöchel geschwollen sind.‹ Und in der Zwischenzeit machte ich mir noch einmal klar, dass mein moralisches Dilemma darin bestand, ob ich meine Bürgerpflichten erfüllen wollte oder nicht, die jene eines Arztes waren, aber nicht darin bestanden, mir und diesen Schlägern von der Staatssicherheit zu beweisen, dass ich Prinzipien hatte, dass ich meine Würde hatte usw. Ich kam zu dem Schluss, dass ich mit diesem Arzt, den sie mir vorgesetzt hatten, genügend Spielchen getrieben hatte. Also verkündete ich nun meine Diagnose: Der Mann litte an Nierenbeckenentzündung, sagte ich. Und ich bat um das richtige Arztbesteck. Ich verlangte die nötigen Medikamente.«

Am Straßenrand standen, riesig wie die Geschichte, zahlreiche revolutionäre Plakattafeln, auf denen sich die Lügenmärchen des Generals niederschlugen. Loyaan war überwältigt von der Vorstellung, sich kategorisch zu weigern, den gleichen Preis wie alle anderen für das gleiche Gericht zu zahlen. Und was für einen hohen Preis! *Man folgt dem Muster bis zum bitteren Ende,* dachte Loyaan. *Die Preisschilder bleiben haften, und man bezahlt mit dem Leben.* Und dann wurde man auch noch gedemütigt. Wie der politische Gefangene in Dr. Ahmed-Wellies Geschichte. Warum trug dieser Gefangene eine Bauchbinde? War das hauptsächlich geschehen, um Ahmed-Wellie und den anderen Arzt zu täuschen, sie auf die falsche Spur zu führen? Warum sollte ein Erwachsener eine Bauchbinde um die Taille tragen, vor allem, wenn er aus dem Norden des Landes stammte?

»Es ist zwei Nächte her, da kamen sie wieder. Ein anderer Fall, diesmal eine Frau. Sie hatten sie gefoltert. Wir waren auf einem Dachboden. Ich konnte die Dachschräge sehen. Aber es war das gleiche Haus wie das, wohin sie mich beim ersten Mal gebracht hatten. Es roch genauso. Die Wände fühlten sich fettig an. Die Frau war jung, kaum älter als Mitte zwanzig. Sie hatten ihr Elektroschocks verpasst. Sie hatte Fieber. In Wirklichkeit hätte jede gut ausgebildete Krankenschwester sie behandeln können. Aber sie sollte am nächsten Morgen als Zeugin vorm Gericht für Staatssicherheit erscheinen. Sie wollten, dass ich schnell mache. Sie verlangten, dass ich ein Wunder vollbringe, dass ihre blauen Flecken wieder die gleiche Farbe hätten wie der Rest ihrer Haut oder so etwas. Wie dumm diese Schläger sind.«

Der Wagen fuhr langsamer. Der Leichenzug kam zum völligen Stillstand. Die Autokolonne des Generals raste vorbei. Die Sirenen machten einen grässlichen Lärm. Loyaan und Ahmed-Wellie tauschten schläfrige Blicke. Der Prozession hatten sich inzwischen noch mehr Menschen angeschlossen. Hunderte von Männern waren auf die Lastwagen geklettert. Sie glaubten, dass sich ein Moslem die Gunst der Engel verdienen konnte, wenn er einen Toten zu seiner letzten Ruhestätte begleitete. Sie glaubten außerdem, dass die Seele des Toten von den Engeln einem umso weniger anstrengenden Verhör unterzogen werden würde, je mehr Trauernde bei der Beerdigung wären. Der Wagen fuhr wieder an. Als das Schalten und Wechseln der Gänge ein gewisses Gleichmaß erreicht hatte, sagte Loyaan, der sich eine Zigarette anzündete, die ihm Ahmed-Wellie angeboten hatte:

»Weißt du irgendetwas über Koschin?«

»Koschin?«

»Weißt du, in welchem Gefängnis er eingesperrt ist?«

»Nein. Warum?«

»Es geht ihm nicht gut.«

»Woher weißt du das?«

»Das hat mir Soyaan gesagt. Er fragte sich, ob wir etwas für ihn tun könnten.«

»Woher wusste er das?«

»Vielleicht hat er davon durch den Arzt erfahren, der ihn behandelte. Vielleicht hat Soyaan die Nachricht von einem der Ärzte bekommen, die sie im Morgengrauen aus dem Bett geholt haben, um ihn zu behandeln.«

»Oh, mein Gott!«

Sie standen im Stau direkt vor dem Haupteingang des Friedhofs.

Hügel. Grabhügel. Manche waren nummeriert, manche trugen das Datum, an dem die Person beerdigt worden war, und manche trugen kein Datum. Die Reichen ließen quadratische Grabsteine errichten, die Reichen und Mächtigen bezahlten für ein einziges Grabmal so viel Geld, wie die Allerärmsten für eine Zinkhütte am Stadtrand ausgeben mussten. Hügel. Grabhügel. Wenn ein Mensch in den Händen der Staatssicherheit gewaltsam ums Leben kommt, dann hat seine Familie, das war allgemein bekannt, nicht einmal die Möglichkeit, die Leiche des geliebten Menschen noch einmal zu sehen, sagte sich Loyaan, als er sich ein wenig von Ahmed-Wellie entfernte, der ein Gespräch mit einem anderen Mann begonnen hatte. Aber warum dachte er nur über all dies nach? Warum hatte Ahmed-Wellie ihm diese merkwürdigen Geschichten erzählt, die jedem das Herz brachen und einen aufwühlten wie die Hacke den Acker? Versuchte Ahmed-Wellie, einen Samen des Misstrauens in die fruchtbare Erde unbegründeter Zweifel zu säen? Wusste er vielleicht, was »M mal 2« bedeuten sollte? Und was war mit I/M und den Projekten? Wusste er vielleicht mehr von Soyaans Aktivitäten und Verbindungen als, sagen wir, Ladan? Konnte er ihm diese Geheimnisse anvertrauen? »M mal 2«! Und dann diese Kommentare über Clowns, Feiglinge und Emporkömmlinge aus dem herrschenden Stamm. Stammten sie von Soyaan? Unter was für quälenden Umständen waren sie notiert worden? Und wer war es, der die Nachrichten über Koschin weitergegeben hatte? Vielleicht wusste Ladan Bescheid, Ladan, die Soyaan von ganzem Herzen und mehr geliebt hatte als irgendeinen anderen Menschen in ihrem Leben. Ahmed-Wellie hatte ihn wieder eingeholt.

»Der Wasserwagen ist noch nicht angekommen. Ich frage mich, warum.« Er sah auf seine Armbanduhr. »Er ist sehr spät dran. Er müsste längst hier sein.«

Diejenigen, die dem Toten das Geleit zum Friedhof gegeben hatten, zerstreuten sich nun in alle Richtungen. Die Scheichs standen an einer Seite und richteten leise Gebete an Gott, Fürbitten für den Toten. Damit bereiteten sie sich darauf vor, das allerletzte Gebet zu sprechen, das »Dschanasa«. Während die anderen Sterblichen, die sich in andere Richtungen zerstreut hatten, die Gräber ihrer toten Verwandten oder das Grab eines Freundes aufsuchten.

»Das hier zum Beispiel ist nicht nummeriert. Dieses Grab«, stellte Ahmed-Wellie fest.

»Ja. Und was ist damit?«

»Menschen, die wegen ihrer politischen Meinung von einem Erschießungskommando exekutiert werden, werden in nicht nummerierten Gräbern beigesetzt. Kein Mitglied aus dem engeren Familienkreis darf die Leiche noch einmal sehen. Ich frage mich, ob dies hier die Gräber sind, an denen wir gerade vorbeigehen.«

Er sah erneut auf die Uhr. Natürlich hätte er sich nicht darüber ärgern oder bekümmern sollen, dass sich der Wasserwagen verspätet hatte. Aber er war nervös, was er sich nicht richtig erklären konnte. Waren es die Horrorgeschichten, die ihm Ahmed-Wellie erzählt hatte, hatten sie ihn so aufgewühlt?

»Sieh dir das an!«

»Was?«

»Ich habe sie gezählt. Sie sind kreisförmig angelegt. Es sind elf Gräber. Sie sind nicht nummeriert. Ich frage mich, ob dies die

Gräber der zehn Scheichs und der Frau sind, die der General hat hinrichten lassen.«

Loyaan sah zu den Scheichs hinüber, die sich gemeinsam verneigt und wieder aufgerichtet hatten, als sie das Dschanasa-Gebet verrichteten. Ahmed-Wellie ging voraus und wartete nicht auf ihn. Die gleißende Sonne glättete den sandigen Staub. Was für einen Unterschied machte es schon, ob ein Grab nummeriert war oder nicht? Loyaan stellte Ahmed-Wellie diese Frage.

»Er würde sich zum Beispiel bedroht fühlen, der General, wenn diese Gräber Nummern trügen. Die Menschen würden anders auf diese Grabhügel reagieren. Die Leute würden sie mit blumigen Geheimnissen schmücken. Sie würden zu ihnen pilgern wie zum Grab eines Märtyrers.«

»Glaubst du, das würde geschehen?«

Er warf einen schnellen Blick auf seine Armbanduhr. Über eine dreiviertel Stunde Verspätung. Sollte er losgehen und jemanden suchen, der im entsprechenden Depot anrief? Hatte dieser Stammesbruder dort vergessen, die Zeit durchzugeben, die genaue Zeit? Vielleicht hätte er den Wagen selbst fahren sollen, dachte er. Hätte er es getan, dann wäre es nie zu dieser grotesken Verspätung gekommen.

»Absurd, das ist einfach absurd!« schrie Loyaan jetzt, der seine Erregung nicht länger unter Kontrolle halten konnte. »Keine Achtung vor den Toten, absolut keine Achtung.«

»Hab Geduld, Geduld. Und jetzt guck mal da.«

»Was soll ich angucken? Wohin soll ich gucken?«

»Nicht auf deine Uhr. Und auch nicht in die Sonne, die machtlos ist. Schau bloß mal dorthin, und du wirst sehen, dass der Wagen, nachdem er sich endlos verspätet hat, nun da ist. Und sieh mal, wer uns außerdem noch einen Besuch abstattet.«

Tausende von Gedanken gingen denjenigen durch die Köpfe, die dabei waren und sahen, wie ein Mitglied des Obersten Revolutionsrates aus einem der Wagen stieg. Es war der Minister im Präsidialamt. Sein Erscheinen löste leise Unruhe aus; Lippen bewegten sich, es wurde geflüstert, und gedämpfte Stimmen äußerten bis dahin noch nie ausgesprochene Gedanken. Festzustellen, dass sie alle erschrocken oder besorgt wirkten und es dabei zu belassen, würde heißen, dass man ihre Reaktionen allzu grob vereinfachte. Waren es die noch frischen Erinnerungen an die letzten Hinrichtungen, die sie jetzt so nervös machten?

Loyaan übernahm daraufhin die Rolle des Verantwortlichen, löste sich von Ahmed-Wellie und auch von denen, deren Trotzhaltung gegenüber nackter Autorität einen Augenblick lang außer Kraft gesetzt worden und einem Gefühl der Anspannung gewichen war. Keynaan folgte ihm. Inzwischen stellten die anderen Spekulationen an. Einer sagte: »Was glauben sie denn, was *sie* einem Toten noch antun können?« Der Minister im Präsidialamt stand abseits von seinem Gefolge. Der Fahrer des Wasserwagens stieg wieder ein und fuhr den Lastwagen näher an das Grab heran.

»Ja?« Loyaan kochte vor Wut.

»Ich bin der Minister im Präsidialamt. Ich komme im Auftrag des Generals. Ich denke, Sie sind Loyaan. Ich denke, dieser *jaalle* ist der Vater. Mein herzliches Beileid.«

Die Scheichs setzten die Bestattungsriten mit noch tieferer Inbrunst fort: »Oh Gott, hilf uns, hilf dem Toten, hilf der Familie des Toten, segne uns, segne die Familie des Toten, segne die Schwachen und schütze sie vor den Mächtigen.«

Loyaan starrte den Minister unverwandt an, der, es mochte ein Jahr oder so her sein, noch Kapitän bei der Marine oder etwas Ähnliches gewesen war. Keynaan verabschiedete sich dann von dem Minister und von Loyaan. Und eine einzige Geste des Ministers genügte, dass sich sein zehn Mann starkes Gefolge auflöste; einige stimmten mit jenen ein, die kleine Gebete sangen, und andere warteten hinter den gebeugten Rücken jener, die Erde auf das Grab schaufelten. *»Eine Handbewegung der Mächtigen, ein einziger, schlichter flammender Blick – und alles ist getan«*, rief sich Loyaan ins Gedächtnis. Das stammte aus einem Brief, den Soyaan ihm geschickt hatte, und es bezog sich darauf, dass eine einzige Handbewegung des Generals wie ein »Sesam, öffne dich!« die Gefängnistore für Koschin öffnen würde.

»Woran ist er gestorben?« fragte der Minister.

»Was?«

»Soyaan – woran ist er gestorben?«

Erst in diesem Augenblick und weil es schon das zweite Mal war, dass ihm jemand ernsthaft diese Frage gestellt hatte, gestand Loyaan sich ein, dass ihm Soyaans Tod in Wirklichkeit als ein eigentümlich perverser Vorfall erschien. Aber er wollte nicht offen zugeben, dass er es nicht fertig brachte, sich mit dieser Frage direkt auseinander zu setzen. Er dachte an die Antwort, die er Ahmed-Wellie gegeben hatte:

»Komplikationen.«

»Komplikationen?«

»Ja. Er ist an Komplikationen in seinem Blut gestorben.«

»Komplikationen in seinem Blut?«

»Ja, Komplikationen.«

Der Minister schwieg eine Zeit lang. Er wollte sich nicht sofort in die Einzelheiten um Soyaans Tod vertiefen. Komplikationen im Blut? Warum hatte er das gesagt? Komplikationen im Blut, was für welche? Der Minister hatte noch etwas anderes, das er fragen wollte:

»Welches waren seine letzten Worte?«

Darauf war Loyaan nicht vorbereitet. Er murmelte etwas in sich hinein, sah weg und entdeckte in einiger Entfernung Ladan und seine Mutter, die sich aneinander kauerten. Er wollte sie nicht enttäuschen. Er würde dem Minister oder was auch immer ins Auge sehen. Soyaan: ein geliebter Bruder.

»Welches waren seine letzten Worte, erinnern Sie sich daran?«

Loyaan war ehrlich: »Er hat dreimal meinen Namen gerufen. Er hatte einen Schluckauf, immer und immer wieder. Dann begann er, meinen Namen zu rufen, immer wieder und sehr erregt. Dies waren seine letzten Worte.«

Der Minister grinste. Dann: »Man hat uns eine andere Version mitgeteilt. Sie gefällt uns besser.«

»Eine andere Version?«

»Bevor er Ihren Namen gerufen hat oder den Namen einer gewissen Frau ... «

Loyaan unterbrach ihn hektisch: »Welcher Frau?«

Eine kurze Pause. Hatte der Minister etwas von Beydan gehört?

»Bevor er Ihren Namen gerufen hat oder den Namen dieser Frau, sagte Soyaan – Gott segne seine Seele – nicht noch stotternd die Worte ›ARBEIT IST EHRE‹, kurz bevor er seinen letzten Atemzug tat? War es nicht so?«

Als ob sie ihren eigenen Willen habe, suchte und fand Loyaans Hand in den Falten seiner Tasche den Text über die Clowns und Feiglinge. Seine Blicke suchten und fanden Ahmed-Wellie. »Arbeit ist Ehre?« Warum sollte Soyaan so etwas sagen? Oder hatte er es doch getan?

»Hat Ihr Bruder Soyaan nicht noch stotternd diese Worte gesagt?«

Loyaan wollte ihm ein Zugeständnis machen. »Vielleicht hat er das gesagt.«

Sandkörner rieselten vom Himmel auf die Beerdigungsteilnehmer herab. Ein Kaktusstachel bohrte sich in Loyaans Hand, als er eine Schaufel voll Sand dem Haufen auf dem Grab hinzufügte. Weitere Schaufeln bearbeiteten den Hügel von vorne, von der Seite und an allen Ecken. Die oberste und die unterste Schicht vermengten sich und wurden eins mit der Erde und dem Staub, der umherwehte.

»Das reicht«, kam als Anweisung vom ältesten Scheich. »Das reicht.«

Gebete, Gebete und noch mehr Gebete. Bettler baten um ein Almosen. Die Trauergemeinde gab sich großzügig: Hände langten blindlings in die Taschen und reichten den Bettlern, was immer sie gefunden hatten. Zwanzig oder mehr Personen hatten sich plötzlich als Bettler entpuppt. Loyaans noble Hand streckte sich dem Bettler entgegen, der ihm am nächsten stand. Der Empfänger hielt ihm die linke Hand hin. Eine merkwürdige Sorte von Bettlern, dachte Loyaan, als er diese unverschämte linke Hand ergriff, die ihm der Bettler hinhielt, um das Almosen zu empfangen, und zusätzlich ein paar Sandkörnchen erwischte. Der Mann benahm sich überhaupt nicht wie ein Bettler. Als sich nichts mehr bewegte, als Loyaans rechte Hand in der Luft verharrte und die linke Hand des Bettlers nur die übrige Luft erhaschte, leuchtete das Gesicht des Mannes plötzlich auf, als der Ausdruck des Verstehens darüber huschte: Er entblößte den Stumpf seines amputierten rechten Armes. Loyaan gab seine

Reserve auf und lächelte. Seine Hand verschenkte, was sein Geist bereits beschlossen hatte.

»Ich habe nur noch einen Arm«, sagte der Mann.

So ernst, dass er den amputierten Arm beinahe hätte berühren wollen: »Das tut mir Leid, sehr, sehr Leid.«

Gebete, Gebete und Gebete.

»Entschuldigen Sie, aber bevor wir wieder aufbrechen ...«, setzte der Minister an.

»Ja?«

Sie standen abseits von der Menge, sie hatten sich ein wenig entfernt, wobei der Minister seine Hand auf Loyaans Rücken legte. Der Minister, der eine Weile schwieg, musterte Loyaans Gesicht. Irgendetwas schien ihm auf dem Herzen zu liegen.

»Ja?«

Er bot Loyaan eine Zigarre an. Er steckte sich selbst eine in den Mund. Loyaan schüttelte den Kopf. Der Minister steckte die Zigarre nicht gleich weg, sondern hielt sie in der Luft. Dann schob er die, die Loyaan abgelehnt hatte, wieder in die Packung, murmelte dabei irgendetwas Pathetisches (Loyaan dachte, es klänge wie: ›kubanisch‹) und sagte:

»Übrigens, im Präsidialamt drüben haben wir uns gefragt – äh ... es tut mir Leid, sehr Leid. Ich hoffe, Sie nehmen es mir nicht übel, dass ich Sie so direkt frage, aber wir haben uns gefragt, ob Soyaan Ihnen vielleicht ein Memorandum gezeigt oder Ihnen gegenüber erwähnt hat, an dem er gerade arbeitete.«

»Ein Memorandum?«

Keynaan umkreiste sie, denn er wollte unbedingt wissen, was der Minister zu Loyaan sagte. Er kam ab und zu näher, wagte es aber nicht, sich zu ihnen zu gesellen. Auch Qumman und Ladan standen nicht weit von ihnen entfernt herum. Die meisten Begräbnisteilnehmer hatten indessen begonnen, das Grab zu verlassen; einige hatten die Schaufeln ergriffen, andere die Eimer. Angesichts der Anspannung und der langen Wartezeit ließen einige schon die Motoren an. Ahmed-Wellie ging los und wartete neben seinem Auto.

»Ein Memorandum, ja.«

»Worüber?«

»Hat er es Ihnen gezeigt oder davon gesprochen oder nicht?«

»Aber worüber? Worum ging es? Hatte er es selbst geschrieben? Hatte er es im Auftrag des Präsidenten getan? War es offiziell ein Teil der Arbeit, mit der er gerade betraut war?«

Das Gefolge des Ministers im Präsidialamt hatte sie umstellt. Aber die Männer hielten Abstand, warteten auf eine Handbewegung, ein Zeichen. Der Minister brütete stumm vor sich hin. Dann sagte er:

»Es ist ganz gleich, worüber. Aber haben Sie denn nun ein Memorandum gesehen?«

»Ein Memorandum unter dem Titel ›Arbeit ist Ehre‹?«

Das machte den Minister wütend. Wut überrascht die Mächtigen, dachte Loyaan, während er zusah, wie der Minister seine kubanische Zigarre anzündete, paffte und darauf wartete, daß sich die beruhigende Wirkung auch auf seinen Gesichtszügen zeigte. Während er paffte:

»Aufgrund einer vorübergehenden Gedächtnislücke ...«, begann er, brach aber wieder ab.

»Ja?«

Er hatte es sich anders überlegt. »Machen Sie sich keine Gedanken mehr über all das.«

Es herrschte Schweigen.

»Aber Sie werden doch zu mir ins Amt kommen, oder? Es gibt eine Reihe von Dingen, über die wir sprechen müssen. Bitte, kommen Sie vorbei. Sie brauchen sich auch nicht vorher telefonisch anzumelden. Alles klar?«

Wieder herrschte Schweigen.

»Soyaan: der Märtyrer unserer Revolution. Ja, kommen Sie zu mir. Wir werden darüber sprechen, was wir für ihn tun können. Und für Sie. Und für die Familie. Soyaan hat seinem Land treu gedient. Noch einmal mein herzliches Beileid.«

Er entfernte sich. Sein Gefolge hastete los und platzierte sich vor ihn und hinter ihn, und einige fielen in Trab, während er auf seinen Wagen zuging. Es gab ein großes Spektakel, als die anderen in das zweite Fahrzeug einstiegen, um abzufahren.

DREI

Wie ein Säugling in der Umarmung einer Mülltonne, ein Säugling, kaum eine Woche alt; ausgesetzt; dessen Lebenslicht scheinbar verloschen ist wie jene Stunde am Scheideweg zwischen Tag und Nacht; kein Wimmern, kein Schrei. Ein Kind der Morgendämmerung, empfangen, geboren und ausgesetzt bei Tagesanbruch. Mit seiner Geburt hat es menschliche Verantwortung in die hohlen Hände der Morgendämmerung gelegt. Wird die Sonne es aufnehmen, wird sie ein Zuhause für es finden?

Ladan fragte: »Glaubst du, dass sie läuft?«

Er antwortete nicht.

»Gib sie zurück. Gib sie her«, sagte sie.

Bevor er sie ihr gab, warf er noch einmal einen Blick auf sie. Alle drei Zeiger rührten sich nicht – tot. Das Gehäuse war unbeschädigt, fleckenlos, rein. Er gab sie ihr.

Sie schüttelte sie ein bisschen zu heftig. Dann verkündete sie: »Sie läuft, ja, sie läuft wirklich.« Sie gab sie ihm zurück.

»Ja, tatsächlich.«

Die drei Zeiger waren in Bewegung geraten wie ein Zug, der in einen Tunnel ohne Ausgang einfährt. Wie ein staunendes Kind, wie ein aufgeregtes Kind sah Loyaan die Zeiger sich bewegen, starrte sie an, während sie den immer gleichen, vorhersehbaren Rundkurs einschlugen, ihr Rucken und Ticken im Einklang. Er hielt sie sich näher an sein linkes Ohr. Er konnte das Herz der Zeit schlagen hören.

»Behalt sie ruhig«, sagte sie.

Er sah sie an. Sie verzog ihr schmerzerfülltes Gesicht, bis die Falten auf ihrer Stirn stehen blieben. Im trüben Licht konnte er kaum mehr ausmachen als den Schatten von Angst in ihrem starren Blick.

»Möchtest du sie nicht behalten?«

»Und wenn ich sage, ich möchte lieber nicht?«

»Seine Kleidung ist an die Armen verteilt worden.«

»Alles, was ihm gehörte?«

»Nein, nein.«

»Was?«

»Ein paar Sachen haben wir behalten. Es gibt Hemden und Hosen, die noch ganz neu sind. Dann die Sachen, an denen er ganz besonders hing. Neben der Uhr ist da noch ein Tonband und ein Plattenspieler. Wir werden die teuren Sachen alle behalten.«

Schweigen. Der Wind stieß die Tür halb auf. Die Abenddämmerung mit ihrer Schattenchoreographie aus Licht und tropischer Dunkelheit; der Innenhof mit seinem dumpfen Lärm; die Luft im Zimmer, die so trocken war wie die Fressreste von Rosenstaren. Sie stand auf. Ihre Knochen waren an ihrem Platz, aber sie knirschten wie eine Tür in losen Angeln. Sie ging vor und schloss die Tür. Sie kam wieder zurück. Dies war schlecht: zwei Wochen ohne irgendwelchen Sport, dachte sie jetzt. Das musste aufhören. Sie sollte Sagal anrufen. *Mens sana in corpore sano!* Aber er sagte:

»Setz dich! Ich möchte dich etwas fragen.«

Das Schweigen war ihr einziges Vorrecht. Sie wartete.

»War Soyaan ... Ich meine, hat er, äh, sehr oft mit dir über seine persönlichen Probleme, seine politischen Meinungen gesprochen? Hat er gern mit dir über Dinge gesprochen, die ihm besonders am Herzen lagen?«

»Wie was zum Beipiel?«

Sein Kopf war jetzt voll gestopft mit Sorgen. Konnte er ihr erzählen, was er entdeckt hatte, ihr diese geheimen Erkenntnisse anvertrauen? Würde es sie sehr aufbringen, wenn sie wüsste, dass er ihr vorsätzlich Informationen vorenthielt? Endlose Fragen, unzureichende Antworten.

»Denkst du, ich bin noch zu jung, um mit Familiengeheimnissen umzugehen?« fragte Ladan provozierend.

Als Antwort erhielt sie bestürztes, zauderndes Gestammel.

»Dann frag mich, und wir werden sehen.«

Eine lange Pause. Wo sollte er anfangen? Als sie die Augen verdrehte und nach oben sah, begann er, seinen unklaren Gedanken noch einmal anders zu formulieren. M mal 2? I/M und die geplanten Projekte? Der Text über Clowns, Feiglinge und Emporkömmlinge? Sie kam ihm zu Hilfe.

»Soyaan hat wohl kaum jemandem gegenüber geheime Andeutungen gemacht, ohne sich vorher genau zu überlegen, welche Konsequenzen das hätte«, sagte sie. »Ich weiß zum Beispiel von einem langen Aufsatz, den er geschrieben hat und im Ausland veröffentlichen wollte. Er hat mir gegenüber so etwas angedeutet Ich weiß auch, dass er eine umfangreiche Sammlung von Untergrundmaterial hatte, das nicht veröffentlicht werden konnte. Einmal hat er mich gebeten, Titel abzuschreiben.«

»Was für Untergrundmaterial?«

»Ein paar Gedichte, ein paar auf Band aufgenommene Theaterstücke und solche Sachen.«

»Aber von irgendwelchen Memoranden weißt du nichts?«

»Memoranden?«

Etwas, das größer war als er selbst, schien von ihm Besitz ergriffen zu haben. Aus den Ruinen von Einschüchterung und Furcht starrten ihn zwei Augen erschrocken an, zwei Augen, die die Kerze der Angst jetzt heller brennen ließ – eben noch dunkel und nun kräftig und lebendig. Loyaan reagierte nicht auf die flehentlichen Blicke seiner Schwester.

Plötzlich war es ganz hell im Zimmer. Ladan hatte offenbar das Licht eingeschaltet. Das Braun in seinen Augen war jetzt kadaverweiß.

»Ja, es gibt ein Memorandum«, sagte sie.

»Weißt du, wo es ist?«

»Ich weiß davon, weil er mir erzählt hat, dass er an einem Memorandum für einen der Vizepräsidenten arbeite. Ich vermute, es war ein Teil des Projekts, das man ihm übertragen hatte. Was soll das alles?«

Er wollte ihr nichts von dem Gespräch erzählen, das er an jenem Nachmittag mit dem Minister im Präsidialamt geführt hatte. Er wollte ihr im Augenblick auch nicht den Text über Clowns, Feiglinge und Emporkömmlinge zeigen. Aber Koschin ... was war mit Koschin? Sollte sie das denn nicht wissen? Da waren auch noch Ahmed-Wellies Horrorgeschichten über den harten Kern der politischen Gefangenen.

»Wir haben etwas gefunden«, sagte sie, »als wir die Taschen seiner Hosen geleert haben, die ich an die Armen verteilt habe.«

»Was?«

Sie steckte die Hand in die Tasche. Langsam holte sie ein Stück Papier heraus, das in einem üblen Zustand war. Vorsichtig, damit es nicht zerriss, faltete sie es auseinander. Sie gab es ihm.

»Danke.«

»Irgendwo muss es noch mehr davon geben«, sagte sie.

Diese Bemerkung hörte er nicht mehr. Seine Pupillen trübten sich, während sich seine Lider zusammenzogen Unglaublich. Er las es sich vor – leise, heimlich, aber ohne zu hören.

»Jede Person, die gedrucktes, zu lesendes, gesprochenes oder Rundfunk- und Fernseh-Material verbreitet oder aus der Somalischen Demokratischen Republik ausführt, oder Personen in der SDR, die Informationen zur Verfügung stellen, verbreiten oder ausstreuen, die darauf gerichtet sind, der unumschränkten Gültigkeit der Revolution des somalischen Volkes Schaden zuzufügen, wird mit dem Tode bedroht.«

»Wo hast du das gefunden?«

»Mutter hat es entdeckt.«

»Wo?«

»In einer seiner Taschen.«

Loyaan hätte jetzt zu gerne nachgegeben und ihr erklärt, was seiner Meinung nach passiert war. Zu viel war in zu kurzer Zeit geschehen, aber ihm war nichts entgangen – da war er sich ganz sicher. Voller Unbehagen wartete er schweigend darauf, dass sie noch etwas sagte. Und das tat sie dann auch:

»Es gibt noch eine Notiz, diesmal in seiner eigenen Handschrift.«

Loyaan ärgerte sich über sich selbst, dass er an all das nicht gedacht hatte.

»Gib sie her.«

Wenn er bei Soyaan geblieben wäre, hätte er vielleicht davon gewusst. Vielleicht. Sein Gesicht verzerrte sich, als er das zerknüllte und vergilbte Stück Papier auseinanderfaltete; er tat so, als ob er fein geklöppelte Spitze entwirren würde. Sein Mund zuckte, aufmerksame Lippen bewegten sich, um unausgesprochene Ideen zu formulieren ...

»Jede Person, die die Religion zum Zweck gebraucht, die Einheit des somalischen Volkes zu zerstören oder die Autorität des somalischen Staates zu schwächen oder zu untergraben, wird mit dem Tode bestraft (Paragraph 12).«

Loyaan hob den Blick, und er sah, dass Tränen über Ladans verschmierte Wangen liefen. Er dachte an ein Gespräch, das er mit Soyaan geführt hatte, als er ihn in Baidoa besuchte. Er hatte etwas Ruhe gesucht, um wieder zu Verstand zu kommen. Es war genau der Tag gewesen, an dem die zehn Scheichs hingerichtet worden waren. »Sie haben die Familienangehörigen nicht einmal in die Nähe der Toten gelassen. Ich war dabei, als sie sie erschossen haben. Ich habe gesehen, wie ihre Körper zusammenfielen wie gesprengte Häuser. Und der Himmel hat zur Warnung gedonnert. Aber hört er auf irgendjemand, hört der General auf irgendeinen anderen als auf seine russischen Berater? Der Oberste Wächter. Der Oberste Wärter im Großen Gefängnis von Somalia.« Er hatte voller Zorn geredet. Er hatte seine ganze Begabung, die ihm zur Verfügung stand, genutzt, um das Chaos zu beschreiben. Er redete und redete. Aber er war mit seinem Zwillingsbruder zusammen. Und die Menschen redeten nun mal, sie redeten. Das war das Einzige, was sie tun konnten. Hatte Soyaan in den letzten Wochen mehr unternommen? Warum hatte er diese beiden Paragraphen abschreiben lassen? Hatte er irgendetwas geschrieben? Hatten diese Notizen irgendetwas mit dem Projekt zu tun, das ihm von einem der Vizepräsidenten übertragen worden war?

Loyaan verschwieg seiner Schwester alles, was er ihr nicht unbedingt sagen musste. Er schielte zu ihr hinüber, während er seinen reservierten Ausdruck wahrte. Sie stürzte sich ohne Rücksicht auf Verluste in einen ausgewachsenen hysterischen Anfall. Sie brach in Tränen aus. Er nahm sie in seine Arme.

»Einer in zweien: Loyaan und Soyaan. Meine doppelten Brüder.«

Auch wenn er das jetzt nicht verstand, beschloss er, sie nicht darum zu bitten, es ihm zu erklären. Ladan klammerte sich an ihn wie eine Kletterpflanze an eine Wand. Er wiegte sie wie ein Kind, bis sie sich wieder beruhigt hatte. Es war jetzt ganz still.

Die bloße Tatsache, dass sie Zwillinge waren, verstärkte die Vorstellung, dass es mehr zu vergleichen gäbe, dachte er im Stillen. Zwillinge fordern geradezu zum Vergleichen heraus, legen es nahe. Diese Idee des Vergleichens ist dem Zwillingsein inhärent. »In dem einen suchen wir nach dem anderen. Wir setzen voraus, dass wir, wenn wir nur intensiv genug suchen, im anderen *den anderen* entdecken. Soyaan in Loyaan, nun, da Letzterer gestorben ist? Suchen wir in einem Kind nicht nach dem Elternteil? Suchen wir nicht bei Brüdern und Schwestern, Eltern und Kindern nach Ähnlichkeiten?«

Qumman zum Beispiel sah die beiden, bis sie fast zwanzig waren, genauso, wie sie sie empfangen hatte; sie sah sie exakt so, wie sie sie in ihrem wunden Schoß ausgetragen hatte: Sie betrachtete sie so, wie sie sie empfangen hatte, und so konnte sie nicht anders, als sie als eine Person anzusehen. Und so behandelte sie sie auch. Sie sprach von ihnen, als wären sie ein und dieselbe Person. Sie sprach von den beiden so, wie man von seinen Händen und Fingern im Plural spricht, während man vom Kopf und der Nase im Singular redet. Wenn der eine Sohn krank war und der andere sich elend hinschleppte, weil ihn die Einsamkeit erschöpfte, dann nannte Qumman den Namen desjenigen, der krank geworden war: so wie man genau angibt, welches Auge entzündet ist und welches nicht, so wie man auf einen Zahn zeigt, der gezogen werden muss. Sie strapazierte ihren Verstand nie mit klassischer und moderner Literatur, bei der es sich um Zwillinge zu drehen schien. Sie gab sich mit dem Folgenden zufrieden: Soyaan und Loyaan waren Ausdruck der Liebe Gottes. Und das genügte, jedenfalls, soweit es sie betraf.

Ein Mann mit einem solchen Charakter, wie Keynaan ihn gezeigt hatte (»Der Große Patriarch herrscht mit der eisernen Hand männlich dominierter Tradition über seine Brut von Kindern und Frauen«: so Soyaan zu Loyaan), hatte überhaupt nicht die Möglichkeit, nachzuvollziehen, wie es sich wohl anfühlte, wenn man ein Ei in sich trug, das sich zweiteilte, und Zwillinge zur Welt brachte. Vom ersten Augenblick der Empfängnis bis zum Tag der Entbindung, als sie dann da waren, stellte sich Keynaan, wie er es auch sonst zu tun pflegte, keine einzige der lästigen Fragen, die mit Zwillingen zu tun haben. Er konnte sich ihr Eins-sein nicht einmal in Fötusform vorstellen.

Was Ladan anbelangte: »Soyaan ist die Blindenschrift für meinen unberatenen Blick; und Loyaan setzt mich in Stand, an all meinen Tagen und Nächten Sterne zu säen.« Sie fügte hinzu, dass jeder Zwilling den anderen vervollständigte, der wiederum ihn ergänzte. Dann erging sie sich zumeist in umständlichen und manierierten Epitheta und Vergleichen, mit denen sie ihre Liebe ausdrückte, redete pausenlos weiter in gemischten Metaphern und was sonst noch alles. Alles in allem vertrat sie eine Einstellung, die im Grunde der ihrer Mutter ähnelte.

Besonderheiten in der Ausdrucksweise, sagen wir. Oder Gesten einer bestimmten Art. Keiner außerhalb des engsten Familienkreises konnte den einen von dem anderen unterscheiden. Lange Zeit konnte niemand diese Unterschiede in der Ausdrucksweise oder Gestik erkennen, die für den einen oder den anderen typisch waren. Manchmal griffen sie nach der Hand des Zwillings: An Loyaans Hand fehlte ein Finger, und daran war er leicht zu erkennen. Diese Verwirrung, die sie bei den Leuten anstifteten, verunsicherte sie so lange selbst, bis jeder von ihnen gefestigt war und seine eigene Identität entwickelt hatte. Danach schienen sie Gefallen daran gefunden zu haben, die anderen an der Nase herumzuführen: Sie tauschten die Kleider; sie tauschten die Rollen und die Meinungen über das Leben; einmal gingen sie mit demselben Mädchen aus; ja, eines Tages erklärten sie sogar, sie hätten sich in dieselbe Frau verliebt. Aber das stimmte gar nicht. Sie hatten einfach nur Spaß gemacht.

Als sie einundzwanzig waren, begann der Ernst des Lebens deutlicher die Unterschiede in ihrer Persönlichkeit, ihrem Geschmack und ihren beruflichen Neigungen herauszuarbeiten. Als er sechsundzwanzig war, machte Soyaan seinen Abschluss in Volkswirtschaft. Loyaan dagegen bestand eineinhalb Jahre später sein Examen in Zahnmedizin.

Hatten sich ihre Wege für immer getrennt? Hatten sich ihre Ähnlichkeiten damit erschöpft? Konnte man nach Soyaan in

Loyaan forschen? Konnte man vielleicht den Toten in einem Lebenden wiederfinden? Wie präzis hatte der Meißel der Politik die Unterschiede in ihren politischen Meinungen hervorgetrieben? Loyaan: ein Zahnarzt. Soyaan: ein Volkswirtschaftler. »Du zählst die zweiunddreißig Zähne in meinem Mund, und ich eine Million Rinder ...«

Nein, Soyaan, nein. Keine Rinder. Menschen. Die jährliche Ernte von Menschen, die du dem General präsentierst. Rhetorik. Volkswirtschaft. Zahnmedizin. Jetzt wollen wir mal sehen ...

»Ich bin Zahnarzt, Mutter. Kein praktischer Arzt.«

Ihre Augen nahmen das Grau des Zweifelns an. »Hat man denn so etwas schon mal gehört?« sagte sie. »Um Gottes willen. Fünf bis sechs Jahre im Ausland. Dann kehrst du zurück. Und du sagst, du bist kein Arzt, du bist ein Zahnarzt. Du bist kein Arzt, du kannst keinen Zettel für deine kranke Schwester ausstellen. Ich sage dir, mein Sohn, dass ich noch niemanden getroffen habe, der zum Arzt gegangen ist, um seine Zähne heilen zu lassen. Was ich wissen will, ist: Warum hat man mich belogen?«

Loyaan hatte mit allen möglichen Einfällen gerungen.

»Ich bin hintergangen worden. Sechs Jahre lang habe ich immer nur von allen gehört, dass du Arzt wirst. Und ich habe gewartet, dass du zurückkehrst. Einen Arzt als Sohn. Ich habe geprahlt: endlich einen Arzt als Sohn! Hurra! Nicht, dass ich irgendwelche Pillen schlucken würde; die sind reines Gift. Aber ich habe gedacht, dass du dann genug Geld verdienst, damit wir unabhängig sind, so dass wir auf Keynaan nicht mehr angewiesen sind. Ich habe gedacht, dass wir dann irgendwie nicht mehr so auf unsere eigenen Mittel angewiesen wären. Ein Zahnarzt. Was glaubst du, wird die Leute dazu bringen, dich aufzusuchen?«

Loyaan wollte gar nicht sarkastisch sein. Aber er war es doch.

»Da die Menschen ihre Ernährung umgestellt haben, werden sie auch Probleme mit ihren Zähnen bekommen. Und wenn das nicht geschieht, werden wir ihnen schon die Milchzähne mit Schokoladenspeisen versüßen. Die Unterernährten haben kräftige Zähne in ihren geduldigen Mündern. Ich fürchte, dass wir auch ihre Essgewohnheiten ändern müssen.«

Schweigen. Ein Anagramm von überkommenen Bildern in ihrem Kopf, die sie sofort durch das neu erworbene ersetzte. Ihre Frage nach den Gründen, warum man sie belogen hatte, führte sie nicht weiter. Und vor ihren Augen lag ihre kranke Ladan. Bei ihnen war Loyaan. Ladan hatte mit stechenden Schmerzen dagelegen und geschrien. Qumman hatte ihr Dinge in den Mund gestopft, um die Schreie zu dämpfen. Wozu taugte ein Arzt hier schon? Es war die monatliche Qual, die eine beschnittene Frau erdulden musste.

Dann hatte Mutter eine Prophezeiung gemacht: »Dieses Land braucht keine Zahnärzte.«

Im Chor des nationalen Trauergesangs Loyaans lautes Lamento; eine Million Wellen brachen sich am Sandstrand der nationalen Unzufriedenheit, aber Loyaans Traum war noch nicht reingewaschen. Seine Praxis war von neun Uhr morgens bis zehn Uhr abends geöffnet. Aber niemand kam. Kein Patient, dessen Gebiss verrottet war; kein Besucher, der sich den geschwollenen Unterkiefer rieb; kein Kunde, der in einem Kästchen eine Reihe von Goldstückchen für Füllungen mitführte. Seine Mutter wiederholte triumphierend eine Binsenweisheit: »Afrikas Zähne sind gesund; es sind Afrikas Eingeweide, in denen es vom Ungeziefer mangelnder Hygiene wimmelt. Für unsere einheimischen Krankheiten gibt es keine anderen Heilmittel als unsere einheimischen Kräuter. Wir haben gesunde Zähne. Sieh dir doch meine an.« Sie war fünfundfünfzig. »Ich muss nie zum Zahnarzt gehen. Ist das nicht der Grund, warum es in Mogadischu nur vier Zahnärzte gibt? Nur vier, die eingetragen sind. Je einer in einem von den beiden einzigen Krankenhäusern in der Stadt. Die anderen beiden teilen sich die weltläufigen Somalier und die Ausländer. Das hast du selbst gesagt«, behauptete sie. Sie hatte einen Vorschlag. Loyaan sollte, so wie Soyaan vor ihm, seinen Namen am Ende der langen Liste von uniformierten Männern und Frauen eintragen. Er sollte seinen Militärdienst ableisten. Er sollte als Gegenleistung für eine Stellung, ja für ein festes Monatssalär, wie alle gedemütigten Beamten das Loblied des Generals singen. Jeder Regierungsangestellte musste eine militärische Ausbildung durchlaufen, deren Dauer von seiner oder ihrer Leistung abhing. Jeder mögliche neue Bewerber musste mindestens sechs Monate dienen. Der General hatte die Arbeitskräfte des Landes uniformiert. *Habt acht. Rührt euch. Habt acht. Lasst uns den Refrain seiner Namen absingen. Habt acht.*

Loyaan bewarb sich um eine Stelle im Gesundheitsministerium. Nicht lange danach hatte er den Militärdienst abgeleistet (bei mehreren Gelegenheiten gab es Zusammenstöße mit Emporkömmlingen, die in der gleichen Einheit waren; zweimal wurde er von den Männern der Staatssicherheit als »antirevolutionärer Reaktionär« abgemahnt: Jetzt fiel es ihm wieder ein). Und dann wurde er zum regionalen Gesundheitsbeauftragten der pestverseuchten Region Baidoa ernannt.

Es war kurz vor Einbruch der Nacht, als er, ruhelos, heraustrat.

Die Nacht hatte sich auf den wehenden Staub der Dämmerung herabgesenkt, aber sie verharrte schwebend darin. Sie war gekommen und blieb so leicht wie eine Feder und windig. Loyaan schlenderte nachdenklich auf und ab. Der geflügelte Wind half ihm dabei, davonzufliegen, in ein Land seiner Vergangenheit auszuwandern, in die Landschaft seiner Kindheit. Ein Schwarm von Abendvögeln, die vorüberflatterten, und ...

Merca. Die Zeit der Träume und der Kindheit. Die Zwillinge waren neun. Der Muezzin hatte den Tagesanbruch verkündet, und Keynaan war aufgestanden, um seine Morgengebete zu verrichten. Die Zwillinge wachten auch auf. Sie standen nicht auf, um den Rosenkranz zu beten, sondern um sich gegenseitig zu erzählen, was sie in ihren Träumen gesehen hatten und was in ihnen geschehen war. Sicher im Schutz von Regeln, die sie sich selbst gegeben hatten, begann jeder Morgen damit, dass sie die vergangene Nacht Revue passieren ließen. Träume, Träume. In Soyaans Träumen dominierte die Gestalt des Vaters. In Loyaans: Gegenstände wie Rasierklingen und Messer. Mit monotoner Gleichförmigkeit starb Keynaan in Soyaans Traum; und er fand seinen Tod durch Loyaans bewaffnete Hand. Mit mehr oder minder der gleichen Regelmäßigkeit kamen Loyaans Waffen auch gelegen, um all jene bösen Menschen zu verjagen, die gekommen waren, um in das private Universum der Zwillinge einzudringen.

Merca. Die Zeit der Herausforderung zum Kampf und der Rivalität. Und eines Tages, genau an der Stelle, an der sie sich gewöhnlich trafen, um diese fantastischen Einfälle ihrer schläfrigen Träume miteinander zu teilen, am Meer, das aussah wie geflockt, hatte Soyaan das Gefühl, dass Loyaan ihn belog. Loyaan hatte irrtümlich und wortwörtlich einen von Soyaans Träumen wiedergegeben, den dieser schon vor zwei Tagen gehabt hatte. Soyaan hatte ihn darauf hingewiesen. Loyaan bestritt trotzig diesen Vorwurf. Sie prügelten sich. Sie rangen miteinander. Sie verfolgten und jagten einander, rannten in das, was sie »das Wrack der Geschichte« nannten, hinein und wieder heraus (es bestand aus einem Panzer, den die Italiener im Zweiten Weltkrieg hier stehen gelassen hatten, und einigem Zubehör), fochten mit Eisenstangen, die sie aus dem Wrack geborgen hatten. Loyaan ließ seine Stange fallen. Er griff nach einem schwertförmigen Metallhebel, als er wieder auf die Füße kam. Ein Schnitt. Blut. Tetanus. Keine Spritzen. Monate später: ein Daumen weniger.

Merca. Jahre später. Die Zeit der Logik. Und jeder der beiden hatte beschlossen, was er werden wollte, für welchen Beruf er sich eignete. Soyaan hatte sich von der Idee verabschiedet, Schiffsingenieur zu werden; Loyaan interessierte sich nicht mehr dafür, Pilot zu werden. Nein; er wollte Arzt werden. Er hatte diese Entscheidung wegen der beinahe tödlich verlaufenen vierten Schwangerschaft seiner Mutter Qumman getroffen. Er wollte Arzt werden und seiner Mutter bei zukünftigen schwierigen Geburten beistehen. *Für einen Schiffsingenieur bilden die Schranken der Meere die Grenze, die Vorstellungskraft wird ausschweifend, geht ins Uferlose; und du: ein Nomade. Ich werde bei Mutter bleiben; ich werde das Gebrochene schienen; ich werde die Kranken versorgen, die Bedürftigen: Ich werde Arzt werden.*

Mogadischu. Viele Jahre später. Soyaan hatte ein Stipendium für Italien erhalten, um an der Universität von Rom Volkswirtschaft zu studieren. Auch Loyaan erhielt ein Stipendium, aber er ging an die Universität von Bologna, um Zahnmedizin zu studieren.

»Keiner braucht acht Finger und zwei Daumen.«

Nachdem er das gesagt hatte, streckte er seine Hände vor sich aus, die nur acht Finger und einen Daumen besaßen. Und er fügte hinzu: »So was nenne ich Extravaganz.«

Soyaan beobachtete schweigend, wie das grelle Licht der Sonne wundersame Mosaiken auf den Meereswellen erscheinen ließ. Der Sand, über den sie spazierten, war zu weißem Pulver geworden von all den Füßen, die beständig darüberstapften.

»Du wärst Pilot geworden, wenn du nicht deinen Daumen verloren hättest. Ich kann mich noch gut an den Tag erinnern, als wir uns geprügelt haben. Du hast immer gesagt, du wolltest Pilot werden und somit ein Held.«

»Kein Pilot.«

»Was denn?«

»Chirurg. Denk an meine Messer und Rasierklingen.«

»Nein, nein. Pilot und Held.«

»Falsch, falsch, falsch, absolut falsch.«

»Darf ich dich korrigieren – «

»Ich kann mich noch sehr gut daran erinnern – «

»Nein, das kannst du nicht.«

»Oh, doch.«

»Lass mich – «

»Jetzt hör mir mal zu!«

Die leisen Geräusche der Nacht: Ein Kind hustete; ein anderes verlangte nach den Fertigkeiten seiner Mutter. Die Nacht ragte am Himmel auf, eine Säule aus Dunkelheit. Das Murmeln der Tropen mäanderte durch das Gewirr der Rätsel dieser Stunde. Loyaans Gedanken wanderten durch die unbetretene Landschaft dessen, was wir nicht wissen können. Das Gewicht von Soyaans Uhr in seiner Tasche, der Uhr, die Ladan ihm gegeben hatte, bremste ihn; wohingegen seine noch nicht durchforsteten Gehirnwindungen von all diesen ungeprüften Ideen beschwert schienen. In seiner Hosentasche steckten zwei einzelne Blatt Papier – eines trug eindeutig Soyaans Handschrift, das andere war maschinengeschrieben. Er wollte nach Hause zu Mutter und Schwester. Er hoffte, dass die Trauergäste alle fort wären, wenn er zurückkam. Er bog um die Ecke. Dann um noch eine. Eine weitere nach links. Eine vierte nach rechts. In weniger als fünfzig Sekunden war er zu Hause. Ruhe. Frieden. Er musste dringend zur Toilette. Zu Hause in vierzig Sekunden. Oder weniger.

»Loyaan!«

Er sah die Gestalt einer Frau, die, an einen Laternenpfahl gelehnt, dasaß, in billigen Fummel gehüllt. Loyaan näherte sich ihr. Es war Beydan in ihren besten geschmacklosen Sachen, Beydan, Keynaans andere Frau. Loyaan wusste nicht, was er sagen, und auch nicht, was er tun sollte. War sie von seiner Mutter aus dem Haus geworfen worden? War so etwas Katastrophales passiert?

»Was machst du hier?« *Schnell, schnell. Was soll ich tun, wenn Mutter sie rausgeschmissen hat? Schnell, entscheide dich,* forderte seine innere Stimme.

Ihr Schweigen umgab sie mit einem Schutzschild wie ein Zelt. Sie blieb ganz ruhig. Sie war über den achten Monat hinaus, ihr Kind konnte jeden Tag kommen. Glaubte sie, irgendjemand beeindrucken zu können mit diesem ordinären Fummel, in den sie ihre Schwangerschaft kleidete? Sie gab ihm zu verstehen, dass er näher kommen sollte, damit er sie hören konnte.

»Ich habe eine schreckliche Vorstellung gehabt. Das ist alles.«

Sie war kaum dreißig. Keynaan war ihr zweiter Ehemann, diese Schwangerschaft ihre dritte, wobei die anderen beiden Kinder, beides Mädchen, bei ihrem Vater geblieben waren, Beydans erstem Mann. Weil Qumman sie als eine Frau aus einem minderwertigen Stamm betrachtete, hüllte sie sich bei dieser Gelegenheit in solch protzige Gewänder. In ihren Mundwinkeln bildeten sich Worte, aber ihre Lippen formten sie nicht soweit, dass man sie verstehen konnte. Er nahm ihre Hand.

»War meine Mutter unverschämt zu dir?« fragte er.

»Nein, nein, nein. Nein.«

»Oder sonst irgendjemand?«

»Nein.«

»Warum bist du dann hier? Warum bist du nicht bei den anderen geblieben?«

»Ich war gar nicht da. Noch nicht. Ich habe eine schreckliche Vorstellung gehabt, wie ich schon gesagt habe.«

»Was für eine schreckliche Vorstellung?«

»Ich dachte, deine Mutter würde mich rauswerfen, wenn ich hinginge.«

Über das Grab des Argwohns hinweg sagte Loyaan zu sich selbst: »Dieses arme Ding hat wahrscheinlich geglaubt, dass sie eine Fehlgeburt haben würde, wenn Mutter sie schlecht behandelte.« Als er aufsah, waren die Sterne so klein wie Zitronensamen, die auf der unfruchtbaren Erde des Himmels ausgestreut worden waren. Kaum ein Blinken. Fast keine Andeutung von Helligkeit. Er half Beydan, sich aus dem Abfallhaufen zu erheben, zu dem die Umstände sie herabgewürdigt hatten.

»Komm rein und ruh dich aus.«

Er hatte glatt vergessen, dass er dringend zur Toilette musste. Aber als es ihm wieder einfiel, presste er seine Schenkel zusammen. Sie stützte sich auf ihn. Ein Bein nach dem anderen. Ganz, ganz langsam. Gemeinsam gingen sie nach Hause.

»Mein herzliches Beileid«, sagte sie.

Ihre Arme waren skeletthaft dürr, ihr Bauch schob sich vor ihr her, und ihre schwachen Beine zitterten. Er konnte sie spüren. Das funkelnde Licht, das vom Haus her zu ihnen herüberstrahlte, weckte Erinnerungen in ihnen beiden. Aber keiner von beiden sagte ein Wort. Armes Ding! Sie war gekommen, um ihr Beileid zu bezeugen. Sie hatte Angst, dass man sie mit unverschämter Grobheit empfing. Sie rausschmiss. Raus mit dir, du Hexe! Was würde er tun? *Auf die Füße. Die Schwelle der Feindseligkeit, Vorsicht Stufe. Mach dich auf das Schlimmste gefasst. Lass dich von nichts im Leben überraschen.* Als sie eintraten, wurde es still im Innenhof, wo sich ein Teil der Frauen versammelt hatte. Das undeutliche Gewirr von Schatten entwickelte sich nach einer Weile zu einem vertrauten Muster: Alle Anwesenden außer Ladan und Qumman wandten die Blicke ab. Und aus diesem Schutt erhob sich Ladan. Sie kam herüber und fasste Beydan bei ihrem anderen Arm. *Aus solchen Gesten sind verständnisvolle Schwestern gemacht,* dachte er.

»Wohin bringen wir sie?«

»In dein Zimmer.«

Der Anflug eines staubigen Lächelns zeigte sich auf Beydans Gesicht und verschwand wieder, als sie Ladan begrüßte.

»Ich werde meine müden Knochen ausruhen und dann wieder gehen«, versprach sie.

Ladan, Beydan und Loyaan humpelten langsam vorüber.

»Mein herzliches Beileid«, sagte Beydan so laut, dass alle es hörten. »Ich bin nur gekommen, um das zu sagen. Ich bin mit den besten Absichten gekommen. Damit kann ich niemandem etwas antun. Ich will niemandem schaden.«

Bei diesen Worten warf ihr Qumman einen flammenden Blick zu.

»Ich werde meine müden Knochen ausruhen und dann wieder gehen«, wiederholte sie.

Etwas später sickerte durch, dass sich Keynaan im anderen Zimmer aufhielt und mit den Männern redete. Man fand einen annehmbaren Kompromiss: Loyaan würde das Taxi zum Busbahnhof bezahlen und die Fahrkarten für die Weiterreise nach Afgoi, wo sie lebten.

»Ich möchte kein einziges Wort der Verachtung von dir hören, Mutter.«

»Wie du willst.«

»Kein Wort der Verachtung mehr. Bitte.«

Ladan bot an, als Vermittlerin zu dienen.

Als man Beydan allerdings gerade behilflich war, in das Taxi zu steigen, fiel Loyaan ein, dass er vergessen hatte, ihr eine wichtige Frage zu stellen. Er stürzte hinaus. Es gelang ihm, sie noch zu erwischen, bevor sich das Taxi in Bewegung setzte.

»Aber sag mir doch, bevor du fährst ...«

»Ja?«

Er legte sich die Worte in seinem Kopf zurecht. »Als er zu dir kam und du ihm etwas zu essen gabst – war er da allein?«

»Nein.«

»Wer war noch dabei?«

»Ein Mann.«

»Hattest du den Mann schon mal gesehen? Könntest du ihn beschreiben?«

»Ja, ich hatte den Mann schon mal gesehen.«

»War er ... äh ... hat sich Soyaan irgendwie komisch verhalten – ich meine ...«

Ladan, Keynaan, Beydan, der Taxifahrer, alle schauten auf Loyaan und hielten die Luft an. Ihre Blicke verschmolzen an ihm. Er spürte die Last dieser Blicke und stammelte eine Entschuldigung. Er verstummte. Wie ein Pferdezüchter, der seinen geliebten Hengst in die Welt schickt, tätschelte Loyaan die Motorhaube des Taxis, als wollte er sagen: Du kannst jetzt gehen. Zunächst wollte der Fahrer nicht losfahren. Keynaan musste es ihm sagen.

Schleppend folgte er Ladan, die vorausging. In seinem Kopf: eine Bienenwabe voll wildem Aufruhr. Wie ein umgestürztes Glas, in dem eine Tsetsefliege darum kämpft, sich einen Weg ins Freie zu bahnen, so erstickten Verstand und Logik die unausgesprochenen Gefühle, an denen sein Inneres vielleicht explodiert wäre. Mit sich selbst redend: »Dazwischen auch ein unscheinbarer Brief in einem rätselhaften Alphabet.«

»Was hast du da gerade gesagt?« fragte Ladan.

Er schnitt ihr das Wort ab. Er ging sofort in sein Zimmer und sagte: »Bis morgen.«

Mit vor Schlaflosigkeit weit aufgerissenen Augen stand er am Fenster. Eine Weite voller Sterne, eine Fülle von Dunkelheit, und kein Mond: die Nacht. Konnte er die Tore der Nacht verschließen und dann auch seine Augen und schlafen? Er probierte verschiedene Wege aus, aber er geriet jedesmal in die gleiche Sackgasse. Fragen über Fragen. Nur warum und kein darum. Was hatte Soyaan bei Beydan gegessen, das seinen Organismus in einen solchen Aufruhr versetzt hatte? Hätte eine Autopsie all diese Fragen beantwortet? Warum dachte sich der Minister im Präsidialamt diese Geschichte über Soyaans letzte Worte aus? Und warum »Arbeit ist Ehre«? Hatte noch irgendjemand an diesem Memorandum mitgearbeitet? Welche Rolle spielte der Mann, den Beydan gesehen hatte, bei all dem? Warum hatte Ahmed-Wellie beschlossen, ihm diese Geschichten zu erzählen? Warum?

Dann ging Loyaan zu Bett und wartete, auf dem Rücken liegend, darauf, dass die Morgendämmerung kam.

VIER

Wie zwei Katzen, die sich um das Fleisch einer toten Ratte balgen – der Abend still bis auf ihre Schreie oder das gelegentliche Schreien eines brünstigen Esels. Die Katzen kämpfen miteinander. Eine von ihnen verliert den Halt. Die andere schlägt die Krallen in das Weiß des Bauches ihrer gestürzten Rivalin. Da ist Blut, das Blut der Katze und das Blut der Ratte. Die Katze leckt sich triumphierend den Schnurrbart. Sie schreitet majestätisch davon und lässt eine tote Ratte und eine gefallene Rivalin zurück.

»Wach auf, wach auf!«

»Was?«

»Ich muss dir das Neueste erzählen, Loyaan. Wach auf!«

Er drehte sich um, und dabei stöhnte er: »Was ist denn los?«

Mit zitternder Stimme, ganz aufgeregt: »Die Morgennachrichten, die Morgennachrichten, die Morgennachrichten!«

Loyaan setzte sich auf. Während er sich die verschlafenen Augen rieb, dachte er: *Noch ein Putsch der Armee. Gott im Himmel, nein. Bitte. Es gibt keinen anderen General neben diesem. Gütiger Himmel, nein. Bitte. Nicht schon wieder einen Militärputsch.*

»Die Morgennachrichten«, wiederholte sie.

»Ja, ja. Jetzt beruhige dich mal. Was ist denn nun?«

Aber sie sagte nichts. Als er seinen konzentrierten Blick auf sie richtete, merkte er, dass sie wegsah. Was störte sie denn? Sein Laken war heruntergerutscht. Er war nackt.

»Verzeihung.« Er bedeckte seine Blöße. Er war nun ganz wach. Seine Kiefer öffneten sich zum Gähnen. Er war ein behaarter Mann. Das Haar in seinen Achselhöhlen war dichter geworden vom Humus seines Schweißes.

»Heute morgen begannen die Nachrichten mit einer Rede des Ministers im Präsidialamt. Eine Schweigeminute oder eine Geste dieser Art. Dann ein paar lobende Worte über Soyaan, den Revolutionär.«

Die Tugend des verkannten Genies: Er dachte, dass er Ladan auch all das andere erzählen konnte, was der Minister sonst noch gesagt hatte. Vielleicht konnte er ihn sogar Wort für Wort zitieren. Soyaans letzte Worte seien »Arbeit ist Ehre« gewesen, und so weiter, und so weiter. »Der Minister im Präsidialamt möchte der Familie des Verstorbenen, den Freunden des Verstorbenen und dem ganzen Volk im Namen des Generals sein Beileid bekunden.« Doch warte noch.

»Das waren die Acht-Uhr-Nachrichten.«

Er stand auf, nachdem er sich anständig in die Bettdecke eingewickelt hatte. »Ja?«

»Die Zehn-Uhr-Nachrichten brachten die Beileidsbezeugung des Generals. Der Minister im Präsidialamt verlas sie. Die Erklärung war kurz und knapp. Das war vor einer Viertelstunde.«

»Du hättest mich wecken können.«

»Das ist noch nicht alles.«

Besorgt, wie er war, verlor er die Beherrschung über sich selbst und die Situation. Denn voller Gehässigkeit sagte er: »Und um elf Uhr sprach der General höchstpersönlich und sagte, dieses Volk werde zu Ehren des Sohns der Revolution eine Statue errichten? Genau um elf? So war es doch?«

»Es ist noch nicht einmal halb elf.«

Er hatte sich eine Unterhose und ein T-Shirt von einem Stuhl direkt am Fenster genommen, an dem er nun bewegungslos verharrte, nachdem er sein Spiegelbild darin erblickt hatte.

»Ich sagte, das ist noch nicht alles«, fuhr sie fort.

Er wandte sich um und sah ihr direkt in die Augen. »So? Dann sag es mir doch.« Zu viele Dinge, die zu früh am Morgen geschahen. *Ich bin mir nicht sicher, ob ich es ertrage. Ich weiß nicht genau, ob meine Beine fest bleiben, ob mein Lebenswille nicht zerbricht unter der Last des tragischen Drucks im Leben. Ich bin mir nicht sicher, ob* ... Aber da redete sie schon:

»Gerade ist eine Frau gekommen.«

»Eine Frau?«

»Eine Frau und ein Kind, das sie mitgebracht hat.«

Er verstand es nicht. »Sie wird sicher bloß ein Almosen wollen: eine Mutter mit einem Kind.«

Ladan schüttelte den Kopf. »Diese junge Frau ist, glaube ich, wegen einer größeren Summe gekommen.«

»Einer größeren Summe?«

»Sie sieht nicht aus wie eine Bettlerin, finde ich, und sie benimmt sich auch nicht so.«

Zu viele Dinge, die für diese Zeit am Morgen viel zu geschwind geschahen. Ein früher Morgen, der die Last der vorherigen Tage und Nächte aufgebürdet bekam. Ein Morgen, der überflutet wurde von den schlammigen Wassermassen künftiger Zeiten. Er zog sich ungeschickt schwankend die Unterhose an. Er ruderte linkisch mit den Armen, als er das T-Shirt überstreifte. Dann die Hose.

»Beschreib sie.«

»Was?«

»Beschreib mir diese Frau.«

»Sie ist auffallend gekleidet und das Kind auch. Sie – aber komm doch und schau sie dir selbst an! Sie ist im anderen Zimmer und redet mit Mutter. Das hübsche Kind ist bei ihr.«

Einen Augenblick lang verharrte er mitten in der Bewegung, als er seine Hand nach einer Schachtel Zigaretten ausstreckte. Schließlich nahm er sie, sah aber, dass sie leer war: Schade!

»Hat die Frau gesagt, was sie will?«

»Nein.«

Er presste die Hand auf die Stirn. »Hat sie gesagt, wer sie ist?«

»Nein.«

Er hatte rasende Kopfschmerzen. »Gibt es irgendetwas, das ich wissen sollte, bevor ich rübergehe und mit ihr rede?«

»Nein.«

Seine Zunge schmeckte säuerlich, wie vor dem Zähneputzen. »Hat sie gesagt, wie sie heißt?«

»Nein.«

»Nein?«

»Nein.«

»Du bist nicht gerade eine große Hilfe, oder?«

»Nein.«

Sie schwiegen einige Augenblicke, um die Wirkung des leichtfertigen Tonfalls abebben zu lassen. Wieder seine Zunge: Diesmal fühlte sie sich wund an. Er presste sie an den Gaumen: Gänsehaut.

»Zu dir hat sie gar nichts gesagt, oder?«

»Sie hat gesagt, dass sie nur mit dir reden möchte.«

Vorhang auf. Mitten auf die Bühne. Spot an.

»Sag ihr, ich komme gleich.«

»Ich heiße Loyaan.«

»Ich weiß.«

War es der Schock des Wiedererkennens, der bei seinem Eintreten ein flüchtiges Lächeln hervorrief? Er musterte die Frau behutsam. Eine Flut von Fragen ertränkte, was immer sie an Eindruck auf ihn gemacht haben mochte. Sie rührte sich nicht. Ein Kind, erst ein paar Monate alt, lag ausgestreckt auf ihren Schenkeln und den Knien, die sie vorgeschoben hatte. Sanft und rhythmisch wiegte sie das Kind, sah aber zu Loyaan auf, als er herantrat, um sie zu inspizieren, um sie aus der Nähe betrachten zu können. Das Kind schaute er nur flüchtig an. Er entfernte sich wieder und ging in die hinterste Ecke des Zimmers, wo man Soyaans schmutzige Hemden und Hosen hingestopft hatte, die gewaschen und an die Armen verteilt werden sollten.

»Was können wir für Sie tun?« fragte er.

Hatte er sie schon einmal gesehen? Ihren Namen hatte er bestimmt noch nie gehört. Er war ihr möglicherweise schon mal auf einer dieser Massenpartys über den Weg gelaufen, zu denen man in Mogadischu ab und zu ging. Vielleicht hatten sie dasselbe Taxi genommen. Ihr Gesicht wirkte nämlich völlig vertraut. Sie war hellhäutig ... vielleicht war sie von italo-somalischer Abstammung. Sehr hübsch. Kleine Nase. Beinahe so hoch gewachsen wie er. Sie machte den Eindruck eines gut erzogenen Menschen. Sie hatte die Gesten einer gebildeten Frau, einer Frau von Klasse. (Diese Beschreibung hätte Soyaan zum Lachen gebracht. Mit seinem Stil, Menschen zu beurteilen, wäre das nicht zu vereinbaren gewesen.) Er mochte ihre Beherrschtheit. Er beneidete sie um ihre Gelassenheit. Eines Tages würde er ihr das vielleicht sagen – wenn er je die Chance hätte, sie wiederzusehen.

Ihre braunen Augen taxierten ihn. Sie rief sich ins Gedächtnis, was sie lieber vergessen hätte. Warum war sie hier? Was hatte sie hierher geführt, in dieses Haus? Er würde es sicher wissen wollen.

»Ein hübsches Kind. Wirklich sehr hübsch«, bemerkte er.

Von ihr: nichts.

»Ein Junge oder ein Mädchen?«

»Ein Junge.«

»Wie heißt er denn?«

»Marco.«

Er wusste immer noch nicht, wo er sie einordnen sollte. Er roch seinen eigenen Schweiß. Und er schmeckte den Pfefferminzgeschmack der Zahnpasta, die er benutzt hatte; ihm fiel ein, dass er sich den Mund nicht richtig ausgespült hatte. Aber es gab wichtigere Dinge, die darauf warteten, dass er sich ihnen widmete. Da war der Minister im Präsidialamt, dem er seine Aufwartung machen musste, um herauszufinden, warum die Regierung nun, da Soyaan tot war, diesen Wirbel um seinen angeblichen revolutionären Status veranstaltete. Dann die Mutter und die Schwester, die ihn forderten, von ihm verlangten, dass er seine bislang uneindeutige Haltung zum Regime des Generals klärte. Und dann war da diese Frau und ihr Kind. Soyaan ... oh, nein! Er wollte jetzt unhöflich sein. Er wollte sie ganz direkt fragen.

»Marco *wer*, haben Sie gesagt?«

Sie erhob sich. Marco wachte auf und regte sich in ihrer festen Umarmung. Und sie ging mit ihm und dem ganzen Drum und Dran auf und ab. Sie nahm all ihre Kräfte zusammen, um ruhig und gelassen zu bleiben. Das Kind quäkte und fing plötzlich an zu schreien (vor Schmerzen?). Es strampelte wild mit den Beinchen, als ob es vorhatte, sich loszureißen.

Qumman und Ladan, die bis zu diesem Moment still dagesessen hatten, wurden unruhig. Von Mutter zu Schwester, von Schwester zu Frau. Qumman konnte es sich nicht länger verkneifen:

»Glauben Sie, dass er vielleicht Pipi machen möchte?«

Die Frau reagierte scharf und unhöflich: »Ich weiß, was er will. Schließlich bin ich seine Mutter«, sagte sie.

Die Atmosphäre war jetzt schneidend. Loyaan hatte wieder einen bitteren Geschmack im Mund. Hatte er sich auf die Zunge gebissen? Er hatte eine bessere Idee.

»Möchten Sie vielleicht eine Tasse Tee?« sagte er zur der Frau. »Ich werde selbst auch Tee trinken.«

Erst mal Schweigen.

Nach einer Weile: »Ja, bitte.«

Er ließ ein paar Sekunden verstreichen. Dann: »Möchte Marco vielleicht auch etwas trinken?«

Als wollte er antworten, zappelte Marco und schrie nicht mehr.

»Für ihn Milch.«

Qumman stand auf und verkündete: »Ich gehe und hole die Milch.«

Ladan dagegen übertraf sie sogar noch, zumindest dachte sie das. Sie wartete, bis ihre Mutter durch die Tür verschwunden war, und sagte dann zu der Frau:

»Wie wär's, wenn ich ihn nehme und ihn füttere, während Sie mit Loyaan sprechen?«

Noch eine knappe Antwort: »Er akzeptiert keine Fremden.«

Dies wurde mit pikiertem Schweigen aufgenommen. Eine Weile sagte niemand etwas. Loyaan tat gut daran, eine Beschäftigung für Ladan zu finden, denn er wollte mit der Frau alleine sprechen.

»Können wir Ihnen vielleicht noch etwas anderes anbieten?«

Sie dachte nach. Sie sagte: »Zigaretten, bitte.«

Ladan verschwand, um welche zu holen.

»Haben Sie ihn gut gekannt?« sagte Loyaan, nur so auf gut Glück.

Sie fragte gar nicht, wen er denn meine. »Ja.«

Dann fummelte sie am Verschluss ihres Büstenhalters herum. Wollte sie jetzt etwa das Kind stillen? Ihre Brust wurde flacher, als sie die Häkchen öffnete. Sie machte ihn auf, und heraus kamen längliche Brüste, die sie, eine nach der anderen, wie zwei Gummisauger, in die wilde Zahnlosigkeit des Hungers stopfte, in die Höhle, die Marcos Mündchen war. Eines Tages würde ihr der Sohn über den Kopf wachsen, dachte Loyaan, wenn die

Schneidezähne der Jugend scharf genug waren, um die Nabelschnur zu durchbeißen ... Aber er durfte jetzt nicht abschweifen, er durfte das Nächstliegende nicht aus dem Blick verlieren. Also:

»Wie gut kannten Sie ihn denn?«

»Ich kannte ihn als Mann.«

Ihr Gesichtsausdruck verhärtete sich. Hatte Marco sie gebissen? Warte.

Nach einer Pause: »Ich kannte ihn als Bruder.«

»Aua! Ich kann mir den Unterschied gut vorstellen. Marco!«

Erst jetzt kam Loyaan zu Bewußtsein, dass sie beide stillschweigend vorausgesetzt hatten, sie wüssten, von wem sie da sprachen, aber keiner von beiden hatte bislang Soyaan beim Namen genannt. Sie hatte auch nicht ihr Beileid bekundet, hatte nicht den Segen des Barmherzigen auf Soyaans Seele herabregnen lassen (vielleicht war sie Katholikin – aller Wahrscheinlichkeit nach war sie keine Muslimin). Vielleicht hatte sie ihm sagen wollen, dass Marco ... Der kleine Mann war eingeschlafen.

Loyaan gab ihr zu verstehen, dass sie das Kind in das Bett gegenüber legen konnte.

»Und wenn er es nass macht?«

»Und wenn schon?«

»Wenn es das Bett Ihrer Mutter ist ... Urin beschmutzt; für eine Muslimin ist Urin unrein. Sie wird ihre Gebete so lange nicht verrichten können, bis sie alles wieder reingewaschen hat. Wenn er es also nass macht?«

»Soll er doch.«

Sie stand auf, sanft, anmutig, und legte das Kind auf das Bett. An den Rand platzierte sie ein Kopfkissen, für den Fall, dass der Junge sich auf die Seite rollte und aus dem Bett zu fallen drohte. Sie richtete sich auf. Leicht. Und doch genauso anmutig, wie sie sich dem Gewicht des schlafenden Kindes angepasst hatte. Loyaan war wirklich beeindruckt von ihrer Sanftheit, ihrer Anmut. Er bewunderte sie jetzt rückhaltlos. Er war sofort bereit, sie an seinem privaten Leben teilhaben zu lassen. Aber sie wusste wahrscheinlich sowieso schon viel mehr über ihn, als er sich vorstellen konnte. Vielleicht hatte Soyaan ihr schon alles erzählt, was sie wissen musste. Sanft. Anmutig. Gut erzogen. Und rücksichtsvoll. Er war zufrieden, dass er sie jetzt so beschreiben konnte. Aber welchen Namen, welchen Namen konnte er ihr denn nun geben? Er genoss das langsame Tempo ihres Gesprächs. Ja. *Such, wo sie sich versteckt. Finde es. Enthülle es.* Das war eine wichtige Regel in diesem Spiel. Sie knöpfte ihren Büstenhalter wieder zu.

»Sie haben mir noch nicht gesagt, wie Sie heißen.«

»Als ob das wichtig wäre.«

»Wie bitte?«

»Wir sollten unsere kostbare Zeit nicht damit verschwenden.«

Sie zündete sich eine Zigarette an. Sie bot ihm auch eine an, ihre letzte. Er zündete sie sich an. Wolken von Zigarettenrauch stiegen in Wirbeln in dem stillen Zimmer auf. Marcos leises, schnaufendes Schnarchen verstummte. Loyaan warf einen Blick auf Soyaans Uhr an seinem Handgelenk. Irgendwann am heutigen Tag sollte er losgehen und den Totenschein abholen. Irgendwann am heutigen Tag musste er ihn beim Einwohnermeldeamt vorlegen. Und er hatte noch andere Dinge zu erledigen.

»Habe ich richtig verstanden, dass Sie hergekommen sind, um unserer Familie mitzuteilen, dass dieses Kind, das Sie mitgebracht haben, Soyaans Kind ist?«

Sie verschluckte sich beim Rauchen. Sie hustete. Sie trank schnell einen Schluck Wasser. Er wartete. Kein Wort wurde gesprochen, nichts von ihr und kein Laut von ihm. Er musste die Frage noch einmal anders formulieren, sagte er sich. Aber er konnte es nicht und sog nur an seiner Zigarette.

»Das haben Sie richtig verstanden«, sagte sie schließlich.

Er musterte das schlafende Kind mit ganz neuen Augen.

So weit man das beurteilen konnte, konnte das durchaus Soyaans Kind sein, ja: die Hände, die Füße, die hohe Stirn.

»Sie haben vermutlich nichts dabei, was diese Feststellung untermauern könnte?«

»Wie bitte?«

»Ich wollte sagen, sehen Sie nicht den rechtlichen Aspekt dieser Angelegenheit?«

»Muss ich das?«

Der Riss, der sich jetzt, was sie anbelangte, in ihm auftat, begann den starken Eindruck zu schwächen, den sie im ersten

Augenblick auf ihn gemacht hatte. Man muss die Toten ehren, man muss mit ihren Wünschen verfahren, als ob sie heilig wären. Es sei denn ...

»Wollen Sie, dass ich Ihnen einen Trauschein vorlege?«

»Nein, nein. Nein.«

»Was dann?«

Ein intellektuelles Dilemma. Sollte er unehrlich zu ihr und auch zu sich selbst sein? Soyaan hatte keine Urkunde für ihre Affäre oder für das Kind gebraucht. Vielleicht brauchte man so etwas seinen Eltern gegenüber, die sie, längst bevor sie die ganze Geschichte überhaupt gehört hätten, schon von ihrer Liste möglicher – akzeptabler – Frauen gestrichen hätten: War sie nicht eine Christin? War sie nicht halb Somalierin, halb Italienerin? Seine Eltern würden sich ganz bestimmt von jeder Haltung distanzieren, die er dazu einnehmen würde. Aber was war mit Ladan? Würde sie seine Ansichten teilen, würde sie diese Frau mögen und sie akzeptieren?

»Ich habe ihm dieses Kind geboren. Das ist meine Urkunde.«

»Und haben Sie ihn geliebt?«

Ihr Gesichtsausdruck hatte sich wieder verhärtet. Er hoffte, dass sie ihn nicht missverstanden hatte. Aber das hatte sie. Ihr Ton war so bitter wie der Geschmack auf seiner Zunge vorhin.

»Das ist nicht der Punkt«, sagte sie.

Ladan erschien in der Tür. Sie hatte leise an die offene Tür geklopft. Er winkte sie herein. Sie hatte zwei Schachteln Zigaretten besorgt, eine für die Frau, die andere für Loyaan. Ladan wartete nicht darauf, dass man sie wieder rausschickte, denn sie spürte die Last des Schweigens, von dem sie annahm, dass ihr Eintreten es bewirkt habe. Danach sagte er:

»Was verlangen Sie als Gegenleistung?«

»Ich verstehe nicht.«

»Eine monatliche Unterhaltszahlung an Sie? Eine monatliche Zahlung für Marco?«

»Sie haben mich falsch verstanden.«

»Bitte?«

»Ich habe Soyaan ein Kind der Liebe geboren. Ich habe dieses Kind der Liebe mitgebracht, damit ich die Liebe, die Soyaan mir hinterlassen hat, mit Ihnen teilen kann. Es tut mir Leid, dass ich nicht eher kommen konnte. Es gab noch andere Gründe dafür, die ich Ihnen eines Tages erklären werde.«

Loyaan war stolz auf sie, er war froh. Er zog sie zu sich hoch, um sie zu umarmen. Aber eine Stimme tief in seinem Inneren sagte: *Na, na, reiß dich zusammen! Gebrauch deinen Verstand und verlier nicht den Kopf.*

Sie hatte einen anständigen und sehr gut bezahlten Job. Darüber hinaus hatte sie auch noch vor kurzem das Vermögen ihres (italienischen) Vaters geerbt. Daher konnte sie leicht für Marco und ihre Mutter sorgen. Daneben konnte sie Soyaans Familie sogar großzügige finanzielle Unterstützung anbieten, falls das nötig war (wegen Keynaans ehelichen Verwicklungen, von denen Soyaan oft gesprochen hatte). Sie war sechsundzwanzig. Sie war als externe Studentin an der Universität Rom eingeschrieben, und zwar an der juristischen Fakultät, und sie hatte schon begonnen, für ihre Dissertation zu recherchieren, die den Titel trug: *Das Aufblühen der Staatssicherheitsdienste als Machtinstrumente in Afrika und Lateinamerika.*

Loyaan fand das alles sehr interessant. Über das letzte Thema wollte er auch erst zuletzt sprechen. Eins nach dem anderen.

»Wie heißen Sie?«

»Margaritta.«

Ihr Profil: Fältchen vom vielen Lächeln. Marco war aufgewacht.

»Marco, *Marco mio.*« Sie sang seinen Namen.

Der eine Buchstabe in einem Alphabet der Rätsel und Anfangsbuchstaben. Margaritta. Marco. *Marco mio. Margaritta mia.* M mal 2. Das war's. Ein Alphabet von rätselhaften Pfaden, durch die ein Honiganzeiger flog.

Ladan und Qumman tauchten in der Tür auf. Margaritta hatte sich erhoben. Marco hatte Pipi gemacht. Aber was soll's. Sie wollte sowieso gerade gehen, in diesem Augenblick. Loyaan brachte sie zu ihrem Auto.

»Ich habe noch viele Fragen, die ich Ihnen unbedingt stellen möchte«, sagte er.

»Besuchen Sie mich demnächst mal.«

Als sie sich verabschiedeten, gab sie ihm ihre Adresse und ihre Telefonnummer bei der Arbeit.

Als er wieder ins Zimmer kam, stürzte seine Mutter aufgebracht auf ihn zu. Eine Flut von Schimpfwörtern, die sich ausschließlich auf die Gemeinschaft der *mistione* – Menschen halb italienischer, halb somalischer Abstammung – in Somalia bezogen. Und:

»Was wollte sie?«

»Was glaubst du denn?« Loyaan streckte den Arm aus, um Ladan daran zu hindern, sich einzumischen und womöglich etwas Unangebrachtes zu sagen. Es schien so, als hätten sich die beiden schon über Margaritta ausgetauscht. Qumman war nun am Zug, und ihre Worte waren ein Schwall prächtiger Flüche.

»Und was der Gipfel ist«, fuhr sie fort, »wir sollen ihrem Balg auch noch einen Namen geben. Sie will sich in dieses anständige Haus reindrängeln. Dann wird sie um ein Taschengeld bitten. Und dann um mehr und noch mehr! Dabei ist sie doch bloß eine Mischlings-Prostituierte. Das will sie doch, oder? Das Andenken unseres Soyaan mit ihrer schmutzigen Vergangenheit besudeln? Nein, nein. Das werde ich nicht zulassen!«

»Du bist nicht mehr du selbst, Mutter.«

Sie war derart in Wut geraten, dass sie nur noch wie eine lebende Bombe wirkte, mit Nerven wie elektrische Drähte. Sie litt ganz offensichtlich an einer Mischung aus Erschöpfung und völliger Hysterie. Loyaan konnte sich nicht daran erinnern, sie jemals in einem solchen Zustand erlebt zu haben. Was um Himmels willen war geschehen? »Mutter ist eine Löwin, die ihre Jungen mit allen zur Verfügung stehenden Mitteln verteidigt«, hatte Soyaan einmal gesagt. Warum betrachtete sie Margaritta und Marco als Bedrohung für ihren Frieden und den engsten Familienkreis (Keynaan gehörte aufgrund seiner Heirat mit einer anderen Frau, nämlich Beydan, nicht dazu) – warum? Was war es, das diesen plötzlichen Wutausbruch bei seiner Mutter ausgelöst hatte?

»Beydans Kind und das Kind dieser Frau sind die Brut des Teufels, genau das sind sie. Ich will sie nicht hier in meinem Hause haben, und ich will auch nicht, dass Soyaans Namen mit dieser Christin in Verbindung gebracht wird.«

»Die Lebenden müssen die Wünsche der Toten respektieren, Mutter. Es steht fest, dass diese Frau Soyaan ein Kind geboren hat. Ich habe Beweise dafür. Ich kann dir das beweisen.«

Nun war es Ladan, die das Wort ergriff: »Wie heißt das Kind?«

»Marco.«

Qumman stürzte sich sofort darauf: »Und was ist das für ein moslemischer Name?«

»Meine liebe Mutter, ein Name ist eine Entscheidung, die man getroffen hat, eine Hoffnung, die man zum Ausdruck bringt. Du hast mich Loyaan genannt, sie hast du Ladan genannt. Dieses Kind wurde Marco genannt. Ich schlage vor, dass wir ihre Entscheidung respektieren. Du hast immer gesagt, dass die Mutter für ein Kind wichtiger ist als der Vater. Also. Sie ist die Mutter; Soyaan der Vater. Väter sind zweitrangig – Keynaan war es jedenfalls; Soyaan wohl auch.«

»Nein, Soyaan nicht.« Aber sie war schon ruhiger, erheblich weniger aggressiv.

»Will sie noch etwas?« fragte Ladan.

»Wir haben nicht über Einzelheiten gesprochen. Aber ich kann euch gleich sagen, dass sie hinreichend Geld hat, um sich und das Kind zu versorgen. Sie hat einen Job und auch noch andere Einkünfte.«

Qummans Stimme war merklich weniger feindselig. Kein zorniges Krächzen in ihrer Kehle, noch in ihrem Tonfall.

»Der Name des Kindes und seine Konfession?« fragte sie.

»Ich sagte dir doch, dass wir über Einzelheiten nicht gesprochen haben. Wenn wir so weit sind, werde ich ihr deine Wünsche übermitteln. Ist das so in Ordnung? Du wirst ihm sicher einen eindeutig moslemischen Namen geben wollen – sagen wir, Mohammed?«

»Woher wusstest du das?«

»Bin ich nicht dein Sohn?«

Eine Pause. »Und sie hat genügend eigene Einkünfte?«

»Ich garantiere dir, dass das Geld, das Soyaan für deine Reise nach Mekka vorgesehen hat, von Margaritta und Marco nicht angerührt werden wird.«

»Wie heißt sie noch mal?«

»Margaritta.«

Die Strahlen der Sonne fielen durch das offene Fenster. Auf Qummans Gesicht lag ein Lächeln. Loyaan dachte daran, dass er sich nun besser sofort auf den Weg in die Stadt machen sollte, um sich durch den Dschungel bürokratischer Hindernisse zu kämpfen, denn sonst ...

FÜNF

Wie ein Spielzeugauto, mit dem sich ein Kind seit vielen Tagen ausschließlich beschäftigt, das Liebesobjekt des Kindes. Eines Tages aber, als es sich genau anschaut, wie das aussieht und zusammengebaut ist, was das Ganze zum Laufen bringt, entdeckt es zufällig einen Nagel, der herausragt. Das Kind zieht an dem Nagel und reißt ihn raus. Das Auto fällt auseinander. Noch Stunden später sitzt das Kind vor dem zerfallenen Stück seiner ursprünglichen Liebe. Als seine Mutter kommt, erweist sich, dass es den Nagel verloren hat.

Die scharfe Säge der Sonne zerteilte den Himmel in zwei Hälften. Der Staub, der sich wie zum trauernden Gedenken gesammelt hatte, bildete eine Dunstsäule aus atmosphärischem Druck; das Sägemehl malte ein Dickicht von Farben auf die Himmelswand – ab und zu dicht und kräftig, ein bisschen später verschwommen und unklar.

Vor Loyaan erstreckte sich eine Asphaltstraße, eine Straße, die so gerade und glatt verlief wie abgelagertes Holz. Er ging und ging, und sein Blick war zerstreut und unkonzentriert wie eine schwache Erinnerung, er bemerkte keine Einzelheiten, war weder hier noch dort. Schwer wie der Stumpf eines umgestürzten Baumes, waren die Nervenbahnen seines Gehirns dumpf geworden. Soyaan: ein Blatt nur, das, als er starb, aus dem laubbedeckten Antlitz des Mondes gefallen war, wie eine einheimische Sage erzählt. Nur ein Blättchen, für das die Jahreszeit keine Verwendung mehr hatte. Das Grün eines taunassen Blattes an einem Morgen vor langer, langer Zeit, ein Brief von Soyaan: »Wenn du je nach Mogadischu kommst und ins Zentrum gehst, wirst du jetzt lauter neue Häuser entdecken, neue Hochhäuser, bei deren Einweihung die Bänder mit genau den gleichen Scheren durchgeschnitten wurden wie die, mit denen die Handgelenke der Kraft unserer Nation zum Bluten gebracht und das Land geschwächt wurde. Die Straße, auf der deine Füße stehen und über die du gehst, denk immer daran, ist mit genau dem Schmutz geteert, der die Poren verstopft, wenn unser Körper um Atem ringt– wie erstickend! Neue Straßen. Neue hochragende Häuser. Er zermalmt die Seele des Menschen, sagt Medina; er bricht den Stolz auf die eigene Würde; er würdigt Frauen zu Gespielinnen seines Potenzgehabes herab: Er ist schließlich der General. Er baut bombastische Beispiele für eine sich wie ein Geschwür ausbreitende Architektur, er schenkt uns Denkmäler falscher Hoffnungen. Er erfindet für die Nation Helden seiner Wahl. Nenn mir einen – und ich nenne dir all die anderen. Wie dem auch sei ... die Straßenränder werden gesäumt von Neonschildern, die den Himmel über der Stadt mit dem Glanz von den Brosamen seiner Weisheit erleuchten. Manche davon lassen sich die Massen leicht andrehen, wie jede billige Ware, ein Mischmasch von Ideen, die man, ohne nachzudenken, einfach kaufen soll – es sind ja die weisen Worte des Generals. Um weitermachen zu können, knickt man ein und jubelt mit. Man tut das, um sich durchzuschlagen und den kärglichen Lebensunterhalt für die schwächeren Mitglieder der Familie zu verdienen, für Mutter, für die Schwester und für die Kinder. Wenn du dies nicht tust, landest du im Gefängnis. Deine Akte bei der Staatssicherheit wird mit jedem Tag dicker (meine, denke ich, ist es schon). Oder du setzt dich ab: An jedem anderen Ort ist es besser als hier. Allerdings vermute ich, dass es in Baidoa sogar noch schlimmer ist als hier. Wie ist es dir ergangen? ... »

»Magan allay!«

Ein Bettler. Flehentliche Lumpen, eine ausgestreckte Hand, ein Gesicht, so ausgehungert wie die Dürre, die es erzeugt hat. Eine alte, ausgezehrte Frau, und hinter ihr ein Mann, noch älter und blind. Sie war die Führerin. Er hatte sich eine Blechdose für Münzen an den Zipfel seines Gewandes geknotet. Loyaan warf ein oder zwei Geldstücke hinein. Sie dankten ihm.Und als sie weitergingen, während er noch auf der gleichen Straßenseite stand, sah Loyaan den einarmigen Mann, dem er schon zweimal begegnet war. Aber warum, warum sollte ihm ein einarmiger Mann überall, wohin er ging, folgen? Er ermahnte sich, doch nicht paranoid zu werden. Er schaute nach, ob er auch den Totenschein nicht verlegt hatte, den ihm die Gemeindeverwaltung ausgestellt hatte. Er holte ihn heraus. Er musterte ihn. Er las ihn sich leise vor. Soyaan: nur noch ein Blatt Papier, das auf Loyaans Bitte den vorgesehenen Platz im fein gesponnenen Apparat der Bürokratie eingenommen hatte. Er hielt den Schein in der Hand, ein Dokument, das eine Sache ganz klargestellt hatte: Soyaan war nun *offiziell* tot. Und die Bürokratie hatte die ganze Angelegenheit auf einen bloßen Namen auf einem Stück Papier reduziert. Ja, ein Aktenzeichen und einen Namen. Alles, was ihn betraf, hatte sich jetzt nach der Eintragungsnummer zu richten. Jede Eingabe oder Nachfrage Soyaan betreffend musste Bezug nehmen auf das Aktenzeichen, wie es oben rechts auf diesem Dokument zu finden war. Um bürokratische Verzögerungen zu vermeiden, sollte man immer gleich das korrekte Aktenzeichen angeben.

Dottor Soyaan! Ein Titel vor seinem Namen – wobei Titel in diesem Teil der Welt eine Erbe der italienischen Prunkliebe und ihrem Hang zur Schmeichelei war. *Dottor* Soyaan! *Dottore! Dottor* Soyaan! Aber woran war *Dottor* Soyaan gestorben? Magenverstimmung und damit einhergehende Komplikation durch Blutvergiftung. Warum hatte er das zu dem Beamten gesagt, als er den Totenschein abholte? Warum hatte er dem Minister im Präsidialamt gesagt, Soyaan sei an »Komplikationen« gestorben? Was bedeutete das – sachlich, medizinisch, juristisch? Er hätte gar keine Todesursache anzugeben brauchen. Warum? Wenn sie die Leiche doch nur dem medizinischen Ritual einer Obduktion unterzogen hätten, wenn sie doch nur ... ! Er steckte den Schein wieder in seine Tasche. Er stand noch immer auf derselben Straßenseite und wartete auf ein Taxi. Eine Viertelstunde später ...

»So treffen wir uns wieder. Die Welt ist klein.«

»*Ciao*, Ahmed-Wellie«, sagte Loyaan, froh, ihn zu sehen.

Ahmed-Wellie machte den Motor seines Wagens aus. »Kann ich dich irgendwohin mitnehmen?«

»Ja, bitte.«

»Wohin?«

»Nach Hause, wenn es nicht ungelegen kommt.«

»Wenn es nicht ungelegen kommt, wenn es nicht ungelegen kommt. Los, steig ein!«

Das Syndrom banaler Begrüßungsrhetorik; ein Austausch von anderen Förmlichkeiten, von Wie-geht-es-dir, mir-geht-es-gut, die bedeutungsvoll wiederholt werden. Ahmed-Wellie ließ den Motor wieder an. Nachdem Loyaan eine Sekunde lang gezögert hatte (Qumman hatte ihn ermahnt, vorsichtig zu sein; Ahmed-Wellie gehörte zum gleichen Clan wie der General – »was heißt das schon«, hatte Loyaan nur gesagt), begann er, die Ereignisse der letzten vierundzwanzig Stunden zusammenzufassen – wobei er es vermied, Margaritta zu erwähnen. Er hielt es auch nicht für angebracht, das Stück Papier zu erwähnen, auf das Soyaan zwei der einundzwanzig Paragraphen notiert hatte, die jedem Bürger die Todesstrafe androhten, der gedrucktes, gesprochenes oder zu lesendes Material in der Republik verbreitete oder außer Landes brachte, und so weiter, und so weiter. Sie hielten an und warteten darauf, dass die rote Ampel auf Grün schaltete.

»Du hast wahrscheinlich auch von den Meldungen im Radio gehört. Eine um acht Uhr morgens. Die nächste um zehn Uhr irgendwas. Eine dritte vielleicht um zwei Uhr.«

Einmal schalten: das Freie-Fahrt-Signal der grünen Ampel.

»Und hast du schon die Zeitung von heute gesehen?« fragte Ahmed-Wellie.

»Nein.«

»Sie haben ein Foto von dir und deinen Namen abgedruckt.«

»Was?«

»Ganz ruhig – keine Panik: falsche Bildunterschrift, sie haben euch verwechselt.«

»Mein Foto und mein Name – warum? Wo ist die Zeitung?«

Ahmed-Wellie fuhr an die Bordsteinkante. »Sie ist in meiner Tasche auf dem Rücksitz.«

»Wo?«

»Jetzt beruhige dich doch bitte mal.« Er holte sie aus seiner Arzttasche auf dem Rücksitz. »Eine Fotografie, die falsche Bildunterschrift und eine Verwechslung.«

»Ist die Zeitung vielleicht deshalb heute verspätet ausgeliefert worden?«

Ahmed-Wellie spielte mit den herabbaumelnden Autoschlüsseln.

»Vielleicht«, sagte er, als er den Motor ausschaltete.

Loyaan überraschte Ahmed-Wellie mit der Gelassenheit, mit der er die Zeitung aufschlug. Er überraschte ihn mit der Ruhe, mit der er sie las. Er starrte die Fotografie an, die eine Viertelseite auf einer der Innenseiten einnahm. Er las die Bildunterschrift: »Loyaan Keynaan, dessen Fotografie oben abgedruckt ist, ist im Dienst dieser Revolution gestorben. Gott segne ihn und schütze all jene, die ihn geliebt haben. Loyaan, Märtyrer der Revolution, ist tot, aber er ist zur lebenden Legende von revolutionärer Tatkraft und Treue zu den höchsten Idealen geworden. Seine letzten Worte lauteten: *Arbeit ist Ehre.* Möge man ihn so in Erinnerung behalten!«

»Der schlechteste Journalismus, den ich je gelesen habe. Kein Aufhänger, keinerlei Erläuterungen. Sie kommen schon zur Sache, bevor sie überhaupt damit angefangen haben.«

Seine Augen ließen eine Andeutung von der Wut in seinem Innern erkennen. Ahmed-Wellie war versucht, lang und breit darüber zu sprechen, was er über all das dachte, aber er hielt sich mit seiner Meinung zurück und schwieg. Er ließ den Motor wieder an.

Er fädelte sich wieder ein. Er steuerte Loyaans Zuhause an. Loyaan würde schon sagen, wenn er ihn woanders hinfahren sollte, dachte er. Als Loyaan endlich sprach, sagte er:

»Kann ich die Zeitung behalten?«

»Natürlich.«

Loyaan richtete sich auf, zog sich am eigenen Schopf aus der elenden Lage des Schwachen: Er wollte seinen Zorn nicht zeigen. Er wollte nicht seine Beherrschung verlieren. Da müssten sie sich schon etwas anderes einfallen lassen. Dem Minister im Präsidialamt gelang es vielleicht, anderen die Augenbinde der Macht umzulegen – aber nicht ihm! Aber was sollte das alles bedeuten? Warum wollte das Regime des Generals Soyaan für seine Zwecke einspannen, einen Mann, der bereits tot war? Warum glaubten sie, sich die Mühe machen zu müssen, diese Geschichte über seine angeblich letzten Worte »Arbeit ist Ehre« zu erfinden – beides Schlüsselworte in dieser Sache? Bitte, was waren die

Gründe dafür? Loyaan wollte etwas sehr Wichtiges klarstellen. Ahmed-Wellie bog um eine Ecke und fuhr langsamer. Jetzt waren sie im Dorf Howl-wadaag, dem Dorf, in dem Loyaans Familie lebte. Staubwolken. Armut. Mauern, die einen blendeten mit ihrem Glanz, da sie erst kürzlich frisch getüncht worden waren; Mauern, die den jüngst zu Ehren gekommenen Stammesgenossen gehörten – denen, die dem General und seiner Clique nahe standen. Auch egal. Er wollte trotzdem sagen, was ihm so wichtig war. Er sagte zu Ahmed-Wellie:

»Ich muss dies mal irgendjemandem klarmachen: Soyaans letzte Worte waren nicht ›Arbeit ist Ehre‹, wie behauptet wird. Das hat er vielleicht bei anderer Gelegenheit mal gesagt. Aber das war nicht seine letzte Äußerung. Ich war da und hielt seine warme Hand in meiner Hand, als sie plötzlich kalt wurde.«

»Was war das Letzte, das er gesagt hat?«

»Er wiederholte meinen Namen, er sagte ihn dreimal.«

»Ja?«

»Das ist alles. Er sagte meinen Namen dreimal.«

Sie fuhren um eine Biegung, dann um eine weitere. Jetzt schien ihnen die Sonne in die Augen. Ahmed-Wellie schützte seine Augen, indem er die Sonnenblende runterklappte. Loyaan nicht. Der Wagen wurde wieder langsamer. Ahmed-Wellie fragte:

»Ein Kampf um Soyaans tote Seele – ist es das, worum es geht, um es einmal so direkt auszudrücken? Sie sagen, seine letzten Worte waren ›Arbeit ist Ehre‹. Es scheint so, als wollten sie damit ernst machen und ihm postum einen Orden verleihen. Du sagst, und ich stimme dir zu, dass seine Loyalität nicht dieser Diktatur galt, sondern »den Erniedrigten«, wie er die einfachen Leute in diesem Land zu nennen beliebte. Jetzt ist er tot und kann sich nicht mehr verteidigen. Es ist ein Kampf um seine Seele. Was glaubst du?«

Sie standen vor dem Haus der Familie.

»Kommst du mit herein?« wollte Loyaan wissen.

»Ich habe dich nach deiner Meinung gefragt, Loyaan.«

Loyaan öffnete die Autotür. Er drehte sein Fenster hoch. Er stieg aus. Er drehte sich zu Ahmed-Wellie um und dankte seinem Freund mit einer Verbeugung.

»Und danke auch für die Zeitung«, sagte er.

Nur eine Sekunde nachdem Loyaan den Schlüssel ins Schloss gesteckt hatte, konnte man hören, wie der Motor von Ahmed-Wellies Wagen lauter und der Gang gewechselt wurde. Loyaan ging ins Haus.

»Einhundertundacht.«

»In Münzen?« fragte Ladan.

»Ja, in Münzen.«

Und während Qumman auch die Banknoten noch einmal nachzählte, kam Loyaan näher und sah ihnen über die Schultern. Ladan schaute von dem Haufen Münzen auf, während Qumman die Zahl für sich wiederholte, damit sie sie nicht vergaß, und ihre Zunge fuhr über ihre trockenen Lippen. Qumman wechselte ihre Haltung, verlagerte das Gewicht von einem Bein auf das andere. Sie brüllte, als ob sie auf einem Rindermarkt wäre:

»Fünfhundertundachtzig Schilling in Scheinen.«

»Was ist das?«

Jetzt nahm Ladan das Bündel Scheine und begann, sie nachzuzählen. Inzwischen:

»Und ob du's glaubst oder nicht, aber ein einzelner Mann hat dreihundert Schilling gespendet«, sagte Qumman. »Dreihundert Schilling. Aus seiner Tasche. Dein Vater war dabei. Er hat es Ladan erzählt.«

»Wer war dieser Mann, der so großzügig zu einem Soyaan war, der jetzt tot und begraben ist?«

Sie nahm die bittere Ironie in seiner Stimme nicht wahr. Sie wandte sich an Ladan: »Hat dein Vater dir gesagt, wer dieser Mann war?«

Ladan blickte von einem zum anderen. Nach einer Pause des Nachdenkens: »Nein.«

Die träge Hitze dieser Stunde gab Loyaans Herzschlag das Tempo vor. Er durchlebte drückende Momente der Qual. Er breitete die Zeitung, die er mitgenommen hatte, vor sich aus. Auf den ersten Seiten standen die täglichen Brosamen von der Weisheit des Generals. In der oberen rechten Ecke war ein Foto des

Allmächtigen abgedruckt, das retuschiert worden war, um ihn wesentlich jünger und besser aussehen zu lassen. Der gesamte Platz der ersten und zweiten Seite der vierseitigen Tageszeitung wurde vom Wortlaut der Rede eingenommen, die der General am Tag zuvor im Nationalstadion gehalten hatte und die in voller Länge abgedruckt war. Die ersten sechs Zeilen der in Großbuchstaben abgedruckten Überschrift enthielten bloß den Abriss vom Rattenschwanz seiner erpressten Ehrentitel. Loyaan blätterte zu den Innenseiten vor und blickte auf »die falsche Bildunterschrift und Verwechslung« von einem toten Selbst.

»Was ist das?« sagte Qumman. »Warum starrst du so darauf?«

»Die Zeitung von heute.«

»Was ist damit?«

Er gab sie Ladan. »Lies es ihr vor. Tu es.«

Er ging in sein Zimmer.

Etwa zehn Minuten später, Loyaan hatte sich inzwischen einen Sarong angezogen, lag auf dem Bett und rauchte seine aus der Puste geratenen Lungen noch schwärzer, kam Qumman, wütend über sein brüskierendes Auftreten, herein, ohne sich anzukündigen, ohne an die Tür zu klopfen, und sagte:

»Was ist schlecht daran, sag mir das mal!« Sie wedelte mit der Zeitung herum.

Er setzte sich auf. Er war oben herum nackt und so behaart wie Soyaan. Er schnippte die weit heruntergebrannte Asche der Zigarette auf den Fußboden. Er ließ sie weiterreden.

»Es ist mir rätselhaft, Loyaan. Ich habe das Gefühl, als würde ich dich gar nicht richtig kennen.«

»Das tut mir Leid, Mutter.«

Irgendetwas hatte den Muskel mütterlicher Stärke wirklich verletzt. Die Brunnen ihrer Augen flossen über von Tränen. Ihre Wimpern stippten in jenen Teich ein und aus wie Küken, die mit ihren Krallen hungrig im Staub scharren. Ihre sintflutartige Reaktion schnürte ihr die Kehle zusammen.

»Was ist dir rätselhaft, Mutter?«

»Deine unüberlegten Handlungen. Da kommt eine Frau mit ihrem Kind, um das Andenken und die Ehre deines Bruders zu besudeln. Und was tust du? Du nimmst sie mit offenen Armen auf, du stellst keine Fragen, du stellst keine Nachforschungen an, nichts, einfach so. Die Regierung dieses Landes ... (ja, es ist das Regime dieses Landes, ob dir das gefällt oder nicht, aber das ist ein anderes Thema) erweist deinem Bruder die Ehre, die ihm gebührt. Und was tust du? Ohne nachzudenken und als hörtest du auf den Rat von Feinden unserer Familie, weigerst du dich, vernünftig zu handeln.«

»Auf wessen Rat höre ich, Mutter?«

Sie ließ sich nicht von ihm unterbrechen. »Bist du sicher, dass es richtig ist, was du tust? Bist du sicher, dass Soyaan (Gott segne seine Seele) das Gleiche getan hätte? Bist du sicher, dass das wirklich sein Kind ist, und dass ihm Ehre nicht gebührt?«

Er drückte seine Zigarette aus. »Auf wessen Rat ich höre, Mutter? Sag mir das endlich.«

Sie befeuchtete ihren Mund, ließ ihre Lippen von der Brise streicheln und nässte sie dann noch einmal. Dies würde sie beide Kraft kosten, dachte sie, dieses Gespräch würde dazu beitragen, die Nabelschnur ihrer Verbindung schneller zu durchtrennen.

»Kennst du Ahmed-Wellie?«

»Wie meinst du das?«

»Kennst du ihn?«

»Fragst du mich, Mutter, ob ich weiß, welche Stammesinteressen Ahmed-Wellie berücksichtigen muss? Ich weiß nicht einmal, zu welchem Stamm er gehört. Vielleicht ist er irgendwie mit dem General verwandt. Und wenn schon? Das ist mir egal. Und was das Regime anbelangt, das kann nur Schande über einen bringen, aber niemals einem Ehre erweisen.«

Sie erwiderte nichts auf den letzten Teil seiner Antwort, sondern machte einfach weiter: »Mütterlicherseits ist Ahmed-Wellie mit dem früheren zivilen Präsidenten verwandt. Väterlicherseits mit dem jetzigen, aus dem Militär stammenden Präsidenten. Wie kannst du nur so naiv sein? Soyaan hat auch immer jedem vertraut. Und dann hat sie ihn vergiftet.«

Ihr Erbe von Masken, ihr Umhang aus Würde: Nun pfiff der Wind sie fort, nun nahm der Wind ihr beides Sie wurde unelegant. Sollte Loyaan zu ihr gehen und sie umarmen, sie mit dem

Mantel seiner Liebe warm zudecken? Sie würde zittern, dachte er, sie würde trotz der Hitze erschauern. Er ging zu ihr, er umarmte sie, hielt sie fest, er presste das Folgende aus ihr heraus:

»Ich werde verrückt werden. Deine Mutter wird verrückt.«

»Nein, das wirst du nicht.«

»Deine Mutter ist wirklich schon verrückt geworden.«

Sie hielten sich umarmt, obwohl dieselben Hände, die sich ab und zu berührten, begannen, die Euter der Kühe zu melken, die auf ihren saftigen Wiesen weideten. Die Kannen, die Loyaan benutzte, waren unterschiedlich groß und konnten mehr fassen. Qummans waren kleiner und vereinzelter. Qumman ließ seine Hand los. Diese plötzliche Bewegung unterbrach das Fließen, und er hörte:

»Während er mir gegenüber den Namen dieser Frau nie erwähnt hat und auch sonst niemandem gegenüber, den ich kenne, hat Soyaan für den General gearbeitet, er hat im Präsidialamt gearbeitet. Deine Haltung, die du so unüberlegt einnimmst, überzeugt mich nicht. Der General bietet ihm die postume Ehrung an und der Familie vielleicht eine höhere Gratifikation. Es gibt sicher viele Dinge auf dieser Welt, von denen ich gar nichts weiß. Gestatte mir, die Begriffe zu gebrauchen, mit denen ich vertraut bin. Der General. Diese Frau und ihr Kind. Dr. Ahmed-Wellie. Immer gutgläubig, Soyaan. Und du auch. Halte dich fern von diesem Menschen.«

»Von wem?«

»Ahmed-Wellie.«

Ein Schmerz wie von einer Blutung: So schmerzten Loyaans Eingeweide, als er die Hände auf seinen Magen presste. Er lauschte ihrer eifrigen Stimme, wie sie fortfuhr:

»Cousins zweiten Grades, der Vater dieses Mannes und der General.«

»So einfach sind die Dinge nicht, Mutter. Und so einfach ist das auch nicht mit den Stämmen.«

»Ich sagte dir schon, dass ich Begriffe gebrauchen möchte, mit denen ich vertraut bin. Und ich sage dir noch etwas: Was schadet es Soyaan, wenn wir diese lukrative Gratifikation für die Familie annehmen, was schadet es ihm? Der General wird dieses Geld, viel Geld, sowieso ausgeben, wenn nicht für uns, dann für irgend jemand sonst, wegen irgendeiner anderen Sache, an die er glaubt.«

Zu sich selbst: *Demütige die Lebenden; greife nach den Seelen der Toten; besteche die Lebenden; hefte Orden an die sandige Brust und den Kopf der Grabhügel der klaglosen Toten. Schmücke die Gräber mit der Würde des Märtyrertums im Sternenkranz.* Zu ihr sagte er jedoch: »Es schadet ihm sehr, Mutter.«

»Er ist tot.«

»Umso mehr, Mutter.«

«Warum?«

Er suchte nach Worten. Auf Anhieb fielen ihm Begriffe ein, die das somalische Sprichwort null und nichtig machten, das sie wahrscheinlich gleich zitieren würde: »Ein toter Mann ist einem nicht so nützlich wie sein Paar Schuhe.« Außerdem hatte er nicht vor, sie in die Feinheiten von Soyaans politischen Plänen mit hineinzuziehen, und er wollte ihr auch nicht seine Aufzeichnungen zeigen (und sie für sie übersetzen). Schließlich:

»Soyaan bekämpfte dieses Regime. Er war dagegen.«

»Aber er hat im höchsten Amt des Regimes gearbeitet. Er hat im Präsidialamt des Generals gearbeitet. Damit hat er sein Geld verdient.«

Versuch's noch mal: Loyaans innere Stimme riet ihm dazu.

»Soyaans größter Traum war, den Sturz des Generals zu erleben.«

»Aber das sollte nicht sein. Und nun ist er tot.«

Wieder eine Pause.

»Dafür, dass das Kind von ihm ist und die Frau auch seine Gefährtin, kann ich bürgen«, sagte er. »Er hat es mir selbst einmal erzählt. Ich habe einen entsprechenden Brief von ihm. Und was die postum erwiesene Ehrung angeht – also, Soyaan hätte sie, wenn er noch lebte, nie angenommen, und der General hätte sie ihm auch nicht erwiesen. Und er wäre sich billig vorgekommen, wenn er erfahren hätte, wer der Mann war, der die dreihundert Schilling gezahlt hat.«

Sie setzte ihre Maske wieder auf. Ladan kam an die Tür und fragte, ob Loyaan wohl sein Essen ins Zimmer gebracht haben wollte, ehe es kalt wurde. Qumman und Loyaan verstummten; beide waren dankbar für dieses sehr willkommene Stichwort.

»Ja, bitte, ich werde hier essen«, sagte er.

»Bitte.«

»Was?«

»Iss«, sagte Ladan. »Bitte.«

Aber er konnte nicht. Die Spaghetti waren eiskalt geworden. Das Fett war gestockt. Der Zitronensaft, in dem ein paar Eiswürfel geschmolzen waren, war ungenießbar warm. Die Papayascheibe, das Dessert des Tages, war noch blässlicher geworden. Eine ungewöhnlich laute Fliege summte über dem Teller herum und brachte Loyaan fast zum Wahnsinn. Ladan nahm den Fächer, der im Zimmer lag, und scheuchte sie weg.

»Willst du nicht essen?«

»Nimm es wieder weg, bitte.«

Kein Appetit. Seine Zunge war eine große Wunde, die vom Bazillus des Schweigens befallen war. Sein Gaumen schmeckte sein Blut. Sein Mund wurde säuerlich, ein Speichelfluss der Unaussprechlichkeit. Keine Kraft mehr. Die Hitze. Der Hass. *Und das Leben ist dieser eine Million Meilen lange Marsch bergauf. Wenn du fast den Felskamin erreicht hast, zieht ein anderer außerhalb deiner Reichweite dich wieder hinab.*

Schweigen. Dann zündete er sich eine Zigarette an. Der Rauch weckte seine schlafenden Sinne.

»Glaubst du, dass du mal mit Mutter reden könntest?« fragte er.

»Und was soll ich ihr sagen?«

»Ihr ihre unlogischen Anwandlungen ausreden? Ihr klarmachen, dass sie die Seele ihres Sohnes Soyaan nicht so billig verkaufen soll?«

Ladan fächerte vor ihrem Gesicht. Sie sah aus wie ein verlassenes Schiff, das in der Untiefe des Meeressarges vor Anker lag. »Jetzt, da Koschin abgeholt worden ist und Soyaan tot, werde ich keine Forderung von irgendjemandem mehr erfüllen. Ich werde mich *zwingen*, nicht zu sehen, nicht zu denken oder zu fühlen«, hatte sie gestern gesagt. Wem was ausreden? »Ich bin so blind, wie der General es für alles und jedes ist, bis auf den Weg, den die Leuchtkraft seines Leuchtturmes erhellt. Soyaan: die Blindenschrift für meinen unberatenen Blick.« Sie wollte nicht mehr fort und unterrichten. Das hatte keinen Sinn mehr. Nutzlos, ein Jahr Arbeitsdienst abzuleisten. Nichts hatte mehr irgendeinen Sinn. »Soyaans Tod ist der Inbegriff der Unvernunft. Und Loyaan möchte, dass ich meine Mutter zur Vernunft bringe – die vermutlich genauso vernünftig ist, wie er es glaubt zu sein – Mutter, die glaubt, man hätte alles in eine andere Reihenfolge und einen anderen Rhythmus bringen sollen; Mutter und Loyaan, die begonnen haben, über Formalitäten zu reden (was machen wir mit Margaritta und Kind, die wir plötzlich in unserer bürokratischen »Eingangs«-Ablage haben, was machen wir mit der postumen Anerkennung für Soyaan und/oder der Gratifikation, die folgen soll, und so weiter, und so weiter), da sie es überhaupt nicht mehr für nötig halten, sich die Frage zu stellen: Tot, Soyaan ist tot, warum?«

Jetzt sagte er:

»Soyaan sagte immer, wenn wir auch die Hernie der Unfähigkeit nicht restlos beseitigen können, so können wir doch versuchen, die Pusteln am Körper dieses politischen Systems zum Bluten zu bringen. Wir haben ein schwieriges Problem zu lösen. Und ich möchte, dass du mir hilfst, Ladan. Rede mit ihr. Sag ihr alles, was du über Soyaan weißt – und wofür er politisch gestanden hat! Wir sollten nichts billigen, was seinem Namen Schande machen würde. Er lebt in uns, er lebt in dir und in mir weiter. Wenn wir sein Andenken billig verkaufen, dann wird seine Seele dem höchsten Bieter gehören, nämlich dem General.«

Er war auf den Schock nicht vorbereitet. Sie sagte:

»Bitte, iss.«

Er warf die Teller aus dem Fenster, einen nach dem anderen.

SECHS

Wie ein Kind, vielleicht schwindsüchtig, das krampfhaft hustet – ein einsames Kind. Es krabbelt in die Richtung von Stimmen, die flüstern, krabbelt dorthin auf der Suche nach Gesellschaft. Die Stimmen, die eines Mannes und einer Frau, erklimmen die Spitze eines Höhepunktes, auf den das Stöhnen des Mannes folgt; dann das hysterische Kreischen der Frau, die schreit: »Ich bin nicht gekommen, ich nicht, das ist unfair!« Der Blick des Kindes fällt auf Kapseln und Pillen in der Farbe von Süßigkeiten. Seine sonst unkoordinierten Bewegungen von Hand und Mund klappen wunderbar, und es verschluckt sieben dieser hübschen Dinger. Die Uhr schlägt zwölf.

Er hatte tief am Horizont gestanden. Als er grasend aufgestiegen war, um mehr Platz zu haben, war der Mond mit einer Wolkenherde zusammengestoßen und hatte Beulen bekommen, so dunkel wie Wunden, die nicht mehr heilen: Da schlich er sich weg von der Gaze-feinen Weide der Wolkenbänder und von der Herde fort. Als wäre er geschmackvoll koloriert, war der Himmel in einem ungesunden Gelb angemalt – die Stunde des Zwielichts, die Stunde der Unentschlossenheit und der Wachablösung. Der Himmel aber stellte sich der Herausforderung: Er öffnete sich, nach und nach, wie eine Kuh ihre Beine, während er sich dem Aufstieg des Mondes anpaßte; er benahm sich wie eine willige Kuh in der Gesellschaft eines erregten Bullen. Die Sterne – frigide, schüchtern – blinkten schwach, blieben aber, wo sie waren, aus Angst, dass sie eine falsche Bewegung machen und damit alles ruinieren könnten. Die abendliche Brise, in westlicher Richtung, gewährte den Wangen von Keynaan und Loyaan – Vater unähnlich dem Sohn, Gott sei Dank! – zärtliche Liebkosungen. Es fröstelte, war aber nicht so kühl, dass einer von beiden nach Hause zurückgekehrt wäre, um einen Pullover oder etwas Wärmeres zu holen.

»Frauen sind dazu da, dass man mit ihnen schläft, um Kinder zu kriegen und sie aufzuziehen; zu etwas anderem taugen sie nicht«, sagte Keynaan. »Man darf ihnen keine Geheimnisse anvertrauen. Sie können die Zwecke erfüllen, für die Allah sie ursprünglich geschaffen hat, und nicht mehr. Es schmerzt mich, zu sehen, dass du arbeitest und arbeitest und doch nicht weiterkommst. Wieder und wieder.«

»Ich stimme dir nicht zu.«

»Du hast nie geheiratet. Du kennst sie nicht.«

»Ich stimme dir trotzdem nicht zu.«

Und die zwei gingen Seite an Seite; sie gingen stumm, wobei sich ihre Schultern fast streiften. Sie waren beinahe gleich groß. Aber konnten sie je auch einmal gleicher Meinung sein? Konnten sie eine Idee miteinander teilen, so wie zwei, die beinahe Fremde sind, sich vielleicht irgendeine Mahlzeit teilen, wobei ihre Hände dabei ab und zu miteinander in Kontakt kommen, während ihre Kiefer malmen, jeder mit einem Happen von irgendwas, der aus derselben Quelle stammt, vom selben Teller, und daher auch dieselbe Idee – konnten sie das? Oder hing es davon ab, welchen Gebrauch jeder von dem Sauerstoff machte, den sie tief einatmeten, während sie Seite an Seite dahingingen, wobei sie kaum miteinander redeten, kaum bemerkten, was außerhalb ihrer Köpfe vor sich ging? Konnten Keynaan und Loyaan bei irgendetwas gleicher Meinung sein? Würden sie ihre Differenzen beilegen? Würden sie ihre Schuhe tauschen, wäre jeder bereit, in die des anderen zu schlüpfen und auch damit zu gehen? Wären sie bequem? Oder würden die Schuhe drücken, würde ein Absatz abfallen, würden sich ein paar Nägel lösen? Als Soyaan einmal jene Differenzen ansprach, sagte er: »Sie sind weniger generationsbedingt als vielmehr qualitativ – die Differenzen zwischen uns Zwillingen und unserem Vater. Vater wuchs mit der Vorstellung auf, dass die Erde flach sei; wir damit, dass sie rund ist. Wir glauben, wir haben eher eine umfassendere Perspektive – globaler; unsere Ansichten sind »runder«. Wir glauben, dass seine begrenzt sind, dass sie flach sind (und deshalb uninteressant) wie die Welt, an die seine Beschränktheit ihn kettet.« Das sagte Soyaan zu Loyaan. *Aber nun, Loyaan, nun:*

Sag etwas zu demselben Thema, bitte. Sag etwas. »Mein Vater sieht sich selbst als eine winzige Kreatur in einer flachen Welt, die von einer Gottesgestalt beherrscht wird, die so hoch ragt und so riesig ist wie der höchste Berg, den je ein Mensch gesehen hat. Ein winziger Mensch vor diesem riesigen Berg, und hilflos obendrein. Wenn du ihn mit einer Frage von universellem Charakter konfrontierst, kommt seine maßgeschneiderte Antwort, er wird sagen: »Das weiß nur Allah, Allah allein.« Eine winzige Kreatur, die davon abhängt, dass ihr Schöpfer alle Fragen beantwortet. Plötzlich aber benimmt er sich so, als sei er der mächtigste Mensch überhaupt, der größte. Plötzlich ist er, wie Soyaan ihn nannte, der Große Patriarch. Das geschieht, wenn er vor seinen Kindern und seinen Frauen steht.«

»Was hast du getan, das die Frauen so aufgebracht hat, Loyaan?«

»Was meinst du denn?«

»Hast du dich geweigert, zu essen, was deine Mutter für dich zubereitet hat?«

»Das ist sehr böse von dir, Vater.«

»Ich hätte sie nie so gegen mich aufbringen können, wie du es getan hast. Was hast du gemacht?«

»Wir waren nicht einer Meinung. Wir merkten, dass wir die Dinge unterschiedlich sehen.«

»Du diskutierst mit Frauen über deine Ansichten? Du enttäuschst mich.«

Ganz gleich, was sie nun genau geprägt hatte – konnten sie irgendetwas miteinander teilen? Keynaan war beinahe sechzig, Loyaan noch nicht dreißig. Irgendjemand hatte ihm anscheinend schon von Margaritta und Marco erzählt. Soyaans Kind und seine Frau? Keynaan ließ sich nicht hetzen. Er würde sich Zeit lassen. Er würde erst einmal abwarten und dann mal schauen. Nach dem Gesetz war es das uneingeschränkte Vorrecht des männlichen Elternteils, im Namen eines verstorbenen Sohnes, einer Tochter oder der Ehefrau zu handeln. War kein männlicher Elternteil da, dann der nächste Verwandte, das heißt ein männlicher. Loyaan hatte nicht die Vollmacht, der Frau, die Soyaan überlebt hatte, den Anspruch einer »Witwe« zu gewähren; noch ihrem Nachwuchs den eines »Sohnes«. Soyaan hätte mit Sicherheit keine Frau geheiratet, die sein Vater als Braut für ihn ausgewählt hätte – noch hätte sein Stolz ihm gestattet, Keynaans Wahl zu akzeptieren. Aber jetzt war er tot – und die Wünsche der Toten mussten verteidigt werden.

»Frauen sind wie der eigene Schatten, so lautet ein somalisches Sprichwort«, führte Keynaan an. »Sie heften sich denen an die Fersen, die vor ihnen davonlaufen. Sie tyrannisieren und kommandieren und führen die an der Leine, die ihnen hinterherlaufen«, sagte Keynaan.

»Wir haben nicht die gleiche Meinung, du und ich.«

»Du hast gar keine eigene Meinung zu Frauen.«

»Oh doch. Die habe ich. Deshalb bin ich ja auch nicht gleicher Meinung mit dir. Wenn ich keine eigene Meinung hätte, würde ich den Mund halten und deine Meinung oder die deiner Generation als der Weisheit letzter Schluss akzeptieren.«

»Du kennst sie gar nicht. Du kennst deine eigene Mutter nicht, zum Beispiel.«

Natürlich kannte er sie. Ein Schwall von Beleidigungen von Keynaan, und die Wangen nass von Tränen, arme Qumman. Jedesmal, wenn ein Vorgesetzter ihn gedemütigt hatte, kam er und war aggressiv zu den Zwillingen und zu seiner Frau. Er verprügelte sie dann, er schlug sie – groß und mächtig, wie er war, der Große Patriarch, dessen Autorität seine machtlosen Opfer mit dem Blut seiner Peitschenhiebe tränkte. Qumman wollte warten, bis die Zwillinge groß genug waren, vertraute sie einer Nachbarin an. Sie wollte warten. Geduld, Geduld. Eine dritte Schwangerschaft, das war Ladan. Und eine beinahe tödliche vierte. In diesen Tagen gab es keine Pillen, die die Frauen nehmen konnten. Außerdem verlangte die Gesellschaft von den Frauen, dass sie tolerant waren, empfänglich, nachgiebig – und alles verziehen. »Bemerkt man überhaupt die kleinen Insekten, die einen elenden Tod unter den blinden Fersen unserer Füße sterben? Keynaan und seine Generation kennen Frauen nicht. Frauen sind einfach nur eine menschliche Gattung, über die üblicherweise nur in Verallgemeinerungen gesprochen wird, und die ihnen rätselhafter ist als die Marsmenschen«, behauptete Soyaan.

Keynaan verlangsamte den Schritt. Loyaan holte ihn ein.

»Wie wär's, wenn wir eine Pause machen und Tee trinken?«

Loyaan sah eine Teestube mit einer Terrasse, auf die man Stühle gestellt hatte.

»Warum nicht?«

Die Nacht zeichnete ein Sternbild auf das Antlitz des Himmels, das auf Loyaan (und auf jeden nomadischen Barden) wie die Gestalt eines Kamels wirkte, eines Kamels, das seine verletzten Hinterbeine die bislang unbetretene Bahn einer Doppelreihe leuchtender Sterne hochschleppt. Die Dunkelheit ließ in Loyaans ungeprüfter Vorstellung die Umrisse vom Hals des Kamels hervortreten, von seinen Schultern, seinem Höcker, seiner Nase und seinen Vorderbeinen.

»Für einen geringen Lohn, der kaum variierte, trotz mehrerer aufeinanderfolgender Kolonial- und Nationalregierungen, habe ich, Keynaan, diesem Land in höheren und niedrigeren Funktionen gedient. Fünfundzwanzig Jahre lang habe ich ehrenvoll meine Pflicht getan. Ja, Loyaan, ehrenvoll. Ich habe euch hungern lassen, ich habe elend und in Armut gelebt. Wenn also jemand die Anschuldigung erhebt, ich hätte mir die Hände schmutzig gemacht mit Schmiergeldern, werde ich ganz einfach sagen –«

Er schwieg abrupt. Denn die Kellnerin war mit dem Tee zurückgekommen, zwei Tassen, die eine weiß, die andere schwarz. Loyaan erhob sich halb von seinem Platz, um einen wackeligen Tisch näher heranzuziehen, damit sie den Tee abstellen konnte. Loyaan schüttete sein ganzes Kleingeld in ihre ausgestreckte Hand. Sie lächelte dankbar – vielleicht hatte sie noch nie von einem einzelnen Mann, den sie bediente, so viel auf einmal gekriegt, es sei denn, er hoffte, ihren erschöpften, verschwitzten Körper in das quietschende Bett im Mietshaus, in dem sie wohnte, zu bekommen. Keynaan spürte die Versuchung, seinen Sohn wegen der Art zu verspotten, wie sie jetzt um ihren Tisch herumlungerte. Aber sie musste das natürlich missverstehen. Ein Einfaltspinsel, diese Frau!

»Fünfundzwanzig Jahre lang«, fuhr er fort, »für einen geringen Lohn, der kaum variierte, habe ich für die Streitkräfte in der einen oder anderen Funktion gearbeitet. Ich habe in Schlachten gekämpft. Ich habe Orden bekommen. Ich habe in den heißesten Regionen gedient. Ich habe in den problematischsten Vierteln dieser Stadt gedient. Ich habe die gewöhnlichste Polizeiarbeit, den Schlagstock in der Hand, mit der gleichen Ernsthaftigkeit geleistet, wie ich die geheimsten Jobs ausgeführt habe, bei denen es um die nationale Sicherheit auf allerhöchster Ebene ging. Du warst vier oder fünf, als ich den Dienst bei den Polizeikräften als Gefreiter antrat. Ich wurde eingestellt und sofort in diese Stadt geschickt. Als ich schließlich in den Ruhestand ging, hatte ich in allen Landesteilen gedient.«

»Man hat dich gezwungen, in den Ruhestand zu gehen, Vater.«

»Ich bin auf eigenen Wunsch in den Ruhestand gegangen. Ich habe es nicht mehr ertragen.«

Loyaan bei sich: *rausgeflogen*. Er wurde vorgeladen und vom Fleck weg gefeuert. Er konnte von Glück sagen, dass er nicht vor ein Militärgericht gestellt wurde. Er konnte von Glück sagen, dass die Justizmaschinerie keine Möglichkeit hatte, unabhängig zu funktionieren, abgeschnitten vom Öl der universell geltenden Ethik. Die Macht wurde auf die langen Gewehrläufe übertragen, mit denen sie geschützt wurde.

»In den Ruhestand gegangen. Ich bekomme außerdem eine Pension. Wäre ich gefeuert worden, würde ich keine Pension kriegen.«

»Meine Interpretation der Ereignisse weicht von deiner ab.«

»Was weißt du denn schon davon, wie es bei den Streitkräften zugeht?«

»Einer eurer Fälle ist unter der Folter gestorben, Vater. Die Geschichte ist durchgesickert. Einer der jüngeren Beamten, der den Mann *bearbeitet* hat, hat euch alle verpfiffen. Es gab einen Skandal. Der General befürchtete, dass es zu einem Stammeskrieg kommen könnte, dass der Stamm, aus dem der Tote kam, einen Aufstand anzetteln würde, um sich an dieser Regierung mit ihrer Stammeshegemonie zu rächen. Um zu beweisen, dass seine eigenen Stammesgenossen unschuldig waren, ließ der General alle mit den Fingern auf dich und die anderen beiden zeigen und die Schuld auf euch abwälzen, alle drei im Dienste seiner Hegemonie. Nachdem er dich belastet hatte, blieb ihm gar nichts anderes übrig, als dich rauszuschmeißen. Eine Pension – was für eine Pension? Eine lächerliche Summe, um deine rheumatische Zunge zu lösen und deine rostigen Kiefer zu bewegen, damit du sein Loblied singen kannst.«

Loyaan hielt nun eine Zigarette zwischen den Lippen und ein noch nicht angezündetes Streichholz in den Fingern. Er war sich nicht so sicher, ob das Streichholz ruhig zwischen seinen Fingern bleiben würde, wenn er es anriss, ob die Flamme das richtige Ende der Zigarette erwischen würde. Er zitterte, seine Hände bebten. Seine Zähne bissen auf seine Zunge. Die aufgestaute Wut eines Vierteljahrhunderts ließ ihn in einem Strom von Zorn und Trauer untergehen. *In den Ruhestand gegangen? Rausgeschmissen, weggeworfen wie ein gebrauchter Pariser; du symbolisierst Dreck im Innern und Jauche außen, du bist wie ein gebrauchter Pariser, der einen an seine Macht erinnert, zu missbrauchen und zu vergeuden. Keineswegs ehrenvoll in den Ruhestand. Niemand kann das mehr in diesem Land, niemand. Wir sind alle Clowns, die Beifall klatschen, dessen rührendes Ergebnis es ist, den Dünkel und den Personenkult des Generals noch mehr zu steigern.* Ach, was für eine Erleichterung; er konnte seine Zigarette anzünden. Er nahm einen Zug. Er sah, dass die Kellnerin zurückgekommen war und auf Drängen von Keynaan zwei Tassen einer gezuckerten Mischung gebracht hatte. *Nicht ehrenvoll in den Ruhestand. Du hast die Frau geheiratet, deren Mann unter der Folter starb. Das ist es, was du getan hast. Du hast Beydan geheiratet. Wird das deine schuldbeladene Seele im Zuber von Beydans Tränen reinwaschen? Wie ernsthaft ist dein Wunsch, dass dir im Angesicht Gottes, den du so oft beschwörst, deine Schuld vergeben wird? Hör auf ihn.*

»Die Untersuchungskommission, die der General eingesetzt hat, hat mich von aller Schuld entlastet. Ich bin heute nachmittag vorgeladen worden, und das wurde mir mitgeteilt. Ich kann meinen Job wiederhaben. Denselben wie vorher, wenn ich es will.«

Aber bevor Loyaan noch Zeit hatte, in Gedanken eine hinreichend logische Antwort auf die herausfordernde Bemerkung seines Vaters zu formulieren, taten sich die Höhlungen der Nacht auf. Plötzlich war die Teestube überflutet von einem Strom kehliger Stimmen, von Männern und Frauen, einige in grünen Uniformen, andere in Alltagskleidung, auf dem Weg zum Schulungszentrum der Region. Vom Zentrum her (als wollte man den frischen Zustrom willkommen heißen) erklang das Trommeln der jüngsten revolutionären Rhythmen. Dies war einer der am dichtesten besiedelten Bezirke von Mogadischu. »Es gibt dreizehn Zellen. Diese Stadt ist in dreizehn Zellen aufgeteilt worden, die alle bis auf eine von leicht zu kontrollierender Größe sind. Die Staatssicherheit hält es für nötig, diese sandige Stadt so aufzuteilen, jedes Haus zu nummerieren, alle Einwohner zu zählen – und alle einsperren zu lassen! Der General hat den Hauptschlüssel zu allen Zellen, ob sie nun nummeriert sind oder nicht. Er ist der Große Wärter, denk daran. Jeder Beamte und seine Familie müssen sich im nächstgelegenen Schulungszentrum anmelden. Dreimal die Woche müssen sich die Beamten im Zentrum, wo sie registriert sind, melden. Dreimal die Woche müssen die Beamten morgens an einem Schulungskurs teilnehmen, den der Revolutionsrat für alle Ministerien ausgearbeitet hat. Wenn jemand bei sechs obligatorischen Terminen zweimal fehlt, verliert er oder sie den Job. Was machen sie da draußen in Baidoa, Loyaan, das frage ich mich?« Das hatte Soyaan ihm in einem Brief geschrieben. Das war vor ungefähr drei Jahren, als man diese Zentren frisch eingerichtet hatte. Jetzt war es so, dass die Menschen dorthin gingen und nicht mehr in die Moscheen. Sobald mehr als fünf Menschen zusammenstanden, hielten sie es für ratsam, unverzüglich das Loblied des Generals zu singen. Denn es war gegen die Gesetze des Landes, dass sich mehr als fünf Menschen versammelten, es sei denn, sie waren in einem Schulungszentrum oder sie hatten sich zusammengefunden, um den Lobgesang der neunundneunzig Jubel-Namen des Generals anzustimmen. *Lass es gut sein. Steigere dich nicht hinein, Loyaan. Antworte besser auf das, was dein Vater gesagt hat.* Da war diese Stimme, die durch ihn sprach – und zu ihm. Also:

»Hast du heute Morgen die Nachrichten gehört?«

Er trank einen Schluck Tee.

»Ja.«

Loyaan zog intensiv an seiner Zigarette und füllte seine Lungen mit Rauch, den er, das beschloss er jetzt, nicht wieder ausblasen wollte.

»Soyaan hat das nie gesagt. Er ist auch nicht im Dienst der Art von Revolution gestorben, wie der General sie sich vorstellt. Ich war dort bei ihm, als er seinen letzten Schluckauf hatte. Und ich kann beweisen, dass er bis zur letzten Sekunde seines Lebens ein Gegner dieses diktatorischen Regimes war.«

»›Arbeit ist Ehre‹: Dies waren Soyaans letzte Worte.«

»Du warst doch gar nicht dabei, Vater.«

»Spielt das eine Rolle?«

»Ja, natürlich.«

»Ich war dabei, als er das gesagt hat. Ich werde behaupten, dass ich dabei war.«

»Er hat dreimal meinen Namen gesagt. Du warst nicht dabei. Sondern ich. Er hat dreimal meinen Namen gesagt, unmittelbar bevor die Wärme aus seinen Händen wich.«

»Warum hätte er dreimal deinen Namen sagen sollen?«

»Aber du warst nicht dabei. Du warst nicht dabei, als er seinen letzten Schluckauf hatte.«

»Ich war dabei. Du nicht.«

»WANN DENN?«

»Schrei hier nicht rum.«

Eine Pause. Ein verstohlener Blick zur einen und zur anderen Seite.

»Wann?« fragte Loyaan.

»Ich habe genau auf diese Frage in einem Interview geantwortet, das morgen in der Tageszeitung erscheinen wird. Ich hab ihnen außerdem das richtige Foto von Soyaan gegeben. Ja, ich habe ihnen das richtige Foto vom Märtyrer der Revolution angeboten und ein Interview. Und auch ein Foto von mir.«

Loyaan starrte seinen Vater an. Er konnte den Blick nicht von ihm abwenden. Wie weit würde er noch hinabsteigen, um seinen eigenen Sohn Soyaan in Misskredit zu bringen?

»Hast du das Interview unter der Bedingung gegeben, dass du wieder deinen Job bekommst?«

»Nein.«

»Aber du weißt, dass es eine Lüge ist, wenn du behauptest, Soyaan sei im Dienst des Regimes vom General gestorben? Du weißt, dass er es mit allem, was möglich war und ihm zur Verfügung stand, bekämpft hat. Du weißt das.«

Ein Kreuzgang aus den nächtlichen Säulen der Dunkelheit. Das Kamel war verschwunden, und so auch die Bahn, über die es sich auf seinen verletzten Hinterbeinen hochgeschleppt hatte. Das Zentrum war zum Leben erwacht: Sie konnten die Deklinationen der neunundneunzig Vornamen des Generals hören. Die Kellnerin kam, diesmal auf ein Zeichen Loyaans hin, und ging dann, um den stark gesüßten Gewürztee zu holen, die Spezialität dieser Teestube. Draußen hatte die Nacht ihr Blätterwerk der Undurchsichtigkeit ausgebreitet, wie ein umgestürzter Baum seine verdorrten Äste.

»Eines weiß ich jedenfalls ganz sicher.«

»Was denn?«

Keynaan betrachtete eingehend seinen Sohn. Dann sagte er: »Zwei Männer von der Staatssicherheit haben Soyaans Sekretärin/Schreibkraft verhört und berichtet, dass sie das Manuskript eines Memorandums für ihn abgetippt hat. Aber den genauen Inhalt wollte sie nicht einmal unter der Folter verraten.«

Die Kellnerin brachte zwei Tassen Tee und stellte sie ab. Sie nahm Keynaans und Loyaans (unbenutzte) Tassen mit. Er gab ihr noch ein großzügiges Trinkgeld. Sie wackelte mit dem Hintern, als sie wieder ging, vielleicht, um ihn in Fahrt zu bringen. Aber war er in der Stimmung für so etwas? Nein. Er rauchte wie ein Schlot. Seine Kehle trocknete aus. Er tränkte sie mit dem Tee, den sie gebracht hatte.

»Wo halten sie sie fest?« fragte er.

»Das werde ich dir nicht sagen.«

»Hast du keine Würde mehr? Hast du kein Ehrgefühl?«

»Leere Worte.«

»Hast du eine Ahnung, was diese Worte für Soyaan bedeutet haben?«

»Versuch nicht, mich zu provozieren!«

Zwei Frauen kamen und setzten sich in ihre Nähe. Sie waren in den grünen Uniformen, die die revolutionären Garden jedes Bezirks trugen, um sich vom Rest der Bevölkerung zu unterscheiden. Sie wurden »Bannerträger der Revolution« genannt, von niemand Geringerem als dem General persönlich. Sie kamen hauptsächlich aus dem zu keiner anderen Arbeit tauglichen Lumpenproletariat. Wer fünf oder sechs Monate als Freiwilliger beim grünen Corps blieb, dem wurde ein Arbeitsplatz bei einer der Behörden garantiert, oder sein/ihr Name wurde auf die Gehaltsliste der Staatssicherheit als Informant gesetzt. Keynaan und Loyaan verstummten, als sie hörten, dass die Grünen Garden begannen, die Nationalhymne von Uganda zu proben. Morgen oder übermorgen sollte Idi Amin als Staatsgast die Somalische Demokratische Republik besuchen. Vor etwa einer Woche: Gaddhafi. Vor einem Monat: Bokassa. *Schmückt diese Generäle, diese Obersten mit einer Halskette von blutigen Därmen. Stillt den Machtdurst von Numeiri mit einem Nil von Kommunistenblut, dachte Loyaan. Gebt an N. einen Union Jack von Macht-Märkchen aus. An K.: eine Königin aus Elefantentaschen und harte Stoßzähne voller Geld.*

Die Kellnerin störte sie mit der Frage, was sie noch bestellen wollten.

»Wir sollten aufbrechen und irgendwo etwas essen.«

»Dann werde ich meinen Bus zurück nach Afgoi nehmen. Ja. Lass uns gehen.«

»Gehen wir.«

Sie nahmen ein Taxi; dann saß jeder auf einem Stuhl in der ruhigsten Ecke eines Restaurants nicht weit von der Stelle, wo Keynaan, wenn sie sich verabschieden würden, einen Bus nach Afgoi und Loyaan ein Taxi nach Hause nehmen konnte. Sie gaben beim Kellner ihre Bestellung auf: Reis mit Curry für Loyaan, Spaghetti und eine Cola für Keynaan. Während der Kellner die Bestellung in die Küche rief, sagte Loyaan:

»Es ist seine Seele, hinter der sie her sind.«

»Wessen Seele?«

»Soyaans, natürlich.«

»Die Seele ist Gottes Reich, nicht unseres. Du solltest uns Sterblichen und den Generälen nicht eine Macht zusprechen, die anderen zukommt. Und was spielt es jetzt, wo er tot ist, noch für eine Rolle, ob er, solange er lebte, gegen sie war oder nicht? Hast du das somalische Sprichwort vergessen: ›Ein toter Mann ist nicht so nützlich wie seine Schuhe?‹«

Sofort ließ er eilig die Ereignisse der letzten vierundzwanzig Stunden vor seinem Geiste Revue passieren. Seine Mutter. Ahmed-Wellie. Margaritta. Ladan. Der einarmige Mann, der ihn beschattete – oder wurde er paranoid? Der kurze Text, den sie in Soyaans Taschen gefunden hatten. Die beiden Paragraphen, in Soyaans eigener Handschrift und in seinen Taschen gefunden. Das Foto und die Bildunterschrift: verwechselt. Die Presseerklärung des Ministers im Präsidialamt.Und Keynaan.

»Bist du schon mal auf die Idee gekommen, dass die Staatssicherheit die Hand im Spiel haben könnte? Hast du je daran gedacht?«

»Nein, nie.«

»Ich glaube, sie könnten das getan haben.«

»Wie denn?«

»Du sagst es mir. Du kennst ihre Methoden. Du warst doch dabei.«

Stechende Blicke. Kein Blinzeln, obwohl er Loyaan anstarrte und anstarrte. Auch kein Augenblick des Zögerns. Er sah, was er wollte: Loyaans gesenkter Blick.

»Du überraschst mich«, sagte er.

»Wie meinst du das?«

»Wirklich, du überraschst mich.«

Der Kellner kam und stellte das falsche Gericht vor Loyaan ab. Sie tauschten die Teller. Loyaan reichte Keynaan die Cola. Schweigend wickelte der Vater seine Spaghetti auf die Gabel, wobei er den Löffel entschlossen darunterhielt; schweigend salzte Loyaan den Curryreis, aß dann einen Happen davon.

»Ihr seid voller Dünkel, jeder einzelne von euch.«

»Das ist keine Antwort auf meine Frage. Hast du je daran gedacht?«

»Ich weiß von keinem jungen Mann deines Alters, der jemals auf der Liste der Staatssicherheit als ›Gefährlich, vorrangig behandeln‹ aufgetaucht ist. Kein junger Mann deines Alters, hörst du mich? Der General fürchtet sich nicht vor irgendeiner Bedrohung, die von dir und deiner Bande ausgehen könnte. Ihr habt keine gemeinsame Weltanschauung, für die ihr kämpft. Ihr organisiert nicht euren Protest. Röcke. Flugtickets nach Europa. Schicke Autos. Das ist es, was ihr wollt. Die Staatssicherheit besorgt sie euch. Und so seid ihr keine Gefahr. Nicht ein einziger junger Mann deines Alters aus dem zivilen Lager – »

»Wen fürchtet der General denn?« schrie Loyaan.

Zwei oder drei Gäste in ihrer Nähe blickten zu ihnen hinüber. Keynaan wartete, bis die Stimme verstummte und die Blicke wieder abgewandt und auf das Essen vor ihnen gerichtet waren.

»Der General fürchtet die Stammeshäuptlinge oder Männer in seinem Alter. Dich nicht, Soyaan nicht, noch sonst jemand aus deiner Generation. Ihr habt keine gemeinsame Weltanschauung und keine Prinzipien. Ihr arbeitet für die Interessen der Länder, in denen ihr eure akademische Ausbildung erhalten habt. Einige für Westeuropa, andere für Russland.«

»Er fürchtet Männer in deinem Alter?«

»Einige hat er ins Gefängnis gesteckt; andere ernennt er zu Botschaftern; er besticht einige mit dem Geschäftsbereich des Bananenhandels; einige zwingt er, in den Ruhestand zu gehen; andere lässt er foltern. Aber warum sollte die Staatssicherheit Soyaan los werden wollen? Angenommen, er war ein junger Mann, der erfüllt war von den Idealen der Jugend und der Rebellion. Zugegeben, er hatte eine gewisse Popularität erlangt, und er hatte auch den entscheidenden Instinkt entwickelt, den jede zukünftige Führungskraft vielleicht einmal braucht. Aber warum? Sag mir das mal.«

Loyaan war mit sich selbst im Unreinen. Er sah auf und wandte den Blick von seinem Teller ab. Eine Spinne hatte ihre Fäden gespannt, und eine Fliege hing ausgestreckt in der gesponnenen Falle. Loyaan hörte das Klirren von Löffeln und Gabeln, die im Hintergrund aneinanderschlugen. Aber er dachte an die Geschichte, die ihm Dr. Ahmed-Wellie erzählt hatte, jene Geschichte von dem Politiker mit der Augenbinde, den die Staatssicherheit gefoltert hatte. Er dachte auch an einen von Soyaans herzerwärmenden Appellen, dass irgendjemand etwas für Koschin tun sollte. Sollte er jetzt seinen Vater bitten, ihm den Gefallen zu tun und herauszufinden, wo sie ihn festhielten? Oder sollte er einen anderen Tag abwarten – möglicherweise, wenn sich die Wogen geglättet hatten und es nicht um so viel ging?

»Deine Mutter gibt Beydan die Schuld«, sagte Keynaan. »Und du der Staatssicherheit. Weißt du, was das bedeutet? Weißt du, wie ich das verstehen muss?«

»Sag es mir.«

»Im Wesentlichen ist es so, dass du und deine Mutter mich für Soyaans Tod verantwortlich machen.«

»Könntest du dich bitte etwas verständlicher ausdrücken?«

Ein Mundvoll Spaghetti die Speiseröhre runter. Ein Schluck Cola zum Nachspülen.

»Ich stehe für die Staatssicherheit, und Beydan ist ein bloßer Schatten des Symbols, das deine Mutter am meisten hasst. Ich habe dir nicht gestattet, Soyaans Leiche einer Obduktion unterziehen zu lassen. Dann gibt es diese Geschichten darüber, dass er nicht dies, sondern das gesagt haben soll. Ihr macht mich für seinen Tod verantwortlich.«

»Erzähl keinen Unsinn!«

»Doch, das tut ihr.«

»Meine Mutter hegt bloß einen unbegründeten Verdacht, der auf Aberglauben hinausläuft. Aber meiner kann begründet werden. Ich habe Unterlagen. Ich habe das, was er geschrieben hat. Nicht den Beweis dafür, dass sie ihn umgebracht haben. Aber, dass es gute Gründe gibt, warum sie ihn aus dem Weg schaffen wollten, ihn aus dem Verkehr ziehen wie ein verbotenes Buch.«

Der Kellner wieder. Ob sie noch etwas wünschten? Nachtisch? Tee? Etwas anderes? Für Keynaan nichts. Für Loyaan, dessen Teller nur ein bisschen angerührt, aber nicht leer gegessen war, eine *macédoine*, bitte. Jetzt war Keynaan wieder an der Reihe:

»Ich habe vor wenigen Monaten von einem Befehl erfahren, ihn im Morgengrauen abholen zu lassen. Aber der Mann, der ihn mit seinem Jeep einkassieren sollte, kam und hat mich darüber informiert. Noch am gleichen Abend ging ich zum General, um für ihn einzutreten. Ich musste dem General schwören, dass ich mit Soyaan reden würde.«

»Verstehst du jetzt, was ich meine?«

Keynaan verstand es nicht. Er fuhr fort: »Soyaan wurde von anderen Gruppen benutzt. Ahnungslos geriet er in das feinmaschige Netz von Stammesinteressen, die er nicht verstehen konnte. Er wusste das nicht. Er hatte keine Möglichkeit, das zu wissen. Er war gutgläubig. Er hatte die falschen Freunde. Ahmed-Wellie ist eine dieser Personen, bei denen du dich vorsehen solltest.«

»Hast du ihm das gesagt?«

»Ja.«

»Was hat er dazu gesagt?«

»Er sagte: ›Das Seegras im Meer, das das Salzwasser nicht sieht.‹«

»Was soll das heißen? Hat er dir das erklärt?«

»Hat er das denn je?«

Eine kurze Pause trat ein.

»Warum bist du absichtlich so verlogen, da du seine Haltung doch kanntest? Warum?«

Der Kellner hatte die *macédoine* gebracht.

»Ich hauche Leben in seinen Namen. Ich mache ihn ehrenvoll. Ich gebe ihm wieder Leben. Eine Schule wird nach ihm benannt werden, eine Straße vielleicht. Er wird länger leben als du oder ich. Du machst mich für seinen Tod verantwortlich. Ich glaube, ich bin verantwortlich für das spirituelle Weiterleben seines Namens. Wir sind nicht gleicher Meinung.«

»Du bist verrückt. Du hast den Verstand verloren.«

Er blickte Loyaan in äußerstem Zorn an. Der Mann konnte töten – mit Sicherheit! Dieser starre Blick würde jeden erschrecken, der Keynaan nicht kannte, jeden, der diesen Blick nicht schon so früh kennengelernt hatte wie Loyaan. Ja. Loyaan war mit Soyaan zusammen, und die Zwillinge stritten sich um einen Ball. Über sie gebeugt diese massive Gestalt, ihr Vater, der ihnen den Ball wegschnappte und ihn entzweischnitt. Als er schon weggegangen, aber noch in Hörweite war, sagte Soyaan: »Ich werde ihn umbringen. Wenn ich alt genug bin, um ein Messer zu benutzen. Das werde ich.« Die Klinge. Ein verlorener Daumen. Die Zeit der Kämpfe. Die Zeit des Wachsens. Die der Reife. Und Qumman: Sie wollte warten, bis die Zwillinge groß waren, sie wollte warten und ihn dann verlassen. Soyaan brachte ihn nicht um. Auch Qumman verließ ihn nicht. Soyaan starb auf rätselhafte Weise vor ihm; Qumman wartete zu lang; er verließ sie stattdessen wegen einer anderen Frau.

»Ich bin der Vater. Es ist mein Vorrecht, Leben und Tod zu geben, so wie ich es für richtig halte. Ich habe mich entschlossen, Leben in Soyaan zu hauchen. Und eins merk dir, Loyaan: Wenn ich in diesem Augenblick beschließe, dich in zwei Teile zu schneiden, dann kann ich das. Das Gesetz dieses Landes legt die Macht in die Hände von Männern meines Alters. Ich bin der Große Patriarch.«

Schwer lastete dies im Raum, und er ging hinaus in Richtung Busbahnhof. Loyaan bezahlte beim Kellner. Er kam heraus und winkte ein Taxi heran. Er fragte sich, ob er wohl erraten könnte, welche Formulierungen sein Vater bei seinem Interview mit der einzigen Tageszeitung gebraucht hatte. Er fragte sich, in welchen Farben Keynaan wohl das Bild gemalt hatte, das er von Soyaan gab – dem Bannerträger der Revolution des Generals.

TEIL ZWEI

In der Gestalt des Vaters besitzt der autoritäre Staat seinen Repräsentanten in jeder Familie, so dass die Familie zu seinem wichtigsten Machtinstrument wird.
Wilhelm Reich

Man schützt nur den Abwesenden in einem selbst.
Philip O'Connor

SIEBEN

Wie ein Baby, in aller Herrgottsfrühe geboren, ein namenloses Baby, ein Baby, das neben der Leiter greint, die zur Dhau eines Fischers führt, während der Hahn in der Ferne kräht, die entschwindende Erscheinung der Nacht anruft, den Fröschen in den Sümpfen zuruft; und das Leben steht still, der Sand ist blind, und Haie weiden die bleichen Gräser auf dem Meeresboden ab. Das Baby drückt zärtlich eine Muschel an sich, so trocken wie der Sand, der sie schwerer gemacht hat. Das Kind betrachtet ein Steinhaus, das es sehen kann, weil es sich im Wasser der Lagune spiegelt.

»Der Fackelträger der Revolution; der Bannerträger des wissenschaftlichen Sozialismus; der Anwalt der Gerechtigkeit und sozialen Gleichheit; ein gläubiger Anhänger der Auffassung des Generals von den Bedürfnissen des Landes: Soyaan Keynaan, Allah segne ihn, ist vor zwei Tagen gestorben. Er ist viel zu früh gestorben. Er ist im Dienste der Revolution gestorben. Er ist gestorben, und seine letzten Worte waren voll des Lobes für die Politik des Generals: ›Arbeit ist Ehre, und es gibt keinen General außer unserem General.‹

Die Revolutionäre Regierung ehrt, wie es der Brauch und den Menschen vertraut ist, diejenigen, die ihr ehrenvoll gedient haben und gestorben sind. Tatsächlich heftet die revolutionäre Regierung Ordensbänder an die Brust derjenigen, die den Interessen dieses Landes gedient haben. Man muss allerdings bedenken, dass keine Belohnung und keine Vergütung, wie groß und großzügig sie auch sein mag, die Lebendigkeit des Helden der Revolution vollkommen ersetzen kann.

Der Oberste Revolutionsrat hat beschlossen, eine Straße nach Soyaan, dem Helden der Revolution, zu benennen.

Und auf seinem Grabstein werden in Gold die Wort eingraviert werden: ›Arbeit ist Ehre, und es gibt keinen General außer unserem General.‹«

Loyaan war im Schweiß der Scham und Machtlosigkeit gebadet. Er hielt die Zeitung vor sich, als wäre sie ein Spiegel des Grauens und der Schande. Unter Soyaans Foto stand eine Bildunterschrift mit einer Entschuldigung an die Leser, obwohl sie nicht erklärte, wofür. Ohne Zweifel hatte es mit Loyaans Foto zu tun, das am Tag zuvor abgedruckt worden war: eine Verwechslung. Dann stand da das Interview, das sein Vater gegeben hatte und das die verfügbaren Spalten auf der Innenseite einnahm. Keynaan sang die Litanei der Lobesnamen des Generals und fügte dann an einem bestimmten Punkt hinzu:

»Soyaan sah sich selbst im Licht und mit den Augen eines Visionärs und betrachtete sich als Revolutionär einer bestimmten Ordnung. Ab und zu ging die jugendliche Widerspenstigkeit seines Charakters mit ihm durch und offenbarte sich auf eine Art, die von dem abwich, was er eigentlich tief im Innern empfand. Er war und blieb bis zu seiner letzten Sekunde ein vorbildlicher Revolutionär, der ohne jede Einschränkung an die Führung des Generals glaubte. Ein Mann mit einem großen Potential. Er war ein Mann von großartigen Fähigkeiten, und wenn diese nicht genutzt wurden, dann konnte er manchmal eine Meinung vertreten und Dinge äußern, die völlig ungerechtfertigt waren; er war fähig, durch die Stimmen von anderen zu sprechen.«

An anderer Stelle, etwas weiter unten: »Revolutionäre haben Feinde auch in den Reihen, aus denen sie rekrutiert werden, und außerhalb. Soyaan hatte viele Feinde. Er verabscheute es, wenn er falsch interpretiert und missverstanden wurde. Er hasste die Falschheit in Menschen. Und er bekämpfte sie, so entschieden er konnte.

Was seine letzten Worte anbelangt, so war ich an seinem Bett, als er sie sagte, als er diese weisen Worte aussprach. Ich war dabei. ›ARBEIT IST EHRE, UND ES GIBT KEINEN GENERAL AUSSER UNSEREM GENERAL.‹ Dies waren seine letzten Worte. Meine Familie hofft, dass man an diese Worte immer denken wird. Mein Sohn, meine Tochter, meine Frau und ich hoffen, dass unser geliebter Soyaan mit diesen Worten im Gedächtnis bleiben wird; dass ein Denkmal goldenen Gedenkens dieser Worte zu seinen Ehren errichtet werden wird.«

Lügenmärchen. Aber wie konnte Loyaan sie berichtigen? Er blätterte weiter in der Zeitung. Er saß schwitzend auf den Stacheln der Selbstverachtung. Was sollte er seinen Freunden sagen, was Soyaans? Hatte er die Stirn, noch irgendjemandem gegenüberzutreten? Hatte er die Macht, den Aussagen zu widersprechen, die sein Vater in den Medien des Generals getan hatte? »Mein Sohn, meine Tochter, meine Frau und ich ... !« Gütiger Himmel! Was war damit: »Ich war an seinem Bett, als er sie sagte, als er diese Worte sagte, mit denen er in die Geschichte eingehen wird, diese weisen Worte. Ich war dabei: ›ARBEIT IST EHRE, UND ES GIBT KEINEN GENERAL AUSSER UNSEREM GENERAL.‹« Loyaan ballte die Finger zur Faust. »Er hat meinen Namen dreimal wiederholt!« schrie er jetzt. Das war alles. Aber wem konnte er das sagen? Ahmed-Wellie? Margaritta? Wie schockiert waren Soyaans Freunde? Wie tief war das Barometer ihres Enthusiasmus gesunken? Schätzten sie ihn jetzt überhaupt noch, vor allem diejenigen, die außer Landes waren, die den Kontakt verloren hatten? Was konnte er tun, um dieses Unrecht wieder gutzumachen? Er musste vor allem beweisen, dass sein Vater diese Lügenmärchen aufgetischt hatte. Aber wie? Vielleicht konnte er den Leuten eine schriftliche Stellungnahme vorlegen, die alles widerlegte. Aber wie, wie? Zuerst, finde die Memoranden. Ruf Margaritta an. Denk inzwischen an die arme Schreibkraft, die sie aus dem Verkehr gezogen haben, weil sie eine Menge wusste: Sie war diejenige, die die Memoranden getippt hatte.

Wo konnte er sie finden? Außerdem musste er darüber nachdenken, wie er Soyaans Text über die »Clowns« am besten veröffentlichen konnte, er musste Mittel und Wege finden, ihn vertraulich unter Freunden kursieren zu lassen. Er sollte Ahmed-Wellie zu Rate ziehen.

Da war Ladan, die sich leicht an die offene Tür lehnte. »Möchtest du etwas Tee?« Sie hielt ihm aus dieser Entfernung eine Tasse hin.

»Hast du die Zeitung schon gesehen?«

»Möchtest du etwas Tee?«

Loyaan stand. Er sah, wie abgespannt sie aussah. Obwohl es schon nach neun Uhr war, war sie wenigstens nicht zur Schule gegangen, um zu unterrichten. Er kam näher. Er sagte, eine Zigarette in der Hand:

»Rede mit mir, Ladan. Was denkst du?«

»Worüber?«

»Die Zeitungen.«

Mit beiden Händen nahm er die Tasse. Ladan hatte sich ganz dem trostlosen Zustand der Apathie überlassen, in dem sie schon in den letzten Tagen verharrt war. Ihr langes Haar, das waren nun die verfilzten Locken ungekämmten Schlafs, ihr Haar, das sie weder kämmen, noch mit Shampoo waschen wollte. Es spielte alles keine Rolle mehr.

»Ich sehe nichts. Ich höre nichts. Ich denke nichts. Ich bin nichts.«

Noch näher: Sie sah verängstigt aus, sie wirkte noch bleichgesichtiger, als er zunächst angenommen hatte. Er stellte die Tasse auf den Tisch neben der Tür und nahm ihre Hand. Er zog sie noch näher heran. Sie umarmten sich.

»Soyaan ist tot. Und du bist es nicht«, sagte sie. »Also, bitte.«

»Ja. Ja. Ich werde besser aufpassen.«

Sie hielten sich lange Zeit umarmt, keiner bewegte sich.

Aus dem Augenwinkel sah er, dass er mit der Zigarette ganz dicht an ihr Kleid geraten war. Er ließ sie sanft los.

»Hast du Mutter davon erzählt?« fragte er.

»Willst du, dass ich es tue?«

»Was denkst du denn?«

»Willst du, dass ich es ihr sage?«

Es war Zeit, dass er sich auf den Weg zu dem Amt machte, das die Toten der Stadt registrierte. »Entscheide du das.«

Er würde sich auf das Schlimmste gefasst machen. Er würde den Kopf hoch tragen. Er würde sich nicht brechen lassen – nein, nicht so leicht jedenfalls. Eine Stimme in seinem Innern sagte ihm: *»Du musst dabei helfen, dass die Drähte des Antagonismus und die Masse der ungenutzten menschlichen Elektrizität sich treffen und verschmelzen; du musst dabei helfen, dass die Fähigkeiten von Soyaan und Loyaan sich treffen und dann verschmelzen; in dir müssen sich die Kräfte des Lebens (Loyaan) und die Kräfte des Todes (Soyaan) treffen; in dir muss sich sammeln und treffen das anfanglose Ende einer Nachgeburt: leck sie, solange sie noch feucht ist, warm, lebendig.*

»*Ciao*, Abdullahi.«

»*Ciao*, Loyaan.«

Loyaan war gerade aus dem Taxi gestiegen, das an der Bordsteinkante gehalten hatte. Abdullahi war der fünfte Freund, den er gegrüßt hatte, seit er in die Stadt gekommen war. Und wie die anderen vier schien Abdullahi plötzlich auf einen Gedanken zu kommen und eilte davon. War es wirklich schon so weit gekommen? Wurde er jetzt gemieden wie ein Leprakranker? Hatte er plötzlich begonnen, Monstren unvorstellbarer Herkunft zu zeugen? Niemand äußerte ihm gegenüber sein »herzliches Beileid«. Auch sprach keiner von ihnen über die Zeitung, von der sie wahrscheinlich gehört, wenn sie sie nicht sogar gelesen hatten. Würden sie verstehen, wenn er ihnen beiseite etwas zuflüsterte? »Es ist das Werk meines Vaters, nicht meins. Und Soyaan hat das nie gesagt. Ich war bei ihm. Mein Vater nicht.« Würde das funktionieren? Wenn er doch nur eine Pressekonferenz abhalten könnte. *Meine Damen und Herren von der Weltpresse ...*

»*Ciao*, Fatuma.«

»*Ciao*, Loyaan.«

Die Frau war fort. Sie winkte zum Abschied, bevor sie ihr »Hallo« mit einem Händedruck hätte besiegeln können. Fort. Wie die fünf vor ihr. Er stand vor dem Azan-Café. Er ging hinein und bestellte einen Cappuccino. Er stand an der Theke. Er lehnte sich dagegen, den Blick auf den Eingang gerichtet. Dort sah er eine Reihe von Freunden, die sich in alle Richtungen verstreuten. Die Epidemie der Kastenschande, die seine Anwesenheit über sie brachte – war das der Grund, weshalb sie ihn mieden? War das alles, woran sie denken konnten?

»*Ciao*, Loyaan.«

»*Ciao*, Ali.«

Ein Grinsen auf Loyaans Gesicht. Ali fragte nicht. Er wartete darauf, dass Loyaan etwas sagte. Aber Loyaan wollte nicht. Ali, ein Emporkömmling aus dem richtigen Stamm, vom General ernannt, um einen hochqualifizierten Beamten aus der Universitätsverwaltung zu ersetzen, obwohl er, Ali, nie auch nur einen Fuß in irgendeine höhere Schule gesetzt hatte. Ali blieb bei ihm, grüßte ihn. Er gehörte zum selben Clan wie der General, und ein »Clown« war er auch. Alis Hand tätschelte Loyaans Kopf etwas gönnerhaft. »*Mein Sohn, meine Tochter, meine Frau und ich hoffen, dass unser geliebter Soyaan mit diesen Worten im Gedächtnis bleiben wird: dass ein Denkmal goldenen Gedenkens dieser Worte zu seinen Ehren errichtet werden wird.*« Ein Lächeln von Ali, dem Emporkömmling, und von Loyaan:

»Gebt dem Toten mehr, als ihm gebührt, und den Lebenden einen Helden, den sie verehren können.«

Ein fragender Blick des Emporkömmlings. Woraufhin Loyaan fortfuhr:

»Im Prager *autunno* waren es nicht Blätter, die fielen, sondern Köpfe. Denk an sechsundfünfzig, denk an Budapest! Die Methoden haben sich nicht geändert. Die Erde ist rund, nicht flach. Sie ist oval wie ein Ei und wartet auf eine Hand, die sie in zwei Hälften teilt wie einen Gummiball.«

»Was soll das alles?« fragte Ali, der Emporkömmling.

Loyaan war fort.

»Ihr Name?«

»Loyaan Keynaan.«

»Wessen Totenschein möchten Sie abholen und quittieren?«

»Den meines Bruders.«

»Name?«

»Soyaan Keynaan.«

»Wann ist er gestorben?«

Er sagte ihr, wann.

»Woran ist er gestorben?«

»Haben Sie nicht die Zeitung von heute gesehen?«

»Natürlich, doch. Natürlich.«

Sie zog eine Schublade auf. Sie holte die Zeitung heraus. Sie las sie sich leise vor. Ihr stark geschminktes Gesicht wurde gewichtiger und ungerührt. Sie faltete die Zeitung zusammen und legte sie zurück in ihre Schublade. Eine lange Pause trat ein, dann:

»Eine Schande. Ein junger Mann mit dieser Bildung und Intelligenz ...«

»Ja?«

»Eine Schande.«

Auf mehr wollte sie sich jetzt nicht festlegen. Sie war Anfang zwanzig, die Nägel säuberlich lackiert, das Haar gefärbt und perfekt gekämmt. Sie saß hinter einem verwitterten Teakholztisch, auf dem, als lägen sie dort nur zeitweilig, Berge von Akten an einer Seite gestapelt lagen. Vor ihr standen zwei Schränke, die, nachdem sie einmal geöffnet, anscheinend nie wieder geschlossen worden waren.

»Er hat das nicht gesagt.«

»Er hat was nicht gesagt?«

»Soyaan hat nicht gesagt: ›Arbeit ist Ehre, und es gibt keinen General außer unserem General.‹ Das hat er nicht. Ich war bei ihm.«

»Nein?«

»Das hat er nicht.«

Sie griff nach ihrer Lederhandtasche, die auf dem Boden stand. Sie holte ein hübsches, kleines Taschentuch heraus, mit dem sie sanft ihre triefende, schwitzende Nase abtupfte. Sie steckte das Tuch wieder in die Tasche.

»Ich habe ihn gekannt, wissen Sie«, sagte sie.

»Ja, wirklich?«

»Diese Sanftheit. Ich mochte ihn.«

»Wirklich?«

»Seine Sekretärin und ich sind Cousinen. Entfernte Cousinen. Kennen Sie Mulki? Vor zwei Tagen kamen sie im Morgengrauen und holten sie ab. Armes Ding. Ich kann mich noch an den Abend erinnern, an dem er mich nach Hause brachte. Erst fuhr er Mulki nach Hause, dann mich. Ich weiß es noch sehr genau, weil Mulkis jüngste Schwester gerade beschnitten worden war. Er war so leidenschaftlich dagegen. Er hielt uns einen langen, gelehrten Vortrag, als er Mulki nach Hause fuhr, einen gelehrten Vortrag über ›politische Aggressionen gegen Frauen‹. Er verfiel in ein so sanftes Schweigen, wie ein schlafendes Kind, während er mich dahin brachte, wo ich wohne. Keine Finger, die unter Strom stehen, weil die Lust drängt. Kein Sehen-wir-uns-mal-wieder. Er sagte kein Wort, kein einziges. Ich fragte Mulki danach.«

»Was sagte sie?«

»›Er ist etwas Besonderes.‹«

»Wollte sie damit sagen, dass zwischen den beiden etwas war?«

Sie kniff die Augen zusammen, als wollte sie sich darauf konzentrieren, ihren Nagellack zu erneuern. Ihre Hand suchte wieder in ihrer Handtasche. Sie holte einen Nagelzwicker heraus und begann, mit der Feile ihre Nägel zu bearbeiten. Sie sagte:

»Er hat sie wie eine Schwester behandelt. Nein, nein. Er hatte eine *mulatta* als Freundin. Und er war ganz anders als alle diese Parvenüs, die mit ihrem Reichtum und ihren Frauen angeben. Er hat ein sehr zurückgezogenes, stilles Leben geführt. Mulki wusste davon. Sie hat es mir selbst erzählt.«

Mulki. Keynaan hatte gesagt, dass sie ihnen nicht einmal unter der Folter etwas erzählen wollte. Wo konnte sie das Memorandum deponiert haben, nach dem die Staatssicherheit so verzweifelt suchte? Was waren es für Dinge, die Soyaan in diesem Memorandum gesagt hatte, das sie dann für ihn getippt hatte? Konnte Loyaan es riskieren, diese entfernte Cousine von ihr zu fragen, ob Mulki sich ihr anvertraut hatte? Hatte sie ihr vielleicht erzählt, worum es in dem Memorandum ging? Hätte sie ihr von dem Memorandum erzählt, da sie ja auch von Margaritta erzählt hatte? *Komm schon. Du hast nichts zu verlieren. Drück die Frage anders aus. Ja. Formulier sie um, zuerst in deinem Kopf*, sagte die innere Stimme zu Loyaan.

»Warum interessiert sich die Staatssicherheit für Mulki, wissen Sie das?«

»Warum hat die Staatssicherheit alle männlichen Mitglieder Mulkis und meines Stamms verhaftet? Über dreihundert von meinen Stammesgenossen, die die Männer des Generals abgeholt und ins Gefängnis geworfen haben.«

»Sie glauben nicht, dass es deshalb so war, weil Mulki Kenntnis von einem Papier hatte, das Soyaan skizziert oder geschrieben und das sie abgetippt hat und für das sich die Staatssicherheit interessiert? Ein Papier, das deutliche Worte enthält, ein Papier, das unzweideutig das Regime des Generals verurteilt? Oder?«

Sie nahm die Zigarette an, die er ihr anbot.

»Der General befürchtet, dass die Männer von Mulkis und meinem Clan einen Putsch planen, um ihn zu stürzen.«

»Ich fürchte ich kann Ihnen nicht ganz folgen.«

Er gab ihr Feuer. Sie ließ ihm Zeit, seine eigene Zigarette anzuzünden.

»Soyaan ist doch der Mann, nach dem das Regime des Generals eine Straße benannt hat, weil er im Dienste der Revolution gestorben ist? Er ist es doch, dessen letzte Worte ›Arbeit ist Ehre, und es gibt keinen General außer unserem General‹ waren?«

»Aber das hat er nicht gesagt. Das hat er nicht, ich sag's Ihnen doch. Ich war bei ihm.«

»Unser Stamm ist der Einzige, der seiner faschistischen Herrschaft widerstanden hat. Kein anderer. Jetzt sehen Sie sich an, wie wir dafür leiden. Mulki ist im Gefängnis. Auch unsere Männer: zehn entfernt und eng verwandte Cousins von mir. Jeder andere Stamm hat sich unterworfen. Eine große Enttäuschung.«

»Aber Soyaan hat das nicht gesagt.«

»Ihr Stamm ist für so etwas bekannt. Ihr Stamm unterwirft sich immer sofort allem«, sagte sie anklagend.

Mit einer Handbewegung tat er all dies als Unsinn ab.

»Bitte melden Sie dem Direktor, dass ich da bin«, sagte er.

Nun ließ sie ihn warten. Er fühlte sich dadurch noch gedemütigter. Sie ließ eine Frau das Büro des Direktors betreten und wieder verlassen. Dann einen Mann. Eine weitere Frau ging hinein, während sie ihn ruhig warten ließ. Sollte er einfach an der Sekretärin vorbeigehen und eintreten, ohne anzuklopfen? Aber Loyaan hatte das Gefühl, als ob weiße Würmer sich in das hölzerne Fundament seiner gut gehegten Kraft genagt hatten. Er registrierte den Lärm von Abbrucharbeiten und das Quietschen von Kränen, die Häuser abrissen, und hörte die irritierend unruhigen Stimmen der Arbeiter. Dies hier war weitaus komplizierter als der Konflikt zwischen dem »flachen Universum von Vaters berechenbaren Dimensionen und dem ovalförmigen von solaren und lunaren Evolutionen und den Drehungen der Gestirne«. Denn verborgen hinter der geballten Faust der Macht (sagte die Stimme in Loyaan wieder) war ein Schnurrbart gezeichnet worden; eine Sichel, rot wie das Blut des Bullen, den sie abgeschlachtet hatte; der Hammer, ungeschützt wie der Nagel, der nicht mehr fest war, seit eine Nagelbettentzündung die Fingerbasis verwüstet hatte. *Sag diesen Schwall weiser sozialistischer Ideen auf. Sprich sie mir nach. Streich deine Wände in den Farben Moskaus. Dies ist bloß ein Ballspiel. Rode die Dschungel. Mach aus ihnen Stadien von versammelten Massen, deren Rufe dich über alles loben. Fröne diesem tatarischen Vergnügen. Vergrab deinen Kopf wie eine Katze ihren Kot; lass dein Volk in Blindheit verharren, wie einen Strauß mit Sand in seinen gefiederten Augen; sei leicht wie der Wind; sing die Internationale; folge, ja, folge dem General.* Die Stimmen in Loyaan hörten plötzlich auf, auch für ihn noch einen Sinn zu ergeben.

»Möchten Sie eine Zigarette?« fragte die Sekretärin.

»Ja, bitte.« Der Tag war heller und wärmer geworden. »Danke.«

»*Prego!*«

Die Tür des Direktors öffnete sich. Er sagte zu seiner Sekretärin: »Der Nächste? Wer ist der Nächste?«

»*Jaalle* Loyaan.«

Alle Mitglieder von Somalias *privilegentsia* kannten einander entweder persönlich oder hatten voneinander gehört. Der Direktor dieser Abteilung hatte Soyaan persönlich gekannt, aber Loyaan nur indirekt. Die Stimme des *suggeritore:* »Die Mitglieder der *privilegentsia,* die für dieses Regime arbeiten, lassen sich in fünf Kategorien einteilen – und hier schließe ich *a priori* den Parvenü aus, den demaskierten Clown, d. h. den *arriviste*. Erstens: Da gibt es die irregeleiteten Technokraten, die glauben, Politik bestehe in ihrem Wesen aus den falschen Äußerungen, die Politiker in der Gegenwart von gutgläubigen Massen machen, und die daher selbst nichts damit zu tun zu haben wünschen; sie ziehen es vor, sich rauszuhalten. Zweitens: Da gibt es die Bürokraten, die keine politischen Neigungen und keinen sozialen Sinn haben, die aber denken: ›Ich habe Frau und Kinder. Um ihretwillen diene ich dem Regime, damit ich sie versorgen kann, um ihretwillen unterwerfe ich mich, lasse ich mich demütigen‹. Drittens: Es gibt die interessantesten und mutigsten dieses Haufens, d. h. die Saboteure, Männer wie Soyaan, Frauen wie Mulki, wiederum Männer wie Dr. Ahmed-Wellie, wie Xassan ...«

»Hallo, Xassan.«

»Setz dich, Loyaan. Bitte.«

»Die vierte und fünfte Kategorie ...« Aber die Stimme des *suggeritore* begann abzuklingen. Xassans grelle Glühbirnen des Verhörs, die sich auf Loyaans Gesicht richteten, ließen die aus lauter unterschiedlichen Visionen herrührenden Stimmen verschwinden, jedenfalls für den Moment. Xassan senkte den Blick und sah auf eine Akte, die auf dem Schreibtisch zwischen ihm und Loyaan lag, dann hob er den Blick und sah Loyaan an. »Das alles ist sehr peinlich.«

Loyaan nickte zustimmend. Wieder dieses Wort. *Peinlich*. Die Sekretärin hatte es auch gebraucht.

»Hat meine Sekretärin es dir nicht gesagt?«

»Was?«

Xassan kam mit seinem skeletthaften Körper aus seinem Stuhl hoch. Er ging auf die andere Seite des Schreibtischs. Seine Hand lag auf Loyaans Schulter, Loyaan, der nicht einmal zu ihm aufsehen wollte. Schweigend kehrte er wieder dorthin zurück, wo er vorher gesessen hatte. Unter eins siebzig groß, wirkte Xassan überlastet davon, die Listen der Toten aus den dreizehn Bezirken der Stadt zu registrieren.

»Ich habe ihr gesagt, dir zu sagen, dass ich dich nicht sprechen möchte.«

»Nein, sie hat mir nichts gesagt. Aber warum wolltest du mich nicht sprechen?«

Die Aufgabe seines Büros bestand hauptsächlich darin, von jedem Regierungsbeamten, der eines natürlichen Todes gestorben war, eine Akte anzulegen. Eine eidesstattliche Versicherung wurde in Xassans Büro vorbereitet, die dann von einem Angehörigen des Verstorbenen unterschrieben werden musste – von seiner Frau, einem Kind oder der Mutter. Das Original ging dann an die Staatssicherheit; ein Durchschlag ging an die Personalabteilung, ein dritter an die Angehörigen oder entsprechende Anspruchsberechtigte. Diese Bescheinigung gestattete dem, der sie besaß, im Namen des Verstorbenen sein gesamtes Eigentum aufzulösen, wegzugeben oder einzufordern.

»Ich habe der Sekretärin gesagt, sie soll dir sagen, dass wir nicht das Vorrecht haben, dir diese Bescheinigung auszustellen. Ich habe ihr gesagt, sie soll dir das ausrichten. Ich weiß nicht, warum sie es dir nicht gesagt hat.«

Loyaans Stimme klang ängstlich: »Warum kannst du sie mir denn nicht ausstellen, bitte?«

Ein bisschen zu theatralisch, um glaubhaft zu sein, sagte Xassan schließlich:

»Vom heutigen Tage an ist Soyaan Staatseigentum und wird auch so behandelt. Die sind wegen seiner Akte hier gewesen und haben sie mitgenommen. Ich habe gestern Abend an der Akte gearbeitet. Soyaan: Staatseigentum.«

»Staatseigentum?«

»Ja. Er ist Eigentum des Generals.«

»Was soll das denn heißen?«

»Sie schreiben eure Familiengeschichte um, die von Soyaan und allen anderen. Wie die Russen jene Lenins, Stalins oder irgendeines anderen Helden umgeschrieben haben, um jegliche Subversion von innen oder von außen zu überstehen. Sie werden deine Unterstützung brauchen, da bin ich mir sicher.«

»Die werden sie nicht bekommen.«

»Da wäre ich mir nicht so sicher.«

In Soyaans Leben würde es mehr Widersprüche und Lücken geben als in Lenins, Breschnews oder dem des Generals oder, in diesem Fall, Stalins. Es war eine Sache, Rechenschaft über die Gründe abzulegen, die einen bestimmten Menschen veranlasst hatten, irgendetwas zu tun: Es war eine andere, einen Toten Rechenschaft über das Leben ablegen zu lassen, das ein anderer sich für ihn ausgedacht hatte. Was wäre, wenn Loyaan Soyaans Aufzeichnungen publik machte? Was, wenn er demonstrierte, wie lächerlich sie sich machten, indem er bewies, dass Soyaan bis zu seinem letzten Augenblick gegen das Regime gewesen war? Die Stimme: *Reg dich ab. Verlier nicht die Ruhe. Du solltest den Minister im Präsidialamt anrufen und dir einen Termin bei ihm besorgen. Bitte ihn um eine Erklärung. Warum dies, warum das? Warum wurde Soyaan zum Staatseigentum erklärt? Spring nicht auf, schieß nicht, bevor du das Ziel genau ausgemacht und beobachtet hast.*

»Helden sind Staatseigentum. Auch die, die ein Exekutionskommando hingerichtet hat. Wir verfügen in beiden Fällen nicht über die Akten. Die zehn Scheichs, die kürzlich hingerichtet wurden, zum Beispiel. Wir haben nicht einmal Nummern für ihre Gräber. Wir wissen nicht, wo sie beerdigt sind, wenn überhaupt.«

»Aber Soyaan hat eine Nummer.«

»Ein revolutionärer Held, ein antirevolutionärer Reaktionär ...«

»Wo sind wir denn hier, Xassan? Sind wir nicht in Somalia?«

Das Telefon klingelte. Xassan hob ab. Ein Refrain von »Ja« und »Ja«. Er legte den Hörer wieder auf. Es dauerte lange, ehe er etwas sagte:

»Das war der Minister im Präsidialamt.«

»Was wollte er?«

»Er hat gefragt, ob ich dich gesehen und gesprochen habe.«

»Was hast du gesagt?«

»Ich sagte, das hätte ich.«

»Was hat er dazu gesagt?«

»Nichts.«

Loyaan überlegte, ob er den Direktor bitten konnte, ob er sein Telefon benutzen dürfte, um den Minister im Präsidialamt anzurufen und für morgen einen Termin zu machen, traute sich dann aber nicht. Xassan besaß genug Feingefühl, seinen Wunsch schon vorausgeahnt zu haben. Er schob den Apparat näher zu Loyaan und kam dabei halbwegs aus seinem Sessel hoch. Dann stand er auf.

»Sag ihm nicht, dass du von hier anrufst. Aber tu es.«

»Hast du seine Nummer?«

Xassan gab ihm die Nummer, ging dann hinaus, damit er in Ruhe und ungestört mit dem Minister im Präsidialamt sprechen konnte. Loyaan wählte die Nummer. Er sprach mit der Sekretärin des Ministers und dann mit dem Mann selbst.

»Ich habe für übermorgen einen Termin beim Minister im Präsidialamt«, sagte er zu Ladan. »Ich habe ihn angerufen und mich mit ihm verabredet. Ich glaube, er hat die Antworten auf meine Fragen.«

»Soyaan als Staatseigentum – das ist das Groteskeste, was ich je gehört habe.«

Lachte sie schon halb? Hatte sich Ladan plötzlich verändert, ihr Gesicht, ihre Züge? Sie war zu den Lumpen ihres alten Selbst geworden, die Feuer gefangen hatten, sie war jetzt sehr interessiert an den Einzelheiten von Verschwörungen und daran, wer was über wen gesagt hatte. Ja, ja, sie hatte gegessen. Mutter auch (sie war fort, um Verwandte zu besuchen; sie würde erst am späten Nachmittag zurück sein). Der Geschmack seiner gesalzenen Worte blieb am Rande seiner Zunge haften, von Fadheit niedergedrückt, während er Bissen vom Fisch und dem Reis aß, die Ladan für ihn gemacht hatte. Soyaan hatte Meeresfrüchte geliebt. Er hätte darin geschwelgt. (An dieser Stelle schweiften Loyaans Gedanken ab, zurück zu den Tagen, als Ladan kaum zwei gewesen war. Wie die beiden sie geliebt hatten. Wie die Zwillinge sie beschützt hatten vor diesen mörderischen Blicken Keynaans und vor Qummans – gelegentlich – gleichgültigem Verhalten gegenüber einer Tochter. Sie setzten ihre Hoffnungen auf Ladan, sie vertrauten ihr ihre Zukunft an. Abwechselnd erzählten sie ihr immer Geschichten aus fremden Ländern, die isländischen und norwegischen Sagas, die Arabischen Nächte, die Geschichten von Tagore, die Erzählungen aus der Ukraine und aus China. Sie fütterten ihr kleines Hirn mit runden, vollständigen und endlosen Zahlen. Sie trainierten ihren jungen Verstand mit Hilfe von Kreisen, Quadraten und Trigonometrie. Ladan war wie sie selbst – nur dass sie ein Mädchen war. *Die Welt ist ein Ei und wartet darauf, dass du es aufschlägst. Reib dir das Weiß der Verschwommenheit aus den Augen, und der Dotter gehört dir – gelb und blass, ja, aber deiner, weil du gefragt hast, weil du ihn dir genommen hast.* Ladan lachte halbwegs und halbwegs forderte sie ihn heraus: Ladan war wieder Ladan.

»Was wollen sie?« fragte sie.

»Sie haben bekommen, was sie wollten. Vater hat ihnen dabei geholfen zu bekommen, was sie wollten. Sie brauchten unbedingt seine Zeugenaussage. Es ist seine Seele, hinter der sie her waren. Und sie haben sie gekauft. Was ich nicht ganz verstehe, ist die Rolle, die der Minister im Präsidialamt bei allem spielt.«

»Ich auch nicht.«

Er sah ihn groß und gewaltig wie die klaren Einzelheiten einer brillanten Idee, er sah ihn vor der rauen Unebenheit der Umgebung. Er sah den nervösen Schmetterling, dem bereits ein Flügel fehlte und dessen anderer verletzt war. Er kam herein und leckte sich den eigenen Kopf, als ob er eine Fliege wäre, die sich selbst in der Reinheit eines Gedanken wäscht.

»Es ist seine Seele, hinter der sie her sind«, sagte sie dann. »Wenn wir sie lassen.«

Der durchgekämmte Staub, der Sonnenschein, der Schatten, all die Annehmlichkeiten und Unannehmlichkeiten des Lebens. *Sie sind mein, und ich werde sie nutzen,* sagte die Stimme in seinem Innern, die ihn ermutigte und ihm den Schwung gab, den er brauchte, um darum zu kämpfen, Soyaans Seele zu retten, da er seinen Körper nicht hatte retten können.

»Was wirst du jetzt tun?«

»Ich werde gehen und Margaritta treffen.«

»Margaritta? Wann?«

»Nach fünf. Ich werde gehen und Soyaans Königin treffen, Margaritta. Sie weiß vielleicht vieles, das wir nicht wissen.«

ACHT

Wie ein Kind in einem Kinderbett, von einer Frau in den Schlaf geschaukelt, die ein Wiegenlied in einer für seine Ohren fremden Sprache singt; das Kind hat die Augen halb geschlossen, sein Mund bewegt sich, während es an einem Kiesel lutscht – nicht auf das Lied hört, aber den Rhythmus des Wiegenliedes spürt. Die Frau hört auf, das Kind zu schaukeln. Das Kind öffnet die Augen. Beide hören das Muhen einer Kuh und das Meckern einer Ziege, die sich nähert. Die Frau fängt wieder an, das Kind zu wiegen; es bricht in ein hysterisches Weinen aus. Die Frau gibt dem Kind ihre milchlose Brust. Eine Sekunde oder so ist es still. Wütend – und wieder das Geschrei. Es weigert sich nun auch, mit dem Kiesel zu spielen oder seinen Hunger von einer fremden Brust stillen zu lassen.

Er ging namenlose Straßen hinauf und hinunter. Würde eine davon nach Soyaan benannt werden? Und welche? Hinauf und hinunter, die Straßen staubig, das Dorf arm, die Gassen eng wie ein Flaschenhals, Wege, die in staubige Sackgassen führten und dort endeten. Zur Linken eine blind endende Kurve. Zur Rechten eine Moschee mit einem Brunnen und Männer, die hinein- und hinausströmten und Ihm einen Rosenkranz von Wünschen aufsagten, Ihm, der all ihre Geheimnisse schon kannte, bevor sie sie überhaupt ausgesprochen hatten. Sie erzählten Ihm bestimmt, wie unglücklich sie unter dem Regime des Generals waren, dachte Loyaan. Sie mahnten Ihn gewiss an Seine Verantwortung für die Familien der zehn Scheichs, die vor kurzem hingerichtet worden waren – die Scheichs, die Er schon früher hätte rächen sollen. Ziegen. Kuhställe. Andere hervorstechende Marksteine in den Dörfern von Mogadischu, den nichtkosmopolitischen Vierteln dieser Stadt. In diesem Dorf waren keine riesigen, monumentalen Plakate mit dem Bild des Generals und Statistik-Zitaten, die mit dem Fortschritt und dem Erfolg der Revolution prahlten. Diese wären ein »Widerspruch in sich« gewesen. Außerdem waren ein- oder zweimal, als sie ein teures Porträt hatten malen und hierherbringen lassen, die Augen des Generals schon durchbohrt und antisowjetische Parolen darauf gekritzelt worden, bevor die Nacht der Stadt den Rücken zugekehrt hatte. Das Dorf wurde am nächsten Tag gesäubert; dreihundert Jungen und Mädchen wurden zum Verhör abgeholt. Von den dreihundert waren ungefähr fünfzehn in Haft geblieben. Sie waren immer noch dort. Ohne Prozess. Jede Nacht gefoltert. »Warum hast du diese antisowjetischen Parolen geschrieben? Wer hat dich dafür bezahlt, dass du dem Vater der Nation die Augen durchbohrst? Amerikanische Imperialisten? Wer? Namen, Namen, wir wollen Namen.« *Na, na ... steigere dich da nicht hinein. Du suchst Margaritta. Kümmere dich erst mal um das Nächstliegende. Ja, Margaritta. Eins nach dem anderen. Finde erst mal ihr Haus. Dann rede mit ihr. Und rede vernünftig. Du darfst auf keinen Fall emotional werden. Das hilft niemandem. Es hilft auch nicht der Sache.*

Vielleicht sollte er die Ladenbesitzer in dieser Gegend fragen, ob sie Margaritta oder ihre Mutter kannten, dachte Loyaan. Sie beschreiben? Eine hochgewachsene schöne Frau, mit großen Brüsten, halb Italienerin, halb Somalierin, und mit einem Kind; und einer Villa, ihrer eigenen. *Kannst du das nicht besser, Loyaan?* sagte seine innere Stimme provozierend. Frag sie! Sie werden es ohnehin nicht besser wissen. Es sei denn, du spielst das Spiel nach ihren Regeln: die Person nach Stammeszugehörigkeit zu identifizieren. Und die Computer in ihren Köpfen würden sich in Bewegung setzen. Wenn sie die Person, zu der man Kontakt suchte, nicht kannten, dann würden die Dörfler einem die Adresse eines anderen Mannes oder einer anderen Frau aus dem gleichen Stamm geben, der einem dann als Honiganzeiger diente und vor einem herschwirrte, bis einem das Geißblatt gezeigt wurde, das man suchte. Aber zu welchem Stamm gehörte Margaritta?

»Entschuldigen Sie, bitte.«

Er stand vor einer Gruppe von Frauen, die vor ihren Lehmhütten saßen und die kühle Abendbrise genossen. Nicht sehr weit entfernt davon war eine Schar Küken mit ihrer Mutterhenne: Sie bekamen einen Schreck und rannten in Deckung.

»Ja?«

Du kannst jetzt keinen Rückzieher machen, nachdem du schon so weit gegangen bist. Frag sie. Schau ihnen ins Gesicht. Sei nicht schüchtern, mach dich nicht lächerlich. Komm schon. Frag. Sieb noch mal deine Gedanken durch.

»Ich suche eine junge *mistione*-Frau, die Margaritta heißt. Sie hat einen kleinen Sohn. Da gibt es noch ihre Mutter, deren Namen ich aber nicht weiß. Das Haus gehört ihr. Und der Sohn ist erst ein paar Monate alt.«

Beratungen. Die vier Frauen sahen zu ihm auf und schwiegen. Er hatte ihnen zu viele Informationen gegeben. Er hatte sie vermutlich verwirrt. Warum erzählte er ihnen, dass das Haus ihr gehörte?

»Megrita?«

»Margaritta. Ihr Sohn heißt Marco.«

Weitere Beratungen. Eine der Frauen flüsterte den anderen laut genug zu, dass diese *mistione*-Frau, die der Mann suchte, vielleicht die Tochter von jener Frau war (sie erwähnte den Namen des Stammes), die schwerhörig war. Wussten sie, über wen sie sprach? Die mit dem Auto und dem Kind, ja? Sie nickten mit den Köpfen. Sie erklärte ihm den Weg. Am Schulungszentrum vorbei, zweimal links, dann rechts und dann wieder links. Ein Tor, das noch nass von grüner Farbe war.

»Könnten Sie so nett sein und mir auch noch sagen, wo ich Schokoladenriegel kriegen kann oder sonst irgendetwas für das Kind?«

»Es gibt da einen Laden, wenn Sie in die Straße einbiegen, in der das Haus dieser Frau steht. Sie können ihn nicht verfehlen.«

»Ich danke Ihnen sehr.«

Die Nacht hatte noch nicht begonnen, ihr Festival von tropischen Sternen zu entzünden. Der Mond verharrte noch in den zwielichtigen Farben des Abends. Die Luft war angenehm, eine kühle Meeresbrise, die einen feinen Hauch von Monsun und den Duft von Regen mit sich führte. Der Himmel: eine Veranda aus Bläue, ein Baldachin glücklicher Heimkehr, eine Decke für jene Vögel, die westwärts flogen auf ihrer Heimreise und das kommende Ende ankündigten, die kommende Stunde, *seine* Stunde. Loyaan trat aus dem Laden. Er hielt eine Schachtel Schokolade fest in der Hand. Seine Weisheitszähne kündeten von jenem Gefühl der Unsicherheit und Enttäuschung, das er in solchen Augenblicken empfand. Er fragte sich: Ist dies das Richtige, was man einem Kind in Marcos Alter kauft? Das grüne Tor befand sich jetzt genau vor ihm. Es gab kein Zurück. Er drückte auf die Klingel. Und er wartete.

»Sie kamen und durchsuchten das Haus. Sie hatten einen korrekt ausgestellten Durchsuchungsbefehl. Sie trafen in dem Augenblick ein, als die Sonne über den Dünen aufstieg. Sie waren zu dritt. Einer blieb im Wagen zurück, die anderen beiden kamen ins Haus.«

»Was haben sie gefunden?«

»Möchten Sie nicht wissen, was sie gesucht haben?«

»Also gut, was haben sie gesucht?«

»Sind Sie nicht gekommen, um das Gleiche zu suchen?«

»Weshalb soll ich gekommen sein, was soll ich suchen?«

»Sie sagen es mir. Was war es, das sie hier gesucht haben?«

»Nein, sagen Sie es mir.«

»Weshalb sind Sie gekommen, was suchen Sie, Loyaan?«

Eine Pause. Mit seinem rechten Fuß drückte er das Tor nach innen. Margaritta verstand sofort. Sie machte die Tür noch weiter auf. Sie ließ ihn ganz eintreten. Sie ließ ihm hinreichend Zeit, alles genau zu inspizieren, alles zu speichern und dann zu sagen: »Können wir jetzt bitte reden?«

Die Nacht brach schließlich herein, ein Gewand aus dunklen Schleiern wie das schwarze Kopftuch des Puritanismus einer Muslimin. Die *Akbar*-Rufe des Muezzins erklangen, als würden sie von einem Bulletin abgesungen, das mit Allahs Wasser für die Waschungen geschrieben war. Die Nacht senkte sich schließlich über die Bäume in Margarittas Garten herab wie ein abstrakter Gedanke – vage wie die Taille des Himmels; und nicht zu verbergen wie die Geheimnisse einer Frau. Fledermäuse, munter, lärmend und Aufmerksamkeit heischend. Und über Loyaans und Margarittas Köpfen hing eine Glühbirne von einem Baum herab, als wollte sie den Früchten Gesellschaft leisten. Sie brannte. Motten, zerbrechlich und flattrig, umkreisten sie wie Fliegen den Leichnam von jemandem, der schon lange tot ist; wie Kinder, die schwelgen, wenn in ihrem Dorf ein Auto aufkreuzt; die Kinder berühren es, laufen weg, verspielt und rührend glücklich. Traute er sich jetzt zu fragen, zu sprechen?

Sie hatte ihm einen Schaukelstuhl angeboten und ihn genau dahin gestellt, wo Soyaans Lieblingsplatz gewesen war. Aber wusste er das überhaupt? Sie würde es ihm nicht sagen, wenn er es nicht wusste. Sie würde es nicht tun, wenn Soyaan es nicht erzählt hatte. Das hieß, dass sie etwas ganz für sich hatte, wie ein Geheimnis, an dem man festhalten konnte. Es tat ihr Leid, dass Marco »wegen eines leichten Unwohlseins« nicht dabei sein konnte. Ihre Mutter war gekommen und hatte ihnen aus der Entfernung einen Gruß zugerufen, sich aber sofort wieder zurückgezogen. Niedrige Tische. Zu trinken, was man wünschte. Dienstmädchen. Marcos Kindermädchen, selbst noch nicht zwanzig. Aber wegen seines Unwohlseins waren die Dienstmädchen heute bei ihm im Zimmer. Still die Nacht. Sanft die Brise. Die Motten schwirrten wie wild herum. Der *mayooko* summte ihnen in den Ohren. Sie saßen schweigend da. Loyaan hatte das Gefühl, er habe das schon einmal erlebt. Er spürte, dass er das alles schon gewusst hatte. Etwas in ihm sagte ihm, dass er schon einmal an derselben Stelle gesessen hatte, in demselben Schaukelstuhl, dass er aus demselben Glas getrunken hatte. Aber hatte er Margaritta auch schon gekannt? Hatte er sie in all den verschiedenen Weisen gekannt, in denen ein Mann eine Frau kennt? Hatte er? Eine innere Stimme: *Vergiss nicht, wer du bist, vergiss nicht, warum du hier bist, denke daran. Denk an deine Verantwortung.*

»Ihr Vater Keynaan ist äußerst peinlich, oder?«

Dieses Wort wieder. *Peinlichkeit. Peinlichkeit.*

»Ja, ja. Das ist er. Ja.«

»Heute Morgen hat mich jemand bei der Arbeit angerufen und mir nahegelegt, dass wir das doch nutzen könnten. Ein gemeinsamer Freund, jemand, der dachte, ich wäre begeistert, zu erfahren, dass Soyaan zum Helden der Revolution geadelt wurde.«

»Wer?«

»Jemand, der dachte, die ganze Welt würde interessieren, zu erfahren, dass Soyaan geadelt wurde.«

Sie hielt mit ihrer Handbewegung auf halber Höhe inne, was hieß: Wollte er seinen Whisky mit Eis oder pur? Er war unentschlossen, als sie schon ein paar Eisstücke ins Glas fallen ließ und sich vorbeugte, um noch mehr zu nehmen. Soyaans Unentschlossenheit darüber, ob er seinen Whiskey pur oder nicht wollte, war etwas, das ihr vertraut gewesen war. Er zog ihr das Glas unter dem drohenden Eiswürfel zwischen den Zähnen der Eiszange weg.

»Und was haben Sie zu diesem Mann gesagt, der Sie bei der Arbeit anrief?«

»Ich war sehr höflich.«

»Sie haben gesagt, dass ANSA Rom nicht daran interessiert sei, diese Nachricht zu kaufen – und andere Agenturen auch nicht. Sie haben gesagt, dass ANSA Rom nicht annehme, dass Soyaans Name die Kosten für das Telex und andere Übertragungswege lohne. Kurz gesagt, Sie haben festgestellt, dass Soyaans Name nirgendwo bekannt sei. Das haben Sie doch gesagt, oder?«

»Woher wissen Sie das?«

Das jüngere der Dienstmädchen brachte, auf Untertassen, gesalzene Erdnüsse herein, die aus Italien importiert waren. Sie stellte jedem eine Untertasse hin. Barfuß und still zog sie sich wieder zurück.

»Ich fragte Sie: Woher wissen Sie das?«

»Ich fragte Sie: Das haben Sie doch zu ihm gesagt?«

»Zu ihm?«

»Ja, zu ihm.«

»Gut, in diesem Fall ...«

Er hätte schwören können, dass er dieses Gespräch schon einmal geführt hatte. Er hätte schwören können, dass er vor langer, langer Zeit unter demselben Baum schon einmal einen Whisky *liscio* gehabt hatte. Obwohl sein siebter Sinn ihm sagte, dass sie wenig Vertrauen zu ihm hatte, dass sie noch nicht an den Punkt gekommen war, wo sie ihm restlos vertrauen würde. Ein Er und keine Sie. Wenn das so war, war es der Minister im Präsidialamt gewesen, der sie angerufen hatte? Jetzt, wo er gerade darüber nachdachte: Das war doch genau der Mann, der einmal Bezug genommen hatte auf eine »gewisse Frau, zu der Sie, Loyaan, Kontakt aufnehmen sollten oder die Kontakt mit Ihnen aufnehmen wird«. Geschah dies nicht lange vor allem anderen, lange bevor man eine Straße nach Soyaan benennen wollte, lange bevor er Staatseigentum wurde?

»Ich habe ihn, direkt nachdem Sie aufgelegt haben, angerufen.«

»Wen – ihn?«

»Den Minister im Präsidialamt.«

»Ach, ja?«

Er schwieg. Stattdessen regte sich die Nacht wie nach einem kurzen Schlaf. Die Fledermäuse wachten auf. Die Motten benahmen sich, als wären sie in Aufruhr. Eine Katze von außerordentlicher Hässlichkeit tauchte auf und verschwand wieder. Dann hörten sie auch Marcos Schreien. Als es wieder abklang, dröhnte ihnen das harsche Gebrüll von Margarittas Mutter in die Ohren. Sie gab dem einen Mädchen Anweisungen, Marcos Unterlage zu waschen, und dem anderen, das Kinderbett und das Spielzeug hereinzubringen.

»Ja. Sie haben den Minister im Präsidialamt angerufen.Und was dann, Margaritta?«

»Ich weiß nicht, wie weit Soyaan Sie mit seinen politischen Plänen und seinem Engagement vertraut gemacht hat, wie viel von seinem ›anderen Leben‹ Sie erfahren haben. Ich weiß, dass er über Sie immer so gesprochen hat, wie man über einen jüngeren Bruder redet, einen Mann, der politisch noch nicht so reif ist und den sozialen und politischen Druck nicht so bewusst wahrnimmt – in jeder Hinsicht ein jüngerer Bruder. Er hat zum Beispiel immer gesagt, dass Sie so gut organisiert und ordentlich sind, dass Sie nie etwas verlieren. ›Wer etwas verliert, hat eine größere Chance, etwas anderes wiederzufinden, das man schon verloren gegeben hat. Man muss etwas verlieren, damit man, während man danach sucht, etwas anderes wiederfindet, das man verloren gegeben hat.‹ Aber ich weiß auch gar nicht, wo ich anfangen soll, ich weiß nicht, was Sie wissen und was nicht, und ich will Sie natürlich auf gar keinen Fall mit den immer gleichen Banalitäten langweilen.«

Der Himmel, oder das, was er von ihm sehen konnte, erstrahlte in seinem sternenäugigen Exhibitionismus wie ein Pfau. Der Mond hauste in einem von einem Kreis eingefassten Pferch, umgeben von seinen Jungen, manche strahlend, manche weniger, manche auffällig, andere weniger. Margarittas Gesicht wurde angeleuchtet, als sie die Flamme des Streichholzes, das sie angerissen hatte, an die Zigarette in ihrem Mund hielt. Ein langer Zug auf Lunge, dann:

»Wussten Sie zum Beispiel, dass er derjenige gewesen war, der über alles Berichte schrieb, was mit den sowjetischen Beratern zu tun hatte, und insbesondere mit den zivilen Kräften, den Lehrern, Ärzten und, natürlich, ihrem ›Anhang‹ – das heißt, über alle Berater aus dem osteuropäischen, sozialistischen Block? Er war verantwortlich. Er sprach kein Russisch – eine unüberwindliche Schwierigkeit, gewiss. Aber er hatte ein Team von Somaliern, die die Sprache so gut sprachen, wie ein Somalier eben jede Fremdsprache spricht. Er hatte ein weiteres Team von sowjetischen Beratern, die Informationen über die anderen weitergaben und im Gegenzug über Soyaan und seine ›unsowjetischen Aktivitäten‹ berichteten. *Morale della storia*: Er hatte dünne Akten, eine Akte über jeden sowjetischen Berater in diesem Land, dünne Akten, die, da ohne Gewicht, wie eine Feder davonschwebten, während die Sowjetische Botschaft hier dicke Akten über jedes Mitglied des Teams hatte, so dick, dass Soyaan sie, als er einmal unbeobachtet in das Büro des Ministers im Präsidialamt ging und eine Akte in russischem Code über einen seiner Kollegen entdeckte, nicht hochheben konnte. Na, na, schauen Sie mal, interpretieren Sie mich nicht falsch, ich will gar keine Schlüsse ziehen, und ich möchte auch nicht, dass Sie es tun. Ich möchte bloß ...«

Die Motten wurden nervöser. Die Moskitos summten lauter. Die Brise war kühl. Als ihre Gläser leer waren, rief Margaritta einem der Dienstmädchen zu, ihnen mehr Eis zu bringen. Sie goss ihm *un dito* in sein Glas und schenkte noch einmal nach.

»In diesem Land herrscht das Gerücht. O.k.? Es gibt zum Beispiel das Gerücht, dass einer der Vizepräsidenten prowestlich ist. Natürlich hatte das überhaupt keine Bedeutung für Soyaan und für Sie auch nicht, will ich hoffen; aber in unserer sozialen Realität ist Stammestreue doch eine Forderung, ohne die man nicht leben kann. Dieser Vizepräsident ist ein Stammesgenosse Ihrer Mutter. Also. Dieser Vizepräsident war angeblich, so das Gerücht, derjenige, der Soyaan ursprünglich eingestellt hat, um über jeden sowjetischen Berater in diesem Land eine Akte anzulegen und über ihn zu berichten; über jeden Cubaner; über jeden Ostdeutschen. Dem Gerücht nach war es dieser Vizepräsident, der Soyaan vom Planungsrat ins Präsidialamt versetzen ließ.«

»Reden Sie weiter.«

»Aber als die Sowjets eine Regierungsumbildung verlangten, ergab sich für den General die günstige Gelegenheit, den derzeitigen Minister im Präsidialamt für diesen Posten zu nominieren. Ein in Russland ausgebildeter Offizier, gute Freunde, gute Kontakte, und so weiter, und so weiter. Innerhalb von einem Monat nach seiner Ernennung wurden die Akten dünner und waren nicht mehr so interessant, nicht mehr so faszinierend.«

Das Mädchen kam mit einem Krug voller Eis herein. Sie brachte ihnen außerdem neue Untertassen mit gesalzenen Erdnüssen. Sie stellte eine Untertasse vor Loyaan hin und eine vor Margaritta. Sie räumte die leeren Untertassen ab und den leeren Krug. Sie zog sich zurück.

»Woher wissen Sie das alles?« fragte Loyaan.

Ein Eiswürfel in ihr Glas. »Stellen Sie sich auf eine verwickelte Geschichte ein.«

»Das habe ich schon.«

Sie prostete ihm zu, ehe sie einen Schluck trank.

»Meine Mutter ist Somalierin, das wissen Sie ja. Das bedeutet, dass auch ich somalische Stammesgenossen habe. Und der Minister im Präsidialamt ist der Sohn von einem der entfernten Cousins meiner Mutter. Er und ich sind sogar in mehr oder weniger der gleichen Umgebung aufgewachsen. Na ja, das stimmt nicht ganz. Besser gesagt, er kam immer zu uns, und meine Mutter füllte die skeletthaften Überreste eines niemals weichenden Gespenstes mit nahrhaftem Essen und Leben.«

»War er auch einmal Ihr Liebhaber?«

»Jetzt werden Sie indiskret.«

Beide mieden das Thema.

»War er es, der Sie Soyaan vorgestellt hat?«

»Nicht ganz so.«

»Er hat wieder und wieder von ihm gesprochen, und schließlich haben Sie ...«

»Irgendwie so.«

»Wie denn nun?«

»Ich ging mit dem Minister im Präsidialamt auf eine Party und traf dort Soyaan, der sich (anders als Sie) erinnern konnte, dass wir uns vor Jahren in Italien kennen gelernt hatten.«

»Anders als wer?«

»Ja, anders als Sie.«

»In welcher Hinsicht?«

»Um auf das besprochene Thema zurückzukommen ...«

»Nein, nein. Bitte.«

»Was?«

»Das interessiert mich.«

»Soyaans Telefon wurde abgehört, alles war völlig verwanzt ... Was ist denn nun los? Möchten Sie nicht, dass ich weitermache, Ihnen mehr erzähle? Also, soll ich?«

Loyaan stand plötzlich auf.

»Dieser Whisky erreicht die gehemmten Adern meines islamischen Puritanismus und zerstört meine Widerstandskraft. Ich muss etwas essen. Ich brauche einen vollen Magen, um das alles ertragen zu können.«

Sie sah zu ihm auf. »Ich schau mal nach, was im Kühlschrank ist. Wir können hier was kochen.«

»Nein, nein. Lassen Sie uns essen gehen.«

»Essen gehen?«

Er drückte die Zigarette mit dem Absatz aus.

»Ich lade Sie zum Essen ein.«

»Wirklich, Loyaan ...«

»Anders als Soyaan ...«

»Ja?«

»Kommen Sie. Ich lade Sie zum Essen ein. Bitte. Kommen Sie.«

Ein kleines Mädchen von kaum vier, splitterfasernackt, betrat das Restaurant und kam geradewegs an den Tisch, an dem Loyaan und Margaritta saßen. Es nahm Loyaans Glas und schickte den Obstsaft mit einem einzigen atemlosen Schluck seine laute Kehle hinunter. Loyaan und Margaritta starrten das Mädchen schweigend an, während der Kellner mit der ungerechtfertigten Wut des Untergebenen über es herfallen wollte. Mit einer wohlüberlegten Bewegung, indem sie die Hand hob, gelang es Margaritta, den erhobenen Arm des Mannes zu stoppen: Sie sagte ihm, er solle das kleine Mädchen in Ruhe lassen. Das kleine Mädchen dagegen ging so aufsässig und still wieder hinaus, wie es hereingekommen war. Es verhielt sich so, als hätte es nichts Falsches getan. Es sah kurz den wütenden Kellner an, bevor es im heulenden Wind und Staub der Nacht verschwand.

Loyaan und Margaritta waren beeindruckt.

»Ich lernte Soyaan und Sie am gleichen Abend vor Jahren in Bologna kennen, als wir Studenten waren, Sie in Bologna, Soyaan in Rom und ich in Padua. Ich war zu der *dibattito* über ›*Marxismo e il continente nero*‹ gekommen, die unter der Schirmherrschaft des Consiglio Regionale die Communisti Militanti abgehalten wurde. Sie waren da mit einer Frau – Italienerin, kleine Nase, hübsches Gesicht, sie trug eine Brille – und sie klebte total an Ihnen. Soyaan war alleine gekommen. Ich kam mit meinem früheren Ehemann. Medina war da ...«

»Medina?«

»Medina, die Journalistin. Ihr Bruder Nasser. Ahmed-Wellie war da, all die studentischen Aktivisten, auch Xassan Guante, Razak – und all jene, die während dieser heißen Monate die Somalische Botschaft in Rom besetzten. Soyaan hatte an dem Abend das Wort ergriffen. Die Wände und Räume im winterlichen Bologna hallten von seiner eindringlichen Stimme wider. Er fiel auf als der Vernünftigste unter all jenen, die aufstanden, damit die Mikrophone die Unmittelbarkeit ihrer sinnlosen Phrasen, die sie äußerten, aufnahmen und verstärkten, damit alles aufgezeichnet werden konnte. Wissen Sie noch, dass Sie mich geschnitten haben?«

»Mit wem waren Sie da?«

»Mit meinem früheren Ehemann.«

»Sie waren schon mal verheiratet?«

»Ja?«

»Wer war Ihr Ehemann?«

»Ein Italiener.«

»Und wo ist er?«

»Wo Italiener normalerweise sind: in Italien. Wir sind getrennt, schon seit sechs Jahren, und er lebt mit einer anderen Frau zusammen, in Rom, nehme ich an. Warum fragen Sie mich das alles?«

»Das Kind. Soyaan. Dieser andere Mann.«

»Der Minister im Präsidialamt?«

»Nein. Ihr früherer Ehemann. Jetzt haben Sie einen vierten mit hineingezogen, und es gibt noch mehr Komplikationen.«

»Ich habe Liebe für Soyaan empfunden. Nicht für meinen Mann. Ich habe Marco geboren. Er ist jetzt mein, so wie er auch noch mein sein wird, wenn die Gerichte die Ehegesetze überprüfen, Scheidungen anerkennen oder nicht anerkennen. Ich kann keine Komplikationen erkennen.«

»Wenn Sie keine erkennen, dann tue ich es auch nicht.«

In diesem Augenblick konnte niemand anders als der Kellner erscheinen. Er kam lächelnd an den Tisch. Mit ausgestreckten Armen balancierte er die Teller: *zuppa di pesce* und eine Scheibe Brot for Loyaan; *ein scaloppina alla Milanese* und einen gemischten Salat für die Signora. Ob der Signor jetzt vielleicht den *secondo* bestellen mochte? Der Kellner brachte ihnen eine getippte Speisekarte, die mit einer Plastikhülle vor der zerstörerischen Luftfeuchtigkeit von Mogadischu geschützt wurde. *Capocetto Nero*: der Name des Restaurants. Man konnte glauben, man sei in der italienischen Provinz – das Essen in den Vitrinen, die Einrichtung, die Tischdecken und die Art, wie sie gewechselt wurden. Loyaan wollte im Moment noch nicht die Speisekarte studieren. Später dann. Und wie war es mit der Signora? Ob sie einen *vino sciolto* wünschten? Oder einen Chianti? Oder Barbera? Was? Obwohl der Kellner sein Italienisch mit starkem somalischem Akzent sprach, sorgte er dafür, dass Loyaan und Margaritta in Gedanken für einen Augenblick nach Italien zurückkehrten. Jeder lebte in einer anderen Welt. Jeder hatte andere Freunde und Bekannte. Sie lebten ja auch in verschiedenen Städten. Loyaan gab dem Kellner einen Wink, sich zu entfernen. Was Margaritta anbelangte, so presste sie ihre Zitrone aus, schnitt ihre *scaloppina alla Milanese* in kleine Bissen; er aß seine *zuppa*.

Dann:

»Was war Ihre erste Reaktion auf die Nachricht, dass Soyaan zum Helden der Revolution erklärt und eine Straße nach ihm benannt werden sollte? Wie haben Sie auf Keynaans Interview in der Zeitung reagiert?«

Sie lehnte sich ein wenig zurück, als wollte sie ein Bild, das sie schon kannte, noch einmal neu in Augenschein nehmen. Ihre Züge zogen sich zusammen, ihr Gesicht nahm einen konzentrierten Ausdruck an, aber sie verharrte lange, lange Zeit in Schweigen. Dann beugte sie sich vor und nahm eine Gurkenscheibe, die sie auf ihren Teller mit der *scaloppina* legte, salzte sie und aß sie dann. Sie legte die Gabel hin, behielt aber das Messer in der Hand.

»Ich bin nach Hause gegangen und habe das Memorandum noch einmal gelesen.«

»Welches Memorandum?«

»Das Memorandum, das Sie suchen.«

»Natürlich.«

»Ich bin nicht *sie*. Sie haben keinen Grund, mit mir Verstecken zu spielen. Ich bin nicht *sie*. Also haben Sie keine Angst. Niemand wird im Morgengrauen an Ihre Tür klopfen. Und ich bin italienische Staatsbürgerin. Und ich arbeite für die ANSA. In Ordnung?«

Ein schwaches Kopfnicken bestätigte das. Sie sprach weiter.

»Ich spreche von dem Memorandum, auf das der Minister im Präsidialamt Sie am Tag der Beerdigung angesprochen hat. Ich spreche genauer gesagt von einem der Memoranden, das ich selbst besitze. In Ordnung?«

»Von einem der Memoranden?«

»Ja, von einem.«

»Wie viele existieren denn?«

»Sagen wir mal, ich weiß von zweien.«

»Und wo ist das andere?«

»Schreien Sie doch nicht.«

»Ich schreie nicht«, schrie er.

»Entschuldigung.«

»Wo ist das andere?«

»Dieses Gespräch läuft aus dem Ruder.«

»Das habe ich schon mal gehört.«

»Das werden Sie auch noch mal hören.«

Beruhige dich, Loyaan, sagte die innere Stimme. *Reiß dich zusammen. Zähl bis zehn. Eins. Zwei. Drei. Mist! Inzwischen: Berühr etwas. Mach dich wieder vertraut mit der Festigkeit des Raums. Iss einen Löffel Suppe. Du bist in einem Restaurant in Mogadischu. Du führst ein Gespräch mit Margaritta. Wer ist sie? Sieh sie dir an. Hab keine Angst. Ist sie real? Auf wessen Seite ist sie? Hör ihr zu.*

»Soyaan hat mehrere knappe, stichwortartige Memoranden geschrieben. Knapp, warum knapp? Dafür gab es praktische Gründe. Da sie halbe Analphabeten waren, fingen der General und die Mitglieder seiner Oligarchie gar nicht erst an, ein Memo zu lesen, wenn es zu lang war: Und er hat es, wann immer es möglich war, vermieden, den Jargon aus den Schriften der Linken zu benutzen. Außerdem wollte er sich disziplinieren. Einige davon hat er unter Stress geschrieben: Es gab die, mit denen der schon erwähnte Vizepräsident ihn persönlich beauftragt hatte. Also die waren offiziell in Auftrag gegeben, und ich weiß absolut nicht, wo sie jetzt sind.«

»Wo ist das andere?«

»Wollen Sie nicht wissen, worüber sie sind?«

»Wenn ich sie sehe, kann ich sie selber lesen, es sei denn, sie wurden im russischen Code abgefasst. Ich vermute, dass Soyaan dazu nicht in der Lage war. Sein Russisch war praktisch nicht existent, trotz seiner zahlreichen Reisen dorthin.«

»Wo Sie gerade die Reisen nach Russland erwähnen – wissen Sie noch, wer die wichtigte somalische Delegation angeführt hat, die je die Sowjetunion besucht hat? Wissen Sie noch, wann Soyaan das erste Mal dorthin gefahren ist?«

»Was war denn so wichtig daran?«

»Es geschah auf dieser Reise, dass dieses Projekt zum ersten Mal erwähnt wurde und Soyaans leere Landkarte mit diesem gewissen Reiz füllte, der seine Wissbegierde erregte; etwas zu untersuchen, was von nationalem Interesse war, das hatte er immer schon gewollt. Also, wer hat die Delegation angeführt?«

»Derselbe Vizepräsident, der angeblich prowestlich ist, ja?«

»Ja.«

Gabel gegen Messer. Der Kellner kam, um ihr Interesse auf die Gerichte in den Vitrinen zu lenken, da die Küche inzwischen geschlossen war und es nichts Warmes zu essen mehr gäbe. Nur noch Kaffee oder Cappuccino. Als er allerdings sah, dass keiner von beiden aufgegessen hatte, was er ihnen schon vor einer halben Stunde aufgetischt hatte, zog sich der Kellner zurück, versprach aber, wiederzukommen, wenn man ihn rief.

»Sie haben von der Existenz zweier Memoranden gesprochen. Sie sagten, dass eins davon in Ihrem Besitz sei. Wissen Sie, wo das andere ist? Wissen Sie, wo ich das andere vielleicht finden könnte?«

»Ich bin mir nicht ganz sicher.«

»Sie sind sich nicht ganz sicher?«

»Ich bin nicht sicher, ob die Person, die meiner Meinung nach vielleicht weiß, wo es ist, jemand ist, den ich in diesem Stadium schon erwähnen sollte. Ein guter Freund von Soyaan und auch von mir.«

»Wie lautet der Name dieser Person, bitte?«

Ihren Augen wurden hart, ihr Blick streng. Sie starrte ihn an. Sie schob ärgerlich ihren Teller beiseite, sie kreuzte Messer und Gabel wie Soldaten die Gewehre, wenn sie sich ausruhten.

»Sie benehmen sich wie diese französischen Polizisten in der Nähe von St. Michel, die in dem Augenblick, wo sie jemanden erblicken, der wie ein Algerier aussieht, mit der ausgestreckten Hand auf ihn zugehen und wie Bettler schreien, was sie wollen – nur dass sie nicht ›Almosen, bitte‹ brüllen, sondern ›*Document, s'il vous plait*‹. Sie glauben, sie haben das Recht, so zu handeln ... den Namen, bitte. Und Sie, mit der flachen Hand auf dem Tisch, sehen mir in die Augen: ›Den Namen, bitte.‹«

Die innere Stimme gab ihm einen guten Rat. *Beruhige dich, sag gar nichts. Sie ist nicht wütend auf dich, und sie hat auch gar keinen Grund dazu. Sie hat gerade einen Streit mit Soyaan.* Also: Entschuldige dich.

»Entschuldigung.«

»›Den Namen, bitte‹«, parodierte sie ihn.

Der Anflug eines echten Lächelns, das sie versteckte wie ein Kind die Lust am Einnässen, die Augen niedergeschlagen, aber ihr Ausdruck entspannt. Sie griff nach ihrer Gabel und spießte eine Tomatenscheibe auf, die sie salzte und aß. Sie griff in ihre Handtasche. Aus dem Durcheinander von Puderdosen, Tampons und Krimskrams, den eine Frau mit ihrem Hintergrund mit sich führt, fischte sie einen Kugelschreiber und ein Stück Papier. Sie schrieb den Namen auf den Zettel. Sie gab ihm den Zettel.

»Danke.«

Aber warum war sie plötzlich so vorsichtig? *Guck dir an, was vor dir liegt, Blödmann. Buchstabier es: Ibrahim. Sag es dir vor. Ibrahim.* Hatte sie die langen Vokale mit den kurzen verwechselt? Hatte sie die somalischen Vokale falsch transliteriert?

»Ibrahim?« fragte er leise. »Meinen Sie den Ibrahim, der den Spitznamen Il Siciliano trägt? Ich kenne ihn persönlich nicht. Aber ist es der, den Sie meinen?«

»Ein äußerst sanftmütiger Mann.«

»Und Sie glauben, er hat es?«

Sie blickte sich nach allen Seiten um, als sei sie misstrauisch. Sie konnte ihm doch ganz bestimmt vertrauen, oder? Außerdem hatte er den Namen schon mal gehört. Von seiner Mutter, oder war es Ladan? Was machte der Mann? Wo konnte Loyaan ihn finden? Was für eine Rolle spielte er in dieser Persiflage?

»Diese Sekretärin/Schreibkraft, die die Staatssicherheit verhaftet hat und foltert: Haben Sie davon gehört?«

»Ja?«

»Das ist seine Schwester.«

»Dann ist das also Ibrahim, Il Siciliano.«

»Ja, ja. Das ist er.«

Zeit, um sich von dem Schock zu erholen. Dann:

»Ibrahim, Il Siciliano. Natürlich.«

»Er heißt Ibrahim Musse Ilmog.«

Sie waren inzwischen allein im Restaurant. Sie bekamen die Rechnung, ohne überhaupt darum gebeten zu haben. Loyaan bezahlte, trotz Margarittas *femminista*-Kommentaren über die Gleichheit der Geschlechter, die Rechnung. Er gab dem Kellner außerdem ein großzügiges Trinkgeld.

»Wo fahren wir jetzt hin? Wollen Sie mir nicht das Memo geben?«

»Es gibt etwas anderes, das ich Ihnen zeigen möchte.«

»Ich möchte das Memorandum sehen.«

»Heute Abend nicht. Es ist in meinem Banksafe. Ich habe es nicht zu Hause. Ich werde morgen hingehen und es holen. Nein, es gibt etwas anderes, das ich Ihnen zeigen möchte. Ich bringe Sie dann später nach Hause.«

»Was?«

»Gehen wir.«

In einem Auto, das schnell heimwärts fährt, Margaritta:

»Afrika wurde fast ein Jahrhundert lang mit der eisernen Hand europäischer Kolonialinteressen verwaltet: Sie regierten Afrika, als wäre es eine Folterkammer. Afrika kennt die Stahlrute, die Peitsche, die Daumenschraube, das Abschneiden der Hoden: Afrika wurde so oder so erniedrigt. Ich sage nichts Neues, wenn ich hinzufüge, dass die kolonialen Mafias, ob es sich nun um Briten, Franzosen, Belgier, Spanier, Portugiesen oder Italiener handelte, die im Namen der zivilisierten Welt ihre Kolonien barbarisch und brutal verwalteten, es zu keinem Zeitpunkt für angebracht hielten, den untermenschlichen Untertanen unter ihrer Verwaltung die gleichen demokratischen Rechte zu gewähren, die sie selbst besaßen, sowohl in ihren Heimatländern als auch in ihren privilegierten Positionen als Regenten, Vizekönige oder Gouverneure. Für die Kolonien schufen sie eine kleine Elite, die in ihrer Scheinwelt so tat, als könne sie sich messen mit ihren europäischen Klassenkameraden, ihren Kommilitonen. Aber warte.

Die Sechzigerjahre in Afrika waren Jahre der bunten Krawatten, des fröhlichen Lächelns, der Gruppenfotos; die Sechziger waren zivil. Flugzeugladungen von Beratern. Partys nach Mitternacht. ›Bürgerrechte‹. Parlamentswahlen, ob mit/wegen/ohne politische Überzeugungen. Es war ein Afrikaner, der nun den Stuhl des Europäers wärmte, während die Unzufriedenheit der Massen Tag für Tag, Nacht für Nacht wuchs. Afrika: eine Bilderbuch-Nachahmung europäischer Werte und westlichen Denkens. Die Seiten der Sechziger wurden nicht immer mit den leuchtenden Lettern hoffnungsfroher Glückseligkeit und Naivität geschrieben, die falsche Unabhängigkeit in den Menschen auslöste. Es gab keine gleichmäßige Verteilung der Verantwortung; es gab die wirtschaftliche Abhängigkeit von den multinationalen Konzernen, der frühere europäische Kolonialherrscher kehrte als UN-Experte zurück, und so weiter, eine Unterbrechung der Geschichte und der traditionellen Methoden der Kolonialherrschaft. Kamen die Siebzigerjahre. Militärputsche. Unverhüllte Diktaturen. Wir sehen ein Afrika, das in eine Zeit ›zurückversetzt‹ wird, die es schon einmal durchlebt hat, die Zeit der europäischen Diktatur, der Konzentrationslager. Afrika ist wieder eine Folterkammer. Afrika ist Erniedrigung. ›Afrika‹, sagte Soyaan immer, ›ist mir peinlich.‹ Was ist aus der Elite geworden, die diese falschen Hoffnungen in den Herzen der afrikanischen Massen wiedererweckt hatte? Einige haben quälende Jahre in Haft verbracht oder verbringen sie noch. Die meisten haben ihre Länder verlassen. Jobs bei der UNESCO, FAO; Jobs in den ölreichen Golfstaaten.«

Sie fuhr langsamer. Sie nahm eine Kurve.

»Was ist mit den Ländern, in denen immer noch ›die falsche Demokratie der Sechziger‹ herrscht, Ländern wie Senegal, sagen wir, oder Kenia?

Das eine ist im Grunde eine Kolonie Frankreichs, das andere ein riesiges Konzentrationslager, das von einer Kikuyu-Oligarchie und den britischen Siedlern beherrscht wird.«

Wieder eine sandige Kurve. Der Wagen schlitterte ein wenig. Margaritta verlor beinahe die Kontrolle über die Lenkung, hatte sie aber sofort wieder im Griff und seufzte. Sie schaltete runter.

»Willst du damit sagen, dass Afrika dieselbe oder fast dieselbe Folterkammer ist wie damals, als die Kolonialmächte hier waren? Oder willst du sagen, dass die afrikanischen Diktaturen nichts als die Neuerschaffung derselben Methoden und Dinge sind, die diese Berufssoldaten von ihren Kolonialherren bei den härtesten Kämpfen gelernt haben?«

»Oder so etwas Ähnliches.«

Eine Kurve, die in einer Sackgasse endete. Margaritta fuhr langsamer. Sie schaltete das Abblendlicht ein, ließ es an und aus flackern. Das war vielleicht die letzte Kurve, in die sie einbogen, denn sie hatte angehalten und war aus dem Wagen gestiegen. Sie öffnete vorsichtig das erst kürzlich frisch gestrichene grüne Tor, kam zurück und schaltete den Motor aus.

»Wir sind da.«

Er folgte ihr hinein, ohne ein Geräusch zu machen.

Für Loyaan den Schaukelstuhl und für Margaritta den, auf dem sie gesessen hatte, bevor sie ins Restaurant aufgebrochen waren. Aber sie war ins Haus gegangen (er sagte, dass er wirklich lieber im Garten sitzen würde, wo die Drinks waren) und kam zurück mit dem gerahmten Foto von ihrem Marco, als er einen Monat alt war. Klein wie die Faust eines Erwachsenen hatte Marco sich zusammengerollt, nur so lang wie ein Ringfinger. Sie montierte den Rahmen ab. Sie zeigte Loyaan die Inschrift, die Soyaan auf die Rückseite des Fotos gekritzelt hatte, in seiner winzigen Handschrift. Loyaan las wieder und wieder Soyaans Glückwünsche für »meinen Sohn, meine Liebe, meinen einzigen, wirklich einzigen«. So eine winzige Schrift. Loyaan hatte Mühe, sie zu entziffern. Er hielt sie weiter weg von seinen Augen. Die Glühbirne leuchtet am hellsten, wenn es still ist, dachte er. Er las:

Auf dem Hügel schlagen die Lichter der Stadt hoch
Aber hier auf den Feldern legt sich die stille Dämmerung zusammen
Ein Mann liegt in einem Graben. Er lauscht angespannt ...
Sie kommen, und er kann nicht mehr weiter laufen
Er wird sterben.

Sie haben ihm seine Peitsche und sein Gewehr abgenommen
Er wird sterben, dieser verfluchte Sohn. Der erste Verfolger
ist hier. Die Dunkelheit ist bereit, ihn aufzugeben
Er hat höchstens noch hundert Atemzüge ...
Der Leib des Mannes wird unter Kalk verrotten, und das bald
Aber die Paraden haben seine Uniform marschieren gelehrt.
Die Jäger kommen näher: Spüren sie die Gefahr?
Wenn sie seinen Körper in Stücke reißen, werden sie dann
Einen Seufzer hören, wenn sein Geist in die Luft gesogen wird
Die *sie* atmen müssen?...

Und wer wird *sie* retten,
Wenn sie nach all den Jahren und all den Toden
Eine Welt finden, noch immer ohne Mitleid, eine Straße
Wo kein Gras der Liebe über dem harten Stein wächst.

Er sah sich das Datum an, das Soyaan unter der Inschrift notiert hatte: vor drei Monaten. Und ganz oben am äußersten Rand stand das mannigfaltige Hindusymbol M. M mal 2: Margaritta und Marco; Margaritta und »meine Liebe, mein Sohn, mein wirklich einziger«. I/M und Projekt-Genosse: Ibrahim und Margaritta: Genossen in meinen Projekten? Oder stand der Buchstabe M hier für die Namen von Margaritta, Marco und Ibrahims Schwester? Wie war ihr Name? Mulki? *»Er wird sterben, dieser verfluchte Mann. Der erste Verfolger ist hier.«*

Er hat höchstens noch hundert Atemzüge ...
Aber die Paraden haben seine Uniform marschieren gelehrt
Wenn sie seinen Körper in Stücke reißen, werden sie dann
Einen Seufzer hören, wenn sein Geist in die Luft gesogen wird
Die *sie* atmen müssen?

Hatte er das Gedicht zufällig ausgewählt? Hatten diese religiösen und militärischen Metaphern mehr Bedeutung, als man beim ersten Lesen wahrnahm? Was war vor drei Monaten geschehen? Warum hatte er dieses besondere Datum gewählt? Warum hatte er das *sie* unterstrichen?

»Das war an dem Tag, an dem die zehn Scheichs hingerichtet wurden. Genau an dem Tag.«

Loyaan, der ein Gefühl der Täuschung empfand, gab einen Grunzlaut von sich. Er sagte erst wieder etwas, nachdem er das Foto in den Rahmen gesteckt hatte. Er schaute in Marcos stille Augen, der wieder nur knöchelgroß war. Dann:

»Kannten Sie ihn persönlich?«

»Wen?«

»Ibrahim Il Siciliano, so spricht man seinen Namen doch aus.«

»Ja. Er ist außerdem ein guter Freund von Ahmed-Wellie.«

Seine Stimme zitterte, weil das Geheimnis, das er vor ihr verbarg, zum Geständnis drängte. Denn Loyaan begann jetzt Ahmed-Wellie zu verdächtigen, dass er vielleicht ... nein, das war jetzt nicht so wichtig.

»Und seine Schwester?« sagte er plötzlich.

»Was ist mit ihr?«

»Wissen Sie, wie sie heißt? Wissen Sie, was ›M mal 2‹ bedeutet?«

»N wie in Nimrod?«

»Nein, M wie in Machiavelli.«

»Was soll das alles bedeuten?«

»Kennen Sie Mulki?«

»Nein, kenne ich nicht. Warum? Hat das was mit dem Interview zu tun?«

Mit einem Schluck stürzte er seinen Drink hinunter.

»Womit können wir Soyaans Freunde denn davon überzeugen, dass er seinen Prinzipien bis zum Tode treu geblieben ist?«

»Die Menschen sind im Herzen böse. Ich kann meinen Freunden nicht in die Augen schauen.«

»Sehr peinlich.«

»Soyaan hat auf bestimmten Zetteln, die sich in seinen Hosen- und Hemdtaschen fanden, ein rätselhaftes Alphabet aus Anfangsbuchstaben entwickelt. Ein rätselhaftes Alphabet wie ›M mal 2‹, wie ›I Schrägstrich M‹ im Zusammenhang mit einem Projekt. Merkwürdige Dinge, ja. Aber sie scheinen eine Bedeutung zu haben. Für den Anfang können wir sein rätselhaftes Alphabet dechiffrieren.«

»Erklären Sie mir das.«

»Wie M mal 2. Mogadischu – Moskau.«

»M mal 2?«

Seine Zunge wurde dick in dem schmierigen Teich aus Drinks. Margaritta goss ihm mehr ein, als er wollte. Sie schenkte sich noch einen *dito* ein. Sie erhoben ihre Gläser.

»Margaritta und Marco.«

»Loyaan und die Familie.«

Der Drink war ihm spürbar zu Kopf gestiegen und lähmte sein Denkvermögen so plötzlich, dass es Margaritta ganz unvorbereitet traf. Sie musste ihn jetzt, solange sie noch konnte, nach Hause bringen. Also stand sie auf, reckte die müden Arme und öffnete den Mund. Sie schlug vor, ihn mit dem Auto nach Hause zu fahren, bevor sie beide einschliefen. Sie brachte ihn dazu, aufzustehen. Sie half ihm aus dem Stuhl (sie war beinahe so groß wie er) und schließlich ins Auto. Sein Hals entspannte sich in der Formlosigkeit des Schlafs, sobald sich der Wagen in Bewegung setzte; sein Kopf schwang hin und her wie ein Pendel, das die nicht geschlafenen Stunden vergangener Nächte zählte; seine Zunge, schwer wie ein gemästeter Bulle, schnarchte die unausgesprochenen, unzensierten Träume dieser quälenden Tage und Abende. Als sie heftig bremste, fiel er nach vorn, mit der Stirn zuerst.

»Wir sind zu Hause, und die Lichter sind an«, sagte sie. »Kannst du allein warten, bis die Tür aufgeht, oder willst du, dass ich deiner Mutter und deiner Schwester begegne, die mich dann verfluchen und all das?«

»Denkst du, dass ich betrunken bin?«

Ein Fenster öffnete sich. Dann die Tür. Qumman. Dann Ladan. Die beiden Frauen näherten sich dem Wagen, jede ging langsam, und sie hielten die Hände schützend über die Augen.

»Wer ist es?« Qummans Stimme klang angstvoll.

Loyaan öffnete die Autotür, aber sein linkes Bein stolperte über das rechte, und er fiel hin. Das war eine hässliche Szene für Margaritta. Sie öffnete ihre Tür und stieg aus. Aber bevor sie um den Wagen ging, um Loyaan aufzuhelfen, hörte sie:

»Das können wir selber tun. Machen Sie keine Anstalten. Und gute Nacht.«

Die Lichter waren an, wie sie schon vor seiner Rückkehr die ganze Nacht an gewesen waren. Qumman und Ladan fanden keinen Schlaf, weil sie sich Sorgen machten. Außerdem: Ibrahim Il Siciliano war gekommen und hatte nicht weniger als fünf Stunden lang gewartet. Er hatte weder Mutter noch Schwester irgendwelche geheimen Informationen geben wollen. Allein hatte er Kette geraucht, gelesen und gewartet. Hatten sie Loyaan abgeholt? war die Frage, die sich alle drei in Gedanken stellten. Gott sei Dank war er wieder da.

Er war zu betrunken und zu schläfrig, als dass sie ihm von diesem wichtigen Besuch erzählt hätten.

Kurz vor Tagesanbruch schreckte er auf und wurde schweißgebadet wach. Er wurde verfolgt, er wurde von einem einarmigen Bettler in grünen Lumpen gejagt, der irgendeine Uniform mit Sternen trug. Der Einarmige trug eine Waffe in seiner nichtamputierten Hand, und direkt hinter ihm war ein anderer Mann mit einem Hund an der Leine. Diese drei jagten Loyaan in einem riesigen Haus die Treppen hinauf und hinunter. Und während er vor ihnen davonrannte, hatte er die gerahmte Fotografie des Ministers im Präsidialamt gesehen, und sie nahm den Platz direkt neben dem Bild des Generals ein. Er hatte einen Namen gerufen, bevor er aufschreckte und schweißgebadet erwachte. Er hatte den Namen Ibrahim gerufen. Nun, da Mulki gefoltert worden war, nun, da sie sich geweigert hatte, zu kooperieren, waren die Männer der Staatssicherheit gekommen, um Ibrahim zu holen. Er sollte an die Wand gestellt werden, sagte jemand. »Nein, nein, er soll es nicht!« hatte Loyaan geschrien. »Erschießt mich stattdessen.«

Qumman und Ladan wechselten sich ab und saßen sorgenvoll an seinem Bett, bis die Sonne erwachte.

Neun

Wie eine alte Frau, jenseits der hundert Jahre, eine alte Frau, die auf ihrem Bauch auf einem Bett unter freiem Himmel liegt. Ganz in ihrer Nähe ist ein kleines Kind, das verspielt an einem Knäuel herausgerissener Radiokabel herumfummelt. Sie hört, wie das Kind vor Freude gluckst, wahrend es das Kabel zerbeißt und zerkaut, und ist selbst zufrieden, weil das Kind es ist. Hinter den beiden, ein paar hundert Meter entfernt oder so, in westlicher Richtung, liegt ein offenes Grab. Daneben liegt ein Grabhügel.

Loyaan stand jetzt vor einem imposanten Gebäude, das der ganze Stolz des Bauministeriums gewesen war. Damit hatte das Ministerium das Vertrauen des Generals erlangt; der zuständige Minister wurde geehrt, erhielt einen Orden mit einem Stern. Mit dieser gewaltigen Monstrosität war bewiesen, dass auch ein Einheimischer etwas Hässliches bauen konnte, wenn sich ihm die Gelegenheit dazu bot. Von Anfang bis Ende, beginnend mit den Blaupausen, während der Planungsphase, während das Fundament ausgegossen wurde, wurde der Bauplan dem General zur Zustimmung vorgelegt und erläutert. Natürlich sagte ihm keiner, dass man sich an Mussolinis Ära der ENI-Bauten und am Baustil Stalins orientiert hatte. Die Architekten und die Bauingenieure führten liebenswerte Gespräche mit ihm. Sie wurden zum Gedenken mit einem Gruppenfoto dokumentiert, das in der einzigen Tageszeitung erschien. Der Bauleiter akzeptierte alle Änderungsvorschläge des Generals, ohne sie zu prüfen. Natürlich wusste er es besser. Hört, hört! Und seht den General, wie er vor den Gelehrtentalaren der Juristischen Fakultät steht, vor den zukünftigen Akademiemitgliedern und den Mitgliedern des Diplomatischen Corps. Hört seine Jungfernrede! Dies ist das Jahr des Gerichtswesens. Hört, wie er stottert. Und horcht: Ist er wahnsinnig? Wie kann er von Gerechtigkeit sprechen, wenn er im gleichen Atemzug Institutionen wie die Staatssicherheit oder die Schnellgerichte der Staatssicherheit nennt? Horcht auf seine Stimme wie ein empfindsamer Tonmeister auf die Maschine, wenn er ein Band nach Kratzern abhört, und ihr werdet seine Angst spüren, ihr werdet begreifen, warum er stottert, wenn er von sozialer Gerechtigkeit spricht.

Uuh, die Kopfschmerzen, der Kater von gestern Abend. Wie peinlich auch für Margaritta, wie peinlich für alle. Bekam er etwa wieder seine Migräne? Wie der Schmerz hämmerte, seinen Kopf spaltete, wenn er sich meldete, wenn er kam, wie weh das tat. Er war zu der Verabredung mit Ibrahim eine halbe Stunde zu früh gekommen. Um genau zu sein, er war sechsunddreißig Minuten zu früh. Ja, er spürte noch die Last von seinem und Mutters stummem Blick, der ihm so peinlich war und besagte: »Wie kannst du von mir erwarten, *naiv,* wie du bist, dass ich Margaritta in den Arm nehme, ihr Kind als Soyaans Kind akzeptiere und sie als seine Frau?« Er stützte den Kopf in die Hände. Er saß jetzt dort auf einer Bank.

Im sonnigen Hintergrund erweckte das Gebäude den Eindruck, als sei es just in diesem Augenblick dem Schutt und dem Abfall überall entsprossen. Denn gleich dahinter, den Abhang hinunter, erstreckte sich eine Asphaltstraße, die es von den Steinhäusern absetzte, die mit der braunen Erde verschmolzen waren und die im Laufe der Zeit alles schlucken würde. Die Steinhäuser von Shanganni, so schien es, hatten dem Wetter und den Launen mächtiger Regierungen und Männer getrotzt. Er stand auf. Er zündete sich eine Zigarette an. Er sog den Rauch tief in seine Lungen und genoss das Gefühl, wie er sich in seinem Innern ausbreitete. Er entfernte sich von dem Gebäude – sah, wie es sich im Glas der Fenster spiegelte, und stellte es sich vor wie ein riesiges Schiff, das in stürmischen Wogen und im Staub versank. Loyaan wandte sich in Richtung Meer.

Das Meer sprühte Gischt, es schäumte, es flirtete mit der Sonne, die es reizte. Das Meer toste. Es veranlasste Loyaan, sich eine Zeile vorzusagen, an die er sich nur halb erinnerte. Und in der Ferne, wellenweit in der Vergangenheit: die Zwillinge. Da waren Schiffe, die fremde Flaggen hissten, große und kleine Boote, die Bananen und andere Güter transportierten, Schiffe, die den

Anker ausgeworfen hatten. Und aus der blauen Klarheit der Wasser taucht Keynaan auf, der Tyrann: In seiner rechten Hand hält er einen Knüppel an seinem dicken Ende; in seiner linken den Plastikball, den er entzweigerissen hat, den Plastikball, auf den die Zwillinge gemeinsam einen vollständigen und illustrierten Mini-Atlas gemalt hatten. Eine Welt ohne Grenzen. Eine Welt aus ihren eigenen Fantasien. »Ich will nicht, dass ihr alles glaubt, was diese Weißen euch lehren. Ich will nur, dass ihr irgendein Zeugnis kriegt, mit dem ihr später einen Job als Angestellte der Regierung bekommen könnt. Nur das. ›Die Welt ist rund. Die Sonne dreht sich nicht.‹ Was für ein Unsinn soll das sein?« Konnten sie es ihm erklären? Wie konnten sie ihm verständlich machen, dass die Welt geschaffen worden war, um auf dem Kopf zu stehen? Wie konnten sie ihm erklären, dass man ihnen in der Schule erzählt hatte, dass sie keine Geschichte hätten? Garibaldi. Der Turm von Pisa. Der Mailänder Dom. Crispi. Il Duce. Man erzählte ihnen, Merca habe keine Geschichte, weil es dort keine alten Baudenkmäler gebe, in denen Kinder die verborgenen Geister ihrer geschichtlichen Vorfahren aufsuchen konnten. Was für eine respektlose Herablassung! Was für Lügen! Merca besaß keine dokumentierte Geschichte. Auch Mogadischu nicht. Nun, erst als ... da haben wir's, lasst uns ausreden (hatte der Lehrer gesagt), erst als die Araber kamen. Natürlich gab es einen Haufen zerfallender Lehmhütten, die von den weißen Ameisen aufgefressen wurden, die aus den Dünen krochen, welche diesen Küstenort umgaben. Was für ein Mangel an Feingefühl! Diese Stimme wieder, die innere Stimme, Soyaan, der durch und zu Loyaan sprach: »Auf den mächtigen Wogen des Meeres kamen die *Geschichtsschreiber,* die einen Leuchter heller Visionen mit sich führten, den Gebetsruf sangen, die Kehlen öffneten, um den Morgenruf des Muezzins zu singen. Die Geschichtsschreiber. Die Tyrannen. Der Halbmond. Das Kreuz. Der Rote Stern des Blutes und menschlicher Aufopferung. Was wollten sie? Denkmäler, die über den Ruinen errichtet wurden, den Trümmern des Landes? Warum wollten sie unbedingt, dass wir im Wind ihrer gegensätzlichen Interessen gefangen waren?« Sein Gedächtnis fuhr hin und zurück, durchquerte unermessliche Zeiten und Räume, fischte aus dem gesunkenen Schiff genau das, was ihm dienen würde, *seiner Sache*.

Zeit, es war Zeit, dass er zurückging, um sich mit Ibrahim Musse, genannt »Il Siciliano«, zu treffen. Hinter ihm das Krankenhaus De Martini, einst das einzige Krankenhaus im ganzen Land. Ja, Dr. Ahmed-Wellie arbeitete dort zusammen mit einem Team chinesischer Ärzte. Wie es Loyaan betrübte, wenn er an das Ungesunde des Gesundheitswesens dachte. Die Widersprüche in den Kompromissen dieses Landes. Eine Stadt, die insgesamt nicht mehr als vier Krankenhäuser besaß. Eins für das Militär. Eins für die Polizei. Und zwei für die Allgemeinheit: Eins davon war De Martini. Mit Sicherheit ein Krankenhaus, das zu nichts taugte. Das Bauministerium hatte vorgeschlagen, es abzureißen und ein neues zu bauen. Die Chinesen sagten, sie würden, wenn man sie darum bat, Hilfe leisten und eine gynäkologische Klinik bauen. Der Geruch des Meeres vermischte sich inzwischen mit dem von Medikamenten und Chemikalien. Zwei Zentimeter pro Tag. Das Meer fraß sich durch die nicht instand gehaltenen Fundamente des einzigen Krankenhauses, das die Kolonialregierung für tausende Kranker errichtet hatte. »Ein Grab, kein Krankenhaus«, sagte Qumman immer. »Ich vertraue dem Allmächtigen. Sein Wort heilt. Seine Hand segnet. Ich vertraue Ihm. Es ist wahr, Ladan wurde in die geöffneten Hände der Krankenschwestern geboren. Aber ich hatte die Wehen. Und wisst ihr, was sie gemacht haben? Sie haben mich mit mehr Stichen genäht, als nötig gewesen wäre.« Gut, gut. Das war genug für jetzt. Er würde sofort zurückkehren, um Ibrahim zu treffen, so wie er versprochen hatte. Dann würde er nach Afgoi fahren und seine Stiefmutter Beydan besuchen.

Das Ministerium für Justiz und Religiöse Angelegenheiten. Und Loyaan nahm die Treppen im Handstreich. Die Stufen ergaben sich seinen hurtigen Füßen, die die Sandhäufchen in den Winkeln aufrührten, wo die Wände sich grüßten, sich begegneten, wie sie in ihrer klischeehaften Kinderstube vereinbart hatten. Er stieß fast mit einigen religiösen Würdenträgern zusammen, Scheichs, deren weiße Gewänder den Ort trist und grau erscheinen ließen. Die Scheichs unterhielten sich laut, und in den Stimmen klang ihre unausgesprochene Unruhe nach. Kürzlich waren zehn ihrer Brüder vor ein Erschießungskommando gestellt worden. Sie waren als religiöse Märtyrer gestorben. Ihr Tod wurde im Geheimen still betrauert. Die nächsten Angehörigen der religiösen Märtyrer bekamen die Leichen ihrer Verstorbenen nicht. Diese Familien hielten ihre Trauerfeiern ohne Zeremonie zu Hause ab; Gebete für ihre Seelen; der Fluch über den General, heimlich an den Allmächtigen gerichtet. Diese Scheichs waren nun die Clowns, die Arrivierten: Das waren die, die willig waren, in ihren Konkordanzen nach Belegen zu suchen und sie auch zu finden, die die Tyrannei, mit der das Land regiert wurde, legitimierten. Verwandle ein Land mit einer hundertprozentig moslemischen Bevölkerung in einen von den Sowjets inspirierten marxistisch-leninistischen Staat. In der einen Hand das Blaue Buch des Generals und Lenins Schriften in dilettantischen Übersetzungen; in der anderen den heiligen Koran. In einem Augenblick: »Wir haben blindes Vertrauen zu Allahs Lehre«; und im selben: »Wir sind Marxisten-Leninisten und Mohammedaner.«

»Uuups. Entschuldigen Sie.«

Loyaan war mit zwei Richtern in dunklen Talaren zusammengestoßen. Einer von ihnen erkannte ihn. Sein Gesicht nahm einen verstörten Ausdruck an. Er blieb stehen. Sie gaben sich die Hand. Der Richter murmelte etwas, das Loyaan nicht verstand, etwas, das wie »Herzliches Beileid« klang. Aber er hielt eine Aktentasche so fest, dass Loyaan dachte, der Mann habe ihn im Verdacht, er könnte sie ihm wegreißen. Der andere stand dagegen abseits, schien regelrecht zurückzuweichen wie ein kaukasisches Kind vor dem freundlich ausgestreckten Arm des schreckerregenden schwarzen Mannes. Sie schwiegen jetzt, standen immer noch auf dem Treppenabsatz. Aus dem Augenwinkel seines sich verstohlen bewegenden Auges konnte er Plakate sehen, Porträts in verschiedenen Größen und verschiedener Herkunft. Da war das Porträt des Generals, das kürzlich retuschiert worden war, damit er jünger und besser aussah.

»*Ciao.*«

»*Ciao.*«

Noch einen Treppenabsatz hinauf, während er hastig die Schilder an den Wänden las, während er schnaufte und keuchte. Schilder mit den offiziellen Titeln an geschlossenen Türen. Er las sie eins nach dem anderen. Er prüfte sie kurzsichtig. Welchen Titel führte Ibrahim Musse? fragte er sich jetzt. Warum nur Titel und keine Namen? Wurde das so gehandhabt, weil fast alle höheren Beamten als dieses oder jenes agierten? Oder lag es daran, dass der General oft, bevor noch der Brief, der irgendeinen Beamten auf einen bestimmten Posten berief, unterschrieben war, seine Meinung änderte und einen anderen für genau diese Stelle ernannte? Er wollte stehen bleiben und genau gucken. Er wollte weitergehen. Er wollte ein weiteres Schild lesen. Ein Soldat in Khaki kam zu ihm und schrie ihn rüde an:

»Was machen Sie da, wieso gehen Sie so von einem Büro zum anderen?«

»Entschuldigen Sie.«

Der Soldat musterte Loyaan von oben bis unten. Er wurde plötzlich sanfter: »Kann ich irgendetwas für Sie tun, *jaalle?*«

Wir sind alle Genossen, stehen wir einmal vorm Gericht des Generals.

»Ja?«

»Dr. Ibrahim Musse, bitte.« *Betone den Titel. Denke daran, mit wem du redest.*

»Wenn Sie mir folgen würden.«

Hohe Stirn. Große, plumpe Nase. Wunderschöne Augen. Ein Mann von mittlerer Größe. Alter: ein oder zwei Jahre älter als Loyaan. Er ging zu seinem Platz hinter dem Schreibtisch zurück, auf dem er eine geöffnete Akte liegen hatte. Er bat seine Sekretärin, zu gehen, ihm aber eine Leitung freizuschalten: Er wollte außer Haus telefonieren. Er bat um Entschuldigung. Er wählte eine Nummer und wartete. Er sagte nur eine Silbe. Er legte den Hörer auf. Hatte er jemandem eine verschlüsselte Nachricht übermittelt? Was hatte er gesagt? Er hatte aufgelegt und wählte nun ebenso diskret eine weitere Nummer. Wieder das einsilbige Wort. Er schlug die Akte zu. Welche einsilbigen Rätsel waren es, die er jenen geduldigen Ohren übermittelt hatte? Nach und nach, klein wie Augentropfen, füllte sich ein Teich: Margaritta. Das Gedicht. Das rätselhafte Alphabet aus Anfangsbuchstaben, das Soyaan auf den Zetteln, die man in seinen Hosentaschen gefunden hatte, notiert hatte. M mal 2. Ibrahim Musse. Wo war seine Schwester? Besaß er das Memorandum, das Soyaan und er gemeinsam geschrieben hatten? Wo war es? Wo hatte er noch mit dieser ganzen Sache zu tun? Er war am gestrigen Abend zu Qumman gekommen. Warum? Und warum hatte er eine Verabredung in seinem Büro getroffen? Was bedeutete das alles? Welche einsilbigen verschlüsselten Botschaften übermittelte er jenen geduldigen Ohren?

»Ibrahim, ich ...«

Sein erhobener Arm: »Später.«

Er wählte eine zweistellige Nummer, wahrscheinlich intern. »Sind Sie das?«

Eine Pause.

»Könnten Sie einen Augenblick herüberkommen, bitte?«

Er schenkte Loyaan ein wohlwollendes Lächeln.

»Einen Moment.«

Seine Sekretärin kam herein, ihre Hüften, und so weiter.

»Können Sie das noch mal neu schreiben, mit den richtigen Einfügungen an den richtigen Stellen, bitte?«

Sie nahm ihm die Akte ab. Sie machte Anstalten zu gehen.

»Und übrigens ...« Sie drehte sich um. »Ich bin den Rest des Tages unterwegs. O.k.? Sie wissen nicht, wo ich bin und mit wem ich zusammen bin. Machen Sie das als Erstes für morgen fertig. Bereiten Sie dann auch die anderen Akten vor.«

»Ja, *jaalle.*« Und sie ging hinaus.

»Wir können auch gehen«, sagte er zu Loyaan.

Als sie dann vor dem gewaltigen Gebäude standen, hatte keiner von beiden die geringste Idee, wo sie hingehen konnten, um etwas Ruhe zu haben, während sie redeten. Loyaan hatte beiläufig erwähnt, dass er vorhatte, seine Stiefmutter in Afgoi im Laufe des Tages zu besuchen.

»Ich habe eine Idee ...«, sagte Ibrahim da.

»Was?«

»Ich kann Sie nach Afgoi fahren. Es sind nur neunundzwanzig Kilometer.«

»Sie müssen wegen mir keine Umwege machen, bitte.«

»Nein, das tu ich gar nicht.«

»Wir haben dann Zeit, in Ruhe zu reden.«

»Das war die Idee.«

Er holte einen Schlüsselbund heraus und öffnete die Autotür. Er stieg ein und startete den Motor, ohne etwas zu sagen. Er drückte die Tür auf, in deren Nähe Loyaan stand.

»In Ordnung, los geht's.«

»Das Memo, an dem Soyaan und ich gearbeitet haben, das, welches meine Schwester abgetippt hat, heißt, falls Sie das wissen möchten, ›Dionysius' Ohr‹. Es ist kein langes Memo. Maximum acht Schreibmaschinenseiten. Dionysius' Ohr.«

»Dionysius, der Tyrann von Syrakus?«

»Genau der.«

»Und wo ist es?«

»Was?«

»Das Memo?«

»Geduld. Geduld war noch nie Ihre Stärke.«

»Noch meine Tugend.«

Sie waren am Mogadischu-Checkpoint vorbei. In einem Hauptbuch wurde jedes Fahrzeug, das in die Stadt fuhr oder sie verließ, registriert; ebenso die Zahl der Insassen und ihre Namen, die Gründe, warum das Fahrzeug die Stadt verließ oder in die Stadt fuhr. Geduld. *Geduld,* empfahl seine innere Stimme. *Wir sind seit den letzten Jahren in einem Ausnahmezustand, die Zeiten sind angespannt, die Gefängnisse beinahe voll, und mehr Gefängnisse werden gebaut, wie das, das die Ostdeutschen fast fertig gestellt haben. Geduld. ›Trag dein Gewissen nicht auf deiner Stirn‹, sagte jemand immer gern, aber ich weiß nicht mehr, wer das war. Geduld. Prudenza paga. Gib nicht mehr von dir preis, als sein muss,* schloss die Stimme.

»Aber warum Dionysius?«

»Der Tyrann von Syrakus ließ eine Höhle in der Form eines menschlichen Ohres bauen, die ihn mehrsilbig als Echo hören ließ, was immer sich die Gefangenen heimlich zuflüsterten. Soyaan und ich sahen eine Ähnlichkeit zwischen dieser und der Methode, die der General bis jetzt angewandt hat. Die Staatssicherheit in diesem Land rekrutiert den Hauptteil ihrer Truppe aus Analphabeten, Männern und Frauen, die der oralen Tradition angehören und die weder lesen noch schreiben können, aber jeden Tag berichten, berichten, was sie gehört haben, und zwar so berichten, wie sie es gehört haben, Wort für Wort. Sie berichten mündlich, was sie gehört zu haben glaubten, als sie ein Geschäft betraten. Sie brauchen keinen Haftbefehl, um jemanden festzunehmen. Alles wird mündlich erledigt. Befehle werden per Telefon gegeben: ›Vor Morgengrauen verhaften Sie den und den.‹ Die meisten kann man nicht mal mehr bis zu ihrem Ursprung zurückverfolgen, weil es keine schriftlichen Haftbefehle gibt. Und wenn ein untergebener Angehöriger der Staatssicherheit darum ersucht, einen schriftlichen und unterschriebenen Haftbefehl zu bekommen, lautet die Antwort des Vorgesetzten: ›Wir werden ihn ausgefüllt und unterschrieben vorliegen haben, wenn der Mann in Haft ist.‹ Man kann darauf wetten, dass das nicht der Fall ist. Ein sehr merkwürdiges Phänomen hier. Wir haben festgestellt, dass es für zwei Drittel der Gefangenen keine Akten gibt, dass mehr als zwei Drittel auf unbestimmte Zeit im Gefängnis sitzen. Wir haben tatsächlich entdeckt, dass die einzigen privilegierten Gefangenen jene mit dünnen Akten sind, in denen auf drei Seiten der Zeitpunkt der Verhaftung, der Grund für die Verhaftung (z. B. Hochverrat), und so weiter festgehalten sind. Wir sagen in unserem Memo, dass der General (mit der Hilfe der Sowjets) einen Ohren-Dienst für seine Tyrannei errichtet hat. Das Memo besteht aus zwei Teilen: Es gibt eine komplett von Soyaan geschriebene und mit Dokumenten versehene Einleitung; und es gibt den Anhang, der von mir stammt und eine Liste von Inhaftierten enthält, die von den Beamten, die sie ursprünglich verhaftet haben, vergessen wurden; der Anhang enthält auch eine Liste derjenigen, die unrechtmäßig und unter verwirrenden Umständen verhaftet wurden, weil man sie mit jemand anders verwechselt hat.«

»Und wo ist es?«

»Wenn Sie mich erst einmal alles berichten lassen würden, bitte.«

»Verzeihung.«

Schweigen. Der Tachometer stand bei neunzig Stundenkilometern. Ibrahim bedeutete Loyaan, dass er den Sicherheitsgurt anlegen sollte. Loyaan zog vor, es nicht zu tun, und beschloss, sich nicht anzuschnallen. Der Wind bremste den Wagen ab. Aber der raste dagegen an, und der Wind brach sich laut heulend am Auto.

»Es gibt noch ein weiteres Memorandum, das Soyaan auf die anhaltenden Bitten eines der Vizepräsidenten hin geschrieben hat. Der Gedanke dabei war, wissenschaftlich zu beweisen, wie unwirtschaftlich es ist, so viele Intellektuelle und Fachkräfte des Landes in den Gefängnissen schmoren zu lassen und an ihrer Stelle sowjetische Technokraten und kubanische Zuckerrohr-Experten anzustellen. Eine große Zahl von Fachkräften, Intellektuellen und Technikern haben das Land verlassen, weil sie befürchten, inhaftiert, gefoltert und misshandelt zu werden. Dies ist ebenfalls eine gut dokumentierte Darstellung, die Soyaan angefertigt hat.«

»Welchen Titel hat es?«

»Er zeigte mir die erste Fassung und bat mich um eine Stellungnahme. Die endgültige Fassung habe ich nicht gesehen. Aber ich weiß, was daraus geworden ist. Ich weiß, wer vielleicht das einzige existierende Exemplar besitzt.«

»Wer?«

Ibrahim bremste hart; mitten auf der Straße stand ein Kamel und fraß die verbliebenen Büschel Gras von der Straße. Ein Hirte rief liebevoll nach seinem Vieh. Sie ließen dem Hirten, der mit ihm sprach wie mit einem Kind, Zeit, seinen Liebling behutsam fortzuführen. Währenddessen hatte sich Loyaan eine Zigarette angezündet. Währenddessen hatte Ibrahim heruntergeschaltet.

»Wer?«

»Margaritta.«

Als er den Namen erwähnte, gingen in Loyaans Kopf lauter Lämpchen an. Jetzt brannten in ihm eine Reihe abscheulicher Gedanken, langsam und still wie eine Kerze, die sich vom Wachs angesammelter Schuld nährten. Margaritta. Mutter und Ladan. Und das Traumbild, in dem Wale mit Brocken von abgetrennten Hoden der politischen Gefangenen gefüttert wurden. Welches Grauen! Was für Alpträume!

»Haben Sie schon mit ihr gesprochen?«

»Ja, das habe ich.«

»Was hat sie gesagt?«

Prudenza! Er wollte ihm nicht alles erzählen, was sie gesagt hatte. Er wollte ihm auch keinen der Zettel zeigen, die die Familie in Soyaans Taschen gefunden hatte. Er wollte ihm auch nicht all die vertraulichen Einzelheiten mitteilen, die man ihm erzählt hatte. Ein Freund von Soyaan, ja. Aber Ahmed-Wellie war das auch. Und Qumman hegte den Verdacht, dass er etwas Böses plante. *Prudenza paga!* So wie er bis jetzt niemandem irgendetwas erzählt hatte. Sollte doch jeder die Dinge so interpretieren, wie er wollte. Obwohl eines absolut klargestellt werden mußte: Soyaan hatte nie die Rosenkränze des Lobs auf den General heruntergebetet, weder in der Öffentlichkeit noch privat. Aber warum wurde er zum Helden der Revolution gemacht und stilisiert? *Stelle dich dieser Frage, Loyaan.* Warum wurde er geadelt, warum ihm dieser Titel verliehen? *Frag. Komm schon. Frag nach seiner Einschätzung. Kann nicht schaden. Mach weiter. Keine Angst.* Warum?

»Ich glaube nicht, dass ich darauf eine eindeutige Antwort habe«, sagte Ibrahim.

Komm schon, beschwor ihn die innere Stimme. *Bearbeite ihn ein bisschen mehr. Bringe ihn dazu, noch etwas zu sagen. Bringe ihn dazu, sich festzulegen. Lass ihn ruhig sagen, was ihm nicht klar ist. Lass ihn aussprechen, was er denkt.*

»Wir haben zu einer geheimen Gruppe gehört, Soyaan und ich, einer geheimen Oppositionsbewegung von Intellektuellen und Fachkräften, die einen Schwur geleistet haben – *per modo di dire* –, nicht den Interessen irgendeiner Supermacht zu dienen, sondern nur denen dieses Landes. Wir beschlossen bei unserem ersten Treffen, an dem alle Mitglieder der Bewegung teilnahmen, dass wir an bestimmten Prinzipien festhalten wollten: Erstens, wir wollten uns nicht eine Bewegung nennen;

zweitens, wir wollten uns einmal im Monat treffen und über den Fortschritt dessen berichten, woran wir einzeln oder kollektiv arbeiteten; drittens, keine Untersuchung, die wir im Namen der Bewegung anstellten und bei der wir unsere Ergebnisse zusammentrugen, sollte irgendeinen Namen oder entsprechende Initialen tragen. Wir waren zehn am Anfang, zehn junge Intellektuelle, deren Namen Ihnen alle etwas sagen würden, wenn ich Sie Ihnen nennen würde; aber ich habe beschlossen, es nicht zu tun, obwohl ich Ihnen sagen kann, dass Sie sie fast alle von Angesicht und mit Namen kennen. Einige haben seit Soyaans Tod mit Ihnen gesprochen. Einige sind außer Landes gegangen. Einige sind im Gefängnis. Aber das Wichtige ist, dass wir wachsam sind und dass wir politisch umso bewusster sind, trotz allem, was passiert ist, trotz Soyaans Tod. In jedem Fall ...«

Kränze aus Sand und Staub. Die Sonne war auf ihrer Leiter höher gestiegen und brannte heißer. Die Autoreifen schlitterten einen Weg hinunter, der eine Million mal begangen worden war, der Tachometer fraß lässig Kilometer pro Minute und Sekunde. Auf beiden Seiten der Straße ein Wald aus dornigen Büschen, obwohl das Land, wenn man richtig planen würde, kultivierbar wäre, da der Fluss nur zehn Kilometer entfernt lag.

»Man kann die Tatsache nicht verschleiern, dass man unsere Bevölkerung dazu gebracht hat, dass einer dem anderen misstraut; dass dieses Regime jedem von uns ein zweischneidiges Messer gegeben hat, das an beiden Enden geschärft ist. Muss denn alles im Sinne von Clan-, Klassen- oder Gruppeninteressen interpretiert werden, muss man alles in diesem Lichte sehen? Nichts entgeht der engmaschigen Überwachung des Sicherheitssystems, dessen gedüngte Ohren in jedem Haus sprießen. In unserem Land gibt es keine Tradition von Protestbewegungen, Gewerkschaften oder organisierten Gruppierungen irgendwelcher Art. Es gibt keine Tradition von Studentenbewegungen wie in Ägypten, in Äthiopien oder dem Sudan, die helfen könnte, eine Regierung zu bilden oder zu stürzen oder die öffentliche Meinung zu formen Also ziehen es die Leute, sprachlos vor Angst, vor, zu schweigen. ›Ich habe eine Frau und Kinder, für die ich sorgen muss‹, sagt der eine. ›Ich habe eine alte Mutter und eine Familie zu versorgen und zu ernähren‹, sagt ein anderer. ›Mein Hals ist nicht länger als deiner. Streck du deinen raus. Ich tu es nicht. Ich habe Mäuler zu stopfen. Um diese Mäuler zu stopfen, muss ich mein Maul halten. Wenn er nicht zu ist, dann hilft mir mein Mund zu kauen, nicht, Ideen zu verkünden.‹ So was kriegt man zu hören oder ähnliche Sätze. Also. Soyaan und ich haben eine Liste von zehn Intellektuellen aufgestellt, von denen wir dachten, dass wir ihnen vertrauen könnten, von denen wir dachten, dass wir sie zu einer Zusammenarbeit mit uns inspirieren könnten. Und worum baten wir diese zehn, die wir zu unserer Versammlung einluden?› ›Wir bitten um eure Mitarbeit‹, sagten wir. ›Das ist alles. Was wollen wir von euch? Wir möchten, dass ihr Informationen sammelt für einen gemeinsamen Datenpool. Wir möchten, dass ihr mit uns Untersuchungen anstellt. Die Informationen, die wir auf diese Art erhalten, wollen wir verbreiten, wir wollen unsere Ergebnisse letztlich veröffentlichen, sie gratis in vervielfältigter Form verteilen, wir wollen mit dem General selbst beginnen‹, sagten wir. ›Wir können vorhersagen‹, fügten wir hinzu, ›dass das geschriebene Wort, das mächtiger ist als eine Waffe, ihnen Angst machen wird. In dem nachfolgenden Chaos, und gerade dann, wenn sie mit ihren Säuberungen beginnen, werden wir uns als Geheimbund zu erkennen geben und ein Flugblatt mit unseren Zielen veröffentlichen, und Ihr werdet sehen, dass sich mehr Leute der Sache anschließen werden. Dann werden wir das Ganze als Bewegung taufen, wir werden ihm einen Namen geben.‹«

Eine Pause. Reifen zischten in der Hitze von geschmolzenem Teer. Welcher Paragraph war es, den seine Mutter gefunden hatte, abgeschrieben in Soyaans eigener Handschrift, in seiner Tasche? Paragraph 17 oder war es 18? *»Jede Person, die gedrucktes, zu lesendes, gesprochenes oder Rundfunk- und Fernseh-Material verbreitet oder veröffentlicht, das darauf gerichtet ist, der unumschränkten Gültigkeit der Revolution des somalischen Volkes Schaden zuzufügen, wird mit dem Tode bedroht.«*

Loyaan paffte und hörte Ibrahim zu, der sagte:

» Höchstens drei Treffen, und wir spalteten uns. Eine Gruppe wurde von Medina angeführt, die andere von Soyaan. Medina hielt an der Überzeugung fest, dass der General der Meister der Großen Bedeutungslosigkeit und Respektlosigkeit sei (in Großbuchstaben) und dass kein Intellektueller, der noch bei Sinnen sei, ihn ernst nehmen sollte. Sie glaubte, und mit ihr die, die ihrer Gruppe angehörten, dass kein zur Veröffentlichung geeignetes Material, was auch immer wir über das Funktionieren dieses Regimes zusammentragen würden, irgendjemand helfen könnte, sich ein klareres Bild davon zu machen. Medina betrachtete den General a priori als einen Großen Dummkopf, und meinte, dass die Wissenschaft nicht dazu tauge, die Gedankengänge von Idioten zu analysieren. Soyaan und ich waren anderer Meinung. Wir waren der Ansicht, dass es ein analysierbares Muster gibt, dass hinter beinahe allem, was der General tut, eine Logik herrscht, und dass das Denken von Dummköpfen und Idioten außerdem auch schon erforscht worden ist. Wir waren der Ansicht, dass der Mann kein Dummkopf war und auch nicht der Meister der Großen Bedeutungslosigkeit und Respektlosigkeit. Wenn wir unseren General ernst nehmen, wenn Uganda Idi ernst nähme und ihn nicht als Schläger oder Kasper betrachten würde, wenn das Volk der Zentralafrikanischen Republik seinen Kaiser so sehen würde, wie er es verdient, wenn ...! Aber bevor wir überhaupt etwas vernommen hatten, hatte irgendjemand jemand anders schon irgendetwas genannt. Prosowjetisch. Proamerikanisch. Pro-dies. Pro-das. ›Wie lange, glaubt ihr, kann er sich halten? Bevor wir anfangen zu forschen und über ihn zu schreiben, ist er schon weg, ihr werdet sehen‹, sagte Medina. Wir sagten: ›Das haben sie über Haile Selassie und Franco auch gesagt.‹ Wir spalteten uns in zwei genau gleiche Gruppen. Fünf von uns gegen fünf von ihnen. Soyaan, ich, Samater (Medinas Ehemann), Ahmed-Wellie und andere. Zwei Monate später beschloss Samater, dass er unserer Gruppe doch nicht mehr angehören wollte. Medina hat ihn bestimmt Tag und Nacht bearbeitet, denke ich.«

Jetzt lag auf beiden Seiten Ackerland. Hektarweise Mais. Eine Regierungsfarm. Ungefähr zwanzig Personen in grünen Uniformen liefen in kleinen und großen Gruppen herum. Sie stellten Tafeln mit Losungen an strategischen Punkten auf, damit jeder

Passant sie sehen konnte. Grußworte für den ehrenwerten Präsidenten, der das Land besuchte, mutmaßte Loyaan im Stillen. Er sagte nichts. Auch Ibrahim sagte eine Weile nichts. Dann:

»›Dionysius' Ohr‹ war unsere erste gemeinsame Arbeit. Was Margaritta da besitzt, ist die zweite. Ich arbeite gerade an einer weiteren. Und Ahmed-Wellie sitzt auch an einer interessanten Studie über Folter in den Gefängnissen. Wir haben uns gefragt, ob Sie sich uns wohl anschließen wollten. Ahmed-Wellie und ich haben uns gefragt, ob Sie nicht Soyaans Platz einnehmen wollen.«

Ohne nachzudenken, sagte Loyaan: »Ja, sehr gern.«

Ibrahim grinste ihn daraufhin aufrichtig an. Aber was konnte er tun? Was konnte er beitragen? Er hatte sich mehr oder weniger mit den Behörden in seiner Region arrangiert, als er da war. Die Art von Arrangement, die ihn in die Lage versetzte, zu helfen, wo die Dinge überhaupt nicht mehr stimmten. Er war kein Intellektueller, der mit der Macht der Schrift falsche Brücken abbrechen und zerstören konnte wie Soyaan. Er war nur ein einfacher Zahnarzt, wenn man es recht bedachte. Er war zu wenig rechthaberisch. »Ich habe einen ganz schlichten Ausgangspunkt: Ich habe für den Anfang einen Mund und eine bekannte Anzahl von Zähnen. Soyaan: Nein. Fang mit dem Anfang an. Erzähl Ibrahim von den Dingen, die in Soyaans Taschen gefunden wurden. Der Paragraph 18 oder 17, das kann man später klären, und spielt das eine Rolle? Der kurze Text über Clowns und so weiter. Papierfetzen hier und da. Erzähl ihm von dem Gedicht auf der Rückseite von Marcos Foto. Erzähl ihm von Margaritta. Erzähl ihm, was er wissen muss. Vertraue dem, der dir vertraut. Du musst keine Angst haben. Fang mit dem Anfang an. Und lass auch nicht den Minister weg, der nach den Memoranden fragte. Knapp. Aber alles. Mach weiter. Fang an. Eins. Zwei. Drei. Mach.« Aber er schaffte es nicht, Ibrahim diese Geheimnisse anzuvertrauen. Genauso, wie er auch Ahmed-Wellie nicht mehr restlos vertraute.

»Ich habe so meine Vermutungen«, sagte Ibrahim nach langem Schweigen. »Wir schließen aus dem, was geschehen ist, dass der Tod für ihn genauso überraschend gekommen sein muss wie für uns alle. Soyaan und ich waren uns sehr nah. Ich kannte ihn sehr gut. Er hatte Projekte. Er hatte Pläne für die Zukunft. Aber wie? Was war es genau, das Soyaan getötet hat?«

»Es gab keine Obduktion, die uns ermöglicht hätte, das herauszufinden.«

Ibrahim fuhr langsamer. Frauen saßen in Gruppen im Schatten eines Baumes. Andere übten Lieder und Tanzschritte, sie tanzten fröhlich mitten auf der Straße. Der Wagen hielt an. Die Frauen trugen farbenprächtige Kleider, geblümt und so frisch wie Rosen im Morgentau. Es war wieder Loyaan:

»Der Meister der Großen Bedeutungslosigkeit? Nein, Medina irrt sich. Dieser Mann mordet. Dieser Mann hat genaue Pläne für unser Leben. Dieser Mann kann eine Person ausradieren und dann seine Seele in Besitz nehmen und ihn dann in den Augen seiner Freunde und derjenigen, die mit ihm gearbeitet und die mit ihm protestiert haben, diskreditieren. Ich werde Medina anrufen und ihr ein paar Dinge sagen. Ich werde sie anrufen, wenn dies alles vorbei ist ...«

Ibrahim sagte: »Das Interview, das Ihr Vater gegeben hat, hat mich außerordentlich schockiert. Wie konnte er sich nur auf so etwas einlassen? Wie konnten Sie es zulassen? Konnten Sie denn nicht mit ihm sprechen?«

»Ich habe es versucht.«

»Verzeihen Sie mir, aber ich muss es sagen: Dieser Mann ist peinlich.«

»Dieser Mann ist mehr als böse.«

Sie waren am Eingang zur Stadt. Über ihnen ein Tor, genannt: Revolutionärer Sieg. Kunstlos auf seine Pappsäulen und seine Front waren Porträts des Generals und seines Staatsbesuches gekleistert. Im Schatten der Bäume auf beiden Seiten waren Verkehrspolizisten, die miteinander schwatzten. Einer von ihnen winkte sie durch. Am Checkpoint von Afgoi war es nicht nötig, das Nummernschild, den Namen des Halters und den Grund der Reise zu notieren. Fahren Sie weiter.

»Ja, ja. Was ist mit Mulki?« sagte Loyaan.

»Sie kannte das Risiko, als sie sich bereit erklärte, das Manuskript abzutippen. Wir sagten es ihr, alle beide.«

»Welches hat sie abgetippt?«

»Dionysius' Ohr.«

»Und sie sagt nichts?«

»Dafür besteht keine Gefahr.«

»Man sagt, dass die KGB-geschulten Folterer wissen, wie man jemanden dazu bringt, alle Geheimnisse preiszugeben.«

»Jetzt, wo Soyaan tot ist, weiß sie, dass ich es bin, hinter dem sie her sind. Nein, sie wird nicht reden. Aber wird sie das daran hindern, zu mir zu kommen?«

Ein Kreisverkehr. Blumengesäumt und grün. Die Stadtverwaltung begrüßte einen in der Stadt in Somalisch, Arabisch, Italienisch, Französisch, Deutsch und Englisch. Ibrahim lenkte elegant, ohne zu sprechen. Loyaan erinnerte sich daran, dass Margaritta versprochen hatte, ihm das Memorandum zu bringen, das sie besaß. Was war mit Ibrahims? *Mach weiter. Frag ihn, wo es ist.*

»Wo möchten Sie abgesetzt werden?«

»Darf ich Sie fragen, wo das Memo ist?«

»Sie werden zu gebührender Zeit ein Exemplar bekommen. Soyaans eigenes Exemplar, meine ich.«

Er sagte Ibrahim, wo er ihn absetzen sollte.

Zehn

Wie ein Fötus, formlos wie Eiweiß, flüssig, sahnefarben wie Sperma, ja, im Innern Ansätze eines künftigen Atems – vielleicht ein Kind, vielleicht eine Fehlgeburt. Wie der knochenlose Fötus, gefangen in den Membranen der Mutterschaft ...

Vor Loyaan lag ein System von Fußwegen, weiß wie die schuppige Haut eines Leprakranken. Ein System von Fußwegen, die sich dahinschlängelten und dann abbogen, als ginge es im Kreise. Fußwege, die in Sackgassen endeten. Eine Lehmhütte verstopfte gelegentlich den gemächlichen Fluss. Ein Kuhstall, übersät mit verschiedenen Dunghaufen, versperrte bei anderer Gelegenheit das Kontinuum, in dem die Fußwege sich ausbreiteten. Loyaan sah sie als Symbole. Er sah sie als weiße Flecken der Krankheit auf dem Gesicht der braunen Erde. Der Kadaver eines Hundes, der schon eine Woche tot war. Bandwürmer des Verfalls und der Disharmonie. Und doch setzte er den Weg fort, unbeeinträchtigt vom Gestank, und dachte: »Leer bei meiner Berührung wie eine Seifenblase, alles reduzierbar auf null, nichts. Nicht mehr existent, wenn ich daran denke, wie ein Traum.« Leicht war der weiße Sand, den seine Füße aufwarfen, schmal der Pfad, in den er jetzt einbog.

An dem Ort lärmten Kinder, die gerade Verstecken spielten. Wo sich die Pfade kreuzten, strategisch günstig, genau vor einer niedrigen Hütte, stand ein Bettler, der um Almosen sang. Der Bettler war etwa achtzehn, höchstens zwanzig Jahre alt. Er war in guter körperlicher Verfassung; es war alles soweit in Ordnung mit ihm. Er war sorgfältig in Weiß gekleidet. Er hielt eine Blechdose in der rechten Hand. Als Loyaan auf gleicher Höhe mit ihm war, sang der Bettler etwas lauter, wie zum Trotz, als wollte er die Bewohner des Hauses drängen, sich zu beeilen, sich schneller zu entscheiden und positiv oder negativ zu reagieren und, wenn sie wollten, entweder die formelhafte Antwort zu geben: »Wir haben dir heute nichts zu geben, nur Gott hat das«; oder

»Möge Er dir in Seiner Großzügigkeit überreichlich geben.« Ja, vor Loyaan erstreckte sich der Fußweg, gerade wie eine von einem Kind gezogene Linie, eine ungenaue Linie, die Kurven aufwies, wo sie gar keine haben sollte, und abrupt endete. Hinter ihm der Gesang des Bettlers, ein Bettler, so muskulös wie ein Boxer, achtzehn, höchstens zwanzig. Er war ein eifriger Schüler von Gottes Wort; ein junger Mann, hingebungsvoll genug, um sich als Schüler zu melden und einem großen Imam anzuschließen, dem Führer einer kleinen Gruppe der Wanderprediger. Ihre Zahl unterschied sich von Region zu Region. Manchmal sah man zehn von ihnen, manchmal zwanzig. Sie trugen immer weiße Gewänder. Fast alle von ihnen gut aussehend und adrett wie die Reinheit, die sie verkörperten. Aber da Moscheen nicht so reich waren wie Kirchen, schickte der Imam, wenn er mit seinen Wanderpredigern in eine Stadt kam, seine Schüler in alle sieben Richtungen aus. Sie gingen dann zu den Häusern der Stadtbewohner und baten um Essen und Geld. Das Geld, das sie nicht gebraucht hatten, brachten sie ihrem Imam, dessen Stellung ihm eine Ehrenpriesterschaft bei einer der reichen Familien in der Stadt garantierte und der daher gut versorgt wurde. Ein weiterer Bettler, der noch besser aussah als der andere, groß und gepflegt. Aber lahm. Dieser sang anders: Er hatte einen einheimischen Akzent. Seine Kleider waren staubig und abgetragen. Es war Mittagszeit, Zeit zum Essen, und die Bettler sammelten in ihren Blechdosen Almosen, um die Göttin des Hungers zu besänftigen. Ein dritter, ein vierter und ein fünfter. Die Stadt war heute voll von ihnen. Warum? Hatte es mit irgendeinem religiösen Fest zu tun? Plötzlich ... natürlich, jetzt wusste er es. Bevor ein Staatsmann eine Stadt besuchte, räumten die Stadtverwaltung und die Staatssicherheit mit diesem hässlichen Anblick auf und hielten sie für den ganzen Zeitraum in Schach, in dem die ausländischen Würdenträger im Lande waren. Dies geschah, ein paar Tage bevor die Delegationen, die als Vorboten eines ausländischen Staatsgast kamen, anreisten, und ein oder zwei Monate vor den Tagungen der OAU oder der Arabischen Liga. Die Bettler begannen, das Stadtzentrum von Mogadischu zu verlassen, damit sie nicht auf Lastwagen ins Gefängnis abtransportiert wurden. Sie zogen sich an stillere Orte zurück, an den Stadtrand oder in Städte wie Afgoi. Und ehe diese Delegationen sie dort einholen konnten, hatten sie Afgoi schon wieder verlassen. Diese quälende Behandlung war allerdings nur den professionellen Bettlern vorbehalten, und nicht diesen Schülern in ihren vornehmen weißen Gewändern. Nun guck mal, wer da ist! Oder hatte er schon Visionen? Der einarmige Bettler war da. *Leer bei deiner Berührung wie der Wind. Nicht existent wie die Huri aus dem Traum des Moslems vom Himmel.* Aber warum folgte ihm der einarmige Bettler überallhin? Was war es, hinter dem er her war? Einmal links rum und dann noch mal rechts rum. »Er kann mir ruhig folgen«, sagte Loyaan zu sich. Er riss ein Streichholz an. Er zündete sich eine Zigarette an. Er setzte sich in den Schatten eines Feigenbaumes am Fluss. *Der erste Verfolger ist hier.*

Er zeichnete mit seinen Fingern eine Skizze auf die Erde. Ein stiller Fluss. Ein unauffälliger Fluss. Shabelle. Wie ein Mensch, der von Medikamenten sediert ist, lag der Fluss still da, ruhig, unbewegt. Die Vögel in den Bäumen am Ufer hüpften von Ast zu Ast, übernervös und wild schwatzend, zwitschernd und sich paarend. Gelassen auf seinem Weg zum Meer, blieb das Flusswasser unbewegt unter dem zärtlichen Druck der Windstöße. Weiter unten wuschen Frauen, schlugen ihre Wäsche gegen Steine, die vom tropischen Schweiß geschwärzt waren. *Das Leben ist wie das lange Schwimmen vom Knotenpunkt fort, der Killerwelle,* dachte er. *Wenn man über den Berg hinweg ist, sich vorbereitet hat auf einen warmen Empfang im Schoß des Wassers, springt die nächste Flut hoch wie ein wütendes Feuer, und man ist darin gefangen, atemlos; dies geschieht, wenn man gerade besonders schwach ist, und dann wird man in diesem wütenden Feuer verbrannt wie in einer Leidenschaft – in den Flammen der Wasser des Lebens.* Da: eine Parabel von Prinzessinnen in der Frische des Himmels; Bagdad-Diebe; und Aladins Wunderlampe; das siegreiche Schwert Saladins. *Das Leben ist wie das lange Schwimmen, fort von Allahs Rhetorik der nicht gehaltenen Versprechen. Der Fluss, der direkt in die Oase meiner Wüste fließt, der Fluss, der die illusionäre Wasserlosigkeit meines Glaubens wässert. Biyo.* Wasser-im-Leben.

Unwissentlich hatte er einen Kreis, wie den des Mondes, auf den Boden gezeichnet. Genau in der Mitte des Kreises vergrub er seinen Zigarettenstummel. *Dies ist der blättrige Mond,* dachte er. Das Blatt von dem, der gestorben ist, fällt in dem Augenblick, in dem seine Seele zu ihrem Schöpfer zurückkehrt. Ein trockenes Blatt. Ein lebloses Blatt. Anämisch gelb und kränklich aussehend, in der Farbe der Gelbsucht. *Biyo:* Wasser bedeutet für den Somalier Leben. *Bio*: organisches Leben auf Griechisch. Sieh das Symbol im Mythos, sieh das fallende Blatt in den Windstößen, schwerelos, dessen Mutter-Baum bereit ist, sich von ihm zu trennen – wie zerkaute Zuckerrohrstiele, die man ausspuckt, hässlich wie Sägemehl, ausrangiert wie etwas, das nicht länger gebraucht wird. Aber war Soyaan vom Tod überrascht worden? All diese unvollendeten Pläne und Projekte sprachen eine deutliche Sprache. Es ist das Element der Überraschung bei einem Unfall, das einen tötet, der Schock der brutalen Plötzlichkeit, der Schock der unerwarteten Jähheit. Und doch wirkte es nicht so, als ob es zufällig geschehen wäre – es schien so, als hätte sein Tod eher noch dazu beigetragen, dass das Regime nervös reagierte, ihn zum Helden machte und Keynaan mit Geld und einem garantierten Job zum Schweigen brachte. Wüssten wir mehr, wenn es eine Obduktion gegeben hätte? Was hatte er bei Beydan gegessen? War denn niemand mit ihm zusammen gewesen? Falls es so war, wer? Sagte er irgendetwas zu ihr, etwas, das jemand anders irgendwohin führen könnte?

Loyaan stand auf. Er steckte die Hand in seine Tasche. Er holte den Umschlag heraus, der das Geld enthielt, das er für Beydan mitgebracht hatte, das Geld, das Soyaan ihr versprochen hatte. Er lief die fünfzig Meter in solcher Eile, dass der Weg viel kürzer zu sein schien. Er steckte den Umschlag in die Tasche, als er sah, dass da noch ein weiterer muskulöser Bettler war, der vor einer geschlossenen Tür sang. *Gott ist ein ökonomischer Lehrsatz,* dachte er. *Gott gibt, Gott nimmt, was Er gibt.*

Er klopfte sanft an Beydans Tür.

Die alte Frau, die die Tür geöffnet hatte, ließ die Klinke los. Sie war blass vor Schreck und zitterte, als ob sie einen Geist gesehen hätte. Sie starrte ihn schweigend an. Als sie sprach, erreichte ihn ihre zitternde Stimme: »Einen Augenblick lang dachte ich ...«

»Das ist schon in Ordnung«, sagte er. »Ich verstehe.«

»Was? Was verstehen Sie?«

Als er sich an ihr vorbeidrückte: »Darf ich mich vorstellen. Ich bin kein Geist: Ich bin Loyaan.«

Er drehte sich um.

»Ich weiß«, sagte sie. »Ich dachte einen Augenblick lang ...«

»Ich verstehe«, sagte er. »Ich bin nicht Soyaan.«

»Mein Gott!«

Schweigen. Die Sonne goss ihren brennenden Dunst über alles. Dies verstärkte noch den Kontrast zwischen Loyaan und der Frau, sowohl was ihre Erscheinung als auch ihr Alter anbelangte. Sie war mit Sicherheit über fünfzig. Die Furchen, die ihre Falten gezogen hatten, teilten sich den verfügbaren Platz auf ihrem Gesicht mit den Wunden, die die Zeit geschlagen hatte. Loyaan wusste, wer die Frau war. Er hatte sie schon früher mit Beydan gesehen. Er erinnerte sich daran, dass sie Beydan zu der Beerdigung begleitet hatte. Sie war eine Tante von ihr. Eine Frau mit einer sehr sanften Stimme. Sie war schon zwei Drittel ihres Lebens Witwe, nachdem sie ihren ersten, zweiten und dritten Mann in etwa achtzehn Monaten verloren hatte. »Die Hexe«, hätte Qumman ohne Zögern gesagt, wenn sie hier gewesen wäre; sie würde ihr nicht einmal die Hand geben, wenn sie ihre Handflächen mit einem Stück Stoff bedeckt hätte.

»Komm rein, komm rein.«

»Danke.«

Eine Henne, so alt wie die Frau, die auf ihren wackeligen Beinen balancierte, ging voraus, und Loyaan folgte ihr über den großen, staubigen Hof. Die Frau blieb vorsichtig ein paar Schritte hinter ihm. Niemand sagte etwas, bis sie kurz vor einer Reihe von Hütten waren, die halbmondförmig nebeneinander lagen, Lehmhütten, die so gedrungen waren wie die Männer wahrscheinlich, die sie gebaut hatten. Die Henne wurde nun von einer Schar ihrer Küken begleitet; Loyaan hörte, wie die Frau sagte:

»Ich hole Ihnen schnell etwas, worauf Sie sitzen können, und sage inzwischen auch Ihrer Tante Bescheid, dass Sie da sind.

Stellen Sie sich in den Schatten, ja, den Schatten dieses Baumes. Es dauert nicht lange.«

Er blinzelte in die Sonne. Er tat, was sie ihm geraten hatte: Er ging in den Schatten eines Baumes und musterte die Reihe der Lehmhütten, vor denen die Frauen saßen, die dort wohnten. Eine der Frauen tauchte von Zeit zu Zeit ihren Zeige- und ihren Mittelfinger in eine Dose, die urprünglich irgendein Tomatenmark enthalten hatte, und bemalte ihre Brustwarzen (Loyaan riet – aber er wusste, es konnte nicht anders sein) mit einer konzentrierten Mischung aus Myrrhe und anderen Kräutern. Sie vollzog dieses Ritual mit der gleichen Sorgfalt, mit der ein Model sich die Fingernägel lackierte oder Lippenstift auftrug. Nicht sehr weit von ihr entfernt war ein Kind von etwa dreieinhalb Jahren, ein Junge, der einen Talisman aus Schnüren um die Taille und mehrere Amulette trug, drei an jedem Arm – sechs aus wunderschön gearbeitetem Leder –, und noch ein weiteres, wie eine Halskette, um den Hals. Er trug außerdem noch ein Fußkettchen. Die Frau, die ihre Brustwarzen salbte, war selbst noch jung. Sie tat das, um das Kind zu entwöhnen. Und siehe. Das mit Talismanen und Amuletten geschmückte Kind kam jetzt und stand bei ihr; aus nächster Nähe betrachtete er die bemalten Brüste.

»Hier«, sagte sie. »Möchtest du trinken?« fragte sie. Er nickte. Er ging zu ihr und begann zu saugen.

»Iih!« Er spuckte aus und schimpfte. Er war so ein fettes Kind.

»Nur noch einen kleinen Augenblick«, rief die alte Frau Loyaan zu.

»Das ist schon in Ordnung.«

Einen Augenblick später schmierte die Frau wieder ihre Brüste ein, der Junge spielte weiter, und Loyaan fuhr fort, sie dabei zu beobachten. Für diese Frau waren weibliche Brüste eine Nahrungsquelle, keine erogene Zone. Ohne Hemmungen versorgte sie sie, so wie man einen Furunkel auf seinen Genitalien versorgen würde – das allerdings nur im Geheimen. Mittelgroß waren ihre Brüste, flach auf ihrem Brustkorb und schmal – mehr wie eine Sonnenblume nach Sonnenuntergang, schwächlich, die den Kopf hängen lässt wie ein schlafender Penis. Früher waren sie mit Sicherheit steinhart gewesen. Dann hatten die Geburt und dreieinhalb Jahre Stillen sie weich gemacht wie Bananen, die zu reif geworden sind und gepflückt werden müssen.

»Loyaan?« rief die alte Frau aus der Hütte.

»Ja?«

»Möchten Sie dort warten, oder möchten Sie hereinkommen?«

Er wusste nicht so recht, was er sagen sollte. Sie fuhr fort: »Es geht ihr nicht so gut. Aber ich kann eine Matte für sie herausbringen.« Er kam näher und sagte: »Dann komme ich.« Die alte Frau erschien jedoch noch mal und sagte ihm: »Sie sagt, sie möchte rauskommen und ihre müden Knochen sonnen. Ich sage, der Wind ist nicht gut für sie.«

»Ich bin sicher, die Sonne ist gut für sie. Frischere Luft«, sagte er.

»Dann warten Sie.«

Bevor sie wieder das Zimmer betrat, in dem Beydan war, war ein leiser Ruf zu hören; vielleicht war es Beydan selbst, die etwas sagte. Loyaan hörte es nicht ganz deutlich.

»Sie möchte, dass Sie reinkommen«, interpretierte die alte Frau.

Loyaan zögerte.

»Gehen Sie, kommen Sie schon.«

Eigentlich wollte er lieber draußen auf sie warten. Aber:

»*Hoddi, hoddi?*«

»*Hodeen!*« kam die Antwort aus der Ferne und schwach.

Dem Klang entnahm er, dass Beydan noch einige Augenblicke brauchte, bevor sie sich zeigen wollte. Er vermutete, dass sie entweder gerade etwas anzog oder etwas ablegte.

»Ich werde draußen auf sie warten«, sagte er zu der alten Frau. »Die Sonne wird ihr wirklich gut tun. Soll ich Ihnen helfen, eine Matte für sie rauszutragen?«

»Nein, das brauchen Sie nicht.«

»Dann warte ich draußen auf sie.«

»Ob ich das überlebe, frage ich mich immer?« sagte sie und berührte ihren schwangeren Bauch.

»Natürlich wirst du das.«

»Ich wollte, ich wäre so optimistisch«, sagte sie.

Und die alte Frau, ihre Tante, kam und servierte ihm etwas Kaltes zu trinken, brachte zwei Eiswürfel in einem leeren Glas und eine ungeöffnete Flasche. Sie gab ihm den Öffner. Qumman sollte sie nicht beschuldigen können, sie hätten ihn verhext oder sein Essen vergiftet. Loyaan war verletzt, aber er sagte nichts außer »Danke«, während er sich die Cola einschenkte. Es war ihm alles etwas peinlich, er fand auch nicht die richtigen Worte, um seine Gedanken auszudrücken. *Was bin ich? Wer bin ich? Mit wem habe ich es zu tun? Welches Jahrhundert ist dies? An welchem Zeitalter muss ich voll und ganz teilnehmen, aktiv?* Musste er voll und ganz und aktiv diesem Jahrhundert der Technik angehören, der SAMs und MiGs und Satelliten und der KGB- und CIA-Spionagenetzwerke, oder jenem der Beydans und Qummans, einem Jahrhundert der Zauberkünste und der Hexerei und der Hexenriten, bei denen man Haare verbrannte? Und in diesem Augenblick fiel ihm etwas ein, das kein Geringerer als Clemenceau gesagt hatte.(Loyaan trank jetzt einen Schluck von seiner Cola, er trank das kühle Getränk mit Genuss; er ließ den Schluck auf seiner Zunge verweilen, bis das Gefühl der Benommenheit an seinen Zungenrändern verging.) Clemenceau sagte: »In nur einer Generation haben die Amerikaner die außergewöhnlichste Erfahrung in der Menschheitsgeschichte gemacht; in nur einer Generation hat Amerika erreicht, nicht mehr als barbarische Nation bezeichnet zu werden, und hat sich als eine Nation qualifiziert, die man dekadent nennen kann.« Und was war mit Afrika? Was war mit Saudi-Arabien? Was war mit dem Iran? *Was hätte Clemenceau heute gesagt, wenn er noch leben würde, was hätte er über Menschen wie mich gesagt, wie Soyaan und die meisten Menschen, mit denen wir leben, die wir kennen und mit denen wir unsere Tage und Nächte teilen? Was hätte er über uns gesagt?* Auf der Suche nach einer Antwort sah Loyaan in Beydans Richtung. Er konnte nur Flecken auf ihrer erschöpften Erscheinung sehen, Schmerz auf ihrem Gesicht, auf ihrer zerbrechlichen Gestalt. Ihre riesigen Augen, mächtig wie Suchscheinwerfer, waren auf ihn gerichtet. Sie saß auf einer Strohmatte im gleichen Schatten wie er. Sie war ein paar Jahre vor ihm geboren, obwohl auch die Forderungen einer Schwangerschaft wie dieser und des Lebens mit Keynaan ihre Spuren hinterlassen hatten. Es war nicht so sehr eine Frage der Generation, was die Menschen auf diesem Kontinent miteinander verband oder voneinander trennte. Nein, es war eine Frage der kulturellen Trends, welche Stränge kultureller Affinitäten herabhingen und einen erreichten. Kurz, es war eine Frage, wie kulturelle Diskontinuitäten salomonische Arabesken der Differenz zwischen beliebigen zwei Menschen gewoben hatten. Sieh doch, sieh den Schmerz auf ihrer Stirn. Sieh, wie sie ihr schwaches Gewicht mit den Händen abstützt, die sie bis dahin unter sich geschoben hatte. Schau ihr zu, wie sie die Beine ausstreckt. Betrachte den Hügel ihres Bauches, der ihr bis ans Kinn reichte, als sie sich aufsetzte. Welche Zukunft erwartete das Ungeborene? Was würde die Zukunft dem Träger dieser Zukunft bringen? Guck dir an, wie sie auf ihrem Hintern hin und her rutscht – genau wie die Kinder dieses Dorfes, die sich den Po im Sand sauber reiben, nachdem sie sich entleert haben. Was würde die Zukunft diesen Kindern bringen? Blutungen? Was war mit ihr und dem Ungeborenen? Clemenceau ...

»Du bist gekommen, um über Soyaan zu sprechen, oder?«

»Ich bin gekommen, um dich zu besuchen. Das ist der wichtigste Grund, warum ich hier bin.«

»Nein, nein. Du bist gekommen, um über Soyaan zu sprechen.«

»Nein, nein. Ich bin gekommen, um dich zu besuchen, und um über Soyaan und auch über andere Dingen zu sprechen. Wegen all dem bin ich gekommen.«

»Ich hatte nichts mit seinem Tod zu tun.«

»Das habe ich auch nie gesagt oder gedacht.«

»Aber deine Mutter meint das.«

»Das ist eine Angelegenheit zwischen euch beiden.«

»Schließlich ist sie deine Mutter.«

Er beschloss, zu schweigen. Er beschloss, das Thema nicht weiter zu verfolgen. Er hatte befürchtet, dass so etwas passieren könnte, hatte befürchtet, dass das Gespräch außer Kontrolle geraten könnte. *Beruhige dich wieder,* sagte die Stimme, die in den letzten Tagen immer dann zu ihm gesprochen hatte, wenn er in große Verlegenheit wegen seiner moralischen, intellektuellen und ethischen Pflichten geriet. *Bleib ganz ruhig und hör nur zu. Warum bist du hierhergekommen? Bist du nicht hierhergekommen, um über Soyaan zu sprechen, darüber, was er wann hier gegessen hat, mit wem er gekommen ist, wenn er nicht allein war, oder? Also. Dann tu es. Sei nicht herablassend. Liefere ihr keine dummen, steinigen Gründe, an denen sie ihre Hacke wetzen kann. Sei freundlich. Hör ihr zu.*

»Es ist eine reizende Überraschung, dass du hierher gekommen bist. Eine wirklich reizende Überraschung. Obwohl ich erwartet hatte, dass du eher kommen würdest. Was nützen dir meine Antworten auf deine Fragen jetzt noch, da die Ursache für Soyaans Tod offenbar kaum noch von Interesse ist? In den Zeitungen und im Rundfunk ist nicht mehr die Rede von ihm. Er ist ein toter Held. Und sind die Ursachen noch wichtig, wenn ein Mensch erst einmal tot ist?«

»Natürlich sind sie das.«

»Dein Vater ist nicht dieser Meinung.«

Das brachte ihn zum Schweigen. Noch ein Schluck. Er spürte den Druck jener bohrenden Blicke Beydans, die nach einem Anflug von Schwäche bei ihm suchte. Sie wusste, dass sie Keynaans Namen nur zu erwähnen brauchte, um ihn zum Schweigen zu bringen. Keynaan. Wirklich: Er zerfetzte den Gummiball der Zwillinge mit dem darauf gemalten Globus; wirklich: Er zerstörte ihr Traumbild von der Welt. Aber was tat er ihr an? Ein Schluck von seiner Cola. Frauen sind minderwertige Wesen, sagte er immer, ohne zu zögern. »Mit wem reden? Auf wen hören? Beydan oder Qumman? Du bist doch völlig übergeschnappt, mein Sohn. Im Koran steht ... !« Ja, ich weiß, was im Koran steht, an welcher Stelle und warum. »Verschone mich bitte damit.« Erst einmal hatte Beydan als Kind, als Mädchen nie einen Globus zum Bemalen oder eine Welt zum Träumen bekommen. Sie bekam zerbrochene Tonkrüge zum Spielen und Knochen, die sie als Puppen verkleiden konnte. Sie war mit Händen und Füßen an etwas gefesselt, das sie sich selbst nicht hatte aussuchen können. Ihre Hand wurde gegen Bargeld verkauft. Sie war jemandes Eigentum. Sie war niemand. Männer? Die einmalige

Klasse höherer Wesen. Männer konnten Anker werfen, wo immer es ihnen gefiel. Ihr Segel konnte im Wind ihrer Freiheit flattern. Das war es, was der Koran Männern von gleicher Geburt versprach. Aber der General selbst verweigerte, weil er den Lehren des Korans nicht glauben wollte, Männern von gleicher Geburt das Recht, ihre Segel ungehindert in Gottes freier Luft sich entfalten zu lassen. Man konnte den General als einen weiteren Ungläubigen betrachten, der Lenin zitierte, falsch zitierte, nur um an der Macht zu bleiben, ihn als einen Mann sehen, der im Widerstreit der Winde, im Kreuz und Quer der Stürme, in den trockenen Monsunwinden gefangen war, im jeweiligen Wetter, wie es ihm die Wahrsager vorhersagten, die seine Frauen ihm besorgt hatten. *Im Widerstreit der Passatwinde und anderer wirtschaftlichen Interessen gefangen, ebenso wie Keynaan, Beydan und meine Mutter und meine Freunde. Um zu herrschen, errichtet der General den Mast für seine Fahnenstange, der seiner Meinung fester steht mit der Hilfe des KGB als der des Korans ...* Beydan hatte etwas zu sagen:

»Dieser Soundso war mehrere Male da. Er kommt, um mit deinem Vater zu reden. Die beiden sagen mir, ich soll sie alleine lassen. Sobald er da ist, werde ich aus dem Zimmer geschickt.«

»Welcher Soundso?«

»Jetzt fällt mir der Name nicht ein. Der Minister.«

»Welcher Minister?«

»Der, der all diese Erklärungen abgegeben hat.«

»Der?«

»Er kam gleich am Morgen hierher. Er kam in einem großen Wagen, mit Chauffeur und zwei Staatssicherheitsleuten. Er kam in unser Zimmer, ohne dass wir ihn dazu gebeten hätten. Die Macht braucht keine Einladung. Sie kommen, wann immer es ihnen beliebt. Sie gehen, wann immer es ihnen beliebt.«

»Hat er dir irgendwelche Fragen gestellt?«

»Ja, das hat er.«

»Was für welche?«

»Er ärgert mich mit diesen dummen Fragen. Er ärgert mich, wenn er allen Anwesenden zeigen und beweisen will, wie lächerlich deine Mutter ist, wenn sie mich, wie sie es getan hat, beschuldigt, ich hätte Soyaans Essen vergiftet. Dein Vater kichert in einer Ecke und klatscht auch noch Beifall zu dieser enervierenden Verrücktheit dieses Ministers. Beide ärgern sie mich. Ich bin rausgegegangen, noch bevor sie es mir sagen mussten.«

Er trank schweigend. Jetzt könnte er etwas Stärkeres gebrauchen, dachte er. Whisky. Brandy. Etwas, das bis ins Herz seiner überwachen Sinne drang und seine aufgewühlten Nerven beruhigte. Natürlich konnte er nicht danach fragen. Eine einfache Frau, die höchstwahrscheinlich noch nie eine Flasche Whisky gesehen hatte, nicht einmal die einheimische Sorte, die mit Hilfe von kubanischer Sachkenntnis in Jowhar gebrannt wurde. Es würde sie vielleicht schockieren, wenn er so etwas auch nur erwähnen würde, sie wäre – wer weiß – so entsetzt, dass sie einen Herzanfall bekäme oder eine Fehlgeburt. Aber ... denk an etwas anderes. Nicht an Keynaan, dessen niedriges Verhalten jedem, der ein Gefühl für Integrität besaß, peinlich sein musste. Denke nicht an Getränke, die der Koran verbietet. Denke an etwas anderes. Sieh den Baum. Aah, ein Schmetterling. Sieh, wie er blumige Botschaften von einem Zweig des Baumes zum anderen übermittelt. Schau doch, wie er flattert, mit wohl kalkulierten Bewegungen, schau doch. Lass dieses friedliche Bild auf dich wirken, so flüchtig und kurz es auch sein mag.

»Er hätte auch sterben müssen«, fuhr sie fort. »Genau genommen ...«

»Wer?«

»Dieser Wie-hieß-er-noch-Minister.«

»Wie? Warum?«

»Soyaan und dieser Minister sind zusammen gekommen. Sie haben das Essen gegessen, das ich ihnen vorgesetzt habe, Soyaan etwas weniger als der Minister. Wir haben ihnen unser eigenes Mittagessen serviert, weil wir ihnen nichts anderes anbieten konnten. Aber das musste man ihnen ja nicht gleich sagen.«

»Als sie zu dir kamen, ist da sonst keiner dabei gewesen?«

»Ich habe niemand anders gesehen. Vielleicht hat irgendwo noch jemand auf sie gewartet. Aber der Minister fuhr selbst den Wagen.«

»Kannst du das Auto beschreiben?«

»Ich verstehe nichts von Autos. Ein rotes Auto. Kleiner als die Art von Autos, in denen Minister normalerweise kutschiert werden, bedeutend kleiner als das, mit dem er heute gekommen ist, und es war auch kein Chauffeur dabei. Vielleicht war es sein eigenes Auto. Er war ganz vernarrt darin.«

»Was noch?«

»Was noch, was noch – Fragen über Fragen! An dem Tag, an dem die Zeitung aus Versehen dein Foto brachte, kam der Minister hierher und stellte eine Frage nach der anderen, vor allem wollte er wissen, ob ich mich vielleicht an irgendetwas Besonderes, das an jenem Tag geschehen sei, erinnern könnte. Ich habe gesagt: ›Führen Sie Ihren Krieg und Ihre Streitgespräche draußen. Wir sind Frauen, wir sind schwach. Wenn wir Witwen werden, weinen wir nur leise, damit der General und Sie uns nicht hören, damit Ihre Staatssicherheitsmänner nicht zurückkehren und auch noch die anderen mitnehmen, die ihr noch nicht verhaftet habt. Gehen Sie und diskutieren Sie über Ihre Politik woanders.‹«

»Was hat er da gemacht?«

»Er stürzte wütend hinaus. Aber bevor er das tat, starrte er Keynaan lange wütend an. Noch bevor ich hörte, dass sein Wagen ansprang, begann Keynaan schon, mich zu schlagen. Eine Frau in meinem Zustand – was blieb mir anderes übrig, als zu ertragen, was kam?«

Die leuchtende Helligkeit der Sonne. Die alte Frau, Beydans Tante, kam, um zu hören, ob alles in Ordnung war. Sie kam, auf das Ende ihres geschrumpften Schattens tretend, und sie ging, von ihm gefolgt. »Frauen sind wie dein Schatten.« Loyaan erinnerte sich an das somalische Sprichwort: »Sie folgen dem, der sie verlässt, und sie laufen vor dem davon, der ihnen folgt.« Eine Verallgemeinerung, natürlich, wie alle Sprichworte. Würde Keynaan Beydan nachlaufen, wenn sie beschloss, ihn zu verlassen? »Wir sind Frauen, wir sind schwach. Wenn wir Witwen werden, weinen wir nur leise, damit der General und Sie uns nicht hören, damit Ihre Staatssicherheitsmänner nicht zurückkehren und auch noch die anderen mitnehmen, die ihr noch nicht verhaftet habt.« Gut ausgedrückt, sagte er sich. Sie hatte das denkbar Schlimmste durchgemacht. Ihr früherer Ehemann war in der Folterzelle gestorben. Er war Keynaans Fall gewesen. Der General sorgte für Schadensersatz: Er befahl Keynaan, sie an Stelle ihres ermordeten Ehemanns zu heiraten. Loyaan erinnerte sich auch an ein Gespräch, das er einmal mit einer Frau in Badoia geführt hatte, deren Mann kurz zuvor ins Gefängnis gekommen war. »Es ist der kalte Wind, der einem über die Rippen weht, was einem das Gefühl gibt, verlassen zu sein, es ist die fehlende Wärme, die das Leben schwierig macht.« Ein Schluck Cola. *Wir sind wie Frauen – schwach und duldsam, hilflos und machtlos angesichts der Macht des Generals.* Ein verstohlener Blick nach oben sagte ihm, dass der Schmetterling weggeflogen war. Ein Blick in die Richtung von Beydan, die sagte:

»›Ich habe so einen Durst wie der Sand im Meer‹«, sagte Soyaan an jenem Tag zu mir. ›Ich trinke und trinke und trinke, aber ich habe immer noch Durst. Ich glaube, ich muss zum Arzt gehen‹, sagte er. ›Ein Durst wie der Sand im Meer.‹«

»Was hat er denn getrunken, als er hier war?«

»Wir haben ihm Bier geholt, darum hatte er gebeten. Er hat große Mengen davon getrunken, mindestens zwei große Flaschen. Der Minister hat das nicht angerührt. Er wollte nur Limonade.«

»Sonst noch was?«

»Er hat Tabletten geschluckt. Er nahm drei oder vier, als er hier war. So klein wie Malaria-Tabletten.«

»Sonst noch was?«

»Er sah sehr müde aus. Seine Augen waren rot, und ab und zu rieb er sie sich. Er sah sehr müde aus.«

»Krank aber nicht?«

»Er sagte, er habe Durst.«

»Er sah nicht irgendwie komisch aus, oder?«

»Er hat Kette geraucht, eine Zigarette nach der anderen. Sie saßen da, Soyaan auf einem Stuhl, der Minister auf einem Hocker. Er rauchte Kette und nahm diese Tabletten und bat zum ersten Mal, seit ich ihn kannte, um Bier. Und er war sehr müde. Ich fragte ihn, ob er sich nicht wohl fühle. Er antwortete, dass er Durst habe, das war alles. Er wiederholte es: ›Ich habe Durst wie der Sand im Meer.‹ Allerdings fügte er hinzu, dass er im Innern so aufgewühlt sei wie das tobende Meer.«

Als ein plötzlicher Schmerz Beydan durchfuhr, biss sie die Zähne zusammen. Falscher Alarm. Vielleicht vorzeitige Wehen? Sollte er etwas tun? Aber was? Beydan streckte sich aus und lag auf ihrem Rücken wie eine Kakerlake, die mit den Beinen um den letzten Funken Leben zappelt. Sie schloss die Augen. Er nahm ihr Handgelenk und fühlte ihr den Puls. Selbst wenn das schon echte Wehen waren, was konnte er für sie tun? Beydan wollte bestimmt nicht ins Krankenhaus gebracht werden. »Sie nähen einen schlecht«, hatte ihm einmal eine Frau erzählt. »Im Martini entbinden sie bis zu zehn pro Halbtag. Die Hebammen werden vom Staat bezahlt. Sie kriegen ihren Lohn, ob sie nun eine oder zwanzig entbinden, und ihnen ist alles egal. Glauben Sie, Sie können diese Hosen tragen, die für die Armee genäht werden? Nur die Menge zählt, nicht die Qualität. Sie nähen einen eilig und schlecht zu. Das führt nur zu weiteren Komplikationen. Aber die alten Frauen, besonders aus der eigenen Verwandtschaft, tun es mit Liebe und Umsicht.« Die alte Frau war hier, um genau diese Arbeit zu machen, oder? Er ließ Beydans Handgelenk los. Ihre Augen öffneten sich. Sie lag reglos auf ihrem Rücken, murmelte ein stilles Gebet, kurz und eindeutig.

»Ich frage mich immer, ob ich das überleben werde«, sagte sie.

»Natürlich wirst du das.«

Er zog seinen Stuhl vor, damit er im Schatten saß. Die Sonne hatte ihren Stand verändert; es war nicht mehr so sengend heiß. Er wartete darauf, dass sie den Mund aufmachte und etwas sagte.

»Diese Anfälle kommen jetzt häufiger, weil wir sie nicht mit dem *Kur*-Ritual beschwichtigt haben, denn zeitgleich war Soyaans Tod«, sagte sie. »Diese Anfälle kommen jetzt häufiger, und sie werden schlimmer. Soyaan, Gott segne ihn.«

Sie setzte sich auf, nachdem sie sich auf ihre zitternden Ellbogen aufgestützt und sich von Loyaan hatte helfen lassen. Sie stöhnte vor Schmerzen. Dann:

»Deine Mutter war gestern in Afgoi, wusstest du das?«

»Hat sie dich besucht?«

»Nein.«

»Warum war sie denn in Afgoi?«

»Sie hat es dir nicht erzählt?«

»Nein, das hat sie nicht.«

Sie setzte sich aufrecht, so gerade, wie sie konnte. Sie empfand die Schmerzen als unerträglich in ihrer Häufigkeit. Sie schob sich ein Kissen unter den Ellbogen und legte den Kopf in ihre gewölbte Hand.

»Deine Mutter ist nach Afgoi gekommen, um einen Hexer zu konsultieren, den sie mit dem Geld, das die Trauernden für Soyaans Beerdigung gespendet hatten, ordentlich bezahlt hat. Deine Mutter hat die Dienste dieses Mannes in Anspruch genommen, um jemandem zu schaden.«

»Wem? Dir?«

»Vielleicht mir, vielleicht jemand anders.«

»Meinem Vater?«

»Vielleicht deinem Vater, vielleicht mir, vielleicht jemand anders. Sie hat diesen Hexer so gut bezahlt, dass er nicht genau sagen will, was sie von ihm wollte und wen er für sie beseitigen soll.«

»Woher weißt du das alles?«

»Dieser Hexer, den sie sich besorgt hat, ist ein angeheirateter Verwandter meiner Tante, dieser Tante hier. Er hat ihr gegenüber so viele Andeutungen gemacht, dass sie es verstehen konnte. Er hat ihr auch geraten, was für Mixturen ich nehmen sollte, um dagegen anzukämpfen und am Ende zu triumphieren. Deine Mutter plant, auf jeden Fall *jemandem* etwas anzutun.«

Plötzliche Schmerzattacken. Sie schrie auf. Die alte Frau stürzte heraus, um ihr beizustehen. Loyaan erhob sich, verharrte dann aber, obwohl er versucht war, irgendetwas zu tun. Die alte Frau hatte ihre Hand unter Beydans Kopf geschoben und ließ sie mit der anderen Hand an einer Wurzel riechen. Behutsam und langsam ließ sie dann Beydans Kopf auf die Matte sinken. Sie rieb ihr kräftig die Nase mit der Wurzel. Was war das für eine Wurzel? Loyaan beugte sich herunter und horchte auf ihren Herzschlag. Sie brauchte einen Arzt, keine Wurzeln oder Hexer.

Sie brauchte einen Arzt. Und Gott im Himmel! Sieh mal. Sieh mal. Dr. Ahmed-Wellie war durch die Eingangstür getreten. Wer dort hastig herbeieilte, war Dr. Ahmed-Wellie. Gütiger Himmel, woher wusste er das alles? Das war ein sehr seltsamer Zufall. Warum war er hier?

»Unglaublich. Was haben Sie gesagt? Bitte, sagen Sie das noch mal«, sagte Loyaan zu Ahmed-Wellie.

»Wollen Sie, dass ich mir noch lächerlicher vorkomme? Lassen Sie uns fahren. Steigen Sie schon ein!«

»Nein. Bitte. Wiederholen Sie, was Sie gesagt haben.«

Ahmed-Wellie ließ den Motor an. Er war so ungeduldig, wie er gewesen war, als er darauf gewartet hatte, dass Loyaan aus Beydans Haus kam und sich ihm anschloss. Hastig hatte er Beydan etwas verschrieben. Nichts zu befürchten. Sie würde keine Fehlgeburt haben. Gut essen. Anständig schlafen. Viel spazieren gehen.Und keine Versammlung von Hexern wäre in der Lage, ihr und ihrem Kind etwas anzuhaben.

»Was haben Sie gesagt? Sagen Sie das noch mal.«

»Ich werde es unter einer Bedingung wiederholen.«

»Unter welcher?«

»Dass Sie einsteigen und wir diesen Ort verlassen können. Es stinkt hier.«

»Unglaublich. Wie konnten Sie das tun?«

Er stellte den Motor ab. Er war wütend und ungeduldig. Er wirkte abgespannt. Er wollte nicht länger warten. Er ließ nicht zu, dass Loyaan ihn auslachte, ihn verspottete. Ahmed-Wellie ließ es nicht zu. Er ließ den Motor wieder an. Es sah so aus, als wollte er ein Ultimatum stellen und ohne Loyaan wegfahren. *Du solltest es nicht übertreiben,* sagte die Stimme zu ihm. *Du solltest so etwas nicht so aufbauschen. Lass es jetzt vorsichtig angehen. Öffne die Tür, steig ein und sag erst mal gar nichts, versuch gar nicht erst, dich zu erklären, lass die Dinge sich von allein zurechtlegen, lass ihn fahren, wohin er will; bleib einfach still sitzen und sag gar nichts.*

»Würden Sie bitte die Tür zumachen?«

»Ja.«

Und Ahmed-Wellie fuhr los, ließ die Reifen quietschen, als er eine Kurve nahm, er fuhr unbeholfen, als wäre er unfallsüchtig. Er hielt nicht einmal bei einem Stoppschild an. Er provozierte an jeder Kreuzung, er fuhr auf gut Glück in den Kreisverkehr. Aber was hatte er denn nun zu Loyaan gesagt, sobald sie Beydan allein gelassen hatten? Was für eine »lächerliche« Behauptung hatte er gemacht? »Ihre Mutter hat mich um einen Gefallen gebeten. Ihre Mutter hat darum gebeten, dass ich, als Arzt und als Freund, dafür sorge, dass Sie nicht mit einer Magenverstimmung nach Hause kommen wie Soyaan. Ihre Mutter hat mich darum gebeten, nach Afgoi zu fahren und Sie so sicher und gesund wieder nach Hause zu bringen, wie Sie es heute morgen verlassen haben. Ihre Mutter sagte auch, dass ich Sie davor warnen sollte, dass Beydan möglicherweise Ihr Essen vergiftet hat.« Und was war jetzt so lächerlich daran? Mütter stellten seltsame Forderungen. Hatte sie nicht dasselbe auch schon zu Loyaan gesagt? Die ganze Strecke gefahren zu sein und es dann so selbstverständlich zu erzählen, wie er das getan hatte – das war lächerlich. Nein, lächerlich auch nicht wirklich. Unerwartet schockierend. Ahmed-Wellie hätte es höflich umschreiben sollen: Er hätte ein paar relativierende Bemerkungen vorausschicken sollen – und das hatte er nicht getan: Das war vielleicht der Aspekt, den Loyaan so schockierend fand. Der Wagen wurde langsamer. Sie hatten den Checkpoint erreicht, an dem die Autonummer des Fahrzeugs, der Name des Halters, die Zahl der Insassen, der Grund für die Fahrt und so weiter registriert wurden. Aber da, da, der Verkehrspolizist erkannte Dr. Ahmed-Wellie, lächelte ihm zu und winkte sie durch. Eine *sittaymanogto,* die unter der Last der Fahrgäste schwankte, stieß beinahe, obwohl nicht vorfahrtberechtigt, frontal mit ihrem Wagen zusammen. Geistesgegenwärtig machte Ahmed-Wellie ein Ausweichmanöver, das sie aus der Gefahrenzone brachte, und fuhr weiter, wobei er keinen Augenblick anhielt oder zurückblickte. Als er die vollständige Kontrolle über das Steuerrad und den Fahrrhythmus wieder erlangt hatte, als der Tachometer ein gleichmäßiges Tempo in zwei Ziffern anzeigte, sagte Ahmed-Wellie:

»Ich bin auch gekommen, um Ihnen die jüngsten Entwicklungen mitzuteilen.«

Loyaans Gedanken hatten, wie die Zunge eines erfahrenen Feinschmeckers, damit begonnen, alles zu verzehren, was leicht zu verdauen war, und hatten mit dem Gaumen seines Gedächtnisses all das geschmeckt, an was er sich erinnert haben sollte. Ein Menü aus Ideen. Vorspeisen. Hauptgerichte. Und so weiter und so fort. War Soyaans Essen von Beydan vergiftet worden? Warum hatte der Minister dann nicht die gleichen Bauchschmerzen bekommen wie Soyaan? Nein. Loyaan hatte nicht gehört, was Ahmed-Wellie gesagt hatte. Er ließ keinerlei Reaktion erkennen, er hatte sich nicht aus der schweigsamen Haltung gerührt, in die er verfallen war, als der Wagen wieder sein gleichmäßiges Tempo erlangt hatte. Um dieses Gleichmaß zu unterbrechen, wurde der Wagen langsamer.

»Ich bin gekommen, um Ihnen ein paar andere Dinge zu sagen«, wiederholte Ahmed-Wellie.

»Was?«

Er wechselte den Gang. Er fuhr eine Weile im zweiten. Und: »Sie haben Ibrahim Il Siciliano zum Verhör abgeholt.«

»Nein.«

»Doch, das haben sie.«

»Wann?«

»Gleich nachdem er Sie verlassen hatte.«

»Woher wissen Sie das?«

Er legte den dritten ein. Er fuhr schneller. *Während ich mit anthropologischer Feldforschung dahingehend beschäftigt bin, wer wen vergiftet hat und wer wen verhext, schöpft die Staatssicherheit, auf Anraten von anderswoher, den Rahm unserer Besten ab.* »Ich frage mich immer, ob ich das hier überlebe«, hatte Beydan gesagt. Würde Ibrahim es überleben? Würden sie ihn foltern, um ihn zu zwingen, ihnen alles zu erzählen, was sie wissen wollten? Würden sie ihm die Hoden zerquetschen, ihm Nägel in seine Fingernägel treiben? Wenn er vor Angst nicht mehr urinieren könnte, würden sie losgehen und Dr. Ahmed-Wellie wecken, ihn mit verbundenen Augen in ein Auto verfrachten, und mit ihm eine sandige Straße rauf und runter fahren, um seinen Orientierungssinn zu verwirren, und würden sie ihm dann Ibrahim als Patienten präsentieren: Mach ihn gesund? Spielte Moral hier eine Rolle? Man sagte nein zu ihnen, riskierte damit auf dumme Weise das eigene Leben und ein anderer Mensch musste leiden, weil man ihm die ärztliche Versorgung verweigerte. Man akzeptierte die Gebote menschlicher Not und behandelte den Patienten, als ob er oder sie einem in die Ambulanz ins Krankenhaus gebracht worden wäre. Sie hatten Ibrahim zum Verhör abgeholt, als ... *Verlier nicht die Ruhe. Denk nach.* Was war mit seiner Schwester? Wusste Ahmed-Wellie irgendetwas von ihr?

»Ja.«

»Sie ist unter der Folter zusammengebrochen.«

»Sie hat Namen genannt?«

»Ja.«

»Und das Memorandum?«

»Ich weiß es nicht.«

»Glauben Sie, dass das jetzt in ihren Händen ist?«

»Alles ist möglich.«

Moment mal. Erzähl ihm nicht, dass Margaritta das andere hat. Je weniger Leute etwas von der Existenz eines solchen Dokuments wissen, umso besser. Mit Sicherheit. Einer nach dem anderen, sie kommen und holen sie ab, und wir warten auf sie. Wir reden darüber, als wären dies ganz normale Dinge. »Weißt du schon, dass die Staatssicherheit bei Soundso im Morgengrauen angeklopft und ihn an einen unbekannten Ort verschleppt hat?« Drei Monate, neun Monate, ein Jahr. Niemand hatte jemals das Recht in Anspruch nehmen wollen, den Mann, den Sohn oder den Bruder zu besuchen. Keiner, der nach einem Jahr Gefängnis entlassen wurde, verlangte anschließend einen fairen Prozess, in dem man ihm seine Schuld an einem Verbrechen nachwies oder Haftentschädigung gewähren musste. Keiner war schockiert, wenn er hörte, dass Soundso zum Verhör abgeholt worden war. Manchmal dauerten diese Verhöre lange. Sie konnten ein Jahr lang dauern. Mitunter zwei Jahre. Loyaan wusste von einem, das vier lange Jahre der Unsicherheit gedauert hatte, während der der Gefangene nicht wusste und es ihm nicht gesagt wurde, welches Verbrechen er begangen haben sollte. Ibrahim. Und seine

Schwester. Sie würden sie mit Sicherheit jetzt nicht mehr freilassen, nachdem sie ihn zum Verhör abgeholt hatten. Ahmed-Wellie sagte jedenfalls:

»Sie kamen beim letzten Morgengrauen. Sie verbanden mir wie immer die Augen. Sie fuhren in der Gegend rum und brachten mich schließlich an einen Ort, der nach Motorenöl und rostigem Metall roch. Ich kann mich irren, aber ich glaube, ich war in einer Werkstatt. Sie führten mich an der Hand und platzierten mich vor einer Gestalt, deren Gesicht vor mir verborgen war. ›Da sind wir‹, sagte der Offizier, der mich hergebracht hatte. Man zeigte mir die Brüste einer Frau. Oh, guter Gott, dachte ich. War das Mulki, Ibrahims Schwester? Unter der Folter waren ihre Brüste schwarz durch die Wunden geworden, und der Körper der Frau trug die Spuren von Peitschenhieben. Sie brauchten eine Krankenschwester für sie. Warum hatten sie mich hierhergebracht? Konnte dies Mulki sein? Ich wartete auf eine Gelegenheit, eine Frage zu flüstern. Ich wartete darauf, etwas sagen zu können, woran sie mich erkennen würde. Da stand allerdings der Wächter, und es hätte mich in Schwierigkeiten bringen können, wenn er mich hörte oder gar missverstand. Das sind Ungeheuer, die keinen Spaß verstehen. Also sagte ich: »Haben Sie jedesmal menstruelle Störungen, wenn Sie Ihre Periode haben? Und waren Sie schon einmal beim Arzt?« Keine Antwort. Ich dachte, sie wäre es. Ich habe mir noch einmal den Körper der Frau angesehen, nackt bis auf die Maske vor ihrem Gesicht. Ich habe ihre Brüste abgetastet, und es tat ihr weh, als ich sie berührte, sie hier und da drückte. Ihre Brüste wirkten schlaff, leergesaugt – wie die einer Mutter. Da war ich mir ganz sicher. Dann fragte ich sie: »Haben Sie Kinder?« Sie nickte zustimmend. Erleichterung. Das war nicht Mulki, denn soweit ich wusste, hatte sie keine Kinder. Aber dieses Gefühl der Erleichterung hielt nicht lange an. Auch wenn sie nicht Mulki war, auch wenn sie nicht Ibrahims Schwester war, auch wenn sie nicht die Schreibkraft war, die Soyaan geholfen hatte, nun, dann war sie jemand anders, sie war eine andere Person und hatte die gleichen Rechte wie jeder andere. Sie liebte jemanden, und jemand musste sie geliebt haben. Sie war hier, das war keine Frage, wegen eines

Verbrechens, das sie nicht begangen hatte, ja man hatte sich sicher nicht einmal die Mühe gemacht, ihr irgendetwas nachzuweisen. Wieder das Moral-Syndrom. Aber was konnte ich für sie tun? Die besten Medikamente verschreiben, die zur Verfügung standen, und eine gute Diät, damit sie nicht zusätzlich auch noch unterernährt wieder rauskam. Aber sie hatten noch einen anderen Arzt da, der mein Papier gegenzeichnen musste. Es war ein russischer Arzt. (Einer meiner chinesischen Kollegen im Martini zeigte mir einmal eines Tages, welchen russischen Arzt die Staatssicherheit für solche geheimen Fälle benutzte. Ich hätte nicht gedacht, dass ein Chinese so weit gehen würde, aber dieser tat es. Er war auch nur ein Mensch. Eine Gefälligkeit für eine andere: Durch mich hat er seine Geliebte kennengelernt, eine Krankenschwester.) Das Moral-Syndrom jedenfalls. Gegen die Moral politischer Gewalt haben die Schwachen kein anderes Mittel zum Überleben, als bis zu einem bestimmten Punkt mit den Mächtigen zu kollaborieren. Während man kollaboriert, kann man ihre Strategien lernen. Ich presste ihre Brust, wo es sie am meisten schmerzen musste. Sie stöhnte unter meiner festen Berührung, die ihr ganz offensichtlich weh getan hatte. Dabei fragte ich sie nach ihrem Namen. Ich verstand ihn nicht richtig, aber er hatte mehr Silben als Mulkis. Sie verbanden mir wieder die Augen. Sie nahmen ihr die Maske ab, während ich immer noch im gleichen Raum war, denn ich hörte, wie sie erleichtert seufzte, weil sie lauter und befreiter atmen konnte. Aber da hatten sie mir schon die Maske aufgesetzt. Und das war es dann.«

»Haben Sie Mulki denn nie kennengelernt?«

»Doch, das habe ich.«

»Wieso haben Sie es dann nicht eher gemerkt? Wissen Sie, ich glaube Ihnen nicht ...« Und er verstummte.

»Was? Was glauben Sie nicht?«

»Ist doch egal, was ich Ihnen nicht glaube.«

Der Wagen begann, Sprünge zu machen. Sofort aber trat er das Gaspedal wieder mit dem richtigen Druck seines Fußes herunter. Dann fuhr er fort, sanft zu erklären:

»Die Größe der Frau, die Tatsache, dass sie die gleiche Hautfarbe hatte wie Mulki, die Ahnung, die ich hatte, dass sie mir eines Tages einen üblen Trick spielen und mir einen gefolterten Freund vorführen würden; der Umstand, dass ich nicht glaubte, dass die Frau einen praktischen Arzt gebraucht hätte: Dies alles, nehme ich an, hat mich sehr beschäftigt und meine Wahrnehmung getrübt.«

»Aber warum *Sie*? Warum immer *Sie*?«

»Ich bin froh, dass sie mich auswählen, wann immer es ihnen in den Sinn kommt, denn ich glaube, wenn sie jene verantwortungslosen Ärzte holen würden, die politisch völlig ahnungslos sind, dann wäre die Situation vielleicht ganz anders. Ich sehe das symbolisch: Ich wasche das Blut ab, das sie vergießen; ich verbinde die Wunden, die sie schlagen; ich versorge die Verletzungen, die sie Unschuldigen zufügen; ich heile jene, die sie krank machen; ich beende ein Kapitel des Schmerzes, das sie begonnen haben; ich schütte ein Loch zu, das sie gegraben haben; ich flicke die Knochen, die sie brechen; und ich bin die Hoffnung, die sie nicht versprechen.«

»Glauben Sie, dass sie wissen, dass Sie ein Mitglied von Soyaans und Ibrahims geheimer Bewegung sind, dass Sie einer ihrer Mitstreiter sind? Oder glauben Sie, dass sie Ihnen vertrauen, weil Sie (ich muss das Ungesagte sagen) zum gleichen Clan gehören wie der General?«

»Ich weiß es nicht. Ich kann es nicht sagen.«

Ein Schlag nach dem anderen, dachte Loyaan, *und sie werden schließlich auch Ahmed-Wellie auslöschen, und dann zu mir kommen. Zu Margaritta vielleicht noch vorher. Sie werden mich erst mal hilflos machen. Einen nach dem anderen, werden sie alle, mit denen ich Kontakt hatte, wegschaffen, beseitigen. Vorher werden sie mich in Verruf bringen. Sie haben Soyaan und mich in Verruf gebracht, indem sie das Interview, das mein Vater gegeben hat, veröffentlicht haben.* Wie einsam er sich an dem Tag gefühlt hatte, als das Interview in der Zeitung stand, an dem Tag, als Soyaans und seine Freunde sich zu Recht durch das verraten fühlten, was in der Regierungszeitung veröffentlicht wurde. Zusätzlich würden sie die Differenzen ausbeuten, die zwangsläufig zwischen seinem Vater und ihm bestanden, die enormen Meinungsverschiedenheiten zwischen ihm und seiner Mutter auf der einen und Beydan und ihm auf der anderen Seite. Wie Würmer würden sie sich in seine Verteidigungswälle fressen, Stück für Stück und so, wie es ihnen gerade passte. Wie Ameisen würden sie lautlos eindringen und mit ihren scharfen Zähnen still und leise wegmampfen, was ihn beschützte. Vielleicht sollte er sich von nun an auf niemanden mehr verlassen. Vielleicht sollte er diese Sache von nun an ohne Hilfe weiter betreiben, so dass er sich, wenn der Augenblick kam, wenn sie, sagen wir, Ahmed-Wellie abgeholt und verhaftet hätten, oder Margaritta, nicht so einsam fühlen würde. *Morgen, in der Früh, mein Dialog mit der nackten Staatsmacht fängt morgen an. Er beginnt mit meinem Termin beim Minister im Präsidialamt. Wir werden uns Mann zu Mann gegenübertreten, er mit der ganzen Macht, die ihm die Sterne auf seinen Schultern verleihen, mit dem Büro, in dem er arbeitet, dem Wachposten an seinem Tor und der Bedeutung, die seine Unterschrift jedes Mal besitzt, wenn sie auf einem Stück Papier erscheint; ich umso machtloser und einsamer, als ich nicht Samsons Haar habe noch das Zauberwort Sesam-öffne-dies, öffne-das, keine Schätze, und kaum eine Zukunft wie Beydans ungeborenes Kind. Aber wie die eines Zirkus-Mannes werden meine Finger einen Zauberteppich weben, und darauf werde ich den ganzen Weg gehen, einem roten Teppich der Macht. Wir werden uns Mann zu Mann gegenübertreten ...*

»Wo soll ich Sie hinfahren?«

Sie waren am Checkpoint.

»Fahren Sie mich nach Hause, bitte.«

Ahmed-Wellie fuhr an die Seite und stieg aus, um die Autonummer des Wagens, den Namen des Halters, die Zahl der Insassen und den Grund der Fahrt registrieren zu lassen. Als er zurückkehrte:

»Ich setze Sie zu Hause ab und fahre gleich weiter. Ich werde nicht mit reinkommen.«

»In Ordnung.«

»Nach Hause dann.«

Gott im Himmel, nein. Doch, das Leben hörte nie auf, einen zu überraschen. Vor dem Haus war Margaritta, allein, in ihrem

Wagen. Was hatte sie hierhergeführt? Das Memorandum? *Ich gehe von einem zum anderen. Ich gehe von einem Wagen zum nächsten.* Ibrahim war jetzt Sperrgebiet. Ahmed-Wellie würde vielleicht schon abgeholt werden, bevor sich die Dunkelheit der Nacht zur Morgendämmerung aufhellte, wer wusste das schon? *Von einem zum anderen, wie ein Callgirl, das sich für die Nacht an denjenigen verkauft, der am meisten bietet. Ruf an. Komm. Schnell.* Was hatte Margaritta mitgebracht? Schlechte Nachrichten? Oder das Memorandum mit dem Titel ›Dionysius' Ohr‹? Was?

»Warum sind Sie nicht reingegangen?«

»Nach jenem peinlichen Abend neulich, als ich Sie betrunken nach Hause gefahren habe, wissen Sie das noch? Ich wollte weder Ihrer Mutter noch Ladan begegnen.«

Sie küssten sich auf die Wangen.

»Sie würden niemals grob werden.«

»Nein. Ihre Mutter war schon grob zu mir, so grob, wie nur eine Frau zur anderen sein kann. Ladan ist auch nicht da. Deshalb habe ich es vorgezogen, draußen auf Sie zu warten.«

»Das tut mir Leid.«

»Ich habe vergessen, zu erwähnen, dass ich Soyaan auch schon einmal total betrunken nach Hause gebracht habe. Deshalb bringt sie mich wahrscheinlich mit dem Bösen in Verbindung; für sie bin ich die ungläubige *mulatta*, die ihre Kinder eins nach dem anderen fortlockt, sie verführt, betrunken macht und ihnen uneheliche Kinder gebärt. Ja, ich verstehe.«

Er wusste nicht, was er sagen sollte. Er hielt den Atem an. Er dachte an das, was er durchgemacht hatte; er durchlebte in aller Kürze noch einmal alles, was er mitgemacht hatte, seit er am Morgen seine Verabredung mit Ibrahim gehabt hatte, er dachte an seinen Besuch bei Beydan, dann an Ahmed-Wellies merkwürdiges Auftauchen bei Beydan und das, was er ihm erzählt hatte. »Qumman ist einfach eine Frau, die sich von Beydan und von Margaritta bedroht fühlt; von Beydan, weil sie die Frau ist, die Keynaan vorzieht und auch weil Soyaan angeblich vergiftetes Essen bei ihr bekommen hat; von Margaritta, weil sie den Typ Frau repräsentiert, den Qummans Generation verabscheut.«

»Ich habe vergessen, zu erwähnen, dass ich Soyaan auch schon einmal total betrunken nach Hause gebracht habe.« Qummann verabscheute junge, gebildete, »emanzipierte Frauen«, die Margarittas, die Medinas. Nun, das machte die Dinge einfacher, dachte er.

»All das tut mir sehr Leid«, wiederholte er.

Ein lähmendes Gefühl saß wie ein Kloß in ihrem Hals, und sie fand ihre Stimme nicht, bis sie sich geräuspert hatte. Inzwischen küsste er sie auf die Stirn, nahm ihre Hand und drückte sie. Als sie wieder nebeneinander standen:

»Haben Sie es mitgebracht?«

»Was?«

»Haben Sie Dionysius' Ohr mitgebracht?«

»Deshalb bin ich gekommen.«

Sie nahm die Zigarette, die er ihr anbot. Sie lehnte sich mit dem Hintern an die Kühlerhaube und ließ sich ihre Zigarette gleichzeitig mit seiner anzünden. Sie paffte schweigend, während er tiefe Züge nahm.

»Haben sie Sie auf Ihrem Weg hierher angehalten und es Ihnen abgenommen, ist es das, was sie getan haben?«

Sie schüttelte den Kopf: nein.

»Was haben sie denn getan?«

»Etwas Übleres.«

Sollte er lachen, sollte er weinen, sollte er sie schlagen, sollte er überhaupt etwas tun oder nichts? *Warum komme ich immer zu spät? Warum bin ich immer derjenige, der es als Letzter hört? Warum bin ich derjenige, der von den Dingen zuletzt erfährt?*

»Haben sie Ihren Safe aufgebrochen?«

»Sie haben es schlauer angestellt.«

»Ich komme sicher nicht drauf, wenn Sie es mir nicht erzählen.«

Er spürte, wie sein Herz vor Schmerz zuckte. Er fühlte sich schwach angesichts der Information, die er unbedingt haben wollte. Was würde sie ihm erzählen? Er fragte sich, ob es nicht vielleicht das Beste wäre, sie einfach stehen zu lassen, zu vergessen, dass sie ihm jemals ein Memorandum versprochen hatte, einstweilen zu vergessen, dass sie sich jemals begegnet waren, dass sie Soyaan gekannt, geliebt, sich um ihn gekümmert und ihm einen Sohn namens Marco geboren hatte. Sie hatten Mulki und Ibrahim. Das bedeutete, dass sie auch das Memorandum hatten, das die beiden besaßen. *Sie sind schnell, oder? Sie wissen, wie sie ihre Spuren verwischen können. Sie sorgen selbst für ihre Alibis. Und wenn ich morgen den Minister im Präsidialamt aufsuche – was soll ich sagen? Was für Beweise habe ich denn überhaupt?*

»Wie haben sie es denn gemacht?« fragte Loyaan.

»Sie haben mein Schließfach in der Bank geöffnet.«

»In der Bank? Wie konnten sie das tun? Die Bank besitzt einen Schlüssel, und Sie den anderen.«

»Mit Gewalt.«

»Woher wussten sie denn, dass Sie es darin aufbewahrt hatten?«

»*Er* wusste immer schon, dass ich meinen Schmuck und wertvolle Dokumente im Schließfach der Bank aufbewahre. Sie haben doch nicht vergessen, oder, dass der Minister einmal mein Geliebter war?«

»Was haben die Leute in der Bank gesagt?«

»Sie haben mir ein neues Schließfach für meinen Schmuck und die restlichen Dokumente gegeben, und sie haben sich entschuldigt. Was sollen sie machen? Wir leben im Ausnahmezustand, und das seit fünf Jahren.»

»Das Leben hört nie auf, mich zu überraschen.«

Eine lange Pause trat ein.

»Es tut mir Leid«, sagte sie.

Noch eine längere Pause.

»Wie geht es Marco?«

»Es geht ihm gut, gut, gut.«

»Glücklicher dran als wir. Ich frage mich, ob Sie ihm klargemacht haben, dass sich alles um ihn dreht, dass er der Schlüssel zu diesem ganzen Rätsel ist. Soyaan. Der Minister im Präsidialamt. Das Gedicht, das Soyaan auf die Rückseite des Fotos gekritzelt hat. Sie. Ich. Meine Mutter. Mein Vater. Beydan. Wir haben den Rest ungerecht behandelt, denke ich manchmal, wir sind in etwas hineingeraten, das sie gar nichts an geht.

»Ich glaube nicht, dass ich Sie verstehe«, sagte sie.

Er küsste sie auf die Stirn. Im Gehen:

»Ich treffe ihn morgen. Wenn ich mit ihm gesprochen habe, sage ich Ihnen Bescheid.«

»Ihn? Wen?«

»Wen sonst?«

»Den Minister.«

Und er war fort.

TEIL DREI

Wie Bastard-Kinder, die sich in ihren Namen verbergen
(...) Wälder
Der Geschichte, die zuwachsen mit Amnesie.
Derek Walcott

Deine Brust wird nicht an der Brust
Deines Geliebten liegen im Schlaf.
W. B. Yeats

Kein Gewässer ist ruhig, an der Oberfläche.
James Dickey

ELF

Wie eine Ameise, die einen Hang hinaufkrabbelt, dann einen Riss in einem Graben hinab, bis sie auf eine andere, tote Ameise stößt, innehält und immer wieder um sie herumkrabbelt. Die lebendige Ameise erstarrt und mustert die Ameise, die tot ist, überlegt vielleicht, sie zurück in ein Nest zu transportieren, irgendwohin, wo sie auf jeden Fall in Sicherheit ist. Aber etwas weiter oben, sich ihnen nähernd, sich dem Feld nähernd, über Gräben nah und fern hinweg hört man, nein sieht man das Tosen eines Flusses, der auf das Feld, die Gräben und die Ameisen zuströmt, ein reißender Fluss, dessen Geschwindigkeit unberechenbar ist. Die lebendige Ameise hört das, und als sie es gehört hat, erstarrt sie und sieht, wie das Wasser auf sie zuströmt und ...

Es war still an diesem Ort, bis auf das Geräusch eines Flugzeuges, das am Himmel schwebte. Im Schatten war es kühl. Die Bäume scheuerten ihre Blüten aneinander, über dem Boden, diese Bäume, die den Himmel beschirmten; ja, das Konvexe eines Blattes, das sein Grün entbot, kam in Kontakt mit dem Konkaven eines anderen, hoch oben über Loyaan, über allem, nahe am Himmel. Die Reibung, der Kontakt, die Berührung: Diese lockten, wenn sie anhielten, den Schmetterling und die Arbeitsbiene an. Und der Wind wehte flüsternd zwischen den Zweigen hindurch, verströmte ein warmes Willkommen. Bäume in Einheiten, Bäume, die in Gruppen gewässert wurden. Hier eine Ordonnanz, da noch eine. Dort ein Militärfahrzeug. Hier der sternenbesäte Adler, die Insignien der Macht. Plakate, so groß wie der Tod, jäh auftauchend wie der Erzengel Michael, Plakate, die an den auffallendsten Stellen aufgestellt waren, jenes am Eingang besonders effektvoll in Rot gehalten, der Farbe des Blutes, des Todes, Lenins Lieblingsfarbe und die von Stalins Perversität und der ausgeprägten Loyalität des Generals gegenüber der sowjetischen Hegemonie. Die erste Zigarette am Morgen, wenn die Lungen besonders empfänglich sind, sich allmählich öffnen wie das Rosa eines Pfaus, der schreit, wenn er erregt ist ... nein, pardon, wenn die Lungen vielmehr knacken wie ein Aluminiumdach, das sich unter der Macht der tropischen Sonne dehnt. Das Flugzeug wieder. Eine MiG-19 diesmal. Ein Vogelschwarm, vom ohrenbetäubenden Lärm erschreckt, flog von einem herabhängenden Ast auf, nur um in der walddunklen Sicherheit im Innern des gleichen Baumes Schutz zu suchen, wo sich, die Äste kreuz und quer übereinandergeschlagen wie die Beine der Fahrgäste in einem überfüllten Zugabteil, der Schoß des Baumes öffnete, eine mögliche Beute, ein Schoß, der wartete ...

Genau wie ich, dachte er. Man hatte ihn aufgefordert, hier zu sitzen und zu warten. Ein Soldat hatte ihm das mitgeteilt. Hatte er einen Termin bei dem Minister im Präsidialamt? Wenn ja, wo war die schriftliche Bestätigung? Minister hier machten keine Termine per Telefon. Er musste eben einfach warten. *Aber* ... ! »Wir haben unsere Anweisungen.« Und er wurde vom Scheitel bis zur Sohle gefilzt. Seine Taschen wurden ausgeleert. Ihm wurde ein Formular ausgehändigt, das er ausfüllen sollte, ein Formular, das unangemessen lang war für das kurze Gespräch, das er erwartungsgemäß mit dem Minister führen würde. Loyaan hatte gewöhnlich Probleme mit dem Ausfüllen von Formularen und jedes, mit dem er fertig war, sah anschließend völlig chaotisch aus. Er strich etwas durch und schrieb etwas anderes darüber. Nein, nein, dies war nicht sauber genug. »Name. Name des Vaters. Beruf. Name des Beamten, den man sprechen möchte. Grund.« Dafür war hinreichend Platz, um zu jedem Punkt einen Leitartikel zu schreiben. Sollte er jede Zeile hier ausfüllen? Seine Hände unter dem Kinn. Gefilzt, seine Taschen ausgeleert, sein Körper abgetastet, missbraucht und erniedrigt, ließ man ihn warten. »Minister hier machen keine Termine per Telefon. Ich fürchte, Sie werden warten müssen, bis die Person, die das Formular, das Sie ausgefüllt haben, weggebracht hat, wieder zurückkehrt. Nehmen Sie doch bitte Platz.« Hier soll ich Platz nehmen? Riesige Felsen, vom Alter aufgeraut, riesige Felsen, von den Hintern glatt gerieben, die darauf gesessen hatten. *Bleib ganz ruhig. Sei ein Fels, hart, unverrückbar und unnachgiebig; sei der, der das Kommen und Gehen von Regierungen und Diktatoren, von Ausländern oder Einheimischen überlebt; sei der Fels, konzentriert, alles enthaltend, Weichheit in seinem Sand, kalt in der Nacht, heiß, wenn die Sonne hoch steht – und ohne Blut, wenn er geschnitten wird. Sei der, der aus den Felsspalten lugt, wie Steinbrech, wie die Geckos und Eidechsen, grau, ob klein oder groß, erdhaft und hässlich – anders als die Lagos-Eidechsen, die am Boden kauern, den Kopf trotzig gereckt, mit flachem Schwanz und in der passenden Stellung, um aktiv zu werden.* Weiter entfernt lag noch ein Felsen, ein Fels, der an der Taille in die Breite ging wie eine Frau vom Mittelmeer. Könnten sie nur erzählen, diese Felsen, was sie gesehen hatten, welche Hände sie berührt hatten, mit welchen Hintern sie in Berührung gekommen waren. Griechenland und Sizilien: Geschichte, wie herausgemeißelt aus der Härte von Felsen, erst kommen die Griechen selbst, dann die Sizilianer, die Normannen, die Araber, dann Garibaldi und seine Rothemden. (Die Schwarzhemden von Mussolini, die roten Halstücher Lenins und Stalins; die grünen Uniformen der Grünen Garde des Generals.) Er dachte jetzt daran, wie er das letzte Mal auf Sizilien einmal in das Kellergewölbe einer Taverne geraten war, voller zahnloser, alter Männer, die ihre Rente in Weinflaschen bezogen und die Becher zählten, nur um die Zeit totzuschlagen, die zählten und auf den Tod warteten, der die Erlösung brachte. Nicht Soyaan, nein. Noch Ibrahim. *Und ich auch nicht, ganz sicher nicht. Soyaan hatte Pläne, wir haben Projekte, wir haben eine Liste von Dingen, die wir erledigen müssen, eine Liste ungelesener Bücher, eine starke Sonne, die unser junges Blut wärmt, einen Mond, der unsere Nächte erleuchtet.* Das zu unterbrechen, ohne Vorwarnung, ohne jemandem ein Wort zu sagen, ja, aufzuhören *zu sein*: Das war böse.

»Streichhölzer, bitte, haben Sie Streichhölzer?«

Loyaan sah auf. Ein Soldat, ein Gefreiter, der auf dem Filter einer Zigarette kaute. Loyaan holte sein Feuerzeug heraus, aber er drückte erst auf den Zündknopf, nachdem er den Mann gefragt hatte, ob er sich darüber im Klaren sei, dass er das Regime der Weißen in Südafrika unterstützte, wenn er diese Zigaretten kaufte.

»Nein, das war mir nicht klar.«

Loyaan musterte den Mann voller Verständnis und Sympathie. »Die Zigarettenfabrik gehört dem südafrikanischen Staat.«

Der Soldat rief den Markennamen der Zigarette aus, als könnte er sich dadurch beim nächsten Mal besser daran erinnern, als würde ihm das helfen, sie nie wieder zu kaufen und sein Gewissen zu beruhigen, und als könnte er so mit seinen schwachen Kräften helfen, für die Befreiung der Afrikaner im Süden zu kämpfen (»Der Afrikaner«, darauf bestand Soyaan immer, »nicht der Schwarze; man muss schon genau sein: Der andere ist weiß, vielleicht, wenn man ganz großzügig ist ›Euro-Afrikaner‹, aber niemals Afrikaner«). Was war mit dem im Norden, der an die Kette eines asiatischen Denksystems geschmiedet war, was war mit dem Afrikaner im Norden? »Hier.« Er gab ihm Feuer.

Der Soldat schlug mit den Hacken und bedankte sich bei ihm. »Das wusste ich nicht«, gestand er.

Er rief der Umgebung den Markennamen der Zigarette zu, und die Felsen warfen das Echo seines Rufs zurück. Er würde es nicht mehr vergessen. Er würde nie wieder diese Marke kaufen.

»Aber meine Schachtel ist noch fast voll. Was soll ich damit machen, was meinen Sie, *jaalle?* Muss ich diese fast volle Schachtel wegwerfen? Jetzt mach ich mir ein Gewissen daraus. Was mache ich jetzt?«

»Es wäre natürlich das Beste, wenn Sie ganz aufhören könnten, zu rauchen.«

Der Soldat stand aufrecht und rückte von Loyaan ab. »Das ist nun ein ganz neuer Vorschlag.«

»Machen Sie es ruhig.« Loyaan zündete sich die eigene Zigarette an.

»Warum machen *Sie* es nicht?«

»Gewohnheit. Ich rauche aus Gewohnheit. Aber eines Tages werde ich es tun, das verspreche ich Ihnen. Wir wachsen ja auch aus anderen Gewohnheiten heraus wie der dauernden Abhängigkeit von unseren Müttern, und so werde ich eines Tages auch aus der Gewohnheit herauswachsen, den Rauch durch meine Zähne zu saugen.«

»Ich bin süchtig wie Sie.«

»Süchtig?«

»Ja, süchtig.«

Der Soldat schlug die Hacken zusammen und entbot einem vorübergehenden Offizier gerade noch rechtzeitig den etwas saloppen Gruß. Der vorgesetzte Offizier, ein Oberstleutnant, der kaum so alt wie Loyaan war, starrte ihn an. Erkannte er ihn wieder? Loyaan schon. Er war ein einfacher Leutnant gewesen, als das Regime des Generals an die Macht kam. Und was jetzt? Um sich optimal bewacht und geschützt zu fühlen, hatte der General kürzlich eine Reihe seiner Stammesgenossen auf herausragende Schlüsselpositionen in der Armee befördert. Er hatte den Halbtoten unter seinen Stammesgenossen Sauerstoff zugeführt, damit es keine echten, starken Rivalen aus anderen Clans gäbe. Was war mit den anderen potentiellen Rivalen? Sie waren im Gefängnis oder lebten von Hoffnungen im Exil, wo sie gedemütigt wurden und arbeitslos waren. Nach einem Moment des Nachdenkens sagte Loyaan:

»Man wird süchtig nach Macht, nicht nach Zigaretten.«

Der Staub, der aufgewirbelt worden war, sammelte sich in Blöcken aus dunstiger Hitze und setzte sich nicht wieder. Der Soldat, so schien es, wollte das Gespräch nicht fortsetzen. Er schlug leicht die Hacken zusammen, respektvoll, und er zog sich zurück:

»Wieder an die Arbeit, während Sie warten. Tut mir leid.«

Man muss sie schmücken wie eine Braut und lieben wie ein Gott. Man muss sie sorgsam einzäunen, man muss wegen ihr lügen, wie man es wegen eines geliebten Menschen tut, man muss sie mit falschen Ideen von Größe schützen. Die Macht – oh, was für eine Geliebte – bleibt treu. Man kann sie dann wie eine Blume im Haar tragen oder wie einen Orden, der einem an die Brust geheftet wurde. Man muss geduldig sein wie eine Berühmtheit, und korrumpierend wie Ruhm; man muss habsüchtig sein wie der Hunger und grün wie ein Novize. Das dachte Loyaan, während er dem Soldaten folgte, den der Minister im Präsidialamt heruntergeschickt hatte, damit er ihn durch die komplizierten Säulengänge der Macht und durch die Tür zum Büro des Ministers führte. Schau nach links, schau nach rechts. Sie hatten nun die Einbahnstraße der Macht betreten: Alles führte zum entscheidenden Autor von allem, zu ihm, dem alles seine Existenz verdankte, dem General. Im Schatten parkten Wagen mit den Nummernschildern des Corps Diplomatique. Einige Männer gingen zu Fuß. Andere waren in den Wagen. Die Fremdsprache, die hier am häufigsten gebraucht wurde, war Russisch. Loyaan sah sowjetische Berater, die Spaziergänge machten, so leise wie ihre Füße in den Sandalen, verschwitzt in ihren ungestärkten Khaki-Sachen, wenig originell in ihrem Denken, nicht sehr mitteilsam, wenn man sie etwas fragte. Er erinnerte sich an einen sowjetischen Flugzeugingenieur, mit dem er immer Schach spielte. Er las, während er mit diesem Mann spielte, der so stumm blieb wie Tennisschuhe auf einem Asphaltplatz. Oktober, in jenem Morgengrauen im Oktober ...

»Der Minister bat mich, sich in seinem Namen für die Verzögerung zu entschuldigen«, sagte der Soldat, der schließlich seine Botschaft überbrachte. »Er sagte, er habe vergessen, jemandem Bescheid zu sagen, am Haupteingang auf Sie zu warten.«

»Das ist sehr freundlich von ihm.«

»Ich wollte das vorhin schon sagen.«

»Schon gut, ich verstehe schon.«

Loyaan trottete hinter ihm her, bog um die Ecke, wenn er es tat, und lächelte in sich hinein, wenn der Soldat einen vorgesetzten Offizier grüßte, der nicht einmal zur Kenntnis genommen hatte, dass er überhaupt existierte, und von denen viele den Gruß auch auf gar keinen Fall erwidern würden. Eine Reihe einstöckiger Kasernen, eine Ansammlung gedrungener Blechhütten lagen an der einen Seite. Sie waren von den Italienern vor dem Ersten Weltkrieg gebaut worden. Jetzt wohnten die Frauen und Kinder der Armee-Offiziere darin, aus denen der General seine Kern-Truppe gebildet hatte. Die Kinder spielten Kriegsspiele, und ihre Mütter saßen in Grüppchen draußen im Schatten und unterhielten sich nicht direkt über Politik und Macht, sondern über die Beute, die sie der Frau von Soundso eingebracht hatten (»Er ist noch nicht mal einen Monat Militärattaché, aber haben Sie gesehen, was er seiner Frau geschickt hat? Vor sechs Monaten noch ein einfacher Feldwebel«, und so weiter, und so weiter) und der Cousine von dieser oder jener. Oktober-Macht. Viva Lenin, viva! Viva die Hegemonie! Dieses Morgengrauen im Oktober 1969, als die Macht (eine Geliebte mit bösen Allüren) ohne Mann schlief, ungeliebt, als man ihr Gründe gab, zu glauben, dass sie nicht die schönste Geliebte von allen sei, als Chaos herrschte und die Männer aus den Sechzigerjahren (Margarittas These über Afrikas liberale Regierungen aus der Ära nach der Unabhängigkeit, die den Siebzigerjahren mit ihren Militärjuntas und der Folter vorausgingen, kam ihm wieder ins Gedächtnis) sich nicht einigen konnten, wer ihre Hand bekommen sollte. Wie man sie auch mischte, die Karten enthielten keine Trümpfe. Niemand bemerkte rechtzeitig, dass die Königin schon gute zwei Wochen allein geschlafen hatte; die Höflinge blieben unentschlossen die ganze Zeit; sie waren selbst genauso schlaflos wie sie: Aber egal. In jenem Morgengrauen im Oktober kam ein Freier, kam ein General, den der Monat, auf den Tag genau ein Jahr später, mit einem revolutionären Kranz und Leidenschaft schmücken sollte; der kam und ein Ass ausspielte (das vom »Willen des Volkes«). Er brannte mit ihr durch und liebte sie heimlich und kümmerte sich um sie mit säuselnden Küssen und Charme. In jenem Morgengrauen im Oktober, genauer gesagt am einundzwanzigsten Oktober, vier Tage nach jenem anderen Oktober und beinahe gleichzeitig mit dem von Numeiri. Viva Oktober-Macht!

»Wir sind da.«

Ein zweistöckiges Gebäude, fast so alt wie die italienische Kolonie, und davor salutierte ein Wachtposten, als der Soldat, der Loyaan geholt hatte, eintrat. Das Klappern von Schreibmaschinen, das Singen von Wasserkesseln, um Tee und Kaffee zu kochen, der Flur völlig leer und keine Menschenseele zu sehen. Der Soldat und Loyaan gingen bis an sein Ende und bogen direkt vor dem Treppenaufgang nach rechts ein. Zwei Schritte, und:

»Da wären wir.«

Eine Ordonnanz in ziviler Armee-Uniform sprang von seinem Sitz auf. Die Eskorte sagte zu dem Soldaten:

»Er hat einen Termin beim Minister. Bring ihn hinein, *jaalle.*«

»Ja, *jaalle.*«

Wieder die Hacken. Die Eskorte wandte sich um, um zu gehen: »Danke ... äh... *jaalle.*«

»*Jaalle!*«

Der Minister bot Loyaan einen Sessel an, während er um seinen Mahagoni-Sekretär herumkam (er war gerade erst aufgestanden, nachdem er vorher so getan hatte, als würde er hart an etwas arbeiten, sagte sich Loyaan). Er war klein und sprach leise; seine Stimme klang jedoch selbstsicher; sein Gang war gemessen, als er auf Loyaan und dessen ausgestreckte Hand zuging. Das Büro war geräumig. Es war im skandinavischen Stil eingerichtet, mit Teakholz und Holzfurnier. Es war, dachte Loyaan, mit italienischem Chic und Farbensinn gestaltet. Ein runder Tisch stand in der Mitte dieses geschmackvoll möblierten Zimmers. An der entfernten Wand hing ein Himmelsglobus mit strahlend hellen und trüber leuchtenden Himmelskörpern. Auf einem anderen Tisch mit einer Glasplatte ein Globus des Universums. Porträts des Generals, Fotos von ihm mit dem Minister am Tage, als er den Eid als Mitglied des Kabinetts geschworen hatte.

»Bitte!«

»Danke!«

Weich wie die gefiederte Brust einer Taube: Die Lehne des Sessels, in dem Loyaan saß, fühlte sich so an. Seine Fingerspitzen, die sonst nichts zu tun hatten, suchten nach Bedeutungen und Aufschlüssen in den winzigen Beulen, die sie verspürten, während sie die Lehne hinauf- und hinunterfuhren, erst schnell, dann wieder langsam, mit dem oder gegen den Strich. An manchen Stellen fühlte es sich an wie hart gewordene Flecken, gleich jenen auf einem Handtuch, auf dem Tropfen von Sperma getrocknet waren. Nichts, keine Idee, nicht ein Gedanke. Loyaan und der Minister sahen sich nicht in die Augen. Dann ein Anziehungspunkt für seinen umherirrenden Blicke: der Globus. Keynaan. Soyaan und Loyaan als Kinder. Die Memoranden. Was Soyaan gesagt und was er nicht gesagt hatte. Die Obduktion. Ob Beydan Soyaans Essen vergiftet hatte oder nicht. Die Paragraphen, die in seinen Taschen gefunden wurden. Der Text über die Clowns und Emporkömmlinge. Margaritta. Soyaan als Held, der postum geadelt wurde und nach dem man eine Straße benennen wollte. Das Interview mit Keynaan. Das falsche Foto in der Zeitung. Die Reden. Die Beleidsbekundungen. Das Gedicht auf der Rückseite von Marcos Foto. Mulki im Gefängnis, Mulki unter dem Zwang der Folter. Keynaan, dem man wieder eine Stelle bei der Staatssicherheit anbot. Ibrahim und Ahmed-Wellie und ihre geheime Bewegung, die noch namenlos war. Die Spaltung der Bewegung. Soyaan und Ibrahim, die zusammen an den Memos arbeiteten. Der Besuch bei Beydan. Die wiederholten Besuche des Ministers und dass man ihn mit Keynaan gesehen hatte ...

»Wie geht es Ihnen, Loyaan?«

»Es geht mir gut, danke.«

»Wie geht es zu Hause, der Mutter, der Schwester?«

»Es geht ihnen gut, danke.«

»Und wie ist es so im Allgemeinen?«

»Verwirrend.«

»Und wie geht es Beydan? Haben Sie sie in letzterZeit gesehen?«

»Ich habe sie gestern gesehen.«

»Wie ging es ihr?«

»Gut. Sie ist hochschwanger.«

»Das freut mich.«

Wo fängt man nun an? Antwort: mit Schweigen. *Mach ihn nervös, gib ihm keine Chance, herauszufinden, warum du gekom-*

men bist. Er wird reden. Er wird anfangen, auf seinem Thron, der zeitweilig so bequem ist, herumzuzappeln. Er wird zittern vor Sorge. Fang mit Schweigen an. Hör mit Schweigen auf. Sei nicht unhöflich, aber auch nicht sanft. Werde zur Abwechslung mal theatralisch. Senk die Lautstärke deiner Stimme zu einem Bühnenflüstern. Gib dich selbstbewusst, wie ein Mann, der seiner selbst ganz sicher ist. Flüstere die unausgesprochenen Geheimnisse aus dem Herzen der Nation, das furchtsam schlägt. »Sind sie hier? Nein? Gestern waren sie bei meinem Nachbarn. Wann werde ich drankommen? Ich habe eine Frau, ich habe Kinder, ich habe eine alte Schwiegermutter und mehrere Cousins, die vom Lande kommen; sie wohnen bei mir in der Stadt, ich schicke sie zur Schule. Ich kann nicht einfach meine jahrelange Arbeit in den Wind schießen. Meine Tochter geht zur High-School, und auch meine beiden Söhne. Meine Frau ist wieder schwanger.« Flüstere das noch nicht aufgeführte Theater der Angst. Dieser Globus wieder. Keynaan wieder. Rate mal:

»Ihr Vater war heute am frühen Morgen hier.«

»Oh?«

»Sind Sie ihm auf dem Weg hierher nicht begegnet?«

»Nein«, sagte Loyaan, der überhaupt nicht überrascht war.

»Er muss einen anderen Weg gegangen sein.«

»Wie ging es ihm?« fragte er den Minister.

»Er war unglücklich, dass er nach seiner Rehabilitierung nicht sofort befördert wurde. Die Staatssicherheit hat ihm rückwirkend für die Jahre, in denen er nicht aktiv war, das Gehalt nachgezahlt. Ja, er war unglücklich, dass er nicht in den Rang eines Leutnants befördert wurde. Ich sagte ihm, dass ich es mit dem General erörtern und sehen würde, was man für ihn tun kann.«

Schweigen. Der Köder war ausgeworfen. Eine Pause, die lang genug war, um Loyaan eine Bemerkung zu entlocken, um ihn, überrumpelt, wie er war, dazu zu bringen, etwas »gegen« seinen Vater zu sagen. Nein, darauf fiel er nicht herein. Der Minister musste sich schon mehr anstrengen und einen besseren Köder auf den Haken spießen. Er wollte keine unnötigen Bemerkungen machen, aber er war dankbar für die Information, die er ungebeten erhalten hatte. Sollte der Minister doch seine Beine übereinander schlagen und wieder nebeneinander stellen. Sollte er sich doch am Kopf kratzen, um auf Gedanken zu kommen, so wie eine Henne im Staub scharrt, um etwas aufzupicken. Sollte er doch Zigarren anbieten, die direkt aus Havanna kamen, frisch, gesund und mundgerecht. Loyaan würde auf nichts hereinfallen. Er wartete einfach darauf, dass er fortfuhr. Die Zunge der Schuld würde, wie der Klöppel einer Glocke, bald schon eine Beichte anschlagen, wenn nicht heute, dann mit Sicherheit morgen, wenn nicht morgen, dann ganz bestimmt übermorgen. Loyaan hatte es nicht eilig. Keine weiteren Termine an diesem Tag.

»Erst heute Morgen haben wir die Anordnung der Stadtverwaltung erhalten, welche Straße nach Soyaan benannt werden soll. Eine der Straßen hinter der Kathedrale. Ihr Vater war nicht erfreut darüber. Er fand nicht, dass die Straße auffallend genug lag. ›Soll man in dieser Stadt, für die es keinen Stadtplan gibt, nach seinem Namen suchen müssen?‹, sagte er. Ich persönlich finde, dass diese Straße sehr wichtig ist. Sie liegt im Zentrum. Was meinen Sie?«

»Nichts.«

»Ich möchte, dass Sie mir sagen, was Sie denken.«

»Was ich denke?«

»Ja. Warum nicht?«

Schweigen. *Du denkst gar nichts darüber, Loyaan. Gar nichts. Nicht, bis man dir einen vernünftigen Grund dafür sagt, warum man eine Straße nach Soyaan benennen sollte. Stopf dir den Mund mit einer von deinen eigenen Zigaretten. Mach schon. Nimm keine von diesen Zigarren. Die Kubaner handeln vielleicht im Namen des KGB. Sei wachsam. Ein Mörder kehrt immer an den Tatort zurück. Wenn du die Geduld hast, einfach abzuwarten, dir Zeit zu lassen, dir eine Zigarette anzuzünden und zu schweigen, dann wirst du schon sehen, dass er reden wird. Verstehst du?*

»Ich denke, dass wir im Laufe des Jahres dem Obersten Revolutionsrat einen Antrag vorlegen können, in dem vorgeschlagen wird, einen Platz nach ihm zu benennen und auch eine Schule. Ihr Vater fand die Idee sehr schön. Und Sie?«

»Das geht mich nichts an.«

»Entschuldigung. Was meinen Sie damit, dass Sie das nichts angeht?«

Jetzt gab es kein Zurück mehr. Jetzt musste Loyaan etwas sagen. *Lass dir dennoch Zeit. Sei so unbequem, wie er das nie von dir erwartet hätte. Sieh dir an, wie er nervös die Beine übereinander schlägt und sie wieder nebeneinander stellt. Sieh dir sein ängstliches Gesicht an. Du hast Macht über ihn. Halt sie fest, lass sie nicht los, lass sie nicht aus den Augen, damit sie dich nicht betrügt, damit sie sich nicht ungeliebt fühlt und woanders Anschluss sucht, wie ein Hündchen, das mit seiner Zunge den Schmerz der Einsamkeit hechelt, wie eine Katze, die sich einfach jedem anschließt. Allein mit deinen eigenen Gedanken, ja. Aber nicht einsam. Noch so isoliert wie der Minister. Dein Wort ist deine Macht. Deine heimlichen Gedanken sind deine Gefährten. Sie brauchen es, dass du mitmachst. Sie brauchen es, dass du ihre Absurditäten, ihre Irrationalität anerkennst. Sie haben Anerkennung bei Keynaan gefunden. Sie haben sie nicht bei Soyaan gefunden, sie konnten sie nicht bei ihm finden. Und bei dir sollten sie es auch nicht. »Nur über meine Leiche«, sagte er.* Bekamen sie nicht auch Soyaans Seele, als das Leben aus seinem Körper wich?

»Sie haben mir noch nicht geantwortet.«

»Haben Sie mich etwas gefragt?«

»Warum geht Sie das nichts an?«

»Sie wissen bestimmt, warum.«

Die Ordonnanz kam, ohne anzuklopfen, mit einem Tablett mit Getränken herein, Orangensaft in Dosen und Grapefruit-Saft *pressé*, außerdem eiskaltes Bier. Was wünschte Loyaan zu trinken? Nichts, danke. Aber das Tablett wurde zwischen ihnen abgestellt. Die Ordonnanz zog die Tür leise hinter sich zu. Der Minister goss sich den Orangensaft ein. Er sagte zu Loyaan:

»Sie haben um einen Termin gebeten und wollten mit mir sprechen. Darf ich fragen, warum Sie mit mir sprechen wollten, und worüber?«

Er wollte darauf nicht antworten, aber das Läuten des Telefons erschreckte ihn. Der Minister ließ es läuten, bis es wieder verstummte. Er nahm noch einen Schluck von seinem Drink. Er wartete.

»Kennen Sie ein Mädchen namens Mulki?« fragte Loyaan.

»Mulki was?«

»Mulki Musse, eine Sekretärin / Schreibkraft, die dieses Jahr ihren Arbeitsdienst ableistet und beim Ministerium für Fischereiwesen und Marine-Angelegenheiten arbeitet. Kennen Sie sie? Mulki Musse?«

»Gibt es einen guten Grund dafür, warum ich, ein Minister im Präsidialamt, eine Sekretärin / Schreibkraft / Studentin kennen sollte, die zu ihrem Arbeitsdienst ins Ministerium für Fischereiwesen und Marine-Angelegenheiten abgeordnet wurde?«

»Ja.«

»Dann nennen Sie ihn mir.«

Der Minister stand auf. Er ging hinter seinen Sekretär. Er drückte auf einen Knopf. Er sprach mit jemandem, fragte, ob er/sie bitte mit einem Schreibblock kommen würde, und so weiter. Eine Sekretärin? Hatte er mit einer Sekretärin gesprochen?

»Kennen Sie einen Mann namens Ibrahim Musse, der den Spitznamen ›Il Siciliano‹ trägt?«

»Er arbeitet im Justizministerium?«

»So ist es.«

«Ich habe von ihm gehört.«

Eine Frau Ende zwanzig kam herein, bewaffnet mit einem Schreibblock und einer Anzahl Kugelschreiber, aber sie näherte sich erst, als sie gebeten wurde, Platz zu nehmen und zu warten. Loyaan wollte nicht weiterreden.

»Bitte.«

Er sah von der Frau zum Minister und wieder zu ihr. »Was hat sie hier verloren?«

»Sie ist meine Sekretärin.«

»Wir führen hier ein Privatgespräch. Bitte sagen sie ihr, dass sie rausgehen möchte.«

»Dies ist kein Privatgespräch. Wir führen unser Gespräch im Büro eines Ministers der Regierung und sprechen über Soyaan, einen Mann, der von der Revolution geadelt wurde. Sie ist hier, um zu notieren, was wir sagen.«

»Sckicken Sie sie fort.« Loyaan stand auf. »Es ist zu Ihrem Besten.«

»Nein.«

Er steckte seine Zigaretten in die Tasche.

»Haben Sie denn noch nicht in allen Regierungsbüros das KGB-Wanzensystem eingebaut? Können Sie nicht versecktere Methoden anwenden, etwas, das so groß wie ein Knopf ist und an die Decke geklebt wird oder so? Schicken Sie sie weg.«

Eine Kopfbewegung genügte, um der Frau zu bedeuten, den Raum zu verlassen. Es schien, dass der Minister sehr wütend war. Loyaan sagte sich, dass ihm das gleich sei. Wütend? Sollte er im Kessel seines Zorns kochen, wen interessierte das? *Aber ich kann es mir nicht leisten, die Geduld zu verlieren. Ich muss meine Ruhe bewahren. Ich darf nicht die Ruhe verlieren, die in Wirklichkeit meine Stärke ist. Lächle jetzt. Also. Lächle. Dich entschuldigen? Nicht nötig. Schweig nur lange genug, und er wird sich für das Missverständnis entschuldigen.*

»Verzeihen Sie. Ich dachte ... «

»Das ist schon gut.«

Tu den Deckel drauf, bedecke es mit deinen warmen Händen. Gieß dir etwas zu trinken ein. Beleg deine nervöse Zunge mit der Bitterkeit jenes Saftes. Ja, tu es. Setz dich hin. Hol deine Zigaretten wieder aus der Tasche. Sag eine Weile gar nichts. Jetzt:

»Als Sie und ich uns an jenem Nachmittag auf dem Friedhof begegnet sind, fragten Sie mich, ob ich irgendetwas über zwei Memoranden wüsste, an denen Soyaan gearbeitet hatte. Ich erinnere mich, dass ich nein gesagt habe.«

»Fahren Sie fort.«

»Am gleichen Nachmittag – ich erinnere mich daran so deutlich wie an den Tag, an dem Soyaan gestorben ist – fragten Sie mich, ob Soyaans letzte Worte ›Arbeit ist Ehre‹ gewesen seien, bevor er sein Leben aushauchte. Ich weiß noch, dass ich Ihnen gesagt habe, dass das nicht so gewesen sei; dass er mit seinem letzten Atemzug in Wirklichkeit meinen Namen gesagt hat. Erinnern Sie sich daran?«

»Ja, ich erinnere mich daran. Fahren Sie fort.«

»Sie haben seitdem, offenbar nach einem bestimmten Plan, vieles veranlasst. Sie haben zum Beispiel veranlasst, dass mein Vater die Unwahrheit gesagt hat, Sie haben ihn schwören lassen, dass das die Wahrheit sei, Sie haben ihn ein Interview geben lassen, das in der einzigen Tageszeitung publiziert wurde, die Sie vollständig kontrollieren. ARBEIT IST EHRE, UND ES GIBT KEINEN GENERAL AUSSER UNSEREM GENERAL. Ja, mein Vater, der nicht an seinem Bett war, als Soyaan starb, beschwört die Wahrheit dessen, was Sie in den Zeitungen schreiben lassen. Eine Straße wird nach Soyaan benannt. Er ist zum Staatseigentum geworden, und bei allem, was seinen Namen betrifft, muss man sich an Ihr Büro wenden. Heute reden Sie von Plätzen und Schulen, die zu Soyaans Ehren seinen Namen tragen sollen. Darf ich, natürlich mit allem gebührenden Respekt, fragen, warum mein Bruder für diese besondere Ehre unter all den Menschen, die in jener Woche gestorben sind, ausgewählt wurde?«

»Ihr Bruder besaß den revolutionären Eifer, der ihn von den anderen unterschied, die in jener Woche gestorben sind. Ihr Bruder und ich haben bei einer Reihe von Projekten zusammengearbeitet. Er war ein Mensch von großer Integrität und revolutionärem Elan.«

Das Licht in den Augen des Ministers wurde fahl und schwach, wie ein gefallener Meteor. Loyaans abwartendes Schweigen machte alles noch schlimmer. *Such seinen Blick, so wie Beydan meinen gesucht hatte mit ihren sengenden Augen. Bring ihn zum Reden.* Und höre zu.

Es tut mir Leid, aber ich nehme an, Sie haben mit den falschen Leuten verkehrt, die einen schlechten Einfluss auf Sie ausüben. Es gibt eine Reihe eifersüchtiger Menschen, die das Gerücht verbreiten, Soyaan sei gegen dieses Regime gewesen. Ich weiß, dass das nicht stimmt. Soyaan ist für dieses Regime gestorben, in seinem Dienst.«

»Die falschen Leute? Eine Reihe eifersüchtiger Freunde? Und Sie reden von schlechtem Einfluss, als ob ich ein kleiner Junge wäre oder ein kleiner Hund, der der falschen Leine folgt. Sie reden davon, dass Gerüchte verbreitet wurden? Was soll das alles?«

»Ich habe nur die Worte Ihres Vaters verwendet.«

Loyaan war eine Sekunde lang versucht, darauf mit einem schlichten Satz zu reagieren, der Keynaans Namen für alle Zeiten von jeder Liste streichen würde. Aber nein. Wieder der Globus. Er zog den Vorhang vor diesen privaten Bereich seiner Erfahrungen. Er blieb eine Weile ungesehen und sah nichts. Dann:

»Erstens war mein Vater nicht dabei, als Soyaan seinen letzten Schluckauf hatte. Ich war dabei. Ich kann das jedem beweisen, der ein Interesse hat, diese Lügengeschichte zu beenden, das sage ich Ihnen.«

»Er war nicht dabei?«

»Nein.«

»Aber in dem Interview behauptet er das.«

»In dem Interview hat mein Vater außerdem hinzugefügt, dass Soyaan nicht nur jenes ›ARBEIT IST EHRE‹ gesagt hat, sondern auch ›ES GIBT KEINEN GENERAL AUSSER UNSEREM GENERAL‹. Soyaans Aufzeichnungen beweisen aber, dass er den General als Usurpator, als Verfechter partikularer Stammesinteressen, als Faschisten höchsten Grades und als Dionysius betrachtet hat.«

»Das ändert allerdings vieles.«

»Bitte?«

»Schon gut.«

Der Minister stand auf, ging hinter seinen Sekretär und kritzelte etwas auf ein Stück Papier. Er sah auf und blickte Loyaan an, den Kugelschreiber erhoben:

»Welche Aufzeichnungen Soyaans beweisen, dass er den General als Usurpator, als Verfechter partikularer Stammesinteressen, als Faschisten höchsten Grades und als Dionysius betrachtet hat?»

»Ich besitze sie.«

Der Minister beugte sich vor. »Sie haben die Memoranden? Haben Sie die Memoranden?«

»Die falschen Leute, eine Gruppe eifersüchtiger Freunde ...«

Ungezügelte Wut: »Was soll das jetzt heißen? Haben Sie nun die Memoranden oder nicht?«

»Wenn Sie sich beruhigen würden, Herr Minister, wird schon alles klar werden.«

Der Minister schleuderte wütend den Kugelschreiber durch das Zimmer. Sein Gesicht legte sich, während er noch schwieg, in Falten, die an ein Ameisennest gemahnten, in das und aus dem unheilige Gedanken strömten – uneinige! Würde er jetzt auf den Knopf drücken und sagen: »Schafft ihn mir aus den Augen.« Der *delfino* des Generalissimo war weiß geworden wie die Unterseite eines Wals. Hingegen dachte sich Loyaan, dass er nichts zu verlieren hatte; dass die Staatssicherheit es nicht wagen würde, ihn anzurühren, nicht bevor Wochen, wenn nicht Monate verstrichen waren; dass die Macht der Schwachen in ihrer Schwäche liegt. Na gut, warum nicht! Er konnte sogar, falls es nötig war, all jene Zettel zeigen, die man in Soyaans Taschen gefunden hatte, er konnte sie jedem zeigen, der daran interessiert war. Ob der Minister sich für sie interessierte? Genauso wie Loyaan daran interessiert war, Kopien der Memoranden zu bekommen. Genauso wie Loyaan alles tun würde, um Ibrahim und Mulki aus ihrer Gewalt zu befreien. Der Minister war inzwischen wieder herumgekommen und nahm gegenüber von Loyaan wieder Platz. Die dunstigen Sonnenstrahlen tränkten das Büro mit einem flüssigen Hauch von Wärme. Der Minister rieb sich die Hände, der Minister schlug die Beine übereinander und stellte sie wieder nebeneinander. Es war Loyaan, der sagte:

»Wenn wir wieder von vorn beginnen, Herr Minister, wenn wir wieder da beginnen, wo alles anfing, Herr Minister ...«

»Ja?«

»Ibrahim. Mulki. Die Memoranden.«

»Ich verstehe nicht, was Ibrahim und Mulki mit den Memoranden zu tun haben.«

»Kennen Sie sie?«

»Ich weiß von Ibrahim, von ihr habe ich noch nie etwas gehört.«

»Noch nie?«

»Von ihr noch nie.«

»Sie haben noch nie von Mulki gehört, einer Sekretärin / Schreibkraft, die eines Tages bei Tagesanbruch von der Staatssicherheit abgeholt, dann gefoltert und zum Sprechen gebracht wurde? Wollen Sie mir sagen, Sie haben noch nie von der Person gehört, die Ihnen gesagt hat, dass sie Soyaans Memorandum mit dem Titel ›Dionysius' Ohr‹ abgetippt hat? Noch nie?«

»Noch nie.«

Perverserweise machte es Loyaan jetzt Spaß, er lachte innerlich, und der Stolz, den er empfand, ließ seine Augen leuchten. Er glaubte, er würde noch sehen, bevor er das Büro verließ, wie der Minister einfach dahinschmolz – wie eine brennende Kerze, die in die Dunkelheit ragt und fette Tränen aus Licht vergießt – dahinschmolz, einfach so. Er sah sich selbst als den Folterer, als den mächtigen Perversling, der die Nadel unter den Daumennagel spießt, sie fester hineindreht, tiefer, weiter und weiter, bis das Blut fließt, kein unschuldiges Blut, sondern einfach nur Blut, rotes Blut. *Bohr sie hinein, fester, tiefer, damit es noch mehr weh tut, noch qualvoller ist, verwandle das Weinen der Seele des Kränkelnden in den Schrei des Gefolterten.*

»Und Sie haben auch nicht von Ibrahim gehört, mit dem Spitznamen Siciliano?«

Als das Telefon läutete, wandten beide die Köpfe. Es läutete so lange, bis es verstummte, wie beim ersten Mal. Dann:

»Ich verstehe immer noch nicht, was diese mit den Memoranden zu tun haben, mit Soyaan, mit mir oder Ihnen?«

Loyaan fühlte sich herausgefordert wie ein Folterer, dem es auch beim x-ten Male nicht gelingt, dem Gefolterten mit der Nadel das Geständnis abzupressen. Ändere die Methode. Lass dir etwas einfallen, das bei ihm wirkt. Quetsche seine Hoden, säg sie ihm ab, demütige ihn. Nenne Namen, ganz kurz, und bevor er überhaupt Zeit hat, darüber nachzudenken, wechsele das Thema, die Methode, den Stil.

»Sie kennen Margaritta?«

»Margaritta?«

»Ja, Margaritta.«

Herd. Zange. Messer hierher. Sieh, wie seine Maske fällt.

Wie er gequält atmet, immer schneller ein- und ausatmet, schneller und unregelmäßiger. Sieh, wie er die Beine übereinander schlägt und sie wieder nebeneinander stellt, wie er sich die Hände reibt. Dann öffnete der Minister eine Schachtel, die vor ihm stand. Er nahm eine Zigarre heraus. Er riss die Schutzhülle mit der gleichen Grausamkeit auf, mit der ein Vergewaltiger eine Jungfrau defloriert. Dann aber ließ er sich Zeit, während er die Süße ihres Duftes einsog, bevor er sie sich in den Mund steckte. Knallhart. Nichts davon hatte bei ihm funktioniert. Nein?

»Ich dachte, wir führten hier kein Privatgespräch«, sagte er.

»Wir führen kein Privatgespräch.«

»Was soll das dann mit Margaritta?«

So knallhart, wie ich es vorher nie erlebt habe, hart wie Stein. »Die Staatssicherheit hat ihr Schließfach in der Bank aufgebrochen.«

»Wann?«

»Warum tun Sie denn so, als ob Sie nichts davon wüssten?«

»Ich tue überhaupt nichts. Es ist wahr. Ich weiß überhaupt nichts von all dem. Ich habe noch nie etwas von Mulki gehört. Ich weiß auch nicht, was aus Ibrahim mit dem Spitznamen Siciliano geworden ist. Auch nichts davon, dass Margarittas Schließfach aufgebrochen wurde. Aber was haben *sie* denn gestohlen? Schmuck?«

»Wer *sie*?«

»Was?«

»Sind sie *sie* für Sie? Also gut: Sie haben das gestohlen, was darin war.«

»Was? Was war in Margarittas Schließfach?«

»Sagen Sie es mir doch.«

»Wie sollte ich? Margaritta war einmal eine gute Freundin von mir. Einmal wie eine Schwester für mich. Dann kamen wir uns näher, so nah wie Mann und Frau. Ich habe sie allerdings seit längerer Zeit nicht mehr gesehen.«

»Können Sie sich daran erinnern, dass Sie eine ›gewisse Frau‹ erwähnt haben, die ich treffen sollte? Erinnern Sie sich? Das war an dem Tag, als wir uns auf dem Friedhof begegnet sind.«

»Ich erinnere mich nicht. Und ich weiß auch nicht, wohin uns das führen soll. Ich fürchte, Ihr Vater hatte Recht, als er glaubte, dass Sie mit Konterrevolutionären in Kontakt und unter ihren Einfluss gekommen sind. Ibrahim Siciliano. Mulki, eine Sekretärin / Schreibkraft, die unter der Folter die Hülse ihrer gehüteten Geheimnisse platzen ließ. Margaritta. Was? Die Staatssicherheit hat ihr Schließfach in der Bank aufgebrochen und das, was darin war, gestohlen. Sie haben die falschen Bücher gelesen. Sie stehen unter dem schlechten Einfluss von Reaktionären. Was Soyaan anbelangt – Gott segne ihn – Gott segne die Seelen der Toten –, er war ein Revolutionär, und er ist im Dienst der Revolution gestorben. Keine noch so große Menge von Fehlinformationen wird den General dazu bringen, seine Meinung zu ändern. Soyaan ist der Held, den die Revolution geadelt hat. Schulen, Straßen und Plätze werden nach ihm benannt werden. Jawohl, mein lieber Loyaan. Auch wenn das einigen von Ihren Freunden gefällt oder nicht – Soyaan ist der Held, den die Revolution zu adeln beschlossen hat.«

Er stand auf, die Zigarre im Mund, die allerdings noch nicht angezündet und nicht abgeschnitten war. Er ging ein paar Schritte auf seinen Sekretär zu, kehrte aber wieder um. Er beugte sich herunter. Er legte die Zigarre wieder in die Schachtel.

»Und ich will Ihnen noch etwas sagen, das Ihnen noch keiner erzählt hat. Soyaan war für einen Posten im Ausland vorgesehen. Das steht hier in der Akte. Zwei Wochen vor seinem Tod wurde Soyaan zum Rechtskonsulent in Belgrad ernannt. Die Ironie des Schicksals, natürlich. Aber alles war schon in die Wege geleitet worden (er wusste es nicht), und er wäre mit einer Sondermaschine nach Moskau geflogen. Ich habe mir die Akte noch einmal durchgelesen, bevor Ihr Vater kam. Er stand für morgen Abend auf der Passagierliste. Soyaan sollte morgen nach Moskau fliegen.«

»Der somalische Rechtskonsulent in Belgrad?«

»Ja. Und die Aussicht auf mehr.«

Loyaan stand auf, um dem Minister auf Augenhöhe zu begegnen. Er war größer, aber als ihre Blicke sich trafen, war es Loyaans Blick, der nachgab, als er die Augen niederschlug und wegsah. *Coraggio! Was hast du zu verlieren?*

»Nur aus rein akademischem Interesse – aber seien Sie doch so freundlich und sagen Sie mir –, was war es, das der russische Arzt Soyaan im Militärkrankenhaus gegeben hat?«

Die Stimme des Ministers zitterte, als er hastig redete, um das Schwanken zu überdecken:

»Welcher russische Arzt im Militärkrankenhaus?«

»Der, zu dem Sie ihn selbst gebracht haben.«

Er kehrte Loyaan den Rücken zu. »Ich weiß nicht, wovon Sie reden«, sagte er.

»Wie hieß der Arzt? Ist er noch da? Fliegt er vielleicht auch morgen Abend mit einer Sondermaschine nach Moskau? Nur aus rein akademischem Interesse. Wie hieß er noch?«

»Ich habe Soyaan zu keinem russischen Arzt gebracht.«

»Zu wem haben Sie ihn dann gebracht?«

»Zu niemandem.«

»Sie haben ihn selbst zum Militärkrankenhaus gefahren. Ich kann drei Personen benennen, die Sie beide beim Betreten des Krankenhauses gesehen haben, an dem Tag, als Sie zusammen aus Afgoi zurückgekehrt sind. Ich kenne auch jemanden, der Sie selbst bei diesem Arzt gesehen hat. Aber was war das, was der russische Arzt meinem Bruder gespritzt hat, was das Blut meines Bruders vergiftet und ihn schließlich getötet hat, was war das? Nur aus rein akademischem Interesse.«

»Sind Sie übergeschnappt?«

»Was war das, Herr Minister?«

»Dies ist absurd.«

»Was war das, Herr Minister? Und warum? Weil er Berichte geschrieben und bekräftigt hat, die die Schuld des KGB und unserer Staatssicherheit daran beweisen, unschuldige Menschen zu schikanieren, zu foltern und ihnen das Recht auf ein würdiges Leben zu nehmen? Weil Soyaan die Absicht hatte, das Memorandum mit dem Titel ›Dionysius' Ohr‹ zu veröffentlichen? War er lästig geworden, so lästig, dass es nicht mehr tolerierbar war?«

»Sie sind vollkommen durchgedreht.«

»Sie hätten ihn ins Ausland schicken können. Sie wissen, Sie hätten ihn zu den Armee-Offizieren abordnen können, die Sie monatlich nach Moskau und anderswohin schicken, oder? Sie hätten bis zu dem Tag warten können, an dem er das Flugzeug nehmen sollte, die Sondermaschine, von der Sie gerade gesprochen haben, nach Moskau und dann nach Belgrad, oder? Zu sauber gemacht für unsere Staatssicherheit. Ich rieche den KGB.«

»Aber warum hätten wir Soyaan töten sollen? Und wenn, warum ihn dann adeln?«

»Helden werden gemacht, Herr Minister. Heldenverehrung ist ein Phänomen, das so notwendig wie die Geschichte selbst ist. Jedes Volk braucht Helden, in die es seine Vergangenheit projizieren kann, Helden und legendäre Gestalten, über die man den Kindern und künftigen Generationen Geschichten erzählen kann.«

»Aber warum ihn?«

»Das frage ich eben auch. Warum er?«

»Ja, warum er?«

»Vielleicht, weil er ›Dionysius' Ohr‹ geschrieben hat.«

»Was ist das?«

»›Dionysius' Ohr‹ ist der Titel eines der Memoranden. Warum müssen Sie vortäuschen, das nicht zu wissen?«

»Ich habe das Memorandum noch nie gesehen.«

»Und von Mulki haben Sie auch noch nie etwas gehört?«

»Nein. Noch nie.«

»Und Sie haben auch noch nie etwas von einem einarmigen Mann gehört, der mich beschattet, wo auch immer ich hingehe?«

»Ein einarmiger Mann?«

»Ja.«

»Ist er von der Staatssicherheit?«

»Sie haben noch nie gehört, dass man seinen Namen erwähnt hätte?«

»Das ist eine andere Dienststelle. Mein Ministerium hat nichts damit zu tun.«

»Aber Sie können den Hörer da nehmen und fragen, ob der einarmige Mann dazugehört, wenn Sie wollen, oder?«

»Wir mischen uns nicht in die Angelegenheiten anderer Ministerien oder Dienststellen ein.«

Waren das die Symptome des Geisteskranken, das Braune in Loyaans Augen, das eine Spur dunkler geworden war als Oliven aus Griechenland? Wie Kugellager im nachgedunkelten Öl alter Schmiere, rollten seine Augen.

»Ich schlage vor, dass Sie jetzt gehen«, sagte der Minister. »Zu Ihrem eigenen Besten.« Er ging hinter seinen Sekretär, bereit, sagte sich Loyaan, auf einen Alarmknopf zu drücken, falls etwas

Unerwartetes passierte. Er tat so, als wollte er arbeiten. Der Minister schlug eine Akte auf und legte sie vor sich hin.

»Sie haben mir weiter nichts zu erzählen, Herr Minister?«

»Ich schlage vor, dass Sie gehen«, sagte der Minister mit zitternder Stimme.

»Wir werden Sie doch hoffentlich sehen, Herr Minister?«

»Ihr Vater hat mich für morgen zum Sieben-Tages-Gedächtnis eingeladen. Ich habe vor, zu kommen. Ich hoffe, dass Sie bis dahin über die Schwere Ihrer Anschuldigungen nachgedacht haben.«

»Dann bis morgen, Herr Minister.«

ZWÖLF

Wie ein Kind, das noch keine zwei Jahre alt ist und vor der Schwierigkeit steht, zwischen einem Gecko und einem Skorpion wählen zu müssen: Mit welchem Tier es nun spielen soll, welches Tier es aufschlitzen und zerschneiden soll. Die Mutter des Kindes, die nicht weit von ihm entfernt sitzt, ist froh, weil es etwas gefunden hat, das es interessiert; sie ist blind und weiß deshalb nicht, was. Aber aus dem freudigen Glucksen in seiner Stimme schließt sie, dass es glücklich ist und noch nicht einmal Pipi gemacht hat. Ein Gecko. Ein Skorpion. Dann erblickt das Kind zufällig einen Grashüpfer, der hierhin und dahin hüpft. Das Kind ist entzückt und erregt von dieser Akrobatik. Sein Ga-ga-ga, sein Da-da-da nehmen an Intensität zu. Es krabbelt auf das Tier seiner Wahl zu. Seine Mutter ruft in der Zwischenzeit nach ihm. Ihre Stimme klingt ernst. Sie wedelt vor sich mit einem farbenprächtigen Rosenkranz herum, etwas, das das Kind, wie sie weiß, immer sehr gern in den Mund steckt, um daran zu lutschen und damit zu spielen. Zwischen dem Kind und ihr jetzt: der Skorpion. Zwischen ihm und dem Grashüpfer, seine Wahl, der Gecko. Das Kind setzt sich in Bewegung.

Die Trommeln waren hartnäckig: Man würde sie nicht zum Schweigen bringen können. Die Männer, die sie schlugen, schwitzten enorm, sie sangen, während sie sie schlugen, sie trommelten, während sie Loblieder auf den General sangen. Sie waren die *griots* in Grün.

»Lang lebe der General ... Es gibt keinen General außer dem General ... Lang lebe die Revolution ... die marxistisch-leninistisch-islamische Revolution ... Lang, lang lebe der General ... Pater noster, Vater der Nation... »

Loyaan lag auf dem Rücken und war wach. Keine Siesta heute. Die Trommeln gestatteten das nicht. Auch die Ausrufer nicht, die ihre Ankunft dadurch ankündigten, dass sie das Gleiche lautstark in ihre tragbaren Lautsprecher schrien, was andere Ausrufer in ihren Fahrzeugen schon ein paar Stunden vorher laut verlesen hatten.

»Alle tauglichen Männer und Frauen aus dem Dorf Howl-wadaag, kommt! Kommt zum Rendezvous der Besen! Kommt und kehrt! Kommt und macht sauber! Alle starken Leute: Kommt und erfüllt die revolutionäre Pflicht, euer Viertel so sauber zu machen wie frisch abgewaschenes und poliertes Glas, so sauber, dass man sich darin spiegeln kann. Euer Viertel ist euer Spiegel. Er spricht für euch. Der General und seine ehrenwerte ausländische Delegation haben beschlossen, uns die Gnade ihrer Anwesenheit zu erweisen, und zwar übermorgen. Sie werden unsere Ehrengäste im Schulungszentrum sein. Kommt einzeln, kommt alle. Lasst uns sauber machen, wie wir unseren Körper sauber halten. Alle tauglichen Männer und Frauen ... »

Das Geräusch der Trommeln kam näher, die Stimme des Ausrufers entfernte sich, das eine sehr dringlich und nah, die andere entfernt und unhörbar. Ladan und Qumman machten sich bereit, um zum Rendezvous der Besen zu gehen, jede mit einem Besen in der Hand. Sie hatten Loyaan gesagt, er solle sich hinlegen, die Tür von innen verschließen und schlafen, lesen oder sonst etwas tun. Sich hinlegen? Schlafen? Lesen? Was? Wer konnte denn irgendetwas davon tun, bei diesem Chaos in Hörweite? Die Szene des Tages kam ihm jetzt wieder hoch wie Kotze, stieß ihm auf in die Kehle, die keinen Tropfen saurer Verdauung erbrach. Er setzte sich auf. Sein Kopf schlug die Trommel seiner Schmerzen. Keine Siesta heute, bestimmt nicht.

»Kommt einzeln, kommt alle, ihr Revolutionäre des Dorfes Howl-wadaag, kommt zum Rendezvous der Besen und lasst uns gemeinsam unseren Spiegel, unser Dorf, silberweiß malen.«

Ladan und Qumman hatten sich Arbeitskleidung angezogen. Sie würden dort hingehen, fegen und sauber machen, sie würden die Dorfstraßen zurechtmachen, wie eine Mutter ihre Tochter am Tag ihrer Hochzeit zurechtmacht, die Haut glatt vom Öl, jedes Haar an seinem Platz, das Kleid in der rechten Farbe, die Braut ausgeruht, glücklich, offen, empfänglich. Komm: Nimm diese Braut, unser Dorf, als die Deinige zur heiligen Ehe für die kurze Dauer deines Aufenthaltes in Somalia, Herr Staatsgast. Komm: Nimm diesen Schlüssel, das Symbol der Macht, und öffne die sauberen und rasierten Beine unserer Frauen. Komm: Nimm dieses Szepter, benutze es als Peitsche für das sadomasochistische Ritual, zu dem du als Ehrengast geladen bist. Du bist unser Gast, wir schenken dir eine Hand deiner Wahl. Wir haben Idi ein Belet-Weine-Mädchen gegeben, wir geben dir auch eins, Herr Ausländischer Würdenträger. Bitte nimm dieses Angebot an ... kein Angebot eines Meinungsaustausches. Unser Volk hat keine Meinung. Wir kommen alle nach unserem General. Wir beten ihn an.

Ah, endlich. Sie waren fort, Mutter und Ladan. Die Trommler waren näher gekommen, die Schreie der Ausrufer waren völlig verklungen. Loyaan lief los und zog sich schnell eine Hose an. Nachdem er sowieso kein Nickerchen am Nachmittag halten konnte, beschloss er, nach draußen zu gehen. Sie schlagen die Trommeln, diese Milizen in der grünen Uniform der *guulwade* – Die Siegesbringer. »Das Lumpenproletariat in Hanf, die grüne Ungehobeltheit der Ungebildeten«, Soyaans Definition der *guulwade*. Hunderte von arbeitslosen Jugendlichen, die sich zunächst als Freiwillige meldeten, die rund um die Uhr arbeiteten und alles taten, was immer man ihnen befahl. Sechs Monate lang, neun Monate lang vielleicht. Dann absolvierten sie eine militärische Ausbildung von nicht allzu großem Wert und schworen den Treueeid auf die Revolution des Generals. »Das Lumpenproletariat in Hanf, die Schöpfung des Generals, die seiner Vorstellung vom loyalen Bürger entspricht«, noch eine Definition von Soyaan. Sie schlugen die Trommel und sangen die kriecherischen Gesänge von den Erfolgen der Revolution. Sie fügten hinzu: »Kommt einzeln, kommt alle, ihr Revolutionäre von Howl-wadaag. Alle tauglichen Leute ... «

Er konnte es nicht mehr ertragen. Die Szene mit dem Minister war ihm wieder eingefallen. Die Trommel schlug den Rhythmus zu seiner periodisch wiederkehrenden Migräne. Er würde vor die Tür gehen, entschied er, und ihnen sagen, dass sie ihren Lärm woanders machen und die Leute, die nicht am Rendezvous der

Besen teilnehmen wollten, schlafen lassen sollten. Ja, er würde das Versprechen brechen, das er seiner Mutter und seiner Schwester gegeben hatte: »Wir gehen. Du bleibst. Deine Schwester, deine Mutter werden sich den Männern und Frauen anschließen und fegen.« Jede Familie war im Schulungszentrum registriert. Mit Sicherheit würde man jemanden mit Soyaans oder Loyaans Bekanntheitsgrad bei einer solchen Zusammenkunft vermissen. »Aber wir werden gehen«, argumentierte Qumman. »Mach dir keine Gedanken. Schlaf einfach, leg dich hin, schließ die Tür von innen ab, lies.« Schließ die Tür von innen ab? *Bin ich ein Dieb? Was und wen fürchte ich?* Wenn Qumman und Ladan da wären, müsste Loyaan den Mund halten. Sie würden ihm den Stuhl unterm Hintern wegziehen, ihn vor anderen blamieren. »Wir tun dies zu deinem eigenen Besten«, würden sie behaupten. Ehemänner gingen zu solchen Zusammenkünften, um ihre Frauen und Kinder vor Arbeitslosigkeit und Hunger zu bewahren. Kinder sangen das Loblied auf den General in der Schule, damit man ihren Eltern nicht vorwerfen konnte, dass man sie vom rechten Weg abgebracht hatte.

»Die marxistisch-leninistische-islamische Revolution ... Lang, lang lebe der General, der Vater dieser Nation.«

Und Loyaan stand in der Tür. Die Grünen Garden gingen von Tür zu Tür wie Bettler, die um Almosen singen. Sie waren vor dem Haus gegenüber. Loyaan hatte die Geduld, zu warten, bis sie zu ihm kamen. Kinder hielten spielerisch mit ihnen Schritt, sangen mit ihnen, marschierten wie beim Militär zum Rhythmus der Trommeln. Eine Nation, wie ein Heer geführt und militarisiert. Eine Nation, die diszipliniert wurde und gezwungen, der eisernen Hand zu gehorchen, die das Orchester der Seufzer und Schreie dirigierte. Zusätzlich zu den Kindern waren auch Nachbarn aus ihren Hütten gekommen, um diese Darbietung revolutionären Talents beim Absingen der Lieblingslieder, beim Trommeln und Marschieren zu beobachten. Es wurde allmählich zum Zirkus: Eine äußerst fette Frau, nicht größer als eins zwanzig, kurzbeinig und hässlich, trat aus der Menge hervor und brachte die Trommeln mit der erhobenen Hand zum Schweigen. Sie würde einen Salto machen, sagte sie, und tanzen, und zwar besser als jeder schlankere Rivale, ganz gleich wie gut aussehend, wie groß, ob Mann oder Frau. Die Menge applaudierte. Meine Damen und Herren: Hier kommt ein Clown. Schweigen.

»Würden Sie Stadt-Schreier bitte die Leute in Ruhe ihre Nachmittags-Siesta halten lassen?« schrie Loyaan. »Sie werden zu einer Plage, Sie stören mit Ihrem Lärm den Frieden in diesem Viertel.«

Zunächst herrschte schockiertes Schweigen. Dann richteten sich alle Augen, hundert Paare, dachte er, auf ihn. Insbesondere die Kinder waren enttäuscht, dass der Zirkus plötzlich unterbrochen war. Und auch die fette Frau.

In der Menge entstand eine Bewegung, eine gewisse Unruhe. Ein Mitglied der Grünen Garden näherte sich Loyaan. Eine Nachbarin näherte sich ihm von der anderen Seite. »Bitte lassen Sie mich durch. Bitte lassen Sie mich durch.« Der Grüne Gardist blieb genau vor Loyaan stehen, bevor die Frau ihn erreicht hatte. Er musterte Loyaan von oben bis unten. Er wusste, dass er die Macht hatte, jeden Übeltäter, jeden, der Ruhe und Ordnung störte, zu verhaften und für drei Monate ins Gefängnis zu bringen, bevor derjenige überhaupt dem Haftrichter vorgeführt wurde. War er nicht ein Mitglied der Grünen Garden, ein Friedenssicherer, ein Milizionär und Revolutionär? »Leg dich hin. Schlaf. Lies. Wir werden gehen.« »Ich habe eine Frau und Kinder und einen Job, den ich nicht verlieren will. Ich habe eine alte Mutter, ich habe Kinder, die zur Schule gehen. Ich bin der einzige Ernährer der Familie.« *Nein. Ich gehöre nicht zu ihnen. Ich habe nichts zu verlieren. Alle Anwesenden sollen das bezeugen.*

»Sagen Sie mir Ihren Namen«, sagte der Grüne Gardist bestimmt.

»Wer sind Sie?«

»Ich sagte, nennen Sie mir Ihren Namen und Ihre Personalien, *jaalle.*«

Die Nachbarin, eine kräftige, große Frau, war nun bei ihnen. Die Nachbarin packte Loyaans Handgelenk und hielt es so fest, dass es ihn schmerzte. Sie schirmte ihn mit ihrem Körper ab, als wäre er ein Kind, das man vor einem bevorstehenden Schlag schützen müsse. Sie wandte sich an den Grünen Gardisten in einem äußerst gewinnenden Ton und presste gleichzeitig Loyaans Handgelenk noch nachhaltiger, um ihn zum Schweigen zu bringen, zur Einsicht.

»*Jaalle guulwade*«, unterbrach sie flehentlich, »ich kenne diesen Mann. Ich war dabei, als er geboren wurde. Er heißt Loyaan Keynaan. Er ist ein sehr wichtiger Mann in der Regierung. Sein Bruder Soyaan ist der Mann, den der Vater der Nation, der General, gerade als Held der Revolution geehrt und geadelt hat.«

»Ich kenne Soyaan, den Helden der Revolution. Ich kenne ihn. Gibt es jemandem, der ihn nicht kennt? Weiß denn nicht jeder in der Menge hier, wer Soyaan ist?«

Ein Chor bejahender Stimmen antwortete ihm.

»Aber wer ist dieser Mann?«

»Sein Bruder Loyaan.«

»Ja, wirklich?«

»Ja«, sagte die Nachbarin.

Gott im Himmel! Was sollte Loyaan jetzt tun? Er hatte das Gefühl, zu ersticken. Er brauchte frische Luft, frischere Luft als diese, die schwer von Ekel, Peinlichkeit und Scham war. Sie ließ sein Handgelenk los. Sie trat beiseite. Der Grüne Gardist zu ihr:

»Wenn Sie nicht gewesen wären, würden wir ihn mitnehmen und ihm eine Lektion erteilen. Danke für den Aufschluss darüber, wer dieser Mann ist, der Bruder von Soyaan, dem Helden der Revolution.«

So laut, dass alle es hören konnten, sagte Loyaan:

»Geht zum Teufel, alle von euch.«

Der Grüne Gardist, der gehört hatte, was er gesagt hatte, fragte die Frau: »Was hat er gesagt?«

»Nichts, nichts. Gehen Sie, und der Segen des Generals möge Sie begleiten.«

Und sie stand genau vor Loyaan, schirmte ihn ab, hielt sein Handgelenk fest im Griff, flüsterte ihm zu, obwohl sie in die andere Richtung schaute, dass sie das seiner Mutter zuliebe tat, für Ladan und für Keynaan, und zu seinem eigenen Besten. Da *hast du's. Sie ziehen dir den Boden unter den Füßen weg. Sie reißen die Wand ab, an die du dich vielleicht gerade lehnst. Sie laugen dich aus. Sie machen dich lächerlich. Deine Mutter zuliebe, deiner Schwester, deinem Vater.* Der Grüne Gardist musste noch etwas loswerden, triumphierend, bevor er seinen Männern sagen konnte, dass sie weitertrommeln sollten. Er sagte zu der Frau:

»Wir möchten, dass Sie vor allen hier garantieren, dass dieser Mann sich in Zukunft benimmt und nicht noch einmal lästig wird. Und dafür brauche ich Ihren Namen und den Namen Ihres Mannes.«

»Aber warum den Namen ihres Mannes?« sagte Loyaan herausfordernd.

Die Frau nannte ihren Namen und den ihres Mannes.

»Und Sie garantieren auch, wenn ich Sie richtig verstehe, dass er zum Rendezvous der Besen kommen wird.«

»Ja, natürlich.«

Der Grüne Gardist zeigte den GI-Gruß (etwas, das er aus amerikanischen Filmen gelernt hatte) und gab den Trommlern das Signal, weiterzumachen. Die Menge, schrecklich enttäuscht darüber, dass nichts Dramatisches passiert war, zerstreute sich. Die Frau wandte sich Loyaan zu.

»Ihrer Mutter zuliebe, Ihrer Schwester und Ihrem Vater – halten Sie den Mund!«

Beim Rendezvous der Besen.

Ein paar verstreute Männer und eine größere Anzahl von Frauen in ihren billigsten Sachen gaben der staubigen Straße, die von der asphaltierten Hauptstraße abzweigte, den Anschein von wilder Unordnung. Die Frauen als Klasse bildeten hier, angesichts der Arbeit, die erledigt werden musste, die Mehrheit. Sie stürzten sich mit einer Hingabe darauf, die sie zu Hause niemals zu zeigen schienen, wenn es galt zu fegen. »Erfüllt ihre Ohren mit lauten Liedern, die *ihm* gefallen; bietet ihren Augen das, was *er* begehrt zu sehen. Sie wollen, dass alle Straßen gefegt sind, die zu der Route führen, die die Delegation nehmen wird. Das ist doch das Einzige, das ihren Augen Wohlgefallen bereitet! Das ist nicht zuviel verlangt«, sagte die Frau, die ihn, als sie ihn geschützt hatte, in eine peinliche Lage gebracht hatte. Frauen bildeten die Mehrheit der hier Anwesenden, denn sie hatten ihre Ehemänner und Brüder zu Hause gelassen, damit diese sich ausruhen konnten nach den Mühen des Tages in Schule, Büro oder sonstwo. »Es ist ganz unüblich, einen Mann mit einem Besen in der Hand zu sehen. Die meisten von ihnen wissen überhaupt nicht, wie man das Ding benutzt, so wie fast alle auch nicht wissen, wie man Wasser aufsetzt oder unfähig sind, sich einen Tee zu machen. Die Abhängigkeit der Männer von den Frauen in diesem Teil der Welt besitzt ein Ausmaß, dass man bis zum völligen Unverständnis darüber schockiert ist, wenn man sieht, wie schlecht Frauen behandelt werden. Stell dir vor, alle Frauen würden eines Tages beschließen, nicht mehr in die Küche zu gehen, um für ihre Männer zu kochen«, hatte eine Freundin von Loyaan in Baidoa immer argumentiert. »Die Dinge liegen etwas komplizierter«, hatte er gesagt. »Es gibt ein wechselseitiges Bedürfnis: Ein Folterer braucht jemanden, der bereit ist, sich foltern zu lassen, oder?« Qumman und Ladan waren unter den Frauen. Sie hatten ihre Meinung kundgetan. Er hätte zu Hause bleiben sollen. Er hätte erstens die Tür überhaupt nicht aufmachen sollen. Und zweitens hätte er sich hinlegen sollen, wie er versprochen hatte. »Du wirst noch krank werden«, hatte seine Mutter prophezeit. »Du wirst wie immer krank sein. Deine periodische Migräne. Guck dir an, was du dir selbst antust. Männer deiner Klasse und mit deiner Bildung schlafen jetzt. Sie haben nicht mal ihre Mütter und Schwestern geschickt, um beim Fegen mitzumachen. Sie werden von ihren Dienstmädchen vertreten. Wir sind gekommen wegen dieser prekären Phase, die wir jetzt durchleben. Verstehst du?«

»Bewegung. Fegen. Nicht reden.«

Qumman und Ladan waren sehr besorgt um seine Sicherheit, genau wie die anderen Frauen dort sich um die Sicherheit ihrer Männer und Brüder sorgten. Aber sie mussten doch nicht an ihm kleben, neben ihm stehen und ihn daran erinnern, was er ihnen schuldig war. Sie mussten ihn nicht klein halten. Er würde verrückt werden, wenn das so weiterging. »Versprochen ist versprochen. Ich werde gar nichts sagen. Ich werde fegen wie alle anderen. Aber bitte lasst mich in Ruhe. Schnürt mir nicht die Luft ab mit eurer Sorge um meine Sicherheit. Erstickt mich nicht mit eurer Liebe.« Ladan schaffte es, Qumman wegzuziehen.

»Bewegung. Fegen. Nicht reden.«

Er beugte sich vor, um zu fegen. Obwohl ihn sein Rücken schmerzte, beklagte er sich nicht. Er war nicht schwächer als die anderen, er konnte natürlich all das auch leisten, was sie vermochten, Frauen, Männer, Staatssicherheitsleute oder Grüne Garden. »Aber eins ist absolut klar«, sagte er sich. »Somalia ist ein Gefängnis. Wir sind die Gefangenen; die Staatssicherheit, die Grünen Garden sind die Wärter; und der General ist der Große Aufseher von ihnen allen.« Würde er zugeben, dass er nicht gerade geschickt darin war, einen staubigen Boden zu fegen, Sandkörner vom übrigen Abfall zu trennen? Nein, es gab anderes, worüber er nachdenken musste, seine Interessen lagen woanders. Er war soweit, Dinge zu sagen, bei denen dieser militaristischen Regierung die Haare zu Berge stehen würden. »Der sowjetische Einfluss ist wie die Ölverschmutzung, die ein riesiger leck geschlagener Tanker verursacht. Das Öl wird sich ausbreiten und jede Wasserstraße im Roten Meer und darüber hinaus verschmutzen. Die Fische, die sie noch nicht aus unseren Meeren geholt haben, werden daran sterben, stell dir vor: hunderte von Tonnen pro Tag. Aber ...« Soyaan wieder. Er erinnerte sich an sein Gespräch mit dem Minister. Keynaan. Ibrahim und Mulki. Ahmed-Wellie. Margaritta. Die Memoranden. Der russische Arzt im Militärkrankenhaus. Die Obduktion, die man nie durchgeführt hatte. Er richtete sich auf und streckte sich. Seine Mutter war, trotz ihres Versprechens, nur ein paar Meter von ihm entfernt. Sie behielt ihn scharf im Auge. Ladan hatte sich entfernt, wie sie gesagt hatte. Aber Mutter hielt nur einen geringen Abstand und war beunruhigt, als sie sah, dass Loyaan die Nase rümpfte und so tat, als ob ihn das alles nur amüsierte. »Sag bloß nichts. Nick einfach oder schüttel den Kopf. Geht es dir gut? Was macht dein Rücken?«

»Fegen. Nicht reden. Bewegung.«

Frauen als Erlöser, Frauen als Beschützer; Frauen als das Rückgrat für die Einheit und Sicherheit der Familie. Die Frauen, die da waren, liefen herum, schnappten den Männern die Besen weg, mit denen sie sowieso nicht umgehen konnten, und machten sich über sie lustig. Sie machten unpolitische Witze, sie lachten, sie bewegten sich hinreichend gelassen, ja. Und doch schien in allem, was sie taten, die Furcht durch. Etwas war unnatürlich daran – wie das Grinsen auf den Gesichtern des Gefolges eines Diktators, wie das ansteckende Lachen der Mächtigen, das andere mit gekünstelter Freude kichern lässt. Diese Frauen wussten, dass es eine Grenze gab, die sie nicht überschreiten würden; sie wussten, dass das alles Politische betraf; dass das die Domäne der Männer war. Wie lebenserfahren diese Frauen waren: Deshalb machten sie sich auch nicht zu sehr über die Männer lustig. Dehnte sich die Schnur nur oder riss sie? Die Frauen hatten die schwierige Aufgabe, sicherzustellen, dass diese Männer nicht die Fassung und nicht den Kopf verloren, nicht sagten, was sie dachten, und dadurch ihr eigenes Leben und das Leben der Frauen und Kinder, die wirtschaftlich von ihnen abhingen, gefährdeten. Ganz subtile Dinge vollziehen sich in eigenwilligen Codes – genau wie in den Stereotypen der Filmsprache ein Mord wahrscheinlich in einem Tunnel begangen wird; oder nur Ehebrecherinnen völlig nackt gezeigt werden, wenn sie untreu sind, aber verheiratete Paare nicht nackt gezeigt werden, wenn sie sich lieben, es sei denn, der Geschlechtsakt wäre von wissenschaftlichem Interesse. Er begann wieder zu fegen. Die Szene jetzt rief ihm eine andere ins Gedächtnis, die er in einem Ausschnitt aus einem englischen Film gesehen hatte, der das Aufeinandertreffen von deutschen und alliierten Truppen bei der Landung in der Normandie schilderte. »Genauso. Ruhig. Und vorsichtig«, sagte Qumman zu ihm.

»Nicht reden. Fegen. Bewegung.«

Einer der Grünen Gardisten, der sich zum Aufseher aufgeschwungen hatte, schrie eine Frau an, die sich nur einen Moment ausruhen wollte, weil sie erschöpft war. Loyaan ging hin und sagte:

»Lassen Sie die Frau in Ruhe. Sehen Sie nicht, dass sie erschöpft ist?«

»Und wie kommen Sie dazu, mir zu sagen, was ich tun soll und was nicht?«

Die Frau war schwanger. Loyaan reagierte nicht sofort auf die Provokation des Grünen Garden, sondern kauerte sich neben die

Frau und tröstete sie einfach nur durch sein Mitgefühl und eine leichte Berührung. Dann erhob er sich wieder. Die Feger waren zur Menge geworden, ein Wald von Augen, die sich auf Loyaan richteten. Seine Mutter war bei ihm, und auch seine Schwester war da. Die Frau, die ihm schon vorher beigesprungen war, war wieder da: Diesmal nannte sie das Mitglied der Grünen Garden beim Namen, zog ihn weg und appellierte an sein Verständnis: »... die Frau ist schließlich schwanger.«

»Bewegung. Fegen. Bewegung.«

Jedesmal pikste jemand in den Luftballon seines Stolzes: seine Gefühle, Frauen, Liebe, tu es mir zuliebe oder jenem. Jetzt würden sie ihn nicht mehr allein lassen, Qumman blieb in der Nähe, Ladan in sicherer Entfernung. Qumman hielt sich in Hörweite. Sie sprach ab und zu mit ihm. »Warum, um Himmels willen, tust du das alles? Was willst damit erreichen?« Ladan war jetzt auf gleicher Höhe und machte die gleichen schwachen sandigen Besenstriche des Ungeübten wie er. Sie sagte, dass er zuhören solle, denn sie habe ihm etwas im Vertrauen zu sagen. Sie sagte, sie glaube nicht, dass es irgendeinen Sinn habe, wenn er sich unklug verhalte. »Bitte, tu nichts, was deiner nicht würdig ist, Soyaans Namen nicht und auch nicht, wofür er gestanden hat, des Widerstands, den er repräsentiert hat. Willst du rebellieren? Willst du etwas tun? Dann tu es. Aber tu es, ohne deine Haltung zu verlieren; ja, die Haltung, die einen Menschen ausmacht. Du brichst einen miesen Streit mit einem Grünen Gardisten vom Zaun. Was willst du damit erreichen? Drei Monate Gefängnis und schlechte Publicity. Nein, was du willst, was wir alle wollen, ist Veränderung. Glaubst du, der General hat sich verabschiedet (zumindest äußerlich) von dem, was in einem Politiker vorgeht? Er lächelt Leute an, die er verhaften, töten oder deportieren lassen will. Er erklärt der Welt, dass er ein Sozialist sei, dass er eine progressive, friedliebende Regierung führe. Glaubst du das? Du weißt, dass sie das nicht ist. Hör zu, hör mir genau zu. Sieh nicht hin. Aber in dieser Menge sind ›Fremde‹, Leute, deren Herkunft zweifelhaft ist. Mach gar nichts. Schau dich nicht um.« Die beiden bewegten sich synchron, sie bewegten sich im Einklang mit der Reihe der Feger, als wären sie Teil einer Gruppe von Baumwollpflückern. Da. Er sah sie. Drei Männer in frisch gebügelten Hosen, drei Männer, die sich jeder von den Frauen einen Besen geliehen hatten. Hinter ihnen war der einarmige Mann.

Der erste Verfolger ist hier ...
Die Jäger kommen näher: Spüren sie die Gefahr?
Wenn sie seinen Körper in Stücke reißen, werden sie dann
Einen Seufzer hören, wenn sein Geist in die Luft gesogen wird
Die sie atmen müssen? ...

Marco, Margaritta und Beydan. Mulki, Keynaan und Ibrahim. Ahmed-Wellie? Würde er unerwartet auftauchen? Versteckte er sich hinter dem Einarmigen? Alle unter Soyaans Stern und dessen Einfluss. Ja, einschließlich des Ministers, der zitterte, des Ministers, dessen Blut hochkochte vor Angst vor unbekannten Todesursachen, vor der rätselhaften Frage, was Loyaan wusste oder nicht wusste. *Wenn er noch lebte, würde Soyaan in einer Sondermaschine nach Moskau fliegen; und zwar morgen, falls es Sie interessieren sollte. Nein. Ich möchte wissen, wie Sie ihn getötet haben. Ich möchte, dass Sie mir den Namen des russischen Arztes nennen, zu dem Sie ihn gebracht haben, damit er ihn wegen irgendwelcher leichter Beschwerden behandelte, die er an dem Tag hatte, als Sie von Beydan zurückkehrten. Er war durstig. Was haben Sie ihm gegeben, um seinen Durst zu löschen?* Er fegte, während er nachdachte, dachte nach, während er fegte. Mitten in der Menge war er allein. Er spürte nicht, dass Ladan bei ihm war. Er war allein. Die Stimme, die ihm bis vor kurzem mit ihren Vorschlägen geholfen hatte, kam nicht mehr. Er war allein. Er hatte nicht die Willenskraft, zu schauen und herauszufinden, ob seine Mutter immer noch hinter ihm war, ihn im Blick behielt und ihm auf den Fersen blieb. *Verlier nicht die Beherrschung.* Nichts davon. Er war plötzlich allein. Die Stimme war fort. Sein Magen fühlte sich kalt an. Kalt und einsam.

»Heißen Sie Loyaan?«

Er sah, dass es der Größte und Stärkste der drei war. Der Mann gab ihm zu verstehen, dass er einen Revolver bei sich trug und dass er ihn, falls nötig, auch benutzen würde.

»Da seid ihr ja«, sagte Loyaan.

Ladan und Qumman kamen beide gleichzeitig hoch. Ihr sechster Sinn sagte ihnen, dass die Zeit gekommen war, dass die Staatssicherheit schließlich da war. Aber keine war bereit, irgendetwas Unkluges zu tun.

»Können Sie bitte, ohne Aufsehen zu erregen, mit uns kommen, *jaalle?*«

»Da seid ihr also nun.«

»Formalitäten, nichts Ernstes. Nur Formalitäten.«

»Das hat ja Ewigkeiten gedauert.«

»Kommen Sie mit uns.«

Loyaans Hals schmerzte von seinen Blicken hoch zur einzigen kleinen Öffnung in der Decke des Raums. Es war dunkel in dem Raum, draußen dämmerte es, und es war windig und staubig. Er konnte hören, wie der Wind wehte, hörte ihn toben und wüten. *Ein Sandsturm, wer weiß*, dachte er, *der sie alle miteinander blind machen und mich befreien wird*. Er schwelgte in unsinnigen Spekulationen wie diesen, starrte aber weiterhin auf die kleine Öffnung in der Decke, damit er nicht den Kontakt mit der vertrauten Welt verlor, der Welt, die er liebte. *Ich bin wie das Kind, das sich am Rock seiner Mutter festhält, das Kleine, das dem Schweißgeruch der Mutter folgt*. Das Loch in der Decke war groß genug für eine Fledermaus zum Durchschlüpfen – und da war sie schon. Die Fledermaus kam aus der abendlichen Dunkelheit, sie kam aus der Außenwelt, vor einer Sekunde noch frei und jetzt eine Gefangene, wie Loyaan oder wie Ibrahim irgendwo anders, in einer anderen Zelle, oder wie Mulki, seine Schwester. Die Fledermaus stieß blindlings herab, flog niedrig, sie wirbelte herauf und herunter, ausdrucksvoll, nervös und widerspenstig.

Er wusste noch, dass sie aus der Stadt herausgefahren waren, nach rechts abbogen, an noch nicht fertiggestellten Gebäuden vorbei und an der Zigaretten- und Streichholzfabrik, die die Chinesen gebaut und diesem Land geschenkt hatten. Er wusste noch, dass sie in eine Nebenstraße abgezweigt, sie hochgefahren und sofort durch eine andere auf die Upper Circular Road zurückgekehrt waren. Aber bevor er noch Zeit hatte, den Namen des streitbaren Propheten anzurufen, war der Wagen langsamer geworden und gestoppt worden. Er wurde zu einem Lastwagen gebracht und hinten hineingestoßen, angekettet, sein Mund mit einem Baumwollknebel gestopft; ihm wurden die Augen verbunden, er wurde gezwungen, sich auf eine Matratze zu legen, und dann wurde er abtransportiert. Sie bogen ab und wieder ab, eine unbefestigte Straße, eine asphaltierte, ab und zu eine holprige Strecke, was ihn an die Geschichte erinnerte, die ihm Ahmed-Wellie erzählt hatte, als man ihn geholt hatte, um die Wunden eines Gefangenen zu versorgen, den man grausam gefoltert hatte und der dabei fast gestorben war. Aber wohin brachten sie ihn? Mussten sie es so dramatisch machen? Oder wollten sie, am Ende dieser holprigen Fahrt, irgendeinen unwiderlegbaren Beweis vorlegen, so unwiderlegbar wie die Tatsache, dass man Ibrahim gefangen hielt, um zu beweisen, dass Mulki nie etwas von einem Memorandum gehört oder gewusst hatte und daher auch keins für Soyaan oder irgendjemand anders getippt hatte? Wollten sie am Ende das Geständnis von irgendjemandem vorlegen, eine Aussage von irgendjemandem, die bewies, dass das Gegenteil von dem, was Loyaan für wahr hielt, wahr war? Oder sollte er nach dem Schlüssel für dieses Rätsel woanders suchen, seine Hand in die verborgenen Taschen einer »Politik der Mystifikation« stecken und sie wieder herausziehen, seine Hand dann mit der gleichen Langsamkeit öffnen wie ein Zauberer seine geballten Fäuste öffnet, kurz bevor Tauben, weiß wie ein Heiliger, daraus auffliegen? *Verlier nicht die Beherrschung. Sie haben dich hierher gebracht. Sie werden kommen und dir irgendetwas sagen, ein Urteil, das ergangen ist oder so etwas. Sie können dich nicht ewig festhalten. Du bist zu wertvoll.* (Wie tröstlich, dass die Stimme wieder da war, die Stimme, die ihm in der Einsamkeit Gesellschaft leistete, die Stimme der Engel, seines Schutzheiligen, seiner hellen Vernunft). *Setz dich und warte ab. Setz dich einfach hin und mach, was dir gefällt, hier, in dieser Dunkelheit, aber such nach der Öffnung in der Decke, such danach, wie der Scheinwerfer nach dem Hauptdarsteller sucht oder ein Schiff nach dem Leuchtturm, wenn es auf dem Meer die Orientierung verloren hat.*

»Wo ist das hier?« fragte er sich jetzt. Auf jeden Fall ein Keller. Es roch nach einer merkwürdigen Feuchtigkeit, ähnlich dem Geruch von einen Tag altem Kinderurin. Ein Keller, ja. Wo? Es roch nach verbranntem Öl, nach dem Gestank alter Schmiere. Als man ihn hereingeführt hatte, erinnerte er sich jetzt, hatten seine frei gewordenen Hände eine Wäscheleine berührt, auf der der Schal einer Frau trocknete oder der *cimaama* eines alten Mannes. Auf dem Weg hierher hatte er ein kleines Mädchen gehört, das mit einem anderen stritt (ob zu Recht oder nicht, konnte er natürlich nicht beurteilen), während sie Himmel und Hölle spielten und andere Kinderspiele. Der Geruch nach Feuer, die Asche vielleicht noch warm. Es gab viele Anzeichen dafür, dass er noch immer in Mogadischu war, vielleicht sogar im Zentrum, vielleicht gar nicht weit entfernt von der früheren Nationalversammlung … ! Die Leute redeten und sagten eine Menge. Die Politik der Mystifikation ließ jedes Gerücht glaubwürdig erscheinen. Nichts wurde je bestätigt. Niemand wusste, was mit Soundso passiert und aus ihm geworden war. Die Politik der Mystifikation hielt alle in Schach. Die Leute wurden in getrennten Abteilen der Ahnungslosigkeit darüber gehalten, was mit anderen Menschen geschehen und aus anderen Dingen geworden war. Keine Information wurde zugänglich gemacht, bis ein Gerücht öffentlich geworden war, und nichts wurde offiziell bestätigt, ehe die Informanten des Generals die Stimmung, die Gefühle der breiten Masse zurückgemeldet hatten. War die Aktion unpopulär, hörte man einen unbestätigten Bericht, dass so und so viele Menschen eines bestimmten Stammes oder einer bestimmten Klasse oder einer bestimmten Lobby verhaftet worden seien. Die Zeitungen brachten nichts darüber und der Rundfunk auch nicht.

Loyaan fragte sich, was zum Beispiel mit ihm war. Wusste irgendjemand, wo sie ihn festhielten? Würde es jemals einer wissen? Niemand würde erfahren, wie lange er hier festgehalten worden war; er hatte mit niemandem gesprochen, der seine Personalien aufgenommen oder ihm einen Haftbefehl vorgelegt hatte. Und doch blieb er vielleicht sechs Monate hier, ein unauffindbarer Name, ein Mensch, der nicht gemeldet war, ein

Mensch, den es nicht gab. Wie Soyaan darlegte, stimmte es, dass die Mehrheit der Männer und Frauen, die für die Staatssicherheit rekrutiert wurden, Analphabeten waren und deshalb auch nicht wussten, wie sie Berichte schreiben oder lesen sollten. Aber es stimmte auch, dass die Gebildetsten aus ihren Reihen eingesetzt wurden, um mit ihnen zu reden, wenn die Staatssicherheit Leute wie ihn oder Ibrahim zum Verhör abholte. *Aber nehmen wir einmal an, ich treffe den General persönlich, nehmen wir an, ich erzähle ihm all das, was in den letzten Tagen geschehen ist, glauben Sie, es gibt irgendetwas, das schriftlich niedergelegt wäre und das ich ihm vorlegen könnte?* Von Berija sagte Stalin einmal ...

Stiefel, die näher kamen. Licht im Korridor. Leben! Stiefel! Männer! Die Fledermaus regte sich, sie schwang hin und her, hing herab wie der Zweig einer Bananenstaude. Dann flog sie davon. Stiefel. Schritte. Und die Tür öffnete sich. Das Licht im Raum ging an. Und ein Mann kam herein, ein Mann mit einer Zigarre im Mund. Die Stiefel, die ihn begleitet hatten, kehrten dorthin zurück, wo sie hergekommen waren. Kein Schreibblock, kein Kugelschreiber. Er war nicht gekommen, um Loyaans Personalien aufzunehmen. Er schloss die Tür hinter sich. Das gleißende Licht, das angeknipst worden war, ließ den Raum länger erscheinen und nicht so breit, wie Loyaan gemessen hatte, als er auf und ab gegangen war und gezählt hatte, wie viele Schritte es waren, bis er die Wand am anderen Ende erreicht hatte. Es wirkte außerdem leerer. Nichts außer einer Strohmatte und einem Kissen, das vielleicht von dem Gefangenen, der zuletzt hier gewesen war, benutzt worden war, vielleicht hatte Ibrahim – warum nicht? – es benutzt, während er darauf wartete, woanders hingebracht zu werden. Der Mann begann, kahl zu werden. Er hatte einen gewaltigen Oberkörper und stand auf dünnen Beinen wie Bohnenstangen, die seine riesige Gestalt zwergenhaft erscheinen ließen. Er war ohne Zweifel ein hässlicher Mensch.

»Loyaan Keynaan?«

»Auf den Namen höre ich, ja.«

»Ich war ein Freund von Soyaan.«

»Oh!«

Loyaan fragte sich, ob er den Mann um einen Gefallen bitten konnte: »Bitte, lassen Sie die Fledermaus frei. Öffnen Sie die Tür vorsichtig, öffnen Sie sie, damit sie nicht erschrickt.« Nein, nichts Identisches oder Ähnliches in Loyaans und der Fledermaus Situation. Sie war auf der Suche nach dem nächtlichen Dunkel der Sicherheit hier eingedrungen. Er war auf der Suche nach dem Licht hier eingedrungen, mit dem er den dunklen und rätselhaften Weg beleuchten wollte, der zu Soyaans Grab führte. Zugegeben, dachte er weiter, da der Mann immer noch schwieg, da war die Öffnung, die sie benutzt hatte, aber Lampen nehmen Löchern ihre Tiefe und verändern die Farben, besonders grelle Lampen wie diese. Lass sie so heraus, wie sie hereingekommen ist. Konnte man Leben in einen Körper einhauchen, aus dem die Seele entflohen war? Nein, er würde ihn nicht um diesen Gefallen bitten. Der Mann hatte seit langem schlimme Grausamkeiten begangen. Er war der Dritte Mann in der Staatssicherheit. Die Zigarre. Natürlich, sie musste aus der Schachtel stammen, die heute auf dem Glastisch des Ministers gestanden hatte. Möglicherweise war es genau die, die der Minister Loyaan angeboten hatte, die er nicht hatte rauchen wollen.

»Meine Vorgesetzten sind erzürnt über die schlechte Publicity, die Soyaans Name durch Sie bekommen hat. Man hat mich gebeten, mit Ihnen zu reden.«

Er nahm die Zigarre aus dem Mund. Er leckte sich die Lippen. Er steckte sich die Zigarre wieder in den Mund. Loyaan verfolgte inzwischen die Bewegungen der Fledermaus und war froh, dass sie ein Versteck in einer Ecke gefunden hatte.

»Meine Vorgesetzten sind irritiert über das, was Sie gesagt haben. Meine Männer haben Taktlosigkeiten gemeldet: ›Loyaan dies, Loyaan das‹. Der Minister im Präsidialamt bittet mich, Ihnen mitzuteilen, dass wir die Memoranden weder gesehen noch von ihnen gehört haben, und auch nicht von Mulki. Was Ibrahim anbelangt, so ist er aus einem anderen Grund bei uns.«

»Ibrahim ist aus einem anderen Grund bei Ihnen?«

»Das hat nichts mit Ihnen zu tun. Ich sagte, Ibrahim Siciliano hilft uns bei Erkundigungen, die nichts mit Soyaans Fall zu tun haben, und auch nicht mit Ihrem.«

Der Mann steckte seine Hand in die Tasche und holte einen Metallgegenstand aus der Tasche, der einem Zigarrenschneider nicht unähnlich war. Er setzte ihn an der Zigarre an und steckte sie dann wieder in seinen Mund.

»Warum halten Sie Ibrahim fest?«

»Das hat nichts mit Ihnen zu tun.«

»Doch, das hat es.«

Er zündete sich die Zigarre an. Loyaan war versucht, ihn um Feuer zu bitten. *Besteh darauf. Komm schon. Besteh darauf.* Die Stimme war wieder da, gab ihm Ratschläge, erzählte ihm Dinge, half ihm. Er war nicht allein. Die Stimme war wieder da. *Besteh darauf.*

»Was? Warum?«

»Wegen antisowjetischer Aktivitäten.«

»Antisowjetisch?«

»Antisowjetische Aktivitäten.«

»Aber wir sind hier nicht in der Sowjetunion. Wir sind in der Somalischen Demokratischen Republik, einem souveränen afrikanischen Staat. Nicht in der Sowjetunion. Sind wir *nicht*! «

Stiefel draußen. Stiefel, die näher kamen und vor dem Eingang zu dem Raum, in dem Loyaan und der Mann waren, innehielten. Die Tür öffnete sich. Eine Frau in einem Schleier wurde hereingestoßen. Die Tür wurde geschlossen. Der Mann ging zu der Frau und führte sie näher heran.

»Das ist Mulki. Mulki, das ist Loyaan.«

Der Mann half ihr mit der gleichen Vorsicht, den dunklen Schleier abzulegen, wie man eine Wunde enthüllt oder das Mitglied einer Königsfamilie ein Denkmal. Aber sie blieb in sicherer Entfernung, wollte nicht näher kommen. Loyaan hatte Mulki noch nie gesehen und konnte deshalb nicht mit Sicherheit sagen, ob diese Frau Mulki war; ob sie abgenommen hatte; ob sie gelitten hatte oder dergleichen. Der Mann bedeutete ihr zu sprechen. Sie sagte:

»Ich bin hierher gebracht worden, um Ihnen zu sagen, dass ich kein Memorandum für Soyaan oder für meinen Bruder abgetippt habe; dass ich mit ihnen beiden oder mit Politik absolut nichts zu tun habe. Ich bin hierher gebracht worden, um Ihnen zu sagen, dass ich nicht gefoltert worden bin, dass mir nichts mit Gewalt entlockt worden ist.«

»Was ist Ihr Vergehen?«

Der Mann unterbrach sie: »Sie können jetzt gehen«, sagte er zu ihr, führte sie selbst weg und klopfte an die Tür, die sich öffnete und durch die sie schließlich verschwand. »Da haben Sie es. Da ist Mulki. Sie haben ihr Wort.«

»All dies ist wie eine schlecht geschriebene Farce.«

»Farce oder nicht, Sie sind uns wirklich äußerst lästig. Ihr Vater und der Minister im Präsidialamt sind sich einig, dass Sie unter dem schlechten Einfluss von einigen antirevolutionären Kräften stehen, mit denen Sie Umgang haben. Ich sage Ihnen nicht gern, dass ich schon einmal den Befehl gegeben habe, Sie zu verhaften. Aber Soyaan und Ihrem Vater zuliebe und auch aus anderen Überlegungen heraus dachten wir, dass es sinnvoller für Sie, für uns, für Ihren Vater und den General wäre, wenn man Ihnen Soyaans Posten anbieten würde.«

»Soyaans Posten?«

»Der General hat einen Erlass unterschrieben, der Sie zum Somalischen Rechtskonsulent in Belgrad ernennt. Morgen Abend geht eine Maschine, ich habe Sie hierherbringen lassen, damit ich es Ihnen selbst sagen kann. Das gibt Ihnen Zeit bis morgen, wo zufälligerweise auch das Sieben-Tage-Gedächtnis für Soyaan stattfindet, ein Tag religiöser Riten und Gebete, ein Tag der Andacht für die Seele des Toten. Seien Sie bereit.«

»Ich werde abgeschoben, oder?«

»Niemand wird aus seinem eigenen Land abgeschoben.«

»Mit einem Posten geschmiert, zum Schweigen gebracht, losgeworden?«

»Nein. Absolut nicht. Bewahrt davor, sich lächerlich zu machen. Man gibt Ihnen die Chance, Ihrem Land in der Funktion eines Rechtskonsulenten im Ausland zu dienen. Wenn ich ganz offen sein darf, das ist etwas, das *ich* nicht tun würde. Aber *ich* bin ja nicht der General oder der Minister im Präsidialamt, zwei Seelen, die so großmütig sind wie die Engel, die sie beschützen.«

Die Fledermaus tauchte aus ihrem sicheren Versteck wieder auf. Die Fledermaus flog hierhin, sie flog dorthin, unentschlossen, unfähig zu entscheiden, wo sie am besten landen sollte. Loyaan hatte ein ähnliches Problem. Was sollte er jetzt tun? Wie ernst sollte er das nehmen, was der Mann gesagt hatte? Sobald die religiösen und andere Riten vorbei waren, würde ein Wagen vorfahren, um ihn zum Militärflughafen zu schaffen, und man würde ihn in eine Sondermaschine nach Moskau verfrachten. Und was kam nach Moskau? Würde er überhaupt nach Belgrad gelangen, um Titos Hand der Neutralität zu schütteln? Würde es die Jugoslawen interessieren, die ganze Wahrheit über das zu erfahren, was die Sowjets getan hatten? Hatten sie vielleicht jene Szene in Haykals »*Road to Ramadan*« gelesen, S. 129 (*schaut mal, wie geschärft mein Erinnerungsvermögen ist),* in der von dem Telegramm berichtet wird, das während eines Gesprächs mit Nasser vorgelegt wurde und einen geplanten Coup d'état in Somalia betraf? Podgorny, Breschnew und Kossygin lasen den Text des Telegramms, das den somalischen General über den geplanten Coup informieren sollte, und paraphierten ihn. Kam eine Sondermaschine aus Moskau, eine Sondermaschine, die Männer transportierte, die trainiert waren, eine Aufgabe von so großer Tragweite zu bewältigen? Und wenn er sich weigerte, nach Moskau und nach Belgrad zu fahren? Würde man jemals wieder von ihm hören? Sie brauchten ihn gar nicht zu verhaften, sie konnten ihn so lange, wie sie wollten, in diesem Verlies festhalten. Würde er jenem Idioten nacheifern, der in einem Gefängnis außerhalb von Mogadischu in den Hungerstreik getreten war? Man brauchte Publicity, die Welt musste von der eigenen couragierten Tat erfahren, die Außenwelt musste über einen schreiben und ängstlich mit einem auf die baldige Freilassung warten. Und wenn er nein sagte, also nicht mit jener Sondermaschine nach Moskau fliegen wollte, was würden sie tun? Oder wenn er ja sagte, ja, er würde alles vorbereiten, seine Koffer packen und auf morgen Abend warten, würde er es glauben? Er brauchte Zeit zum Nachdenken. Er würde so gern mit anderen Freunden darüber sprechen, Freunden wie Ahmed-Wellie – und mit wem noch? Ja, Ladan. Er würde so gern wissen, was aus Beydan wurde, ob sie, wie sie glaubte, die Geburt nicht überleben würde, oder das Kind nicht den Austritt aus dem Mutterschoß. All das las sich wie ein mies geschriebenes Theaterstück, bei dem kaum Regieanweisungen vorhanden waren, die Bühne dunkel und spärlich beleuchtet war, die Schauspielerinnen und Schauspieler nicht instruiert waren und die Dialoge kaum geprobt. Sie hatten Mulki auf eine Bühne gebracht, nur um das zu sagen und wieder fortgeschafft zu werden? *Er gestattet mir, die ganze Zeit zu schweigen und zu grübeln? Irgendetwas ist falsch hier, irgendwo. Jetzt bin ich dran, das herauszupressen; jetzt bin ich dran.*

»Und wenn ich sage, ich fahre nicht?«

»Nein. Das werden Sie nicht sagen.«

»Wie meinen Sie das?«

»Wir werden Sie in das Flugzeug setzen. Wir werden dafür sorgen, dass Sie mitfliegen.«

Er rief sich ins Gedächtnis, was mit dem Eritreer passiert war, den die Äthioper betäubt und in ein Flugzeug nach Addis gesetzt hatten. Da er einen äthiopischen Pass in der Hand hatte und von zwei Äthiopiern gestützt wurde, als er die Gangway des Flugzeuges der Ethiopian Airlines hochstieg, gab sich die deutsche Flughafenaufsicht mit der abgegebenen Erklärung zufrieden: »Der Mann ist krank, aber er sagt, er möchte zurückkehren, um zu Hause zu sterben, wenn er denn sterben muss.« In Addis benutzte der *Derg* eine andere Rechtfertigung: Der Mann hatte die schweren Betäubungsmittel selbst genommen. Und da lag dann ein aktiver eritreischer Widerstandskämpfer tot da. Würden sie das auch so machen? Oder würden sie andere Methoden anwenden? Welche? Frag. Provoziere ihn.

»Wie haben Sie ihn getötet?«

»Wen?«

»Was war es, das der russische Arzt meinem Bruder gegeben hat? Neugierig. Ja, mein Herr, rein akademische Neugier. Sagen Sie es mir, bitte.«

»Sie werden schon wieder lästig. Aber hier, wo ich arbeite, lassen wir so etwas nicht durchgehen, das sage ich Ihnen. Nehmen Sie das unverzüglich zurück.«

»Nennen Sie mir einen vernünftigen Grund, und ich werde es tun.«

»Gott nimmt einem den Atem, den ER einem einhaucht.«

»Versuchen Sie es mit einem anderen, mein Herr.«

»Wir sind Moslems in diesem Land.«

»Marxisten, mein Herr. Hier herrscht der wissenschaftliche Sozialismus, sagt der General.«

»Provozieren Sie mich nicht.«

»Das habe ich doch schon, mein Herr.«

»Soyaan und Ihrem Vater zuliebe, tun Sie es nicht.«

»O.k. Versuchen wir es hiermit. Warum wurde Soyaan geadelt, als er tot war, und nicht zu Lebzeiten?«

»Er starb im Dienst an dieser Nation. Er starb, und seine letzten Worte waren: ARBEIT IST EHRE, UND ES GIBT KEINEN GENERAL AUSSER UNSEREM GENERAL.«

»Das haben Sie in der Zeitung gelesen.«

»Das habe ich von Ihrem Vater gehört. Er hat es mir selbst erzählt.«

»Mein Vater ist ein Lügner.«

Keine Reaktion von dem Mann. Dann: »Ist er nach all den Jahren zum Leutnant befördert worden?«

»Ja, ich habe das abgezeichnet, und auch der General.«

Eine längere Pause trat ein.

»Ich war dabei, als Soyaan seinen letzten Schluckauf hatte. Er hat mit seinem letzten Atemzug nach mir gerufen, meinen Namen geschrien. Ich war bei ihm. Mein Vater nicht.«

»Warum sollte Ihr Vater lügen? Und warum sollten wir Ihnen glauben und nicht ihm?«

Schweigen.

»Antworten Sie mir. Warum sollte Ihr Vater lügen?«

»Ich würde neunundzwanzig Jahre brauchen, um Ihnen das verständlich zu machen.«

»Das ist reaktionärer Unsinn.«

Und in diese tiefe Kluft zwischen den Generationen flossen ungeheure Verallgemeinerungen. Keynaan. Loyaan und Soyaan. Was war es noch, das Clemenceau über die Amerikaner gesagt hatte: dass sie innerhalb von dreißig Jahren die Erfahrung der Barbarei ebenso wie die der Dekadenz gemacht hatten? Konnte er jemandem innerhalb von einer Minute verständlich machen, was es hieß, der Sohn seines eigenen Vaters und seiner Mutter zu sein?

»Darf ich davon ausgehen, dass wir diesen Fall als abgeschlossen betrachten können?«

»Welchen Fall?«

»Darf ich davon ausgehen, meine ich, dass Sie Ihre Anschuldigungen zurückgezogen haben?«

»Nein, mein Herr, das habe ich nicht. Es sei denn, Sie nennen mir einen vernünftigen Grund dafür. Wir können nichts als abgeschlossen betrachten, wenn Sie es noch nicht einmal eröffnet haben. Es gibt hundert Fragen, auf die ich noch keine Antwort habe. Was hat Soyaan zwischen dem Zeitpunkt, als er das Haus meiner Stiefmutter verließ, und dem Zeitpunkt, als er bei meiner Mutter eintraf, gegessen? Ich weiß nicht, wie der russische Arzt heißt, der ihn wegen irgendeiner harmlosen Sache behandelt hat. Ich weiß auch nicht, was das für eine Sache war.«

»Ich fürchte, ich kann Ihnen nicht helfen.«

»Doch, das können Sie ganz sicher.«

»Wie denn?«

»Soyaan und meinem Vater zuliebe, würden Sie mir einen Gefallen tun, wenn ich Sie darum bitte?«

»Bitten Sie mich, und dann werde ich Ihnen sagen, ob ich das kann oder nicht.«

Die Fledermaus flog niedriger, sie flog dicht bei ihren Köpfen wie ein Kampfflugzeug, das prüft, wo es die Bomben abwerfen soll.

»Warum folgt mir, wohin ich auch gehe, ein einarmiger Mann?«

»Ein einarmiger Mann?«

»Ja.«

»Beschreiben Sie ihn.«

Loyaan tat es.

»Er ist keiner von meinen Männern. Nein, das ist er nicht. Es gibt keinen einarmigen Mann unter denen, die wir damit beauftragt haben, Sie zu beschatten und über Ihre Aktivitäten zu berichten.«

»Nein?«

»Nein.«

»Wer ist er dann?«

»Das weiß ich nicht. Vielleicht von einer anderen Dienststelle.«

»Vom Minister?«

»Ich weiß es nicht.«

»Der Minister im Präsidialamt weiß, wer er ist?«

»Es würde mich nicht überraschen.«

»Es gibt eine Staatssicherheit innerhalb der Staatssicherheit, oder?«

»Möglicherweise.«

»Ich meine, gibt es eine Staatssicherheit innerhalb der Staatssicherheit, eine Dienststelle, die speziell dafür geschaffen wurde, um vor allem über die sowjetischen Interessen in diesem Land zu wachen, um über antisowjetische Aktivitäten zu berichten, eine Dienststelle, die von den Sowjets finanziert und budgetiert wird?«

Wenn Blicke töten könnten! Die Luft war jetzt voller Zigarrenrauch. Der Mann ging stumm auf und ab, und Loyaan fixierte ihn, verfolgte jede seiner Bewegungen mit den Augen. Soweit war wahrscheinlich noch nie jemand gegangen. Würde Loyaan damit davonkommen? Es gab nichts, was dagegen sprach. Sein Name stand auf jener unsichtbaren Passagierliste für die morgige Sondermaschine nach Moskau. Irgendjemand müsste einiges an Erkärungen abliefern, wenn er nicht an Bord war. Morgen fand auch das Sieben-Tage-Gedächtnis zum Gedenken an Soyaans Tod statt, und man würde ihn vermissen. Aller Wahrscheinlichkeit nach würde im Namen des Generals auch eine Regierungsdelegation daran teilnehmen. Sie konnten es sich nicht leisten, ihn hier zu behalten. Der Blick des Mannes wurde sanfter.

»Wir werden morgen Abend kommen. Bis dann.«

»Bis dann.«

»Pünktlich um sieben Uhr abends.«

»Pünktlich um sieben Uhr abends.«

Ladan fragte: »Punkt sieben?«

»Ja, warum?«

»Vater sagt, um acht.«

»War er schon hier?«

»Er kam mit dem Minister, in dem großen Wagen mit Chauffeur. Ich bin zu ihm gelaufen, um ihm zu erzählen, was passiert war. Als er sich überhaupt nicht überrascht zeigte, habe ich ihn gefragt, ob er dich gesehen hätte. Er hatte nicht, aber er wusste, wo du warst und mit wem du zusammen warst. Er sagte, dass du wegen einer Auslandsreise, die du antreten solltest, instruiert würdest.«

»Und der Minister?«

»Er stieg inzwischen aus dem Auto, um mich und Mutter zu begrüßen. Ich weigerte mich, seinen Gruß zu erwidern, und das verärgerte Vater. Er hätte mich beinahe geschlagen und tat es nur deshalb nicht, weil der Minister ihn beiseite zerrte.«

»Hat Vater gesagt, wohin ich fahren soll?«

»Nein. Er hat keine Details genannt und auch auf meine Fragen nicht freundlich geantwortet. ›Das ist nichts für Frauen. Das ist ein Job für Männer. Ein ganz spezieller Job‹, sagte er.«

»Der Minister hat dem nichts hinzugefügt?«

»Belgrad, sagte er. Du würdest nach Belgrad gehen, sagte er zu Mutter. Nicht zu mir. Mit mir sprach er nicht. Er sagte das zu Mutter.«

»Rechtskonsulent in Jugoslawien.«

»Ich muss mich berichtigen. Der Minister hat gar nicht Belgrad gesagt. Er hat bloß Jugoslawien gesagt. Aber für mich heißt das Belgrad.«

»Aber warum ich, warum Jugoslawien?«

»Warum Soyaan, warum Mulki, warum Ibrahim?«

Obwohl er die Versuchung spürte, beschloss er, ihr nicht zu erzählen, dass er mit einer Frau gesprochen hatte, die sagte, sie sei Mulki. Aber war sie das wirklich? Hatte Ladan das Mädchen je selbst gesehen? Hätte sie es gewusst, wenn es jemand anders gewesen wäre? Woher wollte die Staatssicherheit wissen, dass er Mulki nie kennengelernt hatte? Von Ahmed-Wellie? Oder noch besser, von Keynaan? Es war doch Keynaan gewesen, oder nicht, der ihn als Erster darüber informiert hatte, dass die Staatssicherheit die Sekretärin/Schreibkraft verhaftet hatte. Nein,

nein, er wollte das Ladan nicht erzählen. Es war schon genug geschehen, das ihr Gewissensqualen verursachte, sie aus der Bahn warf. Genug.

»Ich hätte es fast vergessen.«

»Was?«

»Ahmed-Wellie war da und ist wieder gegangen.«

»Wirklich? Wann?«

»Eine halbe Stunde vor Vater und dem Minister. Er ist, fünf Minuten bevor du zurückkamst, wieder gegangen.«

»Und er hat nicht gewartet? Er konnte nicht.«

»Er sagte, er wird morgen kommen. Er ist eigentlich gekommen, um zu schauen, ob wir irgendwelche Hilfe brauchen, ob du für morgen seinen Wagen leihen wolltest oder so. Falls du ihn erreichen willst, er ist jetzt zu Hause.«

»Von Margaritta nichts?«

»Nichts. Warum? Hätte sie kommen sollen?«

»Du magst sie nicht?«

»Im Gegenteil.«

»Ich dachte ... «

»Redest du von dem Abend, als sie dich stockbesoffen nach Hause brachte? Ich war enttäuscht von dir. Nein. Ich will es mal so ausdrücken. Wir machten uns Sorgen, bis du auftauchtest. Und dann – nun, es muss gesagt werden, Loyaan, aber du sahst furchtbar aus: Du hattest dich übergeben. Ich dachte, du würdest krank werden, genau wie Soyaan, und genau wie er, an irgendetwas Unerklärlichem sterben.«

Sie schwieg. Draußen begann ein kranker Hund schwindsüchtig zu husten.

»Hör mal!«

»Was?«

Der Muezzin rief alle Moslems zu ihren Gebetsteppichen.

»Hörst du, Ladan?«

»Was?«

DREIZEHN

Wie ein Schmetterling, der sich vor jeder Gestalt, die einen Schatten wirft, fürchtet, ein Schmetterling, der sich über kein Flügelflattern freuen kann außer über sein eigenes, ein nervöser, schreckhafter Schmetterling, der am Ende ist. Einer seiner Flügel ist abgefallen. Auch einer seiner Fühler. Er ist damit an das Fenstergitter gestoßen, als er hereinflatterte. Unterhalb des Schmetterlings, verspielt und munter, adrett herausgeputzt wie für einen Ausflug, steht ein Junge von ungefähr vier Jahren. Er hat einen Tennisschläger in der Hand. Er wedelt damit herum. Der kleine Junge von vier Jahren wartet darauf, dass der Schmetterling fällt, dass er landet. Und ...

Die Ziege meckerte.

Sie hatten sie gegen ihren Willen hierhergezerrt, sie hatten sie durch die Eingangstür gestoßen, hatten sie gezogen und gestoßen. Als sie die Hufe in den Boden rammte, hoben sie sie hoch, die vier, vier Männer, deren Gesichter Loyaan nicht vertraut waren, als er sie aus der Nähe beobachtete. Die Schleifspur, die das Gezerre hinterlassen hatte, war noch auf dem staubigen Boden zu sehen. Das war das Erste, eine Ziege. Noch viel mehr würden gebracht werden, fünf sogar oder sieben, was letztlich davon abhing, wie viel Geld Keynaan hierfür aufbringen konnte. Er hatte das Geld dabei, das die Familie von Nachbarn erhalten hatte, von Verwandten, und eine große ungenannte Summe, die der Minister im Präsidialamt Keynaan direkt hatte zukommen lassen. Dies war der siebte Tag nach der Beerdigung, dies war das Allerletzte der offiziellen Rituale. An diesem Tag veranstaltete die Familie des Verstorbenen ein gewaltiges Festmahl und lud alle ein, die in irgendeiner Weise schon an den vorhergehenden Ritualen teilgenommen hatten, und bewirtete sie mit Gottes Gaben, mit allem, was da war, gespendet wurde, geteilt wurde. Die Totengräber. Die Scheichs. Die Nachbarn. Freunde der Familie. Jeder, der in dieser Zeit irgendwie geholfen hatte. Aber zu dem Schmaus, den die Familie des Verstorbenen veranstaltete, kamen ungebeten auch die Bettler. Zu dem Mahl kamen ungebeten die Mächtigen, Staatsminister, Männer unbekannter Herkunft und andere.

Für Loyaan war die Nacht lang, schlaflos, er verbrachte sie mit weit geöffneten Augen. Die Nacht spulte sich ab wie ein Baumwollfaden, sie entfaltete sich Zentimeter für Zentimeter; die Nacht wob Worte aus Gedankengespinsten; die Nacht nähte ihm eine Decke aus Trost und Wärme; sie gewährte ihm Zuflucht vor allem, was seinen Seelenfrieden bedroht hatte. Eine Parabel von salomonischem Ursprung, eine Fabel von der arabischen Halbinsel, in der ein junger Mann von niedriger Geburt der Spur eines Fadens folgt, der ihn die verschlungenen Treppen in den Palast der Macht hinaufführt, ihn weiterleitet in die offenen Arme der Prinzessin, die er lieben, herausputzen und für die er sorgen wird. Die Nacht war lang wie eine Schlange, schleimig, glatt und dunkel, die Sterne waren so klein wie Sesamkörner, die nicht aufgesprungen waren. Jede Bewegung, die Loyaan hörte, hatte eine Bedeutung, und wenn sie keine hatte, dann verlieh er ihr eine. In einer Version folgten ihm die Männer von der Staatssicherheit und passten auf, dass er drinnen blieb. In einer anderen tauchte Ibrahim auf, der ihren Fängen entflohen und gekommen war, um ihm das Memorandum zu bringen, das er ihnen nicht geben wollte. In der dritten war es Margaritta, die in ihrem Nachthemd erschien, einem durchsichtigen Nachthemd: Sie wurde von den Geistern der Schuld gejagt, von Soyaans ganzer, verschwiegener Wahrheit. Sie schliefen in einem Bett, er und sie, aber sie hegten keine inzestuösen Gefühle füreinander und schliefen nicht miteinander. Er lag dicht bei ihrem Hintern, der rund wie ein Globus war, weich, und ihre Brüste, eine gute Hand voll, waren nicht erregt worden, nicht geleckt oder berührt.

»Guten Morgen, Loyaan.«

»Guten Morgen, Mutter.«

»Hast du überhaupt geschlafen?«

»Ja, Mutter. Das hab ich. Und du?«

»Nein.«

Lügen. Lügen. Aber er kaute wieder an dem Stöckchen herum, mit dem er sich die Zähne putzte. Er sah zu, wie seine Mutter mit ihren Knöcheln der Ziege auf die Rippen hämmerte. Er sah zu, wie sie sie am Ohr zog, in das das Zeichen des Stammes, die Symbole des Clans, dem sie gehört hatte, geritzt waren.

»Nicht fett genug«, sagte sie.

»Die ist doch gar nicht so übel, wenn man so sieht, was man heutzutage bei der Dürre und den hohen Steuern, die die Nomaden beim Verkauf einer Ziege zahlen müssen, überhaupt noch kriegt«, sagte der Schlachter, selbst einer der Flussleute, vielleicht aus Afgoi. »Die ist gar nicht so übel«, sagte er. »Ich habe schon magerere gesehen. Ich hab gesehen, wie sie Skelette verkauft haben, die, als hätten sie es eilig gehabt, nur mit einer dünnen Fleischschicht verhüllt waren.«

»Er wird immer betrogen.«

»Wer?«

»Keynaan, mein Mann. Er weiß nicht, wie man das Beste kauft.«

Der Schlachter wollte das Gespräch nicht fortsetzen, nachdem es zu einem Streit zu werden drohte. Auch er wisse nicht, wie man das Beste kaufe, sagte seine Frau immer. Er wollte das nicht kommentieren. Er war hier, um seinen Job zu machen; er war hier, um zu töten, zu schlachten, dem Vieh das Fell abzuziehen und einen festen Preis für jedes Tier, das er schlachtete, zu nehmen, den ihm zustehenden Teil zu essen und zu gehen. Jetzt hob er die Ziege hoch, wie man sein heißgeliebtes Kind hochhebt. Er hielt die Ziege hoch. Er ließ seine Muskeln spielen, er zeigte, wie stark er war, dann ließ er die Ziege so unvermittelt und grausam fallen, dass Loyaan dachte, sie hätte sich eins der Hinterbeine gebrochen. Er brach in lautes, herzhaftes Gelächter aus, wie eine Bestie.

»Nicht übel«, sagte er.

»Nicht fett genug«, sagte sie. »Mein Mann weiß nicht, wie man das Beste kauft.«

Loyaans Gedanken waren woanders. Sein Geist graste auf einer Wiese im Weideland der Hirten. Er sah, wie ein Mann gefoltert wurde, er beobachtete, dass es dem Folterer perverserweise Spaß machte, was er tat, hörte, wie er genauso herzhaft lachte wie der Schlachter. »Nicht hart genug. Sie brechen«, prahlte der Folterer. »Sie brechen, wenn ich ihre Männlichkeit verdrehe, sie schreien vor Schmerzen.« Sein Gesicht war knittrig wie ein Fluss. Die Sorgenfalten auf seiner Stirn verzweigten sich wie die Äste eines Baumes, wenn der Wind vom Fluss aus in sie fuhr, ein Fluss, der auf seiner Oberfläche aufgewühlt war wie der Haferbrei, in den ein Kind bläst, um ihn zu kühlen.

Er entfernte sich von dieser Szene; er verließ seine Mutter, die mit dem Schlachter darüber herumstritt, ob er, zusätzlich zu dem, was Keynaan ihm angeboten hatte, noch das Fell eines der Tiere als Geschenk erhielt. Loyaan taten die Knochen weh. Er kannte diese Schmerzen schon. Kamen sie von der Luftfeuchtigkeit durch das Meer? Kamen sie von der Kühle im Morgengrauen, als er ohne Decke dagelegen hatte? Seine Zunge schmeckte sauer wie Rhabarber. Das Blut, das er ausspuckte, machte ihm deutlich, dass er seine Zähne nicht sorgfältig genug pflegte, er, der Zahnarzt.

»*Nabad,* Loyaan.«

»*Nabad,* äh, Tante.«

»Wie geht es dir heute morgen?«

»Sehr gut, danke. Und dir?«

»Gut, gut. Ich bin froh, dass du wieder bei uns bist.«

»Ja, ja.«

Sie war *die* Nachbarin, die Frau, die sich bei den Grünen Garden für ihn verwendet hatte. Sie war froh, dass er nicht verhaftet worden war. Seine Hand fuhr über seinen Bart, der fast eine Woche alt war und juckte. Die Nachbarin ging hinein und rief Loyaans Mutter einen Gruß zu, verkündete, dass sie da sei und mit ihr auch noch der Soundso und die Soundso gekommen seien.

Er musste sich noch rasieren und duschen, bevor der Abend kam, er musste sich auf ihr Kommen vorbereiten. Anders als Soyaan, den der Tod überrascht hatte, wollte Loyaan darauf vorbereitet sein. Soyaan hatte Termine gemacht, er hatte Pläne gehabt, und sein Tod hatte alles ruiniert. Loyaan wollte keine

Termine machen und hatte auch keine Pläne. Auf die Frage, die seine Schwester ihm gestellt hatte – »Was willst du jetzt machen?« – , hatte er geantwortet: »Nichts. Ich werde sehen. Ich warte ab. Aber während ich sehe und abwarte, entwerfe ich Strategien, wehre mich, winde mich durch, kämpfe. Wie du mir geraten hast, werde ich versuchen, nicht die Beherrschung zu verlieren, damit ich nicht meine Identität verliere.« Er würde sich rasieren und duschen, seine saubersten Sachen anziehen, Strategien entwerfen, planen, sich winden und sich wehren, so gut er konnte, und sich von nichts überraschen lassen. Konnte er nach Baidoa zurückkehren, zu seinem Job, seinen Freunden, konnte er das? Wo er gerade daran dachte, die regionalen Behörden konnten Disziplinarmaßnahmen gegen ihn ergreifen, da er sich nicht zur Arbeit zurückgemeldet hatte, er war schon vier Tage überfällig, hatte kein Entschuldigungstelegramm geschickt und konnte auch kein Attest vorlegen, wenn man ihn darum bat. Es sei denn, Ahmed-Wellie fälschte ihm eins. Es sei denn, er fand einen anderen, der das machte. Warum, warum dachte er jetzt an all das? Hatte er die Rätsel gelöst, derentwegen er in Mogadischu geblieben war? Musste er sich seinem Schicksal ergeben, dem Geschick des ohnmächtigen Verlierers, der sich niederkniete, den Kopf senkte, sich vor der Macht des Generals und seiner Minister in den Staub warf? Warum, warum, warum? Sie würden nicht im Morgengrauen kommen, so wie bei allen anderen. Sie würden kurz vor der Abenddämmerung auftauchen und nicht, um ihn wie Ibrahim zu verhaften oder wie Mulki und hundert andere zu foltern, sondern um ihn nach Moskau zu schicken, wo der kalte Schnee der Gleichgültigkeit das Mark in seinen Knochen gefrieren lassen würde. Die rheumatische Kälte im Morgengrauen, die Angst, wenn man aufstand, um auf das Klopfen an der Tür zu reagieren: Das war ihm erspart geblieben. Denn Loyaan war etwas Besonderes. Er war der Bruder von Soyaan, dem geadelten Helden der Revolution.

»Guten Morgen.«

»Guten Morgen.«

Frauen. Eine nach der anderen. Frauen, die am Schlachter in seinem Unterhemd und den Shorts, einer Hose, die per Hand ungerade abgeschnitten worden war, vorbeigingen. Der Schlachter schärfte, wie Loyaan jetzt sehen konnte, *pangas* und eine Reihe kleiner Messer auf einem Stein, der als Schleifstein diente. Dann schlug er mit einem kleinen Messer gegen das *panga,* er machte Musik und er tanzte.

Die Ziege meckerte.

»Wenn du dich nicht benimmst und das Maul hältst«, sagte er, »dann schneide ich dir schon vor der Zeit die Kehle durch.«

Die Ziege reckte ihren Hals hoch und stampfte mit den Füßen auf den Boden. Und der Schlachter fühlte sich beleidigt. Er stürzte zu den kleinen Messern, und mit einem davon pikte er die Ziege zwischen die Rippen, wobei er sagte, dass er ihr noch eine Chance gäbe. »Also halt's Maul. Sonst ...«

Die Ziege meckerte wieder.

Der Schlachter schnitt der Ziege ein Stückchen von ihrem markierten Ohr ab, hielt das abgeschnittene Stück hoch und sagte: »Das soll dir eine Lektion sein.«

Das Sonnenlicht war so grell, dass Loyaan sich und seinen Zorn nirgendwo verbergen konnte. Er ging zu dem Schlachter. Er packte ihn am Arm und schüttelte ihn so heftig, wie er konnte.

»Was machen Sie mit dieser Ziege?«

Der Schlachter wehrte sich und bekam seinen Arm wieder frei.

»Ich richte sie ab, so dass sie die Bedeutung des Todes begreifen kann, bevor ich sie schlachte. Ihr Vater hat ihr durch das Geld, das er für ihren Kopf bezahlt hat, beigebracht, was es heißt, von dem Ort, an dem sie geboren ist, und von dem Stamm, dem sie gehört hat, getrennt zu werden. Das hat sie begriffen, als sie hierhingezerrt wurde. Jetzt habe ich ihr in das markierte Ohr geschnitten. Ein bisschen später werde ich ihr mit Vergnügen den Tod kredenzen.«

Loyaan war sich nicht sicher, ob er irgendetwas verstanden hatte. Er entfernte sich und ging in sein Zimmer, wobei er dachte: *Was geschieht wirklich mit mir, was geschieht hier? Was für eine Raffinesse, was für eine Klarheit? Oder höre ich Dinge? Oder, schlimmer noch, bin ich zu müde, um die Bedeutung des Ganzen zu begreifen? Er wollte duschen, sich rasieren und ...*

Er hatte geduscht. Er hatte sich rasiert. Er redete mit Ahmed-Wellie, der gerade aufgetaucht war.

»Das wäre aber nicht nötig gewesen. Wirklich.«

»Einmal im Leben. Lass gut sein, Loyaan.«

»Wirklich.«

»Ich habe mir doch nur einen Tag freigenommen. Und bin gekommen, um zu schauen, ob ich Ihnen, Ihrer Mutter oder Ihrem Vater irgendwie helfen kann. ›Das wäre aber nicht nötig gewesen, das wäre aber nicht nötig gewesen.‹ Ich habe mir schon wegen weniger wichtiger Dinge einen Tag freigenommen.«

»Sagen Sie mal, Ahmed-Wellie.«

»Was, Loyaan?«

»Es werden wahrscheinlich Disziplinarmaßnahmen gegen mich ergriffen, oder ich werde sogar gefeuert. Ich habe meinen Urlaub nicht verlängert. Die regionalen Behörden können mich feuern. Könnten Sie ein Attest für mich fälschen?«

»Sie veralbern gern Ihre Freunde. Genau wie Soyaan.«

»Ich meine das ernst. Könnten Sie mir ein Attest fälschen?«

»Ich habe gehört, Sie verreisen, Loyaan. Wenn das stimmt, dann brauchen Sie keine Verlängerung Ihres Urlaubs, nehme ich an. Oder ein Attest. Stimmt das?«

»Verreisen? Wohin verreisen? Nein, ich fahre nirgendwo hin.«

»Doch. Das habe ich gehört. Ich habe gehört, Sie reisen heute Abend noch ab.«

»Wo haben Sie das gehört?«

»Ich habe gehört, Sie gehen ins Ausland. Ich habe gehört, Sie kriegen einen Posten im Ausland. Jugoslawien oder Tschechoslowakei, ich bin nicht ganz sicher. Ich habe gehört, Sie reisen ab. Ich habe gehört, Sie haben dem zugestimmt.«

»Wo haben Sie das gehört?«

»Das ist Verrat an unserem Kampf.«

»Ich sagte, wo haben Sie das gehört?«

»Jugoslawien.«

»Wer hat Ihnen das erzählt?«

»Ibrahim.«

»Ibrahim Siciliano?«

»Ja.«

»Es tut mir Leid, aber ich kann mir nicht helfen, ich finde es merkwürdig, dass Sie so viele Geheimnisse kennen. Ich möchte wissen, wie Sie das machen. Es gibt hinreichend Geheimnisse, zu denen uns der Schlüssel fehlt. Es scheint Ihnen sehr leicht zu fallen, sie zu enträtseln.«

»Was soll das heißen?«

»Wie ging es Ibrahim? Wo wird er festgehalten?«

»Sie fangen auch an, mich zu verdächtigen?«

»Haben andere vor mir Sie schon verdächtigt?«

»Jemand hat Sie absichtlich getäuscht. So wie sie Soyaan getäuscht haben.«

Es herrschte Schweigen. Die Stimme war wieder da: *»Du solltest von hier aus langsam weitermachen; du solltest dich vorsichtig und unbeirrt bewegen wie ein Tier, das blind seinen Weg geht. Lass dich nie überraschen. Bleib mit beiden Beinen fest auf dem Boden, über den du gehst.»* Und:

»Jemand hat Soyaan falsch über Sie informiert?«

»Das ist Vergangenheit. Gott segne seine Seele.«

»Die Gegenwart, Ahmed-Wellie: Woher haben Sie erfahren, dass ich heute Abend abreisen soll?«

Loyaan spuckte aus und verscharrte den Speichel.

»Ich sagte, ich bin zu Ibrahim Siciliano gebracht worden.«

»Und zu Mulki auch?«

»Nein, nein, nicht zu ihr.«

»Koschin – wie steht es mit Koschin?«

»Ich will in Kürze darum bitten, dass ich ihn besuchen darf.«

Loyaan kam näher. Ahmed-Wellie zitterte, er wirkte beklommen.

»Ist Ihnen nicht gut?«

»Nein, es geht mir sehr gut. Warum?«

»Sie sehen blass aus, und Sie zittern. Ist irgendetwas nicht in Ordnung? Kann ich irgendetwas für Sie tun?«

»Nein, nein. Mir geht es gut.«

»Glauben Sie, dass man Sie Koschin sehen lässt?«

»Es ist einen Versuch wert.«

Eine Pause, dann: »Sie sehen schlecht aus. Ich finde, Sie sehen krank aus.«

»Es geht mir gut, es geht mir gut.«

»Ich finde, Sie sehen nicht gut aus. Haben Ihnen die russischen Ärzte die falsche Spritze gegeben?«

»Es geht mir gut, es geht mir gut. Ich sagte, es geht mir gut.« Er war nervös.

Sie schwiegen lange. Ahmed-Wellie brach das Schweigen als Erster. »Da fällt mir gerade etwas ein. Ich muss noch zu einem Patienten.«

»Sie gehen, oder?«

»Ich muss noch mal ins Krankenhaus.«

»Sie brauchen niemandem oder sich selbst die Augen verbinden, oder?«

Das ging völlig an Ahmed-Wellie vorbei.

»Ein dringender Fall. Ein sehr dringender Fall«, sagte er.

»Na dann! Wenn Sie gehen müssen.«

»Ein irrer Fall von Euthanasie, bei einer Frau falsch angeordnet.«

»Kommen Sie noch mal wieder?«

»Ja. Ich komme wieder.«

»Vielleicht ändert die Frau noch mal ihre Meinung und will doch leben, und Sie werden deshalb länger im Krankenhaus bleiben müssen.«

»Das wird schon nicht passieren.« Einen Augenblick später war Ahmed-Wellie fort.

Die Sonne wob sich einen Stoff aus Schemen an der Grenze zwischen Morgen und Mittag; den Wolken ein Zelt, dünn wie Gaze und weiß, aufgestellt über den Außenbezirken. Dann, vor Loyaans und der Welt Augen, begann plötzlich alles auseinanderzufallen wie ein verschlissenes Stück Stoff, das dicke Finger auseinanderpflücken.

»Entschuldigung, *jaalle*. Heißen Sie Loyaan?« sagte ein kleiner Junge.

»Ja, so ist es.«

Der Junge zog an dem Strick, den er der Ziege um den Hals gebunden hatte; es war sein Strick, und er benutzte ihn, wann immer er dafür bezahlte wurde, um eine Ziege oder eine Kuh zum Käufer zu bringen. Jungen zwischen zehn und zwölf Jahren lungerten auf dem Viehmarkt herum und wetteiferten darum, dass jemand ihnen Geld dafür gab, eine dumme, widerspenstige Ziege oder eine störrische Kuh wegzuführen. Viele von ihnen waren aufsässige Ausreißer aus dem Haus der Jungen Revolutionäre, in dem alle elternlosen Babies, die man in den Mülleimern der Stadt oder auf Straßen, in denen nicht patrouilliert wurde, aufgelesen hatte, und die dazu erzogen wurden, den General als ihren Vater anzusehen, die Revolution als ihre Mutter und die großzügigen Gaben der Regierung als ihre Muttermilch. Die Freiheit, ihre Dienste anzubieten, frei wählen zu können, hinzugehen, wohin sie wollten: Die jungen Ausreißer zogen das der ideologischen Schulung und dem kostenlosen Unterricht vor, mit denen das Regime sie versorgte. Manche waren ohne Väter, manche ohne Mutter und manche Vollwaisen; manche machten Jobs wie diesen; manche streunten durch die Straßen und hielten den Passanten die hungrigen, bettelnden Hände hin; andere waren gerissen und schlau, intelligent, schnell. Der Junge sagte zu Loyaan:

»Ihr Vater sagte, ich werd erst bezahlt, wenn ich die Ziege abliefere.«

»So, hat er das gesagt?«

»Ja.«

»Er hat dich noch nicht bezahlt?«

»Nein, ich schwör's.«

»Ich glaube dir nicht.«

Der Schlachter kam heraus, um sein frisches Opfer in Empfang zu nehmen. Dabei beklagte er sich, dass er unnötig lange auf das Vieh hatte warten müssen. Er hätte sich nicht darauf einlassen sollen, sich nach der Zahl der Tiere, die er schlachtete, bezahlen zu lassen, sondern pro Stunde. »Warum bin ich nur so blöd?« fragte er, während er dafür sorgte, dass sich die Ziege unter keinen Umständen wieder losmachen konnte, und die Messer, die er benutzen wollte, heraussuchte.

»Ich schwöre, dass er mich nicht bezahlt hat«, fuhr der kleine Junge fort.

»Was für Garantien kannst du mir denn dafür geben?« sagte Loyaan.

»Ich sag es doch selbst.«

»Ich glaube dir nicht.«

»Ich schwöre es bei den drei Namen Allahs.«

Qumman kam hinzu und schüttelte den Kopf, enttäuscht von diesem Kauf. »Bezahl ihn.«

»Aber Mutter – »

»Jemand, der so dumm ist, eine solche Ziege zu kaufen, kommt auch nicht darauf, diesem kleinen Jungen sein Geld im Voraus zu geben. Guck dir an, was er gekauft hat. Nicht fett genug. Nicht gesund genug. Gib ihm einen Schilling und lass den kleinen Jungen gehen.«

»Ja, *jaalle* Loyaan. Bezahlen Sie mich bitte.«

Loyaan drehte sich abrupt zu dem kleinen Jungen um.

»Du sagst nicht *jaalle* zu mir, du!«

»Entschuldigen Sie.«

»Du sagst nicht *jaalle* zu mir, du!« wiederholte er, unerklärlich wütend.

Qumman machte sich auf, um Steine – jeweils vier davon – so anzuordnen, dass man die riesigen Kasserollen darauf absetzen konnte. Andere Frauen fachten andere Feuer an. Wieder andere lehnten Matten an die Wand. Ladan war da, deren Job es, wie schon einmal, war, das Zimmer für die wichtigen Gäste herzurichten, die man hereinbitten würde, um mit den Scheichs zusammenzusitzen und mit ihnen von gleichen Tellern zu essen. Sitzkissen wurden aus der Nachbarschaft ausgeliehen, Sitzkissen mit Bezügen, auf die Blumenmuster und Herzen gestickt waren; Kissen, die bei Hochzeiten, Todesfällen und allen anderen Feierlichkeiten gebraucht wurden; Bezüge, die genauso nach Mottenpulver wie nach Java-Düften rochen, einem Hauch orientalischer Parfums, einige aus Arabien, andere aus Indien, und wieder andere in Europa hergestellt und von dort importiert.

»Bezahlen Sie mich jetzt oder bezahlen Sie mich nicht?« sagte der kleine Junge.

»Was für Garantien kannst du mir denn geben, dass du nicht schon bezahlt worden bist?«

Qumman war zornig. »Bezahl ihm einen Schilling, Loyaan.«

Um sich die Nörgeleien seiner Mutter über Keynaans fehlendes Geschick beim Feilschen zu ersparen, um sich das Es-ist-jetzt-nicht-die-Zeit-um-über-die-Bezahlung-zu-streiten seiner Mutter zu ersparen, steckte Loyaan die Hand in die Tasche und holte einen Schilling heraus, den er in die Luft warf.

»Ich glaube dir nicht.«

»Ich schwöre es beim Leben meiner Mutter.«

»Ich glaube dir nicht. Du hast bestimmt gar keine Mutter.«

Aber er schnippte dem Jungen zwei Schillinge zu, der sie auffing und die Münzen liebevoll und laut küsste, dann warf er beide Münzen hoch und fing sie wieder auf. Er dankte Loyaan, während er die Münzen aneinanderrieb. Er dankte ihm noch einmal, während er sie an seinem verhärmten, ungewaschenen, halb nackten Körper rieb.

»Ich bin zweimal bezahlt worden!« sagte er triumphierend.

Loyaan, der sich auf diese Möglichkeit eingestellt hatte, machte einen Scheinausfall auf den Jungen zu, so als ob er ihn fangen wollte. Der Junge rannte davon, wobei er ein Siegesgeheul wie ein Indianer anstimmte. Der Junge rannte, so schnell er konnte; und seine Füße berührten kaum den Boden.

Genau in diesem Augenblick schlurfte jedoch eine hochschwangere Frau durch den Eingang. Sie hatte den einen Fuß erhoben, als der Junge und sie zusammenprallten. Sie fiel nach hinten auf ihren Po, der Junge nach vorn auf die Stirn. Auf sein Siegesgeheul folgten ihre Schmerzenslaute.

Der kleine Junge stand wieder auf. Er sah, was er getan hatte. Noch benommen, rappelte er sich auf, prüfte aber gleichzeitig, ob er seine Münzen auch nicht fallen gelassen hatte. Nein, er hatte sie noch. Und da rannte er dann und ließ eine stöhnende, hochschwangere und schwerfällige Frau zurück.

»Helft mir, bitte, helft mir.«

Beydan stöhnte; sie lag auf dem Rücken auf einem Bett, das man von der Frau geliehen hatte, die am Tag zuvor zugunsten Loyaans bei den Grünen Garden eingeschritten war. Ihre kalte, fast leblose Hand lag fest in seiner, ihre Finger ragten hervor, zuckten, regten sich und bewiesen ihm, dass sie noch lebte. Ansonsten lag sie ganz still da, mit geschlossenen Augen, und ihr Atem war flach wie der eines Kindes. Loyaan atmete ganz vorsichtig, aus Furcht, dass er husten, niesen müßte oder einen Schluckauf bekommen könnte, aus Furcht, ihre Ruhe zu stören. Neben ihm, auf einem anderen niedrigen Hocker, lag der heilige Koran, den die Frau ihm geliehen hatte, für den Fall, dass er einen brauchte. Das Buch blieb ungeöffnet, unberührt. Brauchte er sonst noch etwas? Sie hatte das Foto des Generals weggestellt (»meine Tochter hat jemanden aus seinem Stamm geheiratet«), das genau vor seiner Nase gestanden hätte; sie hatte auch die Kleider ihres Enkelsohns weggeräumt, die das Zimmer unordentlich aussehen ließen. Brauchte er noch etwas, bevor sie wieder zu Qumman hinüberging? Nein. Nein. Qumman bereitete all dies verständlicherweise Unbehagen. Sie sagte nichts, tat nichts, um zu helfen, hinderte aber auch niemanden daran; sie hielt sich heraus, ja, sie tat so, als sei gar nichts geschehen. Ladan erbot sich, an Beydans Bett zu wachen. Nein. Sie konnte sich nützlicher machen als er, sie hatte ihre Aufgabe, sie musste die Zimmer für die Ehrengäste herrichten. Wirklich, nein. Er war es doch, der gar nichts zu tun hatte. Er wollte bei ihr wachen. Das machte ihm nichts. Ehrlich. Obwohl er sich sagte, dass es da vielleicht ein bisschen zu viele Zufälle gab, zu viele Dinge, die ihn furchtbar aufgeregt hatten. Ahmed-Wellie zum Beispiel. Warum verhielt er sich so seltsam, als wollte er nahe legen, dass das Unmögliche doch möglich war? Er konnte kein Regierungsspitzel sein. Ein V-Mann? Nein, nein. So jemand wie ihn konnten sie nicht heranzüchten. Er war absolut nicht der Typ. Aber woher hatte er gewusst, dass Loyaan ins Ausland sollte, und auch, wohin? *Woher hatte er auf die Sekunde genau gewusst, dass ich an jenem Nachmittag bei Beydan sein würde? Wie hat er mich hier gefunden, wie dort? Ein V-Mann der Staatssicherheit? Nein, nein. Das kann ich mir nicht vorstellen.* Ihre Umgebung wäre Gift für ihn, er würde welken und sterben. Aber dann so abrupt zu gehen – das säte mit Sicherheit die Saat des Misstrauens im fruchtbaren Nährboden von Soyaans Hirn.

Beydan wandte sich zu ihm. »Loyaan?«

»Ja, Tante?«

»Entschuldige bitte.«

»Wofür?«

»Entschuldige bitte.«

Ihr Gesicht verriet die Schmerzen, die sie mit der göttlichen Gelassenheit ertrug, die eine Frau in ihrem Zustand aufbringen musste, um eine Situation wie diese zu überleben. Es strengte sie an, sich umzudrehen. Sie schien willig, sich in die offenen Hände des Allmächtigen zu geben. Frauen in diesem Teil der Welt taten alles, wenn sie schwanger waren, nur noch so langsam wie Schildkröten, da sie glaubten, dass jede plötzliche Bewegung, jegliche sportliche Aktivität schädlich für das Leben des Ungeborenen sei. Und wenn Loyaan vorschlagen würde, einen Arzt zu holen, würde sie nein sagen: »Nein, ich brauche keinen Arzt, ich komme auch so klar.« Wenn er vorschlagen würde, den Koran zu lesen ...

»Ich frage mich immer, ob ich das überleben werde?«

»Natürlich wirst du das.«

Sie machte es sich so bequem, wie das unter diesen Umständen möglich war. Sie hatte ihre Finger zur Faust geballt, und diese Knöchel-Faust wurde umfangen von der Wärme von Loyaans mitfühlenden, zärtlichen Berührungen.

»Ich habe letzte Nacht geträumt. Ich hatte einen Traum«, sagte sie.

»Ja?«

»Ich habe letzte Nacht einen interessanten Traum gehabt.«

»Was hast du geträumt?«

»Ich habe geträumt, ich hätte einen Jungen. Ich habe geträumt, dass er einen Namen bekommen hat.«

»Welchen Namen hat der Junge bekommen?«

»Ich war nicht da. Interessant, oder? Ich selbst war in meinem Traum nicht da. Ich war in *meinem eigenen* Traum nicht da. Aber ich habe ihn trotzdem geträumt. Ich träumte, ich hätte einen Jungen bekommen. Aber anders als in meinen üblichen Träumen war ich nicht der Mittelpunkt, ich war nicht einmal da.«

»Aber du hast einen Jungen bekommen?«

»Ja.«

»Das ist es doch, was zählt. Du hast ein Kind bekommen, einen Jungen.«

»Junge oder Mädchen. Aber das ist nicht der Punkt.«

»Was ist der Punkt?«

»Ich war nicht da in meinem Traum.«

»Du warst nicht da in deinem Traum. Hat das etwas zu bedeuten?«

»Dass ich nicht da war, bedeutet, dass ich gestorben sein muss.«

»Nein, nein.«

»Was soll es dann bedeuten?«

»Jung und Freud zufolge ...«

»Wer? Wem zufolge?«

»Jung und Freud ...«

»Wem zufolge? Wer sind diese Leute, Loyaan?«

»Nein. Vergiss es.«

»Einen Moment lang habe ich gedacht, dass du von den *Juuja wa Majuuj* sprichst. Ich dachte, du willst die schlafenden Geister der Dschinns beschwören und aus ihrem Schlaf wecken. Aber das ändert nichts. *Ich* war nicht da in meinem Traum. Ich war nicht der Mittelpunkt.«

»Aber du warst diejenige, die den Jungen bekommen hat?«

»Ja.«

»Und du sagtest, der Junge hat einen Namen bekommen?«

»Ja.«

»Welchen?«

»Soyaan. Soyaan war der Name, der dem Kind verliehen wurde.«

Loyaan musste sich festhalten, bis er sich wieder vollständig im Griff hatte. Der Schock, den ihm diese Geschichte mit dem Namen versetzte! Das besiegelte alles. Es war nicht *er*, der Soyaan ersetzte, nein. Es gab einen Jungen, den Beydan in einem Traum zur Welt gebracht hatte, in dem sie selbst nicht auftauchte, einen Jungen, der den Namen Soyaan erhielt. Es war nicht Loyaan, der Soyaan ersetzte.

»Du möchtest nicht, dass er Soyaan genannt wird?«

»Nein, nein, nein.«

»Ich habe ihm nicht diesen Namen gegeben«, sagte sie.

»Wer dann?«

»Denk daran, ich war nicht in *meinem* Traum.«

Loyaan musste zugeben, dass Beydan ihn damit überrascht hatte, wie geschickt sie diese spannende, schockierende Szene aufgebaut hatte. Sie wirkte sehr lebendig in diesem Drama, in dem sie eine Hauptrolle spielte. *Juuja wa Majuuj* – sollte er ihr erzählen, dass diese absolut gar nichts mit den schlafenden Geistern der Dschinns zu tun hatten, dass das ein Volk war, das man an anderen Orten Gogmagogs nannte, ein Volk von Gog-Zwergen und Magog-Riesen. Als Kinder hatten die Zwillinge diese Riesen und Zwerge in den Geschichten auftreten lassen, die sie einander erzählt hatten. Überquere den Himalaya, und du wirst sie finden: zwergenhafte Chinesen und riesenhafte Kosaken, hässlich *wie buttafuoris,* klein wie Satan, groß wie der Dämon. War Beydan bereit, sich bei der Hand nehmen und durch die Landschaft der Weltliteratur und Sagenschätze führen zu lassen? Wäre sie in diesem Stadium bereit, sich mit den Liliputanern, den Yahoos und den Houyhnhnms bekannt machen zu lassen? Konnte er ihr Robinson Crusoes Freitag, die tausendundeine Nacht vom Überleben einer Frau, die tausend Nächte von Marathon-Parabeln vorstellen?

»Weißt du, warum ich in meinem eigenen Traum nicht da war?«

»Ich werde dir glauben, wenn du es mir erzählst.«

»Weißt du noch, dass ich dir, als du das letzte Mal bei mir zu Besuch warst, von dem Hexer erzählt habe, den deine Mutter herangezogen hat?«

»Bitte, bitte. Lass uns nicht noch mal damit anfangen.«

»Ich bin verhext. *Ich bin tot. Ich bin nicht hier.* Die Stimme, die du hörst, ist nicht meine. Deshalb war ich nicht in meinem Traum. Das erklärt es. Ich bin tot. Ich bin nicht hier bei dir.«

»Da glaubst du doch nicht?«

»Natürlich glaube ich das.«

»Als Muslim solltest du das glauben, was Allah dir in Seinem Buch sagt«, sagte er und nahm den heiligen Koran von dem Hocker in seiner Nähe. »Du stirbst erst, wenn deine Stunde kommt, keine Minute eher, keine Minute später. Das sagt der Koran.«

»Er spricht auch von Hexen und Zauberern. Der Koran.«

»Du verwechselst Gottes Wunder mit Zauberei.«

»Ein winziger Unterschied, reine Haarspalterei.«

»Wenn ich du wäre, dann würde ich mir über das alles keine Gedanken machen.«

»Ich sage dir doch, *ich bin tot.* Oder ich werde es sein, noch bevor der Tag vorüber ist.«

Schweigen.

»Tot, weil ich verhext bin.«

»Glaube diesen Unsinn nicht.«

»Und ich muss dir etwas beichten.«

»Was?«

»Ich habe das Geld, das du mir gegeben hast, dem mächtigsten Hexer von Afgoi gezahlt, damit er die Knoten löst, die der Hexer deiner Mutter geknüpft hat.«

»Du hast ihn königlich bezahlt, das muss ich schon sagen. Dreitausend Schilling.«

»Was ist schon Geld, wenn das eigene Leben in Gefahr ist?«

»Aber wieso war er dann nicht in der Lage, die Knoten, die der andere Hexer geknüpft hat, wieder zu lösen, wenn du ihn so gut bezahlt hast?«

»Meine Tante hat eine Antwort darauf.«

»Und was meint deine Tante?«

»Das Geld stammte von dir. Du liebst deine Mutter mehr, als du mich liebst. Der Tod deiner Mutter bedeutet dir mehr als mein Tod. Deshalb beschützen die Geister deines Dschinns mit ihrer Liebe deine Mutter. Deshalb kann kein Hexer deiner Mutter schaden. Meine Tante hat gesagt, ich hätte das Geld nicht für ihn herausschmeißen sollen.«

»Das ist doch alles Unsinn«, sagte Loyaan.

»Der Tod nicht. Der Tod ist der letzte Sinn von allem, was wir tun oder denken.«

All diese Torheiten, dachte er. Aber er hatte nicht die Ruhe, neben ihr sitzen zu bleiben und mit ihr über ihren Tod zu sprechen und was mit ihrem Kind passieren würde, wenn das Kind sie überlebte, welchen Namen sie ihm geben würden. Soweit man das heute übersehen konnte, ging in zwanzig Jahren vielleicht ein Soyaan, der Beydans Tod im Kindbett überlebt hatte, durch eine Straße, die nach einem Bruder Soyaan benannt war, der von einer falschen Revolution geadelt und zum Helden gemacht worden war, damit man ihn im virtuosen Belohnungssystem der Politik verstecken konnte. Loyaan stand auf. Ihr röchelnder Atem ging gleichmäßig wie der eines Schläfers. Er wollte auf Zehenspitzen hinausgehen, um sie nicht zu stören; er wollte an seiner Stelle Ladan hereinschicken.

Draußen hatte die Sonne wie ein gewaltiges Dach jeden Fleck mit ihrer Leuchtkraft und ihrer Hitze überwölbt. Mitten auf der ungepflasterten Straße hatten die Frauen ein Loch gegraben, in das sie das Blut und die ungenießbaren Eingeweide leerten. Das war ein Bankett für die Fliegen. Das lockte die streunenden Katzen des Viertels an. Das kündete davon, dass hier ein großes Festmahl stattfand. Ein Bettler hier. Ein anderer dort. Aber sie drängten sich nicht auf. Die Bettler blieben erst mal im Hintergrund, saßen im Schatten des Baumes, geduldig wie ihre Mägen. Sie würden eine Stunde warten, zwei, vielleicht sogar drei. Sie legten sich hin, blieben ungesehen, besser unerkannt, denn die Bettler von Mogadischu wurden für die Dauer des Staatsbesuches in Lastwagen verfrachtet und aus der Stadt gebracht. Sie hatten das alles schon erlebt, diese Bettler, sie wussten, dass die Regierung des Generals eine war, die ausländische Delegationen mit Pomp und roten Teppichen empfing, während sie, die Bettler, versteckt und aus der Stadt gefahren werden mussten – sie waren doch so ein hässlicher Anblick. Weitere vier Ziegen waren gebracht und geschlachtet worden. Loyaan konnte das anhand der Anzahl der Köpfe, die vergraben wurden, an den Därmen, den farblosen, wabenartigen Kutteln, die gewaschen und gereinigt wurden, feststellen. Das war das Essen für die Frauen. Was die Frauen nicht essen wollten, ging an die Bettler. Was auch die Bettler nicht essen konnten, wurde den streunenden Katzen und herrenlosen Hunden des Viertels hingeworfen. Männer aßen keine Innereien, keine weichen Eingeweide, keine Bilharziose-verseuchten Därme, die weichen Pansen. Nein, Männer waren Männer. Ihr Teil waren die Fleischstücke, die auf den

Knochen wuchsen, so hart wie ihr Glied, wenn es vom zarten Kontakt mit dem Inneren einer Frau erweckt wurde, einer Grotte der Rätsel.

»Mutter fragt, ob du etwas zu essen haben möchtest?«

»Nein, danke.«

Ladan wischte sich über das Gesicht. Loyaan drehte sich um und fragte:

»Was ist los? Warum weinst du?«

»Zwiebeln«, sagte sie. »Leber oder Niere? Du kannst auswählen«, sagte sie. »Was?«

»Das ist jetzt nicht die Zeit. Nein, danke.«

Sie schniefte, sie schneuzte sich und wischte sich die Hände am Saum ihres Kleids ab. Sie fragte: »Ist irgendjemand bei Beydan?«

»Sie schläft.«

»Armes Ding.«

»Warum sagst du das?«

Ladan schneuzte sich. Dann: »Vater hat eine neue Frau.«

»Eine neue Frau?« Er tat so, als hätte er davon noch nie gehört.

»Die dicke Gratifikation, die ihm der Minister verschafft hat, hat ihm zu einem jungen Mädchen verholfen, diesmal um die zwanzig, jünger als ich.«

»Eine dritte Frau?«

»Zählst du Mutter mit, oder gibt es noch eine andere Frau, von der ich nichts weiß, Loyaan? Eine dritte Frau? Wovon redest du? Mutter ist und war seit mehr als zehn Jahren nicht mehr seine Frau.«

»Aber sie ist mit ihm verheiratet.«

»Offiziell, ja. Nach dem Gesetz ist sie seine Frau. Aber sie haben seit meinem zweiten Lebensjahr nicht mehr miteinander geschlafen.«

»Das hat sie dir selbst erzählt?«

»Bei manchen Frauen kommt die Menopause, sagt sie, glücklicherweise früh. Keine Nachkommen: Kopulation hat keinen Sinn.«

»Man könnte doch glauben, dass er ein gedankenloses Tier ist.«

Noch mehr Bettler kreuzten auf. Noch mehr Katzen. Noch mehr Hunde. Einige Nachbarinnen, die bei den Vorbereitungen halfen, erhielten ihren Teil von dem Fleisch, allerdings roh. Sie würden es selbst kochen. Das war für die Kinder, die offenkundig nicht von denselben Tellern essen konnten wie die Scheichs und die eingeladenen oder nicht eingeladenen Männer.

»Da kommt er«, hörte er Ladan sagen.

»Wer?«

»Der Patriarch höchstpersönlich.«

Keynaan und mit ihm zwei Jungen, die zwei Ziegen führten, traten ein.

»Nicht fett genug«, äffte Ladan Mutter nach.

»Was für ein dummer Vater.« Auch Loyaan äffte Mutter nach.

»Diese böse Frau.« Sie sprach jetzt mit der Stimme eines Mannes.

»Er ist betrogen worden«, imitierte er Qumman.

»Eure Mutter ist böse.«

Sie hörten auf. Sie sahen einander in die Augen. Wenn es nur nicht diese sechs unwiederholbaren Tage gegeben hätte; wenn es nur nicht diese sechs nicht rückgängig zu machenden, schrecklichen Nächte gegeben hätte. Wenn Soyaan nicht gestorben wäre! Sie umarmten sich. Sie schluchzte und schluchzte und schluchzte. Keynaan blieb neben ihnen stehen. Die beiden Jungen und ihre Ziegen gingen an ihnen vorbei.

»Ist etwas passiert?« fragte Keynaan ein wenig besorgt.

»Ist nicht alles passiert?« sagte Loyaan.

Sie ließen voneinander ab.

»Ich habe mir einen Moment Sorgen gemacht.«

»Was hast du denn gedacht?«

Ladan wandte sich nach nebenan, wo Beydan lag. Aber sie sagte nichts.

»Hast du schon gehört?«

»Wie geht es ihnen?«

Ladan war in der Hütte verschwunden.

»Beydan oder dem Kind?«

»Kannst du mir bitte mal etwas erklären?«

Loyaan sah seinen Vater voller Verachtung an. Sollte er ihn auf den Arm nehmen und ihm erzählen, Beydan sei tot, aber das Baby, ein Junge, habe überlebt? Würde ihn das sogar freuen? Hätte er dann nicht die Gelegenheit, die Ehe mit der jüngeren Frau zu schließen?

»Deine Mutter ist schuld. An allem ist deine Mutter schuld.«

»Woran ist meine Mutter schuld, Vater?«

»Sie hat ihn verjagt, sagte der Junge zu mir. Deine Mutter hat ihn ohne Grund verjagt, erzählte dieser kleine Gassenjunge. Diese böse Frau. Sie wird noch *mein* Tod sein.«

»Falls du es wirklich wissen willst, Vater, aber es war nicht die Schuld meiner Mutter.«

»Ich kenne diese Frau. Böse. Sie ist böse.«

Über die Schulter seines Vaters hinweg sah Loyaan, dass Margarittas Wagen dort im Schatten parkte, wo die Bettler gesessen hatten. Er sagte zu seinem Vater, während er sich in Margarittas Richtung in Bewegung setzte:

»Wenn du Beydan sehen willst, sie ist in jener Hütte. Möge Gott mit dir sein.«

VIERZEHN

Wie eine Krähe, rabenschwarz, die ganz oben auf der Spitze des Minaretts einer Moschee hockt. Unter ihr, am Boden, schmeißt der Moscheewächter und Muezzin Steine nach dem Vogel, um ihn zu verjagen, Steine, die ihm immer wieder auf den Kopf fallen, ohne die Krähe zu treffen ...

Die Sonne hielt Hof mit den Wolken, die sie umgaben. In der Mitte kürbisgelb, aber mit silberner Einfassung, saß sie da, mit einer Anmutung wie eine Königin, rund und proper gebaut, mit hellblauem Mieder und auf dem Kopf ein Krönchen von weißen Blumen.

Es ist das Tote in ihnen, das tötet, es ist das Leblose in ihnen, das abdrückt. Macht für Liebe, dachte er weiter. *Wie man seine Liebe vor anderen Menschen rechtfertigt.* Lügen. Ein Kranz von Lügen, weiß wie die Augen der Toten, festgelegt, wie die tägliche Ration eines Gefangenen.

Inzwischen waren die Scheichs eingetroffen, die Scheichs, ihre Gefolgsleute und auch ihre Schüler. Vor all diesen kamen die nicht geladenen Gäste, die sich unter den Flügeln des Tagesschattens verborgen hielten, von wo aus sie, während die Zeit verstrich, die Federn der Ungeduld pflückten. Stattlich, gut aussehend, groß wie ein Baum: der mächtigste Scheich, der, der das Gebet am Grabhügel vorgesprochen hatte, der, der lauter und herausfordernder gebetet hatte, als der Minister auf der Bildfläche erschien, der Scheich, der am lautesten gebrüllt hatte, als er Loyaan beiseite nahm und nach den Memoranden und nach den letzten Worten fragte, die Soyaan vor seinem letzten Schluckauf gesprochen hatte. Wie unerklärlich seltsam, dachte Loyaan jetzt, dass eine von Soyaans letzten, denkwürdigen Erklärungen ihm während der letzten sechs Tage nicht ein einziges Mal auf der Zunge gelegen hatte und über die Lippen gekommen war. Wie unerklärlich, dass es ihm nie eingefallen war, sie irgendjemand gegenüber zu wiederholen, dass er sie nie zitiert hatte: »Diktatoren wie unser General wollen unbedingt in die Geschichte eingehen, wollen, dass die Nachwelt sich ihrer erinnert, aber sie vergessen, dass sie wegen der allerbanalsten Dinge und auch wegen ihrer Grausamkeit im Gedächtnis bleiben werden. Als ich das letzte Mal in Rom und auf dem Weg nach Alassio war, sprach ich mit einem älteren Mann und fragte ihn, ob die Leute sich noch an Mussolini erinnerten, und wenn ja, woran sie denken würden, wenn sie seinen Namen hörten. Weißt du, was der Mann mir antwortete: ›Unter Mussolini‹, sagte der Mann, ›waren die Züge pünktlich.‹« Afrika. Malaria. Erniedrigung. Die Kommentare können einem gleich sein. Aber warum war das Loyaan nicht mehr eingefallen? Entwarf das nicht, mit einem Pinselstrich, ein sehr treffendes Bild von Italien unter Mussolini? Nicht, dass es Gerechtigkeit gab, noch, dass es gleiche Chancen gab, die die Bauern ebenso wie der Adel hätten wahrnehmen können. Nein. »Unter Mussolini waren die Züge pünktlich.« So war das auch in Russland, als Stalin seinen Schnurrbart flocht und stundenlang vor dem Spiegel der Macht stand. Und so machten sie das auch in Hitlers Deutschland.

Aber Loyaan war jetzt in seinem Zimmer, allein, seinem Zimmer, das nicht für die Scheichs, die älteren Männer oder für Verwandte zur Verfügung stehen sollte, sondern reserviert war für eine ausgewählte Gruppe von jungen Männern in Soyaans und Loyaans Alter, mehr oder weniger, Leute wie Ahmed-Wellie (wenn er kam) und Ibrahim (wenn sie ihn rausließen), wie Samater oder Medina, wenn einer von ihnen auftauchte. Ladan und Margaritta hatten das Zimmer vorbereitet. Dabei legten sie den Männern zu ihrem Vergnügen die Strohmatten mit den am feinsten gesponnenen Kissen mit den eindrucksvollsten Mustern hin. Auch die Bücher räumten sie nicht weg. Die Scheichs wären beleidigt von so vielen Büchern in Fremdsprachen. Sie konnten die Bilder von Lenin und Marx von Postern und Plakaten wiedererkennen, und sie würden sie in einem Zimmer, in dem sie für die Seele des Toten beteten, nicht in ihrer Nähe haben wollen.

»Wonach suchst du hier?«

Das war Ladan, die in der Tür stand und nicht hereinkommen wollte, weil sie ihre Schuhe anhatte. Sie starrte Loyaan an, und ihr Blick war missbilligend. Ihre Blicke sagten, dass es ungehörig war, auf den sauberen Matten herumzutrampeln.

»Entschuldige.«

Sie wusste, dass das nur so dahingesagt war. Von Soyaan war sie es gewohnt gewesen, dass er eine gewaltige Unordnung anrichtete, wenn er etwas suchte. Und sie war es gewohnt gewesen, dass er gar nicht daran dachte, hinterher alles wieder dahin zu tun, wo es vorher gewesen war. Loyaan hatte nichts angerührt. Nun stand er am niedrigsten Regal und hatte ein Buch in der Hand. Der Lärm aus dem Zimmer der Scheichs drang herüber. Die Frauen waren viel stiller, obwohl es inzwischen viel mehr geworden waren.

»Sag mir doch bitte, was du suchst?«

»Ich suche nach einem sicheren Ort für das hier.« Er hielt ein zusammengerolltes Bündel Notizen in der Hand.

»Was ist das?«

»Wichtige Texte. Soyaans Artikel. Die Notizen, die wir in seinen Taschen gefunden haben. Der Himmel ist zu hoch, um ihn zu erreichen und sie dort zu verstecken, und die Erde zu irdisch und zu überschaubar, und auf die Kartons kommt man gleich.«

»Dann gib sie her.«

»Wo willst du sie verstecken?«

»Wo niemand sie finden kann.«

Er kam leicht wie der Staub auf sie zu; er ging auf Zehenspitzen, damit er die Strohmatten nicht noch weiter verdreckte, auf denen er schon Flecken hinterlassen hatte. Er war sehr vorsichtig gewesen, als er eintrat: Er wollte beim Hinausgehen genauso vorsichtig sein. Er konnte sich darauf verlassen, dass Ladan schon einen sehr guten Ort finden würde, um die Aufzeichnungen zu verstecken, bevor der Minister und sein Gefolge kamen, oder bevor Ahmed-Wellie zurückkehrte. Dann konnte er Ahmed-Wellie vielleicht endlich auch richtig einschätzen und brauchte sich nicht mehr so unwohl zu fühlen. *Ahmed-Wellie, ein Informant!*

»Dann gib sie her«, sagte sie.

»Wo willst du sie verstecken?«

»Wie ich dir schon sagte. Wo *niemand* sie finden kann.«

»Wo genau?«

»Willst du denn nicht, dass die Stelle geheim bleibt?«

Er behielt sie in der Hand und ließ sie nicht los. »Doch.«

»Ich werde sie so verstecken, dass *niemand* sie finden kann.«

»Was ist mit mir?«

»Das brauchst du doch gar nicht zu wissen, wenn du heute Abend um acht fährst.«

»Um sieben, nicht um acht.«

»Vater sagt, um acht.«

»Der Minister und die Staatssicherheit waren sich auch nicht einig bei der Zeit. Ja, ja, aber wo auch immer sie mich nun hinbringen, möchte ich doch wissen, wo sie sind. Außerdem, wer sagt denn, dass ich auch mitgehe, wenn sie mich abholen?«

»Willst du sie mir jetzt geben oder nicht? Ich muss noch ein Zimmer fegen und aufräumen, bevor die Gäste kommen.«

Er besah den Dreck, den seine Schuhe hinterlassen hatten. Er gab ihr die Unterlagen. »Pass auf sie auf, bitte.« Er ging hinaus.

Loyaan sah die Sonne nicht länger als eine Königin von eindrucksvoller Erscheinung, sondern als eine plumpe Gestalt, hässlich wie ein Usurpator, der außerdem noch den Anspruch erhob, ein großer Denker zu sein, ein Weiser, dessen eingekapselte Weisheit bei der breiten Masse nur Verachtung hervorrief. Eine plumpe Gestalt, die in den Herzen der Massen nur Angst erweckte. Neben ihm saß Margaritta. Sie schwiegen sehr lange, keiner von beiden wusste, wie die Kluft, die das Schweigen gerissen hatte, wieder zu schließen war. Beide hatten Soyaan für immer begraben. Soyaan war Vergangenheit. Er war abgelebte Vergangenheit, er hatte ein Grab, die Daten sagten, wann er geboren und wann er gestorben war. Aber man konnte sein Grab nicht wirklich schließen. Es gab immer noch jenes ungelöste Rätsel: Woran war Soyaan gestorben? An Komplikationen. Was für Komplikationen? Eine Sackgasse. Aber eine Tür öffnete sich, wenn man auf den islamischen Knopf drückte. Man konnte das Leben eines Menschen berechnen wie das einer Kerze. Zünde sie an, und man sieht, wie die Flamme sich von ihr nährt, mit ihrem Wachsmaul, und die Kerze umso mehr herunterbrennt, sich verzehrt. Wie viel Brennminuten besitzt eine Glühbirne? Wenn man wusste, wie viele, dann kannte man ihre Lebenszeit. Menschen-Jahre, Hunde-Jahre. Die Stunden brennenden Lebens einer Kerze. Ein Menschenleben. Gott berechnete die Dauer eines Menschenlebens, wie der Mensch, der Kerzen machte, die Dauer eines Kerzenlebens berechnete. *Aber Soyaan, am selben Tag geboren wie ich, gestorben vor mir, rätselhaft!* Drücke auf den Knopf. Schließ die Tür. Wir wollen uns jetzt der Wissenschaft zuwenden, der Medizin, wir wollen Zeitgenossen des zwanzigsten Jahrhunderts, Zeitgenossen seiner Technologie sein. Eine Sackgasse. Die Obduktion: ein medizinischer Ritus, der nicht stattgefunden hat. Zieh den Vorhang zu, bitte. Sieh jene Station – da liegt Beydan, die Schaum vorm Mund hat von ihren Wehen. Ob sie die Geburt überleben wird? Ruf die Geister an, die du bevorzugst – chemische, weltliche oder spirituelle. Auf einer anderen Station sitzt Qumman und sagt Zauberformeln anhand von Perlen auf. Hingegen der philosophierende Keynaan: Die Toten können uns überhaupt nicht mehr nützen, aber wir können ihnen sehr nützlich sein. *Unsinn. Hast du nicht Soyaan benutzt, um dahin zu kommen, wo du jetzt bist?* Ladan ist jener salomonische Faden, der alles miteinander verknüpft, der das Loch stopft, das die Nadel hinterlassen hat. Folge der Spur jenes Fadens, folge ihr geduldig. Am Ende wirst du die Prinzessin finden. Und Margaritta:

»Es gibt jene falsche Vorstellung, dass Soyaan nicht auf den Tod vorbereitet war, als er kam. Wie kann ich es dir erklären, Loyaan, wie kann ich es gerade dir erklären, dass Soyaan vorbereitet war auf das, was kommen sollte? Er sprach immer vom »Donner des Lebens« im Gegensatz zum »Schauer des Todes aus Stille und Gesammeltheit«. Er hat über den Tod gesprochen und Tolstois Metaphern gebraucht (er las *Die Auferstehung*). Er wurde nicht vom Tod überrascht. Du hast doch selbst das Gedicht gesehen, das er auf die Rückseite von Marcos Foto geschrieben hat.«

»Ja, ja, das habe ich gesehen.«

Die Gebete der Scheichs wurden vom Wind herübergetragen. Loyaan konnte aus dem, was er hörte, entnehmen, dass die Kaffeebohnen, die in Sesamöl geröstet worden waren, der erste

Gang des Tages, ihre Bestimmung erreicht hatten, ja vielleicht gerade in dieser Minute dem Führer der Scheichs gereicht wurden, dem, der einen kurzen Segen gemurmelt hatte. Aus Erfahrung wusste Loyaan, dass der Scheich den Finger in die Schüssel stippen würde, die die gerösteten Kaffeebohnen enthielt; er würde ein paar auswählen und essen. Dann würde er das Zeichen geben, dass die Schüssel an seine Schüler und andere im Zimmer weitergereicht wurde. Er würde sich die Hände reiben und dann sein Gesicht mit dem Öl massieren, das von den Bohnen tropfte, und ein weiteres Gebet murmeln. Ein plötzlicher Gedanke, der schockierte und gleichzeitig etwas über Loyaans Charakter verriet: Hätte es Soyaans Zustimmung gefunden, wenn die Scheichs und andere für seine Seele hätten beten wollen? War es nicht dieselbe Seele, die Keynaan schon an das Regime des Generals verscherbelt hatte? War es nicht illegal, dasselbe zweimal zu verkaufen, oder?

Margaritta zeichnete etwas in die staubige Erde. Sie zeichnete einen Thron. Daneben mit Hilfe eines Stöckchens ein großes Quadrat, das sie in lauter kleinere Kästchen unterteilte. In diese schrieb sie Zahlen, deren Bedeutung nur sie verstand. Während sie das tat:

»Ich weiß noch, wie er einmal nach Hause kam und elend und erschöpft aussah. Er war beim General gewesen. Sie hatten einen schrecklichen Streit gehabt. Das geschah, als die Scheichs zum Tode verurteilt wurden, am Vorabend des Tages, an dem sie erschossen wurden. Ich weiß noch, dass Soyaan sich ganz anders benahm als sonst; er war an dem Abend sehr rücksichtslos. Er klingelte schrill und anhaltend, er polterte, als er hereinkam, er weckte mit seinem Gebrüll die ganze Nachbarschaft auf. Er war ganz heiß. Er hatte Fieber. Er hatte schon eine Flasche Whisky getrunken und wollte noch mehr. Er war ganz anders als Sie dabei: Er behielt die Drinks bei sich, er erbrach sich nicht, und er sprach immer noch ganz klar und vernünftig. Einen Somalier wie ihn habe ich nicht noch einmal kennen gelernt. Wie auch immer. Er kam rein und erzählte mir umständlich, was sie gesagt hatten, was der General gesagt hatte und was er selbst gesagt hatte. Er äffte den General nach. Er äffte sich selbst nach.

›Ich sagte ihm, dass alles, was er getan hatte, verfassungswidrig sei.‹ Und der General hatte ihn nur angesehen, erzählte er mir, hatte Soyaan voller Verachtung angesehen. ›Ist es verfassungswidrig, diese Scheichs erschießen zu lassen, weil sie gegen meine Anordnungen verstoßen haben, gegen die Gesetze, die ich erlassen habe, gegen die Dekrete, die ich unterschrieben habe?‹ hatte der General wütend gefragt. ›Ja, es ist verfassungswidrig, Gesetze zu erlassen, Dekrete zu unterschreiben, das Kriegsrecht über den Staat zu verhängen und dann diese Scheichs zum Tode zu verurteilen. Es ist gegen die Lehren des Korans, auf den diese sich mit ihren Argumenten berufen. Es ist verfassungswidrig‹, schloss Soyaan. ›Also gut, wenn das so ist, habe ich mich vielleicht noch nicht vorgestellt, junger Mann? Ich *bin* die Verfassung. Jetzt wissen Sie, wer ich bin, und ich möchte, dass Sie sich davonmachen, bevor ich meine Hunde loslasse, die Sie in Stücke reißen werden. Raus!‹ Im Morgengrauen habe ich Soyaan nach Hause gefahren. Ich konnte nicht zulassen, dass er selbst Auto fährt. Das war damals, als ich Soyaan betrunken nach Hause gebracht habe.‹

»Warum haben Sie ihn denn nicht bei sich übernachten lassen?«

»Wenn er in Mogadischu war, hat er immer zu Hause übernachtet. Qumman, das wissen Sie doch, macht sich immer Sorgen. Aber das war nicht der Punkt. Er sagte, er wolle zu Hause angetroffen werden, wenn *sie* kommen würden. Er sagte, er habe es gern, wenn die Hunde bellten, um ihm Gesellschaft zu leisten.«

»Aber sie haben nie gebellt, oder?«

Sie antwortete nicht darauf. »Er hat schon vorher das Gedicht auf die Rückseite von Marcos Foto geschrieben. Aber seine Vorbereitung auf den Tod geht auf jenen Abend zurück.«

Margaritta fügte die Gestalt, die sie skizziert hatte, eine Gestalt ohne Krone, in das Quadrat mit dem Thron ein. Sie zeichnete außerdem einen Palast, in den sie eine Frau setzte, die so riesig war wie ihr Hintern breit. Ein ungekrönter, verfassungswidriger König. Eine Königin, so groß wie die Tränen der Ungerechtigkeit. Ein Palast. Aber wo passte sie selbst ins Bild? Welche

Rolle hatte sie gespielt? Geliebte der Macht, des Ministers? Hatte sie Soyaan geliebt und den Minister und die Macht verlassen? Hatte die eifersüchtige Macht sich verraten gefühlt, nicht genügend verehrt, ungeliebt? Ein Stein, den man auf einen Übeltäter wirft, trifft nur den Unschuldigen. War es so etwas gewesen? *Frag sie,* sagte die Stimme zu ihm.

»Darf ich Ihnen eine Frage stellen, die Sie nur zu beantworten brauchen, wenn Sie möchten?«

»Ja, Loyaan. Bitte.«

»Aber Sie müssen nicht, wenn Sie nicht wollen.«

Er vermied es, sie anzusehen. Seine schweifenden Blicke bemerkten den Schrecken des Hungers auf den Gesichtern der Bettler, deren Zahl gestiegen war; die Bettler vertrieben die streunenden Hunde, und die streunenden Hunde vertrieben die verwahrlosten Katzen. Jedem den ihm zustehenden Anteil von den Almosen. Aber wie lange würden sie zu warten haben? Die Scheichs waren nun verstummt, was bedeutete, dass sie jetzt aßen; sie würden später beten. Eine Versammlung von Bettlern, unter der es auch eine auffallende Ansammlung von Lumpen gab, in denen die ausgezehrten Knochen von Müttern ohne Brüste steckten.

»Meine Frage lautet: In diesem Strudel ungeheurer und unübersehbarer Bewegungen, in diesem komplizierten Wellenspiel von Kreisen-innerhalb-von-Kreisen, in diesem Spiel-im-Spiel-Drama, wie entscheidend, glauben Sie, sind Sie selbst dabei, Margaritta?«

»Meinen Sie, wie entscheidend oder wie persönlich sind diese Dinge, dieses Spiel-im-Spiel, diese Kreise-innerhalb-von-Kreisen?«

»Also, lassen Sie es mich noch einmal anders ausdrücken.«

»Ja, bitte.«

»Ein Duell, ein persönliches Duell zwischen Soyaan und dem Minister im Präsidialamt um die trojanische Prinzessin – hat es so etwas vielleicht gegeben?«

»Etwas davon mag dabei sein, das will ich gar nicht leugnen. Aber ich führe alles genau auf den Abend zurück, an dem er von diesem Gespräch mit dem General zurückgekehrt ist. Ich glaube, dass der General bei allem seine Hand im Spiel hat. Dazu kommt noch die Hand der Sowjets, eine KGB-Faust, mit der man dem Vizepräsidenten ins Gesicht schlägt, für den und mit dem Soyaan einmal gearbeitet hat, eine enge Zusammenarbeit.«

Er sah auf seine Uhr. Die erste Gruppe von Männern hatte sich satt gegessen mit Curry-Reis, Chutney und dazu einem Krug frisch gepresstem Zitronensaft. Die Scheichs waren immer noch drinnen und beteten.

»Nichts Persönliches?«

»Ich will gar nicht leugnen, dass es eine Rolle gespielt haben mag. Aber ich glaube, nur eine sehr kleine.«

»Woran, glauben Sie, ist Soyaan gestorben?«

»Soyaan sagte immer, ein Mensch kann einfach beschließen, zu sterben.«

»Glauben Sie, dass er sterben wollte? In diesem Alter? Wo noch so viel zu ordnen war, bei all diesen Projekten, Plänen, Terminen und Verabredungen? Man kann beschließen zu sterben, wenn man über ein bestimmtes Alter hinaus ist, sagen wir mit sechzig, siebzig, achtzig oder neunzig. Sonst ist es Selbstmord.«

»Ich weiß nicht, Loyaan.«

Sie stand auf. Ihr Gesicht war nass von Tränen. *»Ich bin nicht der Mittelpunkt meines eigenen Traumes«,* hatte Beydan gesagt.

»Ich stehe nicht im Mittelpunkt all dessen, was geschehen ist«, sagte Margaritta.

»Wollen Sie nicht hineingehen?«

»Gehen Sie?«

Sie antwortete nicht. Sie ging ins Haus. Er musterte die Skizzen, die sie in die Erde gekritzelt hatte. Der ungekrönte König. Die Königin, so umfangreich wie der Besitz, den sie aufgehäuft hatte. Der Palast so kalt wie das Grabmal des Todes.

Dann geschah etwas Seltsames, etwas, das sich langsam vollzog, allmählich begann und zunächst bedeutungslos wirkte. Jemand bewegte den Kopf. Ein Auge öffnete sich, dann ein anderes. Ein Bettler stieß einem anderen in die Rippen. Ein Arm streckte sich, um auf etwas zu zeigen, auf jemanden. Jemand gähnte. Ein anderer ließ seine Knöchel knacken, streckte die Beine aus, breitete die Arme aus. Ein Kind rührte sich in der arthritischen Umarmung seiner hungernden Mutter, ein Kind ließ die milchlosen Brüste der Unterernährung los und wandte den Blick ab. Schließlich erhob sich das ganze Strandgut wie eine Leiche, die wieder aufsteht, die wieder belebt wird, allmählich, schockierend langsam. Die Bettler ähnelten nicht länger den Überresten eines Flugzeugabsturzes. Nein, sie waren Fahrgäste in einem Dritter-Klasse-Zug, nach vorn gestupst, schwankend, schwatzend, das »Tuut, Tuut« des Zuges, das wie »Brot« klang, der Fahrer, der die Anlasserkette zog, was sich wie »Suppe, Suppe« anhörte. (Einer von Soyaans Lieblingswitzen über Eisenbahnen, den er in Asien gehört hatte, genauer gesagt in Bangalore.) Aber. Auch er rührte sich. Loyaan wurde ebenfalls aufmerksam. Er sah, was sie gesehen hatten. Er sah, wen sie erblickt hatten.

»Guckt mal!« rief einer der Bettler.

Die Macht hatte beschlossen, ihnen einen Besuch abzustatten. Der Minister im Präsidialamt und sein Gefolge von Autos und Staatssicherheitsleuten waren da. Eine übertriebene Verspätung, nur um Effekt zu machen, damit es sich herumsprach, damit die Nachricht genügend Zeit hatte, sich bis in den letzten Winkel des Dorfes zu verbreiten. Wie am Tag der Beerdigung, als er mehr oder weniger die gleiche Methode angewandt hatte, als der Wasserwagen anderthalb Stunden lang aufgehalten worden war, und dann kam er, der Vertreter des Generals, desjenigen, der Leben gab und Leben nahm, kam an der Spitze einer Kolonne, darunter auch der Wasserwagen. *Biyo,* das somalische Wort für Wasser: Denk an das griechische Wort *bio*, das Leben bedeutet oder Sein. Heute brauchte man den Wasserwagen nicht. Die Familie hatte hinreichend Wasser. Heute hingen Loyaans Leben, Loyaans Abreise nach Moskau, seine drohende Abschiebung am ruhenden Strick der Ministerentscheidung: er konnte ihn zuziehen und Loyaan erwürgen; Er konnte Loyaans Beine damit fesseln, ihn an die Löwen verfüttern oder ihn verhungern lassen. Glaubte er denn, dass er damit davonkommen würde? Er würde überrascht sein, wenn seine Stunde kam.

»Guckt mal!«

Angst im Anfangsstadium kann einen Menschen dazu bringen, zu weinen, einen anderen, zu lachen, wieder einen anderen, zu schweigen, und kann einen vierten dazu verleiten, geduldig zu warten, gebannt auf die Leere vor sich zu starren.

Jetzt herrschte Aufregung. Die Bettler hatten sich in kleinere Grüppchen aufgeteilt und sich neu gesammelt. Sie waren unruhig; das war die Angst. Obwohl sie schon so lange gewartet hatten, wussten sie, dass der Minister nur den kleinen Finger zu heben brauchte, und man würde sie alle auf einen Lastwagen verfrachten und aus der Stadt bringen wie ihre Kollegen. Schließlich gehörten sie zum hässlichen Antlitz der Armut, waren Teil vom schlechten Gewissen der Revolution, Bettler, die einen an die bedenkliche wirtschaftliche Situation des Landes erinnerten, trotz der Statistiken, die in den amtlichen Verlautbarungen veröffentlicht wurden. Einer von ihnen begann, ein Loblied auf den General zu singen, aber seine Stimme versagte. Ein weiterer versuchte, den Refrain dort wieder aufzunehmen, wo der andere verstummt war, kam aber nicht weiter, weil ihn die versammelten Bettler mit ihren Stimmen nicht hinreichend unterstützten. Es war wie im Theater, wenn das Publikum sich nicht darüber einig werden kann, ob es klatschen soll: Der einsame Beifall erstirbt im unausgegorenen Stadium der Peinlichkeit.

»Sie flüstern miteinander wegen uns«, sagte ein Bettler.

»Lasst uns gehen, bevor sie uns wegschaffen«, sagte ein anderer.

Die geplante, auf Wirkung bedachte Verspätung hatte eine Begleiterscheinung: Ladan gesellte sich zu Loyaan vor dem Haus. Erst stand sie nur neben ihm, ohne zu sprechen. Dann nahm sie seine Hand und drückte sie voller Mitgefühl, demonstrierte ihm ihre Unterstützung, zeigte ihm das, indem sie neben ihm stand.

»Dieser Schweinehund!« sagte sie.

»Pass auf! Vergiss nicht, wo wir sind. Pass auf, was du sagst.«

»Ich würde ihn am liebsten umbringen.«

Er rückte ein wenig von ihr ab und sagte:

»Wo ist deine *pudore,* Ladan, wo bleibt deine Haltung?«

»Guck ihn dir doch an! Er bringt auch noch zehn Leute mit, die wir nicht eingeladen haben, erwartet, dass wir ihnen allen Essen vorsetzen, vor ihnen in die Knie gehen und den Boden küssen, den der General und er betreten. Guck ihn dir doch bloß mal an!«

Loyaan konnte aus dieser Entfernung die anderen nicht ausmachen, die das Gefolge des Ministers bildeten. Aber an der Größe und seinem Umfang konnte er den Staatssicherheits-Mann erkennen, mit dem er gesprochen hatte, den, der ihm gesagt hatte, dass sie kommen würden, um ihn um sieben Uhr abends abzuholen. Konnte das möglicherweise Samater sein, der Mann, mit dem der Minister jetzt redete – Samater, Medinas Mann ... Samater, einst ein Mitglied der geheimen Bewegung, die Soyaan und Ibrahim ins Leben gerufen hatten? Wenn es Samater war, war Ahmed-Wellie dann nicht auch in der Nähe? Lass es fünf Minuten sein, und dann war er vielleicht auch da.

»Dieser Schweinehund!« von Ladan.

Loyaan drehte sich um und sagte mit rührendem Ernst: »Hast du denn nicht noch eine andere Bezeichnung auf Lager, um Himmels willen? Dieser Schweinehund, dieser Schweinehund, dieser Schweinehund.‹ Denk doch mal an einen Ausdruck, der absolute Verachtung und universellen Hass enthält. Verräter. Unmensch. So etwas Ähnliches, ein Adjektiv, das alles umfasst.«

Sie reagierte darauf, indem sie sich von ihm entfernte. Dann stellte sie sich zwischen ihn und die kleine Ansammlung von Bettlern, die entschlossen waren, zu bleiben, komme, was wolle. Hier hatte er doch ein Publikum, dachte er. Ladan. Die Bettler. Vielleicht würden sich einige der Nachbarn dazugesellen. Eine Rede. Halt eine Rede! Hier war ein Publikum, das bereit war, sich alles anzuhören. *Erzähl ihnen, was geschehen ist. Erzähl ihnen, wer du bist. Erzähl ihnen, was das Regime des Generals getan hat. Erzähl ihnen, dass man dich zwingt, das Land mit einem Flugzeug nach Moskau zu verlassen. Erzähl ihnen von Keynaan. Erzähl ihnen von dem großen Staatssicherheits-Boss. Zeig mit dem Finger auf den Minister und den großen Staatssicherheits-Boss. Erzähl ihnen von Ibrahim, von Mulki, von Margaritta, von Marco und von den Memoranden.*

Aber er bemerkte, wie sich Ladans Blick verhärtete. Er bemerkte, dass sich die Bettler, die sich formiert hatten, wieder bewegten. Dann brachten ihn Stimmen, die er hinter sich vernahm, dazu, sich umzudrehen: Der mächtigste Scheich und seine Schüler waren herausgetreten, fettverschmiert, verschwitzt, sie sahen gut genährt aus und schoben ihre *Alhamdulillaahs* vor sich her wie eine schwangere Frau ihren Bauch. Von der anderen Seite, auf ihn und das Haus zumarschierend, der Minister und sein Gefolge. Keynaan hatte die Scheichs hinausgeleitet. Keynaan sagte zu seiner Tochter Ladan:

»Geh wieder ins Haus. Steh hier nicht herum.«

»Augenblick noch.«

»Ich sagte, geh rein.«

»Augenblick noch.«

»Ich sagte, geh rein.«

Loyaan gab ihr ein Signal, dass sie gehorchen sollte.

»Ich werde zu Beydan gehen«, sagte Ladan zu ihrem Bruder.

»Mach das.«

»Möchtest du mitkommen?«

»Nein. Ich muss das hier durchstehen.«

»Aber du machst doch nichts Dummes und Kindisches?«

»Nein, ich werde nichts tun, was du nicht auch tun würdest.«

»Wirklich nicht?«

»Nein, mach ich nicht.«

»Versprochen?«

»Versprochen.«

Ladan ging zur Hütte der Nachbarin, wo Beydan lag, Beydan, die einen Traum geträumt hatte, in dem sie ein Kind hatte – während sie, der Mittelpunkt des Traumes, nicht einmal da war. Die Scheichs nahmen Abschied von Keynaan, nachdem sie ihm für die Speisen gedankt und einen Segen für Soyaans Seele gesprochen hatten, den Mittelpunkt dieser Feier, der dennoch, wie Beydan in ihrem Traum, nicht da war. Beide waren ein Zentrum, auf dem man keine Säulen, keine Pfeiler errichten konnte; eine Familie, deren Mittelpunkt in die Wellenlängen von Keynaan geriet. Der Minister und seine Gefolge wurden von Keynaan mit lauten Willkommensrufen empfangen. Qumman war ebenfalls herausgekommen und half einer Nachbarin, zwei Platten mit Curry-Reis zu ihrem Mann, den Kindern und anderen Nachbarn hinüberzutragen.

»Komm doch herein, Loyaan«, sagte Qumman.

»Augenblick noch.«

»Komm herein und iss etwas. Deine Freunde warten auf dich.«

»Augenblick noch.«

»Du hast doch den ganzen Tag noch nichts gegessen. Nicht mal einen Bissen. Komm doch herein.«

»Später.«

Freunde? Da war Samater, der gleichzeitig mit allen anderen aus dem Gefolge um die Ecke kam. Welche Erklärung würde er dafür geben? Freunde? Freunde von Freunden? Freunde ohne Prinzipien? Was machte man mit ihnen? Würde seine Zunge über die verschlungene Komplexität seiner Gedanken stolpern? Würde er in der Lage sein, besonnen mit dem Minister zu sprechen, wenn dieser ihn provozierte, ihn herausforderte? Würde er einknicken? Würde er seine Stellung behaupten?

»Guten Tag, Loyaan«, sagte der Minister, der sich bei Keynaan untergehakt hatte.

»Guten Tag, alle zusammen.«

Margarittas Schatten schob sich von hinten zu ihm vor; es war ein langer Spätnachmittagsschatten, so ausgedehnt, dass seine Augen müde wurden, als sie ihm bis ans Ende folgten. Er hielt das für sehr bedeutungsvoll. Wo Ladan nicht war und nicht sein konnte, da war Margaritta. Er würde genau aufpassen, was er sagte.

»Guten Tag, Loyaan«, sagte Samater.

»Guten Tag.«

Samater tat das Gleiche wie der Minister: Er verneigte sich leicht, senkte den Kopf, um Margaritta zu grüßen. Aber keiner rührte sich. Sie warteten darauf, was der Minister tun würde. Samater, so schien es Loyaan, wollte ihm wohl schnell etwas im Vorbeigehen sagen.

Der Minister sagte:

»Ibrahim wird am Flughafen sein, um Ihnen auf Wiedersehen zu sagen. Und Mulki auch.«

»Heute abend um sieben?«

Der Minister wollte die Bestätigung des großen Bosses.

Korrektur:

»Wir werden um sieben Uhr hier sein und Sie abholen.«

»Die Sondermaschine nach Moskau?«

»So ist es.«

»Dann also bis sieben.«

Schnell, schnell. Samater soll nicht die Gelegenheit bekommen, an seine Gefühle und seine Nachgiebigkeit zu appellieren. Schnell. Mach was. Rühr dich. Geh weiter. Mach was. Improvisiere. Sag irgendwas. »Können Sie mir bitte mein Essen zu der Nachbarin bringen lassen, wo Ladan und Beydan sind, Margaritta? Danke.«

Er beschleunigte seinen Schritt. Er wollte Samater keine Chance geben, sich einzuschalten und Erklärungen abzugeben.

Jetzt herrschte wieder Chaos. Es war nun Zeit für die Fütterung der Bettler. Der Minister und sein Gefolge waren ohne weitere Zwischenfälle wieder gegangen, denn Loyaan hatte sie gemieden und mit Ladan in Gesellschaft von Beydans Gebärmusik, dem Stöhnen und Schreien bei den Wehen, gegessen. Große Teller voll. Schüsseln mit haufenweise Resten, einem Knochen, an dem zur Hälfte noch Fleisch war, während die andere die Biss-Spuren von den Zähnen aufwies, die das fehlende Fleisch abgekaut hatten. Schüsseln, in die sich die Bettler so viel wie möglich füllten, bevor sie den Rest mit den anderen teilten, Schüsseln, die sie für den heutigen Abend oder für morgen aufhoben. Die Bettler schafften es nicht aus eigenem Antrieb, sich zu *mayidas* von vier, fünf oder zehn Personen zusammenzufinden. Loyaan und Keynaan drohten, ihnen die Platten nicht vorzusetzen, solange sie das nicht getan hätten. Ein eiliges Umgruppieren von Lumpen wie bei den Farbarrangements im Oktober in Moskau oder in Mogadischu, ein Regenbogen aus Köpfen und Halstüchern, der sich zu Bildern von Bauernhöfen, Fabriken, Schornsteinen, Revolutionen, einer Lenin-Büste, einem Breschnew-Porträt oder einem Loblied auf Kim Il-Sung formte.

»Sie haben Ahmed-Wellie zum Verhör abgeholt«, sagte Keynaan zu Loyaan, der sich, nachdem er sich heruntergebeugt hatte, wieder aufrichtete. »Einer von den Männern des Ministers hat mir das gerade erzählt.«

»Das ist doch absurd! Er hat sich sehr merkwürdig verhalten. Ich wollte dich eigentlich fragen, ob er selbst ein Informant ist.«

»Das kann man nie genau sagen.«

»Warum haben sie ihn zum Verhör abgeholt?«

»Er hatte einen Stapel von Drucksachen dabei. Er hatte vor, sie zu verteilen, sagen sie. Einer seiner Stammesgenossen, mit dem ich bei der Staatssicherheit zusammengearbeitet habe und der mit dem Minister gekommen war, hat mich informiert. Er sagte, er hätte keine Drucksachen dabei gehabt. Sie waren in seinem Auto.«

Sie kehrten gemeinsam ins Haus zurück, um noch mehr Platten für die Bettler zu holen, die nun begannen, aus allen Ecken des Dorfes herbeizuströmen. Plötzlich blieb Keynaan stehen. Wie diskriminierend. Er zeigte auf einen jungen Mann ganz in Weiß, vielleicht ein Koran-Schüler, der sich zu den anderen Bettlern gesellt hatte. Er winkte dem Schüler, ihm folgen. Er würde drinnen sein Mahl bekommen, zusammen mit den Freunden der Familie und all den Nachzüglern. Er würde ein oder zwei Suren lesen. Beydan konnte jetzt ein Gebet gebrauchen. Das Haus auch. Ein besonderes Gebet. Loyaan sollte an diesem Abend mit einer Sondermaschine abreisen. Keynaan würde wahrscheinlich eine neue Ehe schließen, mit einer jüngeren Frau. Qumman würde vielleicht ihre Ehrerbietung erweisen und das Grab des Propheten küssen.

Keynaan sagte zu Ladan:

»Gib diesem Gentleman anständig zu essen. Er soll ein eigenes Zimmer bekommen und einen Gebetsteppich. Er soll für das Haus beten, für Beydan und deinen Bruder, der heute Abend abreist. Und für Qumman. Aber wo ist sie denn?«

»Sie ist bei Beydan.«

»Beydan? Wie geht es Beydan?«

»Sie hat Wehen. Sie wird bald niederkommen.«

»*Alhamdulillaah!*«.

Sie trugen noch mehr Platten mit Reis, Curry und Fleisch heraus – kein besonders guter Chutney, nichts sehr Ansprechendes. *Aber Bettler träumen keine Träume, in denen sie selbst nicht vorkommen. Bettler stehen im Mittelpunkt ihrer Träume; da sind sie reich, tragen bessere Kleidung, haben das Beste vom Besten, einen Garten der Lüste, sie waschen ihre weiche Haut mit parfümierter Seife, sie riechen den Duft des Reichtums, den sie besitzen, in ihren Träumen. Wenn sie träumen, essen sie das Beste,* dachte Loyaan bei sich weiter; *sie werden wahrscheinlich mit dem, was sie, wenn sie wach sind, bekommen, zufrieden sein. Beydan träumte einen Traum, in dem sie selbst nicht im Mittelpunkt war, sondern ihr Baby, das sie im Traum zur Welt brachte, ein Junge, dem andere den Namen Soyaan gegeben hatten. Ähnlich ist auch Soyaan nicht bei dieser Feier zu seinen Ehren da. Wenn Seelen so essen könnten, wie Bettler es in ihren Träumen tun ...*

»Und wenn ich doch nicht abreise, Vater, was glaubst du, wird passieren?«

Keynaan bedeutete einer Gruppe von Bettlern, näher zu kommen und eine *mayida* zu bilden. Sie rutschten auf ihren Hintern näher, während sie sich aneinanderlehnten, während sie sich neu gruppierten.

»Wenn ich du wäre, würde ich fahren.«

Loyaan sagte einer anderen Gruppe im Gegenzug ebenfalls, zusammenzurücken, aber sich zu beeilen. *Kommt schon, beeilt euch, ich hab noch was anderes zu tun.* Sie bemerkten die Ungeduld auf seinem Gesicht. Sie gehorchten.

»Ich werde aber nicht fahren.«

Keynaan und Loyaan sammelten jeder eine leere Platte auf, hielten aber im Schatten inne.

»Was hast du denn vor?«

»Ich will nicht fahren.«

»Was willst du denn tun?«

Er sah auf seine Uhr: Ihm verblieben weniger als zwei Stunden. Er hatte noch nicht gepackt. Er hatte noch über nichts nachgedacht, er war zu beschäftigt gewesen. Er brauchte Zeit, um nachzudenken, sich hinzusetzen und ordentlich nachzudenken.

»Ich weiß nur, dass ich nicht fahren will.«

»Alternative? Was hast du für Alternativvorschläge?«

»Ich hab mir noch keine überlegt.«

»Und ich kann mir im Moment auch keine vorstellen.«

Das entschied die Situation für ihn.

»Wie wär's denn, wenn du fährst und diese lukrative Stelle in Belgrad antrittst? Wenn ich du wäre, würde ich das tun.«

Eine kurze Pause führte dazu, dass Loyaan sich im Stillen fragte: »Wer hätte gedacht, dass Keynaan und ich je noch einmal mit

Respekt miteinander sprechen könnten, dass wir einander zuhören könnten und gemeinsam nachdenken? *Nach einem Sturm die Ruhe; nach dem Kampf die Versöhnung!*

»Dann gib mir jetzt mal einen Rat. Du sagst doch immer, dass du mehr Erfahrung hast.«

»Wenn du nicht fahren willst, musst du dir eine kompromissfähige Alternative einfallen lassen.« Er kam über diese Tatsache nicht hinweg: Er wurde weicher, er wurde freundlicher, und Keynaan auch. Türen, bis dahin unbenutzt, begannen sich nun zu öffnen: Die Angeln dieser Türen quietschten, während sie sich öffneten. *Wer weiß? Lass quietschende Türen quietschen. Und benutze sie, während du das kannst.*

»Glaubst du, dass sie an Alternativen gedacht haben? Der Minister, der General – glaubst du das? Sie werden mich nach Moskau abschieben, oder?«

»Du wirst überrascht sein.«

»Es liegt nicht in ihrem Interesse, mich zu erschießen, noch mich ins Gefängnis zu werfen. Ich bin das Haar in ihrer Suppe, ich bin das Wasser, an dem sie sich verschluckt haben. Ich wette, sie haben auch Schwierigkeiten, andere Möglichkeiten zu finden.«

»Da wäre ich nicht so sicher.«

»Wie meinst du das?«

Keynaan schrie halbwegs, als er sagte: »Sie können auch noch andere Methoden anwenden. Sie brauchen dich gar nicht zu erschießen und dich zu einem noch bedeutenderen Helden zu machen als Soyaan oder dich hierzulande ins Gefängnis zu bringen. Es gibt auch noch andere Methoden.«

»Was für welche?«

»Ich möchte, dass dieser Termin um sieben klappt.«

Ringe aus Reisresten lagen da, wo die Bettler gegessen hatten. Es sickerte durch, dass die Bettler mindestens drei Servierteller gestohlen hatten, die sich die Familie bei den Nachbarn geliehen hatte. Die Nacht war plötzlich hereingebrochen wie ein Schleier aus Dunkelheit, mit dem sich eine puritanische Muslimim im Nahen Osten sofort verhüllen mag, wenn sie in Sichtweite von

Männern gerät. Die Nachricht hatte sie erreicht, dass Beydan einen Jungen zur Welt gebracht hatte, dass sie aber im Kindbett gestorben war. Schweigen. Ein Tod folgte auf den anderen, ganz wie die Nacht dem Tag. Es wurde keine Träne vergossen, noch gab es irgendeine andere Regung. Nur Schweigen.

»Lies.«

Loyaan hielt den Koran vor sich, geöffnet im Halbdunkel.

»Lies!« befahl Keynaan.

»Welches Kapitel?«

»Irgendeins.«

Loyaan blätterte einige Seiten um und hielt dann inne.

»Lies«, sagte Keynaan noch einmal.

Loyaan las einen Vers und verstummte wieder.

»Lies weiter. Segne uns. Segne deine Mutter, die gesündigt hat. Segne deinen Bruder, der einen unschuldigen Tod gestorben ist. Segne uns alle. Segne uns, damit Allah uns von unseren Sünden erlösen möge und von den Sünden, die wir noch in uns beherbergen. Segne deine Mutter, die Frau, die Rat suchte und bezahlt hat für das Böse und den Tod von anderen. Segne Beydan. Segne das Neugeborene, heiß es willkommen!«

Loyaan klappte den Koran zu. Er wollte nicht mehr lesen.

»Genug ist genug.«

Die Dunkelheit war hereingebrochen.

Niemand stand auf, um Licht zu machen. Es herrschte absolute Stille. Ladan hielt das Neugeborene, das in ein großes Handtuch von Soyaan eingewickelt war. Sie war die einzige, die stand, und wiegte das Neugeborene hin und her, ohne ein Schlaflied zu singen. Margaritta saß in einer Ecke, tränenüberströmt, weinte aber nicht laut. Qumman ging hin und her, brachte dies, trug jenes weg.

»Hat er schon einen Namen bekommen?« fragte Margaritta.

Keynaan blickte sie an, als hätte sie die reine Luft verpestet. Margaritta wünschte, sie könnte ihre Frage zurückziehen; sie wünschte, sie hätte die Energie dazu. Keynaan stand inzwischen auf, um seine Abendgebete zu sprechen. Er begann, sich zu verbeugen und wieder aufzurichten. Das Kind weinte.

»Soyaan. Sei still, Soyaan«, sagte Ladan zu dem Neugeborenen.

Woraufhin Keynaan stockte: Statt sich zu verbeugen, richtete er sich auf.

Es war sieben Uhr abends.

Draußen wurde an die Tür geklopft.

Die Deutsche Bibliothek – CIP-Einheitsaufnahme
Ein Titeldatensatz für diese Publikation ist bei der
Deutschen Bibliothek erhältlich

Englischer Originaltitel »Sweet and Sour Milk«
Erstveröffentlichung 1979 bei Allison and Busby Ltd und in African
Writers Series 1980 bei Heinemann Educational Books Limited

www.frederking-und-thaler.de

Dieses Buch ist 1980 bei Athenäum unter dem Titel »Staatseigentum«
in einer anderen Übersetzung erschienen.

Übersetzung aus dem Englischen: Martin Hielscher, Köln

Die Zitate auf S. 146–147 stammen aus dem Gedicht »The Murderer«
von John Wain, veröffentlicht in »Weep Before God«, Macmillan, 1961.

Lektorat: Karl Heinz Bittel, München
Gestaltung und Satz: Büro Caroline Sieveking, München
Umschlaggestaltung: Petra Dorkenwald, München
Umschlagfoto: Michael Martin, München
Druck und Bindung: GGP Media, Pößneck

Printed in Germany

ISBN 3-89405-806-4

MARINO

BEI FREDERKING & THALER

WELTLITERATUR –

der Pulsschlag Afrikas in Romanen preisgekrönter schwarzafrikanischer Autoren

Chenjerai Hove
Ahnenträume
Ein Roman über Liebe und Verzweiflung, Ausgrenzung und Hoffnung im Leben eines taubstumm geborenen Kindes.
288 Seiten, geb. mit SU
ISBN 3-89405-805-6

Chenjerai Hove
Knochen
Stimmen der Ahnen
Die Lebensgeschichte der Farmarbeiterin Marita und ihrer Freundin Janifa.
Ausgezeichnet mit dem Noma-Award.
124 Seiten, geb. mit SU
ISBN 3-89405-801-3

Nuruddin Farah
Bruder Zwilling
Dieser packende Politthriller führt uns in das diktatorische Somalia der 70er Jahre. Ein junger Regierungsbeamter stirbt unter mysteriösen Umständen …
288 Seiten, geb. mit SU
ISBN 3-89405-806-4